四十七天

援军明天到达

—— 刘晓 著

深圳出版社

图书在版编目（CIP）数据

四十七天：援军明天到达 / 刘晓著 . -- 深圳：深
圳出版社，2024.1（2024.5 重印）
ISBN 978-7-5507-3910-9

Ⅰ.①四… Ⅱ.①刘… Ⅲ.①长篇小说－中国－当代
Ⅳ.① I247.5

中国国家版本馆 CIP 数据核字 (2023) 第 189651 号

四十七天：援军明天到达
SISHIQI TIAN : YUANJUN MINGTIAN DAODA

出 品 人　聂雄前
责任编辑　朱丽伟　毛小清
责任校对　万妮霞
责任技编　郑　欢
装帧设计　知行格致

出版发行　深圳出版社
地　　址　深圳市彩田南路海天综合大厦　（518033）
网　　址　www.htph.com.cn
订购电话　0755-83460239（邮购、团购）
设计制作　深圳市知行格致文化传播有限公司
印　　刷　深圳市汇亿丰印刷科技有限公司
开　　本　787mm×1092mm　1/16
印　　张　25.25
字　　数　320 千字
版　　次　2024 年 1 月第 1 版
印　　次　2024 年 5 月第 2 次
定　　价　68.00 元

目 录
CONTENTS

第一章
南渡

伤心莫问前朝事，重上越王台。鸥鹕啼处，东风草绿，残照花开。怅然孤啸，青山故国，乔木苍苔。当时明月，依依素影，何处飞来？

——［元］倪瓒，《人月圆·伤心莫问前朝事》

1944 年初夏，南岳衡山。

五月天，正是映山红开得最热烈的时节，红、白、紫三色相间的高山杜鹃开得漫山遍野都是，点缀着青山白云，浸润着苍松翠谷，好似一幅水墨丹青，别有春末夏初的惬意。

南岳衡山，海拔虽然不算高，山体却颇大，以衡阳回雁峰为首，长沙岳麓山为足，绵延八百余里，大小七十二峰，在群山峻岭之间，有湘、蒸、耒、洣、渌等大江大河九曲回环，使衡山山脉一年四季云蒸霞蔚，云雾缭绕。唐代李白有诗云："湘水回九曲，衡山望五峰。"清代魏源有诗云："恒山如行，岱山如坐，华山如立，嵩山如卧，惟有南岳独如飞。"山本不动，风吹云动，云移山动，故山势翩然若飞也。

这日晌午，衡山西岭古道上走来几个行人。居中一人，约莫 40 岁，身材高大，穿着一身将官军服。左边之人，年纪略长，穿一身当地不多见的西式猎装，气质风雅。右边的年轻人瘦高个，长方脸，也着一身戎装，是个青年军官。

这一行人从衡山西岭圣经学校的北麓登山，沿着古道拾级而上。两旁古木参天，遮天蔽日，一进之后，暑气顿消。虽然是青石板路和直接在石壁上凿成的"天生蹬"，走起来也颇为轻快，不到两个小时，便已走到掷钵峰下。

掷钵峰是南岳七十二峰之一，是南禅重要的发源地之一，禅宗里的沩仰、临济、曹洞、云门、法眼五宗，一花五叶，一脉五宗，追根溯源，都是发源于南岳的掷钵峰下，号称禅宗出"祖师爷"的地方。掷钵峰下有磨镜台古迹，传说禅宗南岳怀让禅师曾在此地磨砖做镜，点化江西马祖道一和尚。

1932 年 11 月，蒋介石和宋美龄第一次来南岳，就喜欢上了环境清幽、独具禅意的磨镜台，他们徜徉在"祖源"石上，聆听晨钟暮鼓，感受天地灵气。第二天，蒋、宋二人在上封寺占得一签，蒋介石捐香资三千，嘱何键送到。从此，蒋介石、宋美龄将南岳视为福地，先后六次到过南岳。1938 年冬，武汉会战以后，蒋介石将国民政府军事委员会临时大本营从武汉迁至衡山，直到 1944 年 2 月，他在这里共召开过四次重要的军事会议。南岳衡山，成为全国抗战时期国民党最重要的指挥中枢之一，伴随中国度过了七年艰难的时光。

掷钵峰下，磨镜台旁，另有一座清幽的千年古寺，名为福严寺。才过晌午，几个缁衣僧人早已在大门口等候。

见这一行人将到山门，为首一位老僧，约莫 60 岁，健步走下石阶，对居中之人双手合十道："阿弥陀佛！方军长，有劳大驾！赵市长，有失远迎！"

原来，那身材魁伟的戎装将军，是驻扎在衡山的国军第 10 军军长方先觉中将，时年 40 岁。陪他登山的猎装男子，是衡阳市市长兼衡阳警备司令赵君迈，时年 44 岁。跟随他们身后的青年军官，是第 10 军参谋长孙鸣玉少将，时年 32 岁。

方先觉对僧人拱手道："有劳智圆法师，叨扰啦！现在方某已不当军长，要去重庆做参议了。参议参议，参而不议也。"他笑了笑，又说："这次专门来看法师和康楣，他在哪里？"

智圆法师颔首微笑，示意一行人随他往禅院去。

福严寺依山而建，是一个半山半寺半院落的建筑群落。但见林海莽莽，古刹森森，山溪潺潺，虫声唧唧，大家仿佛突然闯入了一个清凉世界，心神顿时沉静下来。

方先觉不禁感慨："满目青山，五岳独秀，名不虚传！"

智圆法师告诉他："这是衡山最古老的寺庙，南朝时天台宗大师慧思创立，后来是唐朝南岳怀让禅师的道场。怀让是禅宗六祖慧能的弟子，人称七祖，距今一千多年历史了。"

只见山门上左书"六朝古刹"，右书"七祖道场"，上书"天下法院"，字迹遒劲，有如铁画银钩。

进得寺来，一行人随着回廊兜兜转转，逐一经过大雄宝殿、岳神殿、讲经堂、禅房，还没行到方丈院前，已听得墙外一人高声吟诵："伤心莫问前朝事，重上越王台。鹧鸪啼处，东风草绿，残照花开。怅然孤啸，青山故国，乔木苍苔。当时明月，依依素影，何处飞来？"

循声探去，原来墙外还有一座规模颇大的开阳禅院，一群年轻僧侣正围着中间一棵参天的千年银杏，听树下一位僧人讲话。

僧人道："这是元末倪瓒所写的一首感伤宋亡之作。王夫之说过，'历代亡国，无足轻重，惟南宋之亡，则衣冠文物，亦与之俱亡'。古人严夷夏之防，加上受到严重压迫，所以直到元末还能写出这样低回感叹、去国怀乡的作品来。"

"请问法师，什么是'衣冠文物'？"座下一人问道。

举手的是个年轻人，二十一二岁，穿褐色僧衣，与其他僧人无异。稍有不同的是，他身高将近一米八，在这群僧侣中显得非常出挑，也是人群里唯一没有剃度的。

"康楣，问得好。所谓'衣冠文物'，指的是华夏文明。西晋末年，天下大乱，中原板荡，晋室东迁，称为'衣冠南渡'。到了两宋，先有金兵攻打北宋，后有蒙古国灭南宋，靖康之耻犹未雪，崖山一战天下亡，所以王夫之才说，衣冠文物，与之俱亡，尤胜亡国之痛也。"在中国历史上，北方许多割据一方的政权多次攻打中原王朝，使中原频频陷入动荡之中，老百姓只能跟着巨绅豪族举家南迁，往江南地区躲避战乱，历史上称为"衣冠南渡"。

1931 年，九一八事变之后，日军大举侵略中国，到处烧杀抢掠，东北、华北、华东、华中相继沦陷，千百万中国人民颠沛流离，纷纷南下逃难。1937 年，卢沟桥事变，日军全面侵华，西南联合大学文学院曾经短暂迁来南岳，冯友兰教授探访南宋大儒朱熹和张栻在衡山雪中唱酬论道的古迹，触景伤怀，抚今追昔，写下一诗："洛阳文物一尘灰，汴水繁华又草莱。非只怀公伤往迹，亲知南渡事堪哀。"

僧人又愤然道："就在上个月，还是在中原大地，30 多万国军竟然被 10 多万日本鬼子打得丢盔弃甲，37 天连丢 38 座城。战火烧到之处，到处是杀戮、抢掠、流血、死亡，锦绣江山惨遭蹂躏，中原人民流离失所，真是惨痛！最为诡异的是，我们国军在突围的时候，竟然遭到当地老百姓的倒戈，豫西民众对自己的部队围剿、缴械，这是历朝历代都没有发生过的荒唐事！"

年轻僧侣们听了这等奇事，顿时哗然。

1944 年 4 月 17 日，日军华北方面军 15 万人突然渡过黄河，对第一战区蒋鼎文、汤恩伯部发动进攻。国军近 40 万部队措手不及，竟被打得一溃千里，日军在 37 天里连占洛阳、郑州等 38 座城池。这次空前的军事大溃败在全国引起了极大震动，尤其是汤恩伯的部队突围到豫西，竟遭到当地民众围剿、缴械，这成了全世界军界的笑话，让蒋介石颜面扫地。

中原会战后，第一战区曾经对豫中会战进行了检讨：

"此次会战期间所意想不到之特殊现象，即豫西山地民众到处截击军队。无论枪支弹药，在所必取。虽高射炮、无线电台等亦均予截留，甚至围击部队，枪杀我官兵，亦时有所闻。尤以军队到处，保长、甲长、乡长逃避一空，并将仓库存粮抢走，形成空室清野，使我官兵有数日不得一餐者。一方面固由于绝对少数不肖士兵不守纪律，扰及闾阎，而行政缺乏基础，未能配合军事，实为主因。其结果各部队于转进时，所受民众截击之损失，殆较重于作战之损失，言之殊为痛心。"

与其说这是检讨，不如说是推卸责任，把军队被民众缴械的责任直接推到了地方和民众的身上。蒋介石对此很恼火，1944年7月中下旬召开黄山整军会议时，痛斥这一荒唐事件：

"讲到这一次中原会战的情形是怎么样呢？有一些美国和苏联的军官和我们军队一同退下来的，据他们所见，我们的军队沿途被民众包围袭击，而且缴械。这种情形简直和帝俄时代的白俄军队一样，这样的军队当然只有失败！我们军队里面所有的车辆马匹，不载武器，不载弹药，而专载走私的货物。到了危急的时候，货物不是被民众抢掉，就是来不及运走，抛弃道旁，然后用车辆来运家眷，到后来人马疲乏了，终于不及退出，就被民众杀死！部队里面军风军纪的败坏可以说到了极点。撤退的时候，若干部队的官兵到处骚扰，甚至于奸淫掳掠，弄得民不聊生！这样的军队，还存在于今日的中国，叫我们怎样做人？尤其叫我个人怎样对人；我统帅受到这样的耻辱，也就是大家的耻辱。"

等年轻僧侣们稍微安静下来，那僧人又道：

"古往今来，凡是王朝不能立于中原，偏安江表，就称为'南渡'。历史上每次南渡，都是以中原大乱开局，以亡国结局。'衣冠南渡'，对我们来说，从来就是亡国之痛的代名词。中原人民去年刚结束百年不遇的大旱灾、大饥荒，今年又碰到这样生灵涂炭的无情战火，真是'屋漏偏逢连夜雨'。正所谓'兴，百姓苦，亡，百姓苦'，老百姓苦上加苦，苦不堪言啊！"

僧人叹了一口气，接着又道：

"这几天，不断有河南灾民逃到湖南，他们说，日本人打完河南，很快就要接着来打湖南了。如果我们每支军队都是驻守河南这样的军队，每个战场都是中原战场这样溃败的速度，恐怕不到半年，整个中国都要亡于日本人之手了！"

这边孙鸣玉心里略有些不快了。

他是黄埔青年将领，素以军人荣誉为头等大事。看国军给这僧人说得如此不堪，他皱起眉头，对方、赵二人低声道：

"这和尚前面说得还好，后面可是越说越不像话了！"

方先觉没出声，赵君迈却微笑道：

"孙参谋长，我看不要紧，要允许别人讲话嘛，何况蒋鼎文和汤恩伯确实太不像话，就不要怪老百姓说三道四了。不过，他说日军马上要攻打湖南，我却不能同意了。昨天薛长官和我通电话，他说湖南保险是没有问题的，日寇三战之余，绝不敢再问津长沙，更何况，中原战事到现在还没有结束，日军自顾尚且不暇，哪有能力南北两线同时作战呢？"

孙鸣玉不想和他争执，便道："赵市长，薛长官对他的'天炉战法'永远是信心满满的。但我听说，3月底，长沙、衡阳、曲江的美国侨民就接到美国领事馆的通知，要他们尽快撤离，说日军很快要打通粤汉铁路。5月份开始，衡阳机场的美军取消了休假，军官上街必须携带手枪。你知道，美国人的情报一向是最准的，依我看，这消息恐怕并非空穴来风，人意不得啊！"

赵君迈还是不以为然："我还是赞成薛长官的看法。日本人短期内是没有可能再打湖南的。日本鬼子现在兵力不敷使用，已经是日薄西山，苟延残喘了。他们把船在长江上故意开来开去，不过是打出增兵的幌子，来掩盖他们实际兵力不足的困难罢了。"

方先觉默不作声。他心里其实是颇为认同孙鸣玉的。中原的战事并不简单，这把战火大概很快就要烧到湖南了。不过他也很清楚，进入1944年，随着盟军节节胜利，反攻已成为全国主基调。春节期间，蒋介石召开第四次南岳军事会议，第一句话就说，今天的会议是迎接最后胜利的一次会议，当务之急是研究反攻的方案。过完元宵，大家对反攻的信心更强了，有人甚至开始预测，今年要在武汉过中秋、到南京过新年了。反攻既然转眼就到，人们都忙着战后打算，谁也不去多想打仗的事了。过去美国人一直是被当成消息灵通人士，但这次首先从美国方面传出日军即将大举进攻的消息，各级长官却并不当一回事，他们认为，美国人太神经过敏了。

比如赵君迈。方先觉认为，以赵君迈的聪明和他与美国人的熟络程度，绝不至于相信薛岳说的日军"绝不敢再问津长沙"的鬼话，只不过他作为衡阳市市长，大概内心深处也真的不希望再打仗罢了。这几年，衡阳市在赵君迈的经营下变得越来越繁华，已经快成为国统区第三大城市了。如果日军真的兵犯衡阳，那么这一切就烟消云散了。谁愿意真的打仗，谁愿意听丧气话，谁又愿意真的面对这血与火的残酷事实呢？

让方先觉最担心的是，虽然国军刚刚在中原会战中吃了日本人的大亏，但各级长官好像还是毫无知觉，日军明明已经在磨刀霍霍了，负责情报的军令部部长徐永昌还认为敌人绝无两线作战的可能。至于第九战区司令长官薛岳，还沉迷在全国民众对他三次长沙大捷的赞誉之中，既没有认真研究过敌情，也没有做充分的准备。这样下去，恐怕还要出大事的。

听这一行人低声议论，僧侣们纷纷转过身来。

那个叫康楣的年轻人一看到他们，满脸兴奋，两眼放光，大喊一声"军长！"一路小跑冲到方先觉和赵君迈的跟前，双腿咔嚓一并，敬了个标准的军礼。这一身僧衣配上这么个军礼，不伦不类，样子颇为滑稽，引得在场的人哈哈大笑。

原来，这位康楣并非僧人，而是方先觉第 10 军中一名中尉工务参谋。他本来是南岳上封寺住持宝生法师的小老乡，自幼家贫，跟随宝生学习建筑营造之术。这位宝生法师也不只是一个简单的僧人，他出家前就是衡阳十里八乡有名的木匠，曾经遍访大江南北，到过很多名山古刹，主持过许多大型寺庙的修复工作，是湖南当地非常有名的佛教建筑艺术家。

1921年，宝生法师应湖南省省长兼湘军总司令赵恒惕之邀住持长沙开福寺，结识了赵恒惕同父异母的兄弟赵君迈。赵君迈自幼酷爱武术，精通摔跤，曾经获得过全美体育运动奖。1932年，宝生住持南岳上封寺，跟他学艺的康楣恰好也擅长武术，和赵君迈在比武中结识，成为忘年交。1942年，宝生圆寂后，恰逢赵君迈履新衡阳市市长，他就把康楣带去了衡阳。

有的人，虽然没有读过几天书，但天资聪颖，什么东西一看就懂，一摸就会，康楣就属于这种人。不到两年，他已经把宝生的手艺学了个七七八八，赵君迈是美国威斯康星大学土木工程高才生，他又教了康楣很多西式建筑学知识，时间一久，康楣成了一名自学成才、中西贯通的土木工程专家。

方先觉也很喜欢这个机灵的小伙子，向赵君迈把康楣要来，在第10军当了一名中尉工务参谋，协助第10军工兵营营长陆伯皋教授全军土工作业，同时发挥他作为本地人的优势，帮助第10军做些联络地方的军政协同工作。4月底，康楣从洪罗庙回来，就直接去了福严寺，协助重建南岳佛道救难协会。

讲话的僧人是演文法师，他是南岳上封寺知客、南岳佛道救难协会训练股股长。据说他过去是第十九路军一名团长，不知何故出家做了一名和尚。1937年，抗战军兴，国共合作在南岳举办游击干部训练班，宝生法师牵头组建了南岳佛道救难协会，演文、巨赞等僧人也参与其事。田汉曾赠诗予他："缁衣不着着军衣，敢向人间惹是非。"周恩来也接见过他们并欣然题词曰："上马杀贼，下马学佛。"

演文法师见到方先觉，双手合十问候，请方军长给大家说两句话。方先觉左右推辞不过，就站上高台，朗声说道：

"刚才演文法师所说的话，在下也都听见了。中原溃败，原因很多，但我们作为革命军人，实在是难辞其咎。不过，我还是要说一句，历史不会重演，中国更不会亡！中华民族五千年来百折不挠，生生不息，自有其潜藏的伟大力量。这伟大的力量，不是来自别人，而是来自我们自己。我们要感谢我们的祖先。中国有地大、物博、人多三大优势。千百年来，我们经历过多少次战火洗礼，我们还能够一直存在，那是因为我们是世界上最耐劳苦的民族，能够生存在其他人不能生存的环境，并且不断地发扬光大。这就是我们中国不会亡的缘故！"

方先觉顿了顿，接着道："今天大家身在衡阳，可曾听说过，早在1923年中国就有一位先贤预测过：中日将来必有一战，一旦开战，津浦、平汉两线必被日本占领，中国抗战的生命线就移到了洛阳—襄阳—衡阳一线。这位提出'三阳论'的先贤，就是蒋百里将军。蒋先生说过，从地理和民族性看，湖南是中国的心脏，一旦战事爆发，沿海一带首遭蹂躏，工业计划就要着眼于山岳地带，所以我们要以南岳等地为工业核心，以便防空及军事守险。而且，湖南本地民俗强悍，这里的人力和兵源就相当于中国的普鲁士，是中国长期作战最好的根据地。他还断言中日战争最后的结局，三湘七泽，将是敌军的莫斯科！"

此时将近黄昏，金色的夕阳穿过松林，斜斜地铺满整个院落，将方先觉高大的身影拉长，投在白白的山墙上。

"各位！我们何其不幸，和日寇打了多年，今天又到了这样危急的时刻，但我们又何其幸运，在战火纷飞里还有这样幽静的地方谈经论道。虽然洛阳失守，襄阳也几度沦陷，但衡阳还在，我们的一线希望尚存！

只要我们守住这条生命线，用时间换空间，化被动为主动，中国就不会亡！当然，中国最终会不会亡，根本上还要看我们每个中国人自己有没有担当。如果我们每个中国人，上到国家统帅、大军统领，居庙堂之高则忧其民，人人有'倭奴不灭，无以家为'的雄心，下到普罗大众、僧侣道众，处江湖之远则忧其君，个个有'上马杀贼，下马学佛'的抱负，那么，千言万语，就凝结成蒋先生说过的那句话：'中国不会亡！中国是有办法的！'"

方先觉说完，演文和康楣站起来，举起右臂大喊："上马杀贼，下马学佛！"一众僧侣纷纷站起，跟着振臂高呼。僧侣们雄壮的口号夹杂着山谷间的流泉飞瀑，声振林樾。

方先觉从福严寺出来，只见一栋栋半西式的青砖建筑拔地而起，掩映在两侧的苍松翠柏之间。看得出来，由于蒋介石和宋美龄对南岳的特殊喜爱，第九战区司令长官薛岳对建设南岳尤为上心，想以此体现他主政湖南的政绩。1939 年以后，湘北连续五年战火纷飞，南岳建设反而突飞猛进地发展，1944 年正步入巅峰。耗资数千万元的南岳忠烈祠、忠爱社、体育馆、中正医院、疗养院、游泳池等相继建成，抗战的硝烟似乎已渐渐散去，太平盛世仿佛正阔步走来。

向晚时分，方先觉到了香炉峰下的南岳忠烈祠。

这是刚刚建成的一个大型建筑群落，幕天席地，主体建筑依山而建，自南向北，排列着牌坊、七七纪念碑、纪念堂、纪念亭、享堂，气度壮丽，规制严谨，状如中山陵。在忠烈祠四周，共有 13 座大型烈士陵墓，两侧青山翠柏，古松参天，安葬着第九战区阵亡将士的遗骸。

1938 年武汉会战以后，蒋介石在南岳召开军事会议。许多将领在发言中说，国军一路仓皇而退，阵亡官兵多暴尸于战场，这不但是对死者不尊重，更影响生者的士气。反观日军，对战死士兵的尸体都尽量抢回，或焚烧，或掩埋，不至于陈尸于阵地。为国捐躯落得如此下场，足以让言者伤心，听者落泪，后来，蒋介石在总结讲话中将这一点列为国军十二大耻辱之首，他自责道："我军过去最遭敌人轻视的一点，就是我们阵亡官兵的忠骸，有许多不仅不能抬回安葬，而且任其遗弃阵地，暴尸战场。这是我军最大的弱点，亦就是我军最大的耻辱！""我们忠勇将士为国捐躯，竟至死不得收骨，我们后死者如何对得起已死的官兵！还有什么面目见人！""我国俗话说'死无葬身之所'，这是形容人世最悲惨境地的说法。如果我们不能掩葬阵亡同胞的遗体，任其暴尸原野，在死者想来直如死无葬身之地。这是多么悲哀的一件事！"会后，蒋介石指定陈诚、薛岳牵头，赵恒惕等 7 人组成南岳忠烈祠建设委员会，在战火纷飞中用四年多时间建成了忠烈祠。

预 10 师前师长孙明瑾，此刻就长眠在忠烈祠前面的山坡上。他是上年底由军长方先觉亲自主持下葬的。1943 年 12 月 1 日，孙明瑾在救援常德时牺牲。21 日，他的灵柩从长沙运抵衡山，沿着盘山公路抵达忠烈祠。那天下着阴雨，全军营以上军官在方先觉的带领下，全都踩着两腿黄泥，冒雨牵引灵车，一起将他的灵柩拉到忠烈祠正前方的山麓下安葬。

在淅淅沥沥、寒入骨髓的冬雨之中，方先觉亲自拉着绳索，慢慢将灵柩缓缓放入井下。雨越下越大，绳索越放越慢，方先觉双眼渐渐地模糊了，他仿佛看到 1940 年春末那个阳光和煦的下午，年轻的参谋长孙明瑾来报到时，龇着一口白牙，一副温文敦厚的样子。那时方先觉刚当师长，孙明瑾是他的第一个参谋长，两个人都是黄埔毕业生，年纪相若，又都怀着杀敌报国的理想，都想把军队练成一支骁勇善战的部队，很快成了亲如兄弟的朋友。孙明瑾文武双全，长于谋划，擅长练兵，作战骁勇，从来没人见他穿过什么华丽的衣裳，但冲锋陷阵时他永远冲在队伍第一个。常德会战的最后关头，他同日本鬼子拼刺刀，连杀六个鬼子，突遭敌人机枪扫射，身中五弹。临死之前，还在高呼："贯彻命令，达成任务！"

绳索终于不动了，灵柩稳稳地停在墓穴的底部。顶上的战士开始一瓢一瓢铲起黄土，倒入即将永久封闭的墓穴。眼看要自此永别，孙明瑾的夫人姜文珍再也控制不住，扑在墓穴边放声大哭。孙明瑾的几个孩子，大的不过十岁，小的五六个月，也都跟着她号啕大哭。方先觉和在场官兵无不落泪。

随后，方先觉忍住悲伤，带着全体官兵在大雨中敬礼起誓："杀尽日寇，为孙师长报仇，为死难的军民同胞报仇！"

时间才过去半年，一切似乎都变了。

初夏时节，野花满地，芬芳扑鼻。在孙明瑾的墓地边，有野菊数亩，菊色明艳动人，蝴蝶上下翻飞，野蜂嗡嗡拥舞。花丛之旁，有两三个临时捆扎的竹架草棚，这是工务参谋康楣遵循方先觉的指示，提前来搭好的墓庐。方先觉说，要在自己离开湖南之前，为孙明瑾守一宿的墓，陪他聊聊天儿。

"初夏天，孩儿脸。"白天还是阳光灿烂，傍晚突然山风大起，凉意阵阵，宛然一夜入秋，一朵朵黑云翻山越岭而来，好似山雨欲来的样子。不过，直到天明，只刮了一夜的风，雨却始终没有落下来。

方先觉倒是做了一夜的梦。

在梦中，他又见到了孙明瑾。还是蹙着川字眉，龇着一口大白牙，抱着一架机关枪正向河堤冲锋，和往常一样，他仍然冲在队伍的最前面。但是，方先觉看见了，就在堤坝后面，埋伏着一队日军，他们正架起机枪，等他过来。方先觉赶紧大声提醒，可是孙明瑾充耳不闻，抱着机枪从他身边一跃而过，向日军猛烈扫射。机枪子弹打完，他又用手枪、步枪猛射。可是日军越来越多，孙明瑾打光了子弹，竟冲入敌阵拼起了刺刀。他的刺杀动作还是那么娴熟老练，一转眼接连格杀了六个鬼子。这时，远处两个架着机枪的鬼子乘机对准他一阵狂射，孙明瑾猝不及防，连中五弹，鲜血染透了军衣。

方先觉大惊，当即拔枪怒射，击毙两个鬼子。孙明瑾用枪撑住身体，还在大呼："努力杀敌！努力杀敌！"此时，又有两个鬼子端着枪刺，从斜后杀来，方先觉情急之下，只得一手扶住孙明瑾，一手来抓鬼子刺刀，力道到处，竟将刺刀都折断了。另一个鬼子趁机一枪刺来，正扎在他的胸口上。

随着一阵钻心的疼痛传来，方先觉用力挣脱，清醒过来，原来是南柯一梦，竟惊出一身冷汗。他坐起身来，一看怀表，未到寅时。山谷里漆黑一片，满天星斗在夜空里显得尤为清亮，隔壁康楣鼾声轻微，近处溪流淙淙，偶有夜鸟啁啾，更远处听见松涛哗哗，阵阵翻滚，好像在大海里行船一样。

待到天明，却又是晴空万里。遥看祝融峰隐在云雾之中，竟似雨雾绵绵，果然不负衡山"一山有四季，十里不同天"之说。方先觉等人收拾行装，告别孙明瑾，向上封寺去了。

南岳衡山是唯一地处江南的五岳名山，与其他四岳不同，温带气候让这里终年青翠，自古有"五岳独秀"之称。魏晋以来，每逢中原鼎沸，士族衣冠南渡，衡山就成为人文荟萃之地，唐时有李杜诗颂南岳，宋时有朱张踏雪唱酬，明清之际，王夫之、曾国藩等人多次登临南岳，两个人的祖居也在附近。南岳还是禅宗的祖庭之一，六祖慧能的两大弟子，南岳怀让及其再传弟子马祖道一，以及青原行思的弟子石头希迁，都曾在南岳驻锡讲经，开宗立派。因此，南岳不仅风景独秀，文化也很独特，满山都是名胜古迹，高僧大德。

方先觉有两年没来衡山上封寺了。上次来时，他虚岁38岁，刚被提拔为第 10 军军长，是同期黄埔毕业生里面第一个当上军长的，可谓壮年得志，意气风发。那时上封寺住持还是宝生法师，上封寺在他主持下，修葺一新，僧侣云集，香火鼎盛，青烟缭绕，颇有衡山五大丛林之首的风采。这次一看，寺庙变化不大，许是战事将近，倒是萧索冷清了许多。

方先觉来看故人。宝生的墓塔，就在他修的登山道边，墓塔两旁，古松遒劲，繁枝虬结。这里离祝融峰 1 里远，南岳几条登山道都在此汇集，大概因为风烈雪多的缘故，道路两边为行人登山驻足而建的板房，正在一间间换成石墙铁瓦。

转到山后，却见另有一条青石古道，沿着山脊蜿蜒而上，两侧壁立千仞，极为险峻，崖边山花烂漫，煞是好看。

见方先觉看得入神，上封寺住持智圆法师说：

"这是曾国藩古道。虽是隋唐就有的古道，不过全靠曾国藩家族出资重修才得以沿用至今，因而称为曾国藩古道。上封寺能有今天的气象，也得感谢曾国藩家族。今天在寺里还留有不少湘军名人的墨宝，方军长不妨移步去看。"

方先觉信步走到寺内藏经楼，果然有不少名人留下的墨宝，以湘军名将大儒作品居多。他本来不甚爱看这些，但近期心境浮动，竟也颇有些兴趣。也有今人之作，叶剑英就留下一诗："四顾渺无际，天风吹我衣。听涛起雄心，誓荡扶桑儿。"气势雄健，恢宏大度，朗朗上口，方先觉很是喜爱。

赵君迈的老家在衡山白果，和曾国藩老家离得很近，他非常了解曾国藩。赵君迈说，40 岁是曾国藩人生的分水岭。40 岁前的曾国藩，古板傲慢，为人刚直，凭着一腔热血向咸丰进言，结果被皇帝免职；1853 年他创办湘军，又为长沙官场不容；出省支援江西，却受当地官员排挤，处境万般艰难。

1857 年 2 月，曾国藩正在难受之际，突然接到父亲的讣告，他即刻上书皇帝，要求回家守制，咸丰命他夺情回军，曾国藩趁机向皇帝诉说自己创办湘军所遭的愤懑，期望得到皇帝体谅并授以实权，他甚至说，如果不给督抚之权就不出山。没想到，此时恰逢太平军分裂，咸丰以为平息战乱指日可待，有没有曾国藩无关紧要，干脆批准他解除兵权，在家守孝三年。辛苦大半生换来这个结局，对曾国藩来说无疑是当头一棒。咸丰七年二月到咸丰八年六月居家这一年半时间，让曾国藩大彻大悟。他说："自从丁巳、戊午大悔大悟之后，乃知自己全无本领，凡事见得人家有几分是处……与四十岁之前迥不相同。"此后的曾国藩，变得和气、谦逊、周到，不再怨天尤人，常常把"好汉打脱牙和血吞"这句话挂在嘴边。人生不如意者十之八九，求而不可得，才是世间的常态。

同治六年，九弟曾国荃因为剿捻无功被摘去顶戴，苦闷不已，曾国藩写信劝慰他说："事已如此，亦只有逆来顺受之法，仍不外悔字诀、硬字诀而已。"所谓"硬"字，就是咬紧牙关，打脱牙，和血吞；所谓"悔"字，就是反思自我，重新做人，就像曾国藩自己常说的那句话，"从前种种譬如昨日死，从后种种譬如今日生，另起炉灶，重开世界"。

方先觉听了赵君迈这番话，不发一言，若有所思。他过去只对行军打仗感兴趣，对曾国藩的了解还停留在打仗练兵上。他还是第一次知道，人称"古今第一完人"的曾国藩，竟然在 40 岁时也有过这样大起大落、大彻大悟的时候。

"打脱牙和血吞"，这话是多么无奈，又是多么充满智慧。大人虎变，君子豹变，小人革面。"百端拂逆之时，只有逆来顺受之法"，这大概是 40 岁的曾国藩重新出山以后，能够一顺百顺，有如脱胎换骨的秘诀所在吧。

看方先觉对曾国藩颇感兴趣，智圆法师干脆打开了话匣子。他说，曾国藩的出生地湘乡白玉堂，当地称"大界曾氏"，距离衡山西岭上封寺只有30里。大界曾家世代务农，族中虽然也有粗识文字之人，数百年来却没有一个和科名有缘。直到曾国藩父亲曾麟书出生以后，曾家才算是真正兴旺发达起来。曾麟书17岁时到南岳上封寺烧香，抽得一签，上面写着："双珠齐入手，光采耀杭州。"后来，曾国藩实授两江总督，节制江、浙、皖、赣四省军务，曾国荃同时担任浙江巡抚，曾麟书所说的"吾诸子当有二人官浙"才变成现实。大界曾家发家后，多次捐资上封寺。同治年间，太子少保曾国荃捐资白银二万余两重修上封寺，是上封寺史上最大一笔功德。

"南岳菩萨，显远不显近。"智圆法师对方先觉道，"方军长如有兴趣，不妨也抽上一签，问问前程。"

于是，方先觉虔诚礼佛，毕恭毕敬地抽了支签。

智圆取出签文，只见上面写着："魏阙凌烟万长雄，挣脱金锁走蛟龙，吉人自有天相护，遇犬逢牛吉化凶，云开洪落因有果，寒雨连江夜无踪。"背面是解签文，上曰："退身可得，进步为难，有意兴变，到底安然。三十六计，走为上计，逃之夭夭，可免灾殃。"

智圆法师看了签文说，方军长果然吉人天相，看来宝座无恙，前程无忧，安全也可放心，定能逢凶化吉，遇难成祥，免除一切灾祸。尽管法师一番吉言巧解，方先觉还是放心不下，自己既已卸任了军长，也就远离了兵燹战火，又有什么吉凶可言呢？他一路反复琢磨"遇犬逢牛吉化凶"这句话，百思不得其解。

直到回到衡山军部，方先觉还在想着上封寺那句令他费解的签文，不知将会得到怎样的应验。

第二章
天地为炉

天地为炉兮，造化为工。阴阳为炭兮，万物为铜。

——［汉］贾谊，《鵩鸟赋》

"一号作战"

1944 年春，第二次世界大战局势已经逆转，盟军在亚欧各大战场凯歌高奏。欧洲战场上，在欧洲东线，苏联红军将德军逐出苏联，又继续向其仆从国反攻；在欧洲西线，艾森豪威尔统率盟军积极开辟第二战场，德军即将面临两线作战的危机；在南欧，上一年墨索里尼政府倒台，意大利对德宣战，轴心国分崩离析。太平洋战场上，美军在和日军的较量中步步紧逼，虽然暂时还没有完全切断日军海路，但已使其海洋运输能力下降了大半。东南亚战场上，中美英印盟军发起反攻，使日军不得不由攻势改取守势。

日军大本营意识到，从日本本土到东南亚、南亚的海上交通线将很快被切断，自朝鲜半岛经中国到马来半岛的大陆交通线将成为其最后的生命线。这条交通线上的大部分地区包括中国河南、湖南、广西等地此时还处在中国军队的控制之下。为了挽救日军在东亚和太平洋战场的危局，日军大本营提出了"打通大陆交通线"的构想，又称作"一号作战"。

所谓"大陆交通线"，是指从朝鲜半岛出发，经由中国东北进入山海关，自北至南贯通平汉、粤汉、湘桂铁路，连接滇越铁路，打通中国东北、华北、华中、华南、西南战场，并纵贯东南亚中南半岛、马来半岛、印度尼西亚群岛，最终把日本本土、东亚大陆和南洋地区连为一体，建立日军陆上补给线，避免海、空被美军控制后全军覆灭。

早在 1943 年夏天，有关"一号作战"的构想就已提交到日军大本营幕僚会议上讨论，但由于当时东南亚战局紧张，计划被迫暂停。9 月，美国 B-29 轰炸机投入实战，日本本土进入了盟军空军的直接打击范围。

11月25日，9架B-25从中国大陆出发，轰炸了在台湾的日海军基地，这在日本国内引起了巨大恐慌。大本营判断，美军飞机很快就会袭击日本本土，大本营急需消灭东亚大陆上的美军空军基地，同时也急需一场巨大的胜利，来提振各地日军连续发生"玉碎"事件而导致全面低落的军心和士气。1943年12月31日，日本天皇在御前会议上同意了参谋总长杉山元大将的提议；1944年1月24日，日军大本营正式下达了"一号作战"的命令。

"一号作战"的内容主要有三点：第一，攻占中国平汉铁路南段；第二，攻占桂林、柳州，摧毁沿途中美空军基地，防止B-29轰炸机对日本本土进行空袭；第三，击败湘桂、粤汉铁路沿线中国军队主力，粉碎中国政府的续战意志。

"一号作战"是日军自"太平洋战争爆发后规模最大的一次一连串的大军作战"。日军在此役中共动用18个师团，约51万名士兵、10万匹战马、1500门火炮、800辆战车、15000辆汽车，这是日本陆军自1872年明治建军以来动用兵力最多的一次。由于"一号作战"主要集中在中国河南、湖南、广西二省，因此中国也称之为"豫湘桂战役"。

1944年4月，日军集中优势兵力，对中国第一战区军队发动闪电战，发起"一号作战"第一阶段的豫中作战。

4月17日，日军进攻豫东；19日，日军渡过黄河；22日，攻克郑州；5月1日，许昌陷落；5月25日，占领洛阳，打通平汉铁路，豫中会战结束。战况一如计划般顺利。

"一号作战"的重头戏，是第二阶段的湘桂作战。此阶段的作战又分为三个子阶段：一是以攻占长沙、衡阳为目标的长衡作战；二是以攻占桂林、柳州为目标的桂柳作战；三是打通广西至越南谅山的道路，并攻占粤汉铁路南段。

其中，"长衡作战"是"湘桂作战"的重中之重，由日军在中国关内战场上兵力最多的野战军第11军执行。

第11军是中国派遣军属下唯一的一支战略性机动野战军，下辖8个师团，主要任务是消灭中国中央军的主力。横山勇时任第11军司令官，55岁，生于日本军人世家，曾与石原莞尔、饭村穰并称日本陆军士官学校第21期"三羽乌"。1942年12月，他被遴选为第11军第五任司令官。

第11军自1939年以来，曾经三犯长沙，但都无功而返。这一次，中国派遣军为了毕其功于一役，另外调集了4个师团交给横山勇，使第11军的兵力达到了空前的12个师团、150个大队、36万人。这是日军侵华以来单次用兵最多的一次，甚至超过了1938年日本在武汉会战所用的兵力，之前日军仅仅在40年前的日俄战争中动用过如此大规模的兵力。

日军从1944年2月开始准备发起"一号作战"，他们在赣北、鄂南、湘北，明修栈道，暗度陈仓，悄悄将20多万兵力隐蔽地集中到崇阳、岳阳、华容一线。为了掩护和策应日军第11军在湘桂的作战，中国派遣军总司令官畑俊六还命令浙江的第13军发起作战，以牵制第三战区；又命令第23军沿广东西江溯江而上发起进攻，以搅动第七战区和第四战区。

风起于青蘋之末。这一系列眼花缭乱的行动并没有完全躲过重庆统帅部的视线。5月6日，蒋介石察觉日军似有侵犯湖南之意，致电第九战区司令长官薛岳，叮嘱他"由赣北直攻株洲与衡阳之情报甚多，务希特别注意与积极构筑据点工事，限期完成，以防万一为要"。不过，薛岳不以为意，认为"防线之敌未见增加，何来万一"。此后，军委会多次提醒，各地情报站也纷纷报告"日军有大规模调动迹象"，但薛岳还是没有引起重视，对这些情报束之高阁，置之不理。

5月14日，河南即将失陷之际，蒋介石再次电告薛岳："日军打通平汉线以后，必继续向粤汉线进攻，以打通南北交通，增强其战略上之优势。希积极准备，勿为所乘。"薛岳仍坚持己见，认为日军只是一场局部行动，对长沙毫无威胁。

直到 5 月 15 日，蒋介石再次发来急电："有大量日军集结在鄂南一线，目前正有南移的迹象，随时会进攻长沙。"

薛岳这才意识到，日军是真的要对长沙动手了。

5 月 17 日，日军第 5 陆军航空军将司令部推进至汉口。

5 月 23 日，横山勇到达鄂南，设立湖南作战指挥部。

5 月 24 日，横山勇向第 11 军发布湘桂作战命令。

5 月 25 日，中国派遣军总司令官畑俊六将前线司令部移至汉口，第 11 军司令官横山勇率部在岳阳附近集结完毕。

5 月 26 日，在湘桂作战发起前一天，日本天皇询问首相兼参谋总长东条英机中国军队的准备情况，东条英机说：

"中国军队虽然估计到日军将进攻岳州、常德、宜昌以及浙赣地区，似乎试图加强各个阵地，但其兵力分散，并未认真对待。更没有看到中国对于日军即将发起的全面进攻采取从其他方面集中兵力的情况。虽然中国军队也担心日军作战有可能发展为更大规模的作战，但总体而言，他们对日军的作战设想，至今没能做出清晰准确的判断。"

天炉战法

1905 年 5 月 27 日，日军在朝鲜和日本之间的对马海峡上歼灭了俄国波罗的海舰队，从而彻底击败了人口、经济总量、海陆军实力远胜于己的俄国，取得了日俄战争的决定性胜利，这成为日本近代军事崛起的重要起点。1944 年 5 月 27 日，是日军引以为傲的日俄战争胜利 39 周年纪念日，日军第 11 军司令官横山勇选择在这一天发动了"湘桂作战"。

眼看日军大军压境，第九战区司令长官薛岳集中 10 个军，27 个师，30 万兵力，依托新墙河、汨罗江、捞刀河、浏阳河，自北而南，层层设防，节节抵抗，最终在长沙外围与敌决战。

这一部署，正是曾在长沙三次击败日军的"天炉战法"。关于"天炉战法"，薛岳在《天炉战》一书中如此阐述："天炉战者，为在预定之作战地，构成纵深网型据点式阵地，配置必要的守备部队，以伏击、诱击、侧击、截击、尾击、堵击诸手段逐次消耗敌力，挫其锐气，然后于决战地使用优越的兵力，施行反击和反包围，予敌以歼灭打击。盖为后退决战方法，因敌之变化而变化之歼敌制胜新方略，如炉熔铁，又如炼丹，故名。"

具体说来，就是在湘北地区广泛破坏道路，同时依托从北而南的新墙河、汨罗江、捞刀河、浏阳河，层层设防抵抗，拉长战场纵深，逐次消耗敌军力量，同时将我方重兵部署在两翼侧击、尾击，随着日军不断深入，敌方力量越来越弱，我方力量越来越强，当敌军攻击到长沙"炉芯"地带，已成强弩之末，这时我军再集中优势兵力，化外翼为内翼，变防守为进攻，使敌军处在我军的反包围中，合围之后决战。

"天炉战法"的发明者是第九战区司令长官薛岳。第九战区成立于武汉会战期间，其地理范围包括湘、赣两省大部以及鄂南部分地区，中间湘赣边境的幕阜、武功、罗霄山脉是湘、赣两大水系的分水岭，以该中央山系为中心，东到鄱阳湖和赣江，西到洞庭湖和湘江，呈左右大致对称的格局。其中，湘北地区遍布山河湖沼，地形尤为复杂，"天炉战法"，正是薛岳基于这一特殊地形而创造出来的一套独特战法。

"天炉战法"最早源于薛岳的"倒八字阵"。1938 年 7 月，薛岳在南浔作战中布下"倒八字阵"，将日军阻击在南浔线外，后来，日军出奇兵偷袭万家岭，薛岳将计就计，又在万家岭布下"口袋阵"，包围日军后，他不断增调部队围攻日军，最终几乎全歼第 106 师团，取得了万家岭大捷。

后来，薛岳在"倒八字阵"和"口袋阵"的基础上，结合湘北地区地形，创造出一套独特的"天炉战法"。这套战法本质上还是"倒八字阵"，但"倒八字阵"的重点在于最后的决战，而"天炉战法"的重点是在诱敌深入的过程中，将重兵部署在两翼对敌进行诱击、侧击、伏击、尾击，逐渐消耗敌人战力之后再行决战，可以说是"倒八字阵"的升级版。

"天炉战法"的贡献者除了薛岳本人，还包括川军名将、第九战区副司令长官杨森，以及第九战区前后两任参谋长吴逸志、赵子立等高级幕僚。其中，吴逸志是薛岳保定军校时的同学，两个人都是广东客家人，又差不多同时从军，属于一向"信得过，谈得来，靠得住"的朋友。1943 年底，吴逸志因事去职，薛岳担心蒋介石往第九战区"掺沙子"，就选择了他相对还算熟悉的参谋处长赵子立接任参谋长一职。

薛岳重用赵子立，当然首先是因为赵子立有过硬的参谋业务能力。赵子立，河南人，1908 年出生，18 岁加入西北军，19 岁考入黄埔军校，跟随过郝梦龄、关麟征、薛岳等名将，既有扎实的军事理论功底，又有很强的实战参谋能力，历任第九战区参谋、参谋科长、参谋处长、参谋长等职。赵子立为人很有主见，不人云亦云，从万家岭开始就给薛岳提出过很多中肯的建议，是"天炉战法"的重要贡献者之一。赵子立虽然出身黄埔军校，但他大部分时间在西北军、粤军，所以在他身上并没有很明显的黄埔系或西北军的特点，正因为此，才意外地得到了粤军大佬薛岳的保举而快速升迁。1938 年，他任参谋时刚 30 岁，1939 年第一次长沙会战时还是一名科长；到 1944 年已身居战区参谋长高位了，可谓青云直上。

日军此次进攻湖南，薛岳一开始没有太当一回事。1942 年第三次长沙大捷后，第九战区长达两年无战事，长沙人民过了一段太平日子。1942 年初，美国人要求中国组建远征军，军委会从第九战区抽调第 15、19 集团军到云南。1944 年，蒋介石又在美国人的施压下，将 7 个军调到了印缅战场。此时，第九战区兵力已由过去巅峰时的 40 万降到不足 30 万了。

薛岳不知道的是，为了发动"一号作战"，日军大本营 1943 年底就在国内进行紧急扩军，编组了 14 个独步旅团调往中国，还成立了 8 个野战补充队随军作战，随时补充部队伤亡，此外，原拟调往南方的第 3、第 13 师团等仍留在中国战场，日军直接用于这次湘桂作战的兵力超过 25 万人，远远超过之前三次长沙会战所用兵力。这些情报不知道是没有被侦察到，还是被薛岳选择性地忽视了，在日军进攻之前，第九战区兵力并没有明显增加，也没有对日军行动进行充分准备。

不只是薛岳，连负责情报和作战的军令部部长徐永昌也大意了，他大大低估了日军再次发动大战的能力和野心。5 月 19 日，在日军即将发起湘桂作战前几天，蒋介石询问豫中作战后日军动向，徐永昌还说，日军"无持久进攻力，其部队亦多为杂凑"。对日军作战目标，军令部内部的分歧也很大。第一厅认为，敌人将会师衡阳，窥伺桂林；徐永昌则认为，"敌人完全无深入企图，不过一意打击吾人反攻力量"，日军进至渌口或即停止，即使窜据衡阳，也绝不至于西入桂林。

但是，年轻的赵子立却闻到了一丝不对劲。他每天察看各地的情报，越看越不对，日军这是要发起一场空前大战啊。他认为，第九战区兵力远远不够，应尽快向军委会要兵力。

赵子立匆忙赶到岳麓山下的第九战区司令部。

尽管已是初夏，在第九战区长官部大院的百年大槐树下，司令长官薛岳依然一身戎装，军容整肃，但今天他看来心情还不错，难得地稍微松开绑腿，解开衣扣，一脸轻松地坐在竹椅上，听南岳管理局局长石宏规汇报《南岳一览》文稿。

这几年，兼任湖南省主席的薛岳，抓住战局相对稳定的时机，着力在南岳建设上好好下了一番功夫，以体现他主政湖南的思路和功绩。1940 年 9 月，薛岳决定在南岳创办省立农业、工业和商业三所高等专科学校，并兴建一批重要场馆，力图将南岳打造为全省文化教育区。1944 年，南岳忠烈祠、忠爱社、疗养院等相继建成，南岳成为湖南省文化、教育、医疗重地。这些情况，在 1944 年春南岳管理局局长石宏规编撰的《南岳一览》中进行了描述。石宏规此次专程来长沙，就是向薛岳汇报，请他在 6 月该书付梓之前亲自审订最后一稿。

赵子立进来时，薛岳正在对石宏规说："在前言里还要加几句话，强调这件事的意义：后方建设必须配合前方胜利，使军事、政治节节呼应，在抗战建国同时并进的原则下……"

"报告！"赵子立进来，向薛岳敬了个军礼。

"子立，你来了，请坐请坐，一起看这段话合不合适。"

"好，薛长官！不过，军令部有些紧急情报要向您报告。"

见赵子立一副心急火燎的样子，薛岳略微有些扫兴。他让大家先散会，和赵子立来到作战室。赵子立边走边说：

"薛长官，我认为日军近期可能发动大规模进攻。"

"哦？何以见得？"薛岳还没有回过神来。

"最近，军令部发来情报说，日军在进攻中原的同时，在平汉铁路南段、粤汉铁路北段也没有消停，这两个地区铁路运输异常繁忙，有部队大量调动的迹象，另外，他们在长江中下游两岸大量抓夫，军统岳阳情报站也报告说，进入 4 月以来，湘北地区日军到处戒严，不准中国人通行。"赵子立说，"根据过去经验看，一旦日军在火车站附近戒严，铁路运输频繁，同时大量抓夫，就是有大举进攻的打算了。"

薛岳不以为然："子立，日本人不比从前了，在中国战场能维持现状就阿弥陀佛了，别忘了，现在河南还在打仗，日军兵力不敷使用，还能有多大本钱同时进攻湖南呢？"

赵子立说："您说得对，现在日军的兵力确实大不如前，战斗力也比前几年下降得厉害，不过，日军的机动性还是很好，每次打仗总能利用铁路快速调遣各方部队，所以哪怕他们总兵力不多，但每次都能形成对我军的局部兵力优势。"

"最近，美军'飞虎队'侦察机在巡逻时发现，长江上很多日军船艇在武汉和南京等地之间频繁往返，驻扎在华东的日军有向武汉集中的态势。另外，两个月来日军在长江沿岸大量捉老百姓当苦力，抢修从武汉到湖南的公路，运兵、运粮、运弹络绎不绝，大有山雨欲来之势。此外，我军长江沿岸通信站侦测到的日军战地通信单位数量也比春节前明显增加。种种迹象表明，日军正向湘北地区大举集中兵力，兵力规模还很大，不排除近期有发动大战的可能。"

薛岳说："也可能是日本人在虚张声势吧！他们在长江上把船开来开

去，不排除是打出增兵的幌子声东击西罢了。"

"我觉得不太像。"赵子立拿出一沓电文，"您看看军令部第二厅发来的情报，从 3 月中旬至 5 月中旬，日军由长江下游上运的兵力达到 12 万，由上游下运的兵力五六万，两相加减，武汉方面增加的兵力为六七万人，大概是 3 个师团。这 3 个师团必然有特别目的，才调动到武汉。"

薛岳说："就算日本人真来进攻，最多也就是四打长沙。前三次都没能得逞，现在他们又能搞出多大的水花？"

赵子立道："如果敌人的目标只是长沙倒也好办。不过依我看，项庄舞剑，恐怕日本人这次意图还不只是长沙。"

"哦，那会是哪里？"薛岳问。

"我看这次日本人的野心和胃口大得很。日军通过豫中作战，打通了平汉铁路，把东北、华北、华中各地战场连为一体，不排除下一步他们还要继续打通粤汉铁路，把平汉铁路和粤汉铁路彻底贯通，把华北、华中、华南各个战场全部连接起来。"

"子立，有什么依据？"薛岳问。

"薛长官，说实话，我并没有太确定的依据，只不过从军委会和各地情报站发来的情报综合分析，另外结合上个月豫中会战中日军所用兵力，来反推日军此次作战的目的。从军事上说，作战目的和所用兵力是高度相关的，作战目的不同，所用兵力不同，反过来说，所用兵力不同，作战目的也不同。各地情报站最近给军令部多次报告，华北、山东的日军近期调动也很频繁，无独有偶，这个月从山海关进关的铁路客运量也大幅缩减，不排除他们在为关东军进关做准备。从日本人所调动兵力来看，这次他们的胃口和野心不小，甚至不排除有同时打通粤汉铁路和湘桂铁路的可能。"赵子立说。

"子立，大胆假设虽然没有错，但也要小心求证才是。你说的这些意见很好，不过还是要从全局着眼。你说日本人要打通粤汉铁路和湘桂铁路，这个可能性我不能说完全没有，但可能性不大，这需要日军有足够多的兵力才行。今时不同往日，我看日本人现在恐怕没有这个能力了。子立，你别忘了，现在河南还在打仗，日军能有多少兵力，敢南北两线同时作战？即便如你所说，日军真来进攻，以我第九战区兵力，应该也还对付得了。你是不是有点多疑了？"薛岳说。

"薛长官，我希望是我多疑，不过从各方面情报分析，还真不一定哩！这次日军所用兵力，我判断很可能远超过前三次长沙会战的兵力。前几次打长沙，日军最多一次用兵 12 万，少的一次七八万人，那时候第九战区兵力有 40 万，也不过勉强取胜。从过去几次作战情况来看，我军兵力只有达到日军兵力 3 到 4 倍才有把握击败敌人。但现在第九战区兵力还不到 30 万，如果敌人兵力太大的话，到时同时有打外线的，有打内线的，还有打二线的，我们可能就顶不住了。"

"那你认为应该如何？"薛岳问。

"我建议，首先是尽快向军委会多要些兵力，包括从其他战区调动兵力；其次，重新斟酌决战地点。"赵子立说。

"怎么，你觉得这次长沙守不住？"薛岳蹙起眉头。

"薛长官，敌人三次兵败长沙，这次肯定会采取不同的打法，动用更大规模的兵力，所以我们的决战地点就要综合双方兵力、素质、兵种、装备、战斗力强弱等因素统筹考虑。我的理解，'天炉战法'，并不是固定在长沙决战，否则就变成死架子打人了，如果敌人兵力太大，我们不妨让敌人再深入一段，把决战地点再往后退一退，时间再宽裕些，以消耗敌人力量，直到敌人力量消耗殆尽了，我们再发起最终决战，这也正体现了'天炉战法'的核心和精髓——'后退决战'。"

赵子立从桌上拿起一根军用橡胶绑带，一边用力向后拉，一边对薛岳说道："攻防双方就像这根橡皮带子，力量越大，拉得越长，拉得越长，就越薄弱，超过极限，就会绷断。我们把决战地点再往后退，实质上就是拉长战场的战略纵深，相当于把这根橡皮带子再拉长，直到把它完全拉断为止。"

"那么，以子立兄高见，应该退到哪里？"看年轻气盛的赵子立在他面前高谈阔论"天炉战法"，薛岳有些不快了。

赵子立谈兴正浓，丝毫没有发现薛岳情绪的变化，还在滔滔不绝、斩钉截铁地说："衡阳！或者湘桂边界黄沙河。"

听赵子立说要退到衡阳甚至广西再决战，薛岳的脸色马上沉下来了。赵子立这才察觉到薛岳的不快，缓了缓语气道："当然，薛长官，我认为衡阳是最好的。如果日军真要打通湘桂铁路和粤汉铁路的交通，集中的兵力就绝对不会少，我们只有集中江南地区的精锐兵力，才可能战胜日军。决战的地点，最好就是在衡阳。衡阳这个地方，地理上是华中、华南的腰眼，通往大西南的咽喉，最重要的，粤汉铁路和湘桂铁路就在衡阳交会，只要有这两条铁路，江南任何地方的部队都可以快速向这里集结，这是长沙所不具备的条件。"

赵子立转过身，指着墙上五万分之一比例的军事地图说：

"而且衡阳这个城市，东、北两面临江，四周没有高山，地形非常好，城市规模也适中，不大不小，正好摆 3 ～ 4 个师兵力，阵地既紧凑又结实，这也是长沙不具备的优势。"

薛岳这边铁青着脸，赵子立却越说越兴奋。

"您看，从岳阳到衡阳大约 700 里，这 700 里只要逐次抵抗，可以争取一个月时间，有这一个月，江南地区任何一支部队都可以赶到衡阳来参加决战。到那时，双方决战形势就不一样了，我们就化被动为主动，实现以空间换时间了！"

薛岳越听越不爱听，他不耐烦地打断赵子立说：

"子立，日本人倾覆就在旦夕之间了，他们已经日落西山，自顾尚且不暇，还有多大的本钱来打通湘桂铁路和粤汉铁路呢，又能搞出多大的水花来呢？既然你说日本人马上就要大举进攻，那么我也来说说日军打不了大仗的几个原因。

"第一，兵力的问题。你说我们兵力少了不少，这是事实。不过你看看日军又如何？从 1942 年末到 1943 年，日军大量抽调部队南下，华北 12 个师团一半调到东南亚去了，光去年秋天，就抽走第 17、32、35、36 等 4 个师团。昨天徐永昌说，今年还要抽走第 3、13 两个师团南下。现在日本人兵力早就不够，他们在华中、华南极度空虚，兵源、能源、资源即将全面崩溃。老实说，现在不是日本人进不进攻我们的问题，而是我们要不要反攻，以及何时反攻的问题了。

"第二，时机的问题。'军无辎重则亡'，像这种大规模的作战，首先得考虑大军的后勤补给，就算日本人真的要来再攻湖南，那也得挑个时机吧。现在正是湖南的雨季，阴雨绵绵，道路泥泞，从岳阳到长沙 300 里路早就化路为田，日军机械化部队怎么行动，重炮怎么运输，弹药军火怎么办，后勤补给怎么办？几十万大军行军打仗岂是儿戏。两年前他们在长沙吃的亏还不够吗，还要挑这个时候来进攻长沙？

"第三，最重要的一条，战争的形势和两年前已经大不一样了。现在制空权已经转移到我们手里，没有制空权，日本人还能吹牛用他一个大队打我一个师吗？子立，今时不同往日，空军才是决定今后战争胜负的关键性因素。几十万日军在地上千里转战，美军飞机天天在头顶上轰炸，长途行军，日夜作战，还要运输大量后勤物资，岂不是自寻死路吗？"

赵子立还是不服气："军令部说长江上日军运输频繁……"

薛岳打断他："你一口一个军令部，昨天徐永昌不也和蒋委员长报告了，中原战事还没有平息，他认为日军近期没有发动大战的可能。日本人把船在长江上开来开去，不过是以攻为守，吓唬我们，或者根本就是指东打西，想从中国继续抽兵力南下而故作姿态。这不是日本人一贯的手腕吗？"

薛岳接着说："我第九战区是抗击日寇南下的第一道屏障，也是今后反攻北上的先锋，我战区一举一动，关系全国抗战大局至重，全国民众关心至切，难道只是因为听说日本人到处运输、到处拉夫，我们就要把整个江南的部队都调来吗？那么，云南的远征军要不要也调回来呢，滇缅国际通道要不要打通呢，英美盟军又会怎么看呢？目前远东战局正处在最关键的时期，我们不说帮多大忙，至少不要添乱。不要敌人稍微一动甚至还没有动，我们倒先乱了自己的阵脚。"

薛岳这一顿抢白，像马克沁机关枪一样，火力十足，把赵子立轰得哑口无言，这回轮到赵子立不吭声了。

见赵子立还是一脸不服气，薛岳缓了缓语气，继续说道：

"子立兄，你是军事理论家，总该记得《战争论》吧，'战争无非是政治的继续'。军事说到底是要服从政治的，战略是要服从于政略的。美军很快就要打到东京了，日本人现在就像是秋后的蚂蚱，太平洋才是他们的重点，至于中国，能维持住现状就谢天谢地了。我听说，很多过去在汪伪政权的汉奸现在也跑回来了，他们说日本人的策略是'破坏华南，掠夺华中，确保华北'，你看，华南在日本人的算盘里最多是骚扰骚扰破坏一下而已。日军三次兵败于长沙，早就不敢染指第九战区，这次也不过是以攻为守虚张声势罢了。

"至于你说日本人想打通粤汉铁路和湘桂铁路，甚至贯通整个东亚大陆，我不能武断地说这不可能，但可能性很低。如果日本人想用打通大陆交通线来挽救整个东亚残局，我只能说这个想法太天真太幼稚了！且不说能不能打通，就算真的打通了，又能如何呢？他们有足够的兵力来保护铁路线吗？没有了制空权，日本人就连他们的东京和天皇都保不住，还想保住几千公里长的铁路线吗？你想想，美国人的飞机天天在脑袋顶上轰炸，铁路真的能贯通吗？要我说，这种想法，纯属是异想天开，纸上谈兵！这种思维，还停留在十年前的陆军思维上，最后不过是痴人说梦、画饼充饥而已。"

赵子立被薛岳说得面红耳赤，忍不住又辩解道：

"薛长官，日本人是怎么谋划的，说实话我也不太明了，但是，他们在调动兵力准备进攻，这是实实在在非常明确的！正因为敌人山穷水尽，穷途末路，我们才更要防止他们狗急跳墙嘛！"

看到这个年轻的参谋长如此倔强和固执，薛岳很不高兴：

"子立，他们顶多是不甘失败，四打长沙嘛！那就放马过来吧！你放心，有我第九战区在，日本鬼子就翻不了天。冈村宁次、阿南惟几都尝过'天炉战法'了，那就再把横山勇送进炉子熬一熬，让他也尝尝'天炉战法'的滋味，何乐不为呢？"

薛岳站起身，端起茶杯，摆出一副送客的模样：

"我还是那句话，战争，是政治的延续，依我看，敌人绝不敢再来攻打长沙，如果他们真想来打，那最好不过！战争之道，无非死中求生，亡中求存。子立，你是知道我的，湖南不是河南，薛岳不是蒋鼎文，第九战区更不是汤恩伯的第一战区！"

赵子立是河南人，深知这话中有话。多年来，第一战区司令长官蒋鼎文和副司令长官汤恩伯明争暗斗，互相拆台，搞得河南乌烟瘴气，将帅不和，军政不和，军民不和，这是造成大溃败的重要原因。薛岳把第九战区和第一战区对比，有点上纲上线的意味了。赵子立再倔，此时也只好闭嘴了。

蒋鼎文、汤恩伯怕日本鬼子，他薛岳偏不信这个邪。

客观地说，薛岳确实有叫板的本钱。凭着第九战区骄人的战绩，他已经成为国军在全面抗战中最耀眼的那颗将星。

1937 年七七事变后，日军几乎连战连捷，国军则节节败退，全国上下陷入悲观，国民党军政大员一个个垂头丧气，行政院副院长孔祥熙每次讨论抗战问题时总要说"中国哪得不亡""中国不亡是无天理"，让与会者十分反感。

连国民政府最高层都是这个看法，更遑论其他人了。

1938 年，日军攻占徐州，图谋武汉。7 月，冈村宁次率日军进攻九江，企图迂回攻击武汉。7 月 26 日，九江沦陷，第二兵团司令张发奎匆忙撤退，让蒋介石大为恼火。7 月 31 日，张发奎被撤职，他的第二兵团交给了第一兵团司令薛岳。

张发奎临时去职，让薛岳突然多了好几个军的兵力，他决心好好和日本人干一仗，一雪前耻。在第九战区誓师大会上训话时，薛岳威风凛凛地站在高台上，挥舞着雪亮的军刀，对即将走上前线的将领杀气腾腾地大喊："有进无退，违者斩！"

薛岳最终守住了庐山，两个月后又取得万家岭大捷，全歼日军一个师团，这是国军从未取得过的战绩。接到捷报这天，正好是 1938 年"双十节"，蒋介石双喜临门，喜出望外，亲自拟电："查此次万家岭之战役，各军大举反攻，歼敌逾万，各级指挥官指导有方，全体将士忠勇奋斗，不胜喜慰。"

从这天开始，薛岳重新走进了蒋介石的心中。1938 年 12 月初，薛岳晋升为第九战区副司令长官，代司令长官职。

中缅印战区美军总司令史迪威曾说过，中国军队最大的问题不在普通士兵，也不在基层军官，而在高级将领。中国有最好的士兵，甚至非常好的基层军官，但有世界上最糟糕的高级军官，他们贪污腐化，贪生怕死，根本不像个军人。

薛岳则像是一个天生的军人。他个性高傲，自比岳飞，性格倔强，杀伐果断，百折不挠，和国军其他高官普遍腐化堕落的作风不同，薛岳生活简单俭朴，不赌不嫖不纳妾，每天凌晨4点即起，晚上7点准时睡觉，一日三餐敲钟吃饭，办公室里除了一张军用地图别无他物，卧室内只有一木板行军床、一床军被，连枕头都是用换洗衣服包裹而成的。

一年后，薛岳迎来了他人生的第二个高光时刻。

1939年9月，德国闪击波兰，第二次世界大战爆发，中国战场则风声鹤唳，国军连连败退，汪精卫公开投敌，让全国抗战信心降到冰点。在这个特殊时刻，冈村宁次率10万日军闪击长沙，妄图效法"闪电战"。第一次长沙会战打响了。

9月24日，关麟征第15集团军被日军包围，情况危急。军委会认为，日军攻势猛烈，此时宁愿放弃长沙也要保存实力，蒋介石叮嘱薛岳，"保存实力，避免决战"，让他"守着阵地打，守不住就走"。25日晚，第15集团军开始撤退。

9月29日，长沙城里已经听得到日军枪声了。但是，对于是否坚守长沙，薛岳和统帅部发生了激烈的争论。军委会拟定的方案都以放弃长沙为前提，不过，薛岳非但不肯放弃长沙，反而要求将全部主力部署在长沙，与日军展开决战。

蒋介石立即派军委会政治部部长陈诚、副参谋总长白崇禧飞到长沙，两人连夜赶往株洲渌口，当面劝说薛岳。

薛岳见到这两人，不紧不慢地说："两位长官不用劝了。将在外，君命有所不受，今天我薛岳在这里打定了！打胜了，算我抗命，你们可以枪毙我；打败了，我自杀，以谢国人！"

陈诚劝他："伯陵，切莫意气用事。日军势大，你顶不住的。"

薛岳不服气："谁说顶不住？我肯定顶得住。这次我下了决心，就要在长沙和日本人打一打！"

白崇禧急了："拜托你不要打了！日军来势太猛，态势对我军非常不利，先前华中局势之所以暂时稳定，是因为有武汉、南昌、长沙三足鼎立，现在武汉、南昌已失，长沙孤立，势难持久。伯陵兄，只要实力在，以后还可以打嘛，我劝你先后退，再决战，老话说得好，留着青山在，不怕没柴烧嘛！"

薛岳怒了，一拍桌子大喊道："退，退，退，一路都是退，中华虽大，总有一天会是尽头，到时我们再往哪里退呢？如果今天我放弃长沙而去，上无以对中央，下无以对国人，从此我不敢再穿军装！"

陈诚两下为难，只好左右相劝。劝着劝着，他也慢慢被薛岳打动了。1937年七七事变以来，国军被日军撵得一路溃逃，失地千里，确实太不像回事了，再不奋起一战，就没有办法对国内外交代了。何况他也觉得，目前情势虽然危急，却也未到不可收拾的地步。他心里开始有点倾向薛岳了。

于是，陈诚话锋一转说："汨罗不战，退长沙；长沙不战，退衡阳；衡阳不战，退桂林。伯陵说得对，长此退却，国土再大，终有尽头，究竟哪里才可以一战呢？这样吧，我为两位做个中立的评判，不如你们两位就当前敌我的形势各自陈述，研究一下我军到底有没有可能一战。"

于是，白崇禧和薛岳各自据理力争，但谁也无法说服谁。

陈诚开始帮着薛岳说话，白崇禧无奈，只好先回去。陈诚在临走之前，问薛岳有什么需要，表态会全力支持。同时，他也将自己和薛岳的意见连夜向蒋介石做了汇报。

蒋介石听了，颇为感动。"逆命而利君国者谓之忠"，他权衡再三，重新下令，决定让薛岳在长沙与敌放手一搏。

这次长沙会战，冈村宁次指挥 10 万日军，分三路分进合击闪击长沙，薛岳则指挥 20 余万国军，依托湘北的大江大河，逐次抵抗，诱敌深入，将日军引向湘赣边界的崇山峻岭之中，消耗敌人的战力，切断日军的补给，最终在长沙以北地区集中优势兵力，将日军包围。10 月 1 日，冈村宁次下达了全线撤退的命令，10 月 5 日，薛岳下令全面反攻，10 月 10 日，日军仓皇退回湖北，双方重新恢复到战前对峙的局面。

善战者，未战已胜。

薛岳敢于抗命，并不完全是出于他的一腔义愤和报国热情，而是对与日军如何作战早有心得，并有成熟的腹案。早在北伐时期，薛岳就转战湘北、鄂南一线，对这一带的地形了如指掌，如数家珍。针对湘北山河湖沼遍布的特殊地形，薛岳琢磨出来一套以"后退决战"为核心策略的"天炉战法"，取得了第一次长沙会战的胜利，经过第二次长沙会战的打磨，"天炉战法"更加趋于完善和成熟，并在随后 1942 年初第三次长沙会战中大显神威，打得日军第 11 军丢盔弃甲，一败涂地。此役之后，日军在长达两年里再也没有染指长沙。

"天炉战法"，是在敌强我弱的情况下，依托湘北地区的大江大河地形，不断诱敌深入，消耗敌人的力量，最终在决战地点集中优势兵力决战，反败为胜。这套战术要奏奇效，需要特殊的地形、足够多的兵力、足够长的纵深为基础，并不是放之四海皆准的普遍性原则，更不是太上老君能装天地、可灭万物，如"八卦炉"一般神奇的宝贝玩意儿。

汉代的贾谊谪居长沙时曾写过一篇《鹏鸟赋》，其中"天地为炉兮，造化为工。阴阳为炭兮，万物为铜"两句尤为薛岳所爱。他取"天""炉"二字，为他的战法命名，并在《天炉战》中写道："天炉战术，足以法天地之幽邃，穷宇宙之奥秘，为鬼神所惊泣，人事所难测，无以名之，故曰天炉战。"

薛岳的确是一名能征惯战的名将，但是，正如蒋介石所言，他也有好功喜名的毛病。长沙三战三捷，让薛岳自信满满，对这套战法深以为傲也深信不疑。在他的默许和授意下，在好事者的推波助澜下，"天炉战法"后来越传越神奇，越传越夸张，差点搞出一出闹剧，搅起一场轩然大波来。

首创者，是薛岳的同学、好友，时任第九战区参谋长吴逸志。吴逸志军事上很有才华，在德国学过军事，经历过第九战区抗战以来历次大战，算是"天炉战法"的重要创造者之一，不过，他为人有点书生气，也不太懂得政治。

第一次长沙会战大捷后，吴逸志让人排演了一出戏，名为《新战长沙》。在剧中，扮演岳飞的人头戴帅盔，身着银铠，前有马童，后有大纛，大纛上写了一个大大的"薛"字，暗指薛岳本人；另外一人，羽扇纶巾，身着八卦衣，扮成军师诸葛亮的模样，动辄说"山人吴逸志"，他一登台点将，左右扮成"军长"的兵丁们就挎着腰刀，大喊一声"有"！

公演那天，第九战区长官部秘书长王光海看到一半就看不下去了，他一言不发，离席而去，其他将官虽不敢走，却一个个看得脸上发烧。薛岳自己并不以为意，只和吴逸志相视一笑，两个人倒是看得津津有味。这部戏后来在湖南各地公演，被好事之人绘声绘色地讲到蒋介石的耳朵里，搞得蒋介石很不高兴，认为薛岳这个人华而不实，徒好虚名，对他的印象变差了很多。薛岳和吴逸志两个人则互相推诿，薛岳说，这是吴参谋长搞出来的，吴逸志说，这是得到薛长官同意的呀！蒋介石本来还很看重吴逸志，知道他搞了这出名堂后，内心对吴逸志十分厌恶，暗暗给他记下了一笔。

1943 年秋，美军在太平洋战场反败为胜，有逼近日本本土的趋势，胜利的旌旗在望，趁着战事比较清闲，吴逸志写了一篇名为《论亚洲战场的重要性》的报告，报给军委会和蒋介石。蒋介石没有时间细看，但为了鼓励将官思考，就随手批了几个字，以示嘉许。吴逸志收到以后，非常高兴，一时头脑发热，又托他在外交部工作的连襟，把这封信转交给了美国总统罗斯福。罗斯福看了以后，也回信赞扬了几句。吴逸志更加欢天喜地，马上打电报给蒋介石报喜，没想到蒋介石大怒，批字："免职，交由军法执行总监部查办。"

不久，军法执行总监何成濬打电话给吴逸志，叫他去重庆报到。吴逸志不敢去，找薛岳求情。薛岳知道，吴逸志未经允许私下联络美国人，往轻了说是自作主张，往重了说是私通外国，要知道此时蒋介石正和史迪威闹得不可开交。看这位老同学政治上如此天真，薛岳只好亲自出面斡旋。蒋介石看在薛岳面子上，免去吴逸志的牢狱之灾，调任他职了事。

三次长沙会战确立了薛岳"百战名将"的地位。不仅薛岳本人，当时大多数人也认为，如果不是薛岳当初坚守长沙，日本人早就挥师南下了，哪还有蒋介石的"第二期抗战"。在"第二期抗战"的正面战场中，日军在第九战区用兵次数最多，而国军则以湖南抵抗最烈，歼敌最多，牺牲和贡献最大。第三次长沙大捷以后，连美国、英国这些"国际友人"也对中国刮目相看了，美国宣布向中国贷款 5 亿美元，美英两国同时宣布废除对华不平等条约，同盟国还任命蒋介石为中印缅战区最高统帅，这是中国自鸦片战争以来没有过的大事、喜事。

从 1939 年到 1944 年，薛岳兼任湖南省主席，他一手抓军事，一手抓民政，殚精竭虑，成就斐然。他提出了"安（安居、安业、安心）、便（便民、便国、便战）、足（足食、足兵、足智）"的方针，实施

"六政"（生民之政、养民之政、教民之政、卫民之政、管民之政、用民之政），确保湖南成为第九战区巩固的后方。"湖广熟，天下足"，1943年，湖南省除了供给国家军粮1000万石、军棉7万担、军布300余万匹之外，还额外接济邻省，贡献居各省之冠。

蒋介石本来是非常反对军人干政的。因为他自己就出身于军阀，深知中国千百年来，每到动乱年代，就有军政不分的乱象，搞得各地乌烟瘴气，民不聊生，所以，他从控制全国政局那天起，就不遗余力地在各地推行"军政分离"，力图铲除各地军阀的势力。在中央军入川以后，为了阻止当地军阀干政，蒋介石甚至还一度亲自兼任过四川省主席。

但是，蒋介石一直没有下决心让薛岳辞去湖南省主席。在他的心中，薛岳是一个异类，虽然历史上曾多次反对过自己，不过现在他成熟了，不再是一个只懂行军打仗的武夫，而是"军政双优"的典范。这年春节，蒋介石过完元宵，就来南岳主持召开第四次军事会议。和前几次不同，这次南岳军事会议气氛颇为轻松、愉快。会前一天，南岳忠烈祠在战火中历时数年终于落成，蒋介石在薛岳陪同下专程前往视察。是日，天朗气清，惠风和畅，他从牌坊步入祠内，拾级而上，逐一察看，当他站在最高处的享堂，极目远眺，目睹青山翠谷，思绪万千，仿佛重回沙场，重见故人。蒋介石对薛岳非常满意，表扬他说，"此薛伯陵设计之功与办事之能也"。

会议开幕前，国民政府颁布命令，晋升薛岳为二级上将，在国军里，"少将满街走，中将到处有"，上将却凤毛麟角，其晋升一直颇为严格。这次南岳军事会议期间，除了安排蒋介石和白崇禧做大会主报告之外，还安排薛岳做关于第九战区的汇报。会议第二天，蒋介石抽空听取了薛岳关于湖南省社会建设情况的汇报，临近中午，他又邀请薛岳夫妇共进午餐。离席之后，蒋介石笑着对宋美龄说："伯陵进步甚多，可喜。"

1944 年春天，正是薛岳踏入人生巅峰的高光时刻。5 月中下旬，参谋总长何应钦、副参谋总长白崇禧听说薛岳不肯离开长沙，急忙打电话给他，劝他退到衡阳或者湘桂边界的黄沙河再作打算。薛岳哪里听得进去，他嘴上含糊，心里嘀咕："白崇禧这家伙真是越来越不像样了。官越当越大，胆子却越来越小，不打则已，一打就退，一退就溃。叫我放着湖南不守，退到广西再战，无非是想叫我给他看大门嘛！"

薛岳和白崇禧，一个是粤军名将，一个是桂系大佬，一个自比岳飞，一个人称"小诸葛"，虽然同为两广人士，多年来却互不相能。两人早在北伐时期就有了矛盾，后来，白崇禧仕途一路走高，薛岳却不大得志，宦海里沉沉浮浮，直到投靠陈诚，才东山再起。等到抗战军兴，薛岳靠着实实在在的战功，又重新回到了蒋介石的视野，一步步走到了战区司令长官的高位。陈诚是他的伯乐和政治靠山，但陈诚和白崇禧多年来也是各立山头，明争暗斗，连带着薛岳也和白崇禧势同水火。

白崇禧认为，薛岳好大喜功，刚愎自用；薛岳则认为，白崇禧既不知兵，更不善战，徒有"小诸葛"的虚名。1937 年淞沪会战，白崇禧亲临一线指挥，他无视日军火力强大的事实，坚持搞"中央突破"，导致数万桂军无端丧命，此后一年，国军节节败退，场面非常被动，直到 1938 年薛岳取得万家岭大捷，局面才稍微好看了一点。1939 年，薛岳顶住白崇禧的命令坚守长沙，取得了第一次长沙大捷，三个月后，白崇禧指挥桂南会战，却打得一地鸡毛，连带着陈诚跟他一起被降职。所以，薛岳打心眼儿里瞧不起白崇禧，认为他精于算计而昧于大势，根本不是副总长的料，蒋委员长就是因为用错了白崇禧，才把抗战搞到今天不可收拾的局面。白崇禧叫他放弃长沙退到广西，说白了，不就是想让他第九战区部队去给他桂系看大门吗？简直是狼子野心，岂有此理！

对个性高傲的薛岳来说，是不可能接受任何以放弃长沙为前提的方案的。五年前那么难的局面他都没有放弃，今天胜利在即，又怎么可能不战而退？湖南是薛岳的第二故乡，第九战区是薛岳的地盘，好不容易打下的地盘，怎么能说放弃就放弃？在薛岳看来，像赵子立这样自以为是的年轻将领，一切只会从纯军事观点出发，而不会真正站在他的角度去理解他，这恰恰是赵子立和吴逸志两人作为参谋长的差距。

很快，到了制定长沙防守方案的时候，赵子立又和薛岳吵起来了。

1942年第三次长沙会战，薛岳用1个军守长沙，这次他还打算再用1个军来守长沙。但赵子立坚决反对。他说，第三次长沙会战，当时湘江两岸没有战事，那时用1个军来守长沙兵力还觉得捉襟见肘，这次如果敌人从湘江两岸同时用兵，还用1个军同时守长沙和岳麓山的话，兵力和阵地根本不相匹配，只会造成两边被动，最后两边都守不住。

赵子立给薛岳算了一笔账。岳麓山四面除了东临湘江无须过多兵力外，北、西、南三面约13里宽，以1个团负责2里防守来准备，再考虑敌人兵力优势需留够预备队，仅岳麓山1个阵地就要1个军的兵力，何况还有长沙呢？所以他坚持要再放1个军在长沙，如此才能确保岳麓山和长沙两边都有足够兵力，确保"天炉"的炉底不至于被敌人打穿。

薛岳颇不以为然。他说，长沙经过三次会战，阵地已经相当坚固完善，何况守军很有经验，对付日军完全没问题。最后他还是决定用1个军守长沙，其他主力都放在城外负责伏击、侧击、尾击，这是和第三次长沙战役如出一辙的部署。

在赵子立看来，薛长官这是在拿死架子打人了。

而在薛岳看来，赵子立纯粹是站着说话不腰疼。

在第九战区十几支部队里，有几个是真正好用又听话的呢？四支王牌部队里，头号主力王耀武第74军是蒋介石的嫡系，根本不容染指，何况该军此时还在常德一线；川军杨森的第20军此刻也在鄂南对日作战的第一线，不可能抽调回来。剩下的就只有粤军第 4 军和黄埔系的第 10 军了。

第 4 军倒是一直驻扎在长沙、湘潭一带，4 月份日军有异动，该军就已调到离长沙不远的浏阳，是守城不错的选择。不过，在薛岳内心，绝不想让第 4 军来守长沙。守城打的是消耗，一战下来，这个部队基本就打残了，他怎么舍得自毁长城呢？所以他还是想让第 10 军上。所谓"守军很有经验"，实际上指的是第 10 军。不过，第 10 军在常德损失太大，此刻还在衡阳整补。再说了，大战当前，放着眼前的亲儿子不用，反把远在衡阳兵员不整的第 10 军顶上去，只怕会落人话柄。

薛岳不想本人出面，由赵子立出面是最好的。因为他是第九战区参谋长，有行军布阵参谋权，由他出面做方案，谁也不能说什么。于是，薛岳在多个场合暗示甚至明示赵子立：

"我看第 4 军这个部队，长于攻，而不善于守。"

没想到一向"醒目"的赵子立此时却装起了糊涂，好几次薛岳刚起话头，他就打哈哈不接话茬儿。看这个被自己一手提拔起来的参谋长如此不上路，薛岳非常恼火，却无从发火。

正好这时蒋介石来电明令："第 10 军担负守备衡阳任务，不得用于长沙。"就这样，薛岳不得不把第 4 军顶上去了。

5 月 29 日，日军发动湘桂作战的第三天，第九战区司令长官薛岳下达命令，张德能军长率第 4 军负责守备长沙。

但是，薛岳也好，张德能也好，直到日军发起长衡作战，对于到底怎么来守长沙，其实都没有做好充分的准备。薛岳一开始认为，"日军于三战之余，不敢再问津长沙"。直到中路日军一举突破岳阳南防线，蒋介石急电薛岳让第九战区"准备于长沙附近与南犯之敌决战，固守长沙、浏阳、衡阳三要地"。薛岳这才相信，日军这次是来真的了。

鏖战长沙

5 月 27 日，日俄战争胜利 39 周年纪念日，横山勇选择在这一天正式发动湘桂作战。黎明时分，东路日军首先发起攻击，当晚至次日，中路、西路日军也相继发起攻击。5 月 28 日，日军第 5 航空军将其战斗指挥所推进到武汉。

日军对湖南的进攻来得突然又猛烈，这时候河南还在打仗，大部分人包括薛岳都大大出乎意料。直到日军突破第一道防线新墙河进至第三道防线汨罗江，还有很多人认为，这不是大规模的攻势，敌人不过骚扰骚扰，到了汨罗江就会撤退。长沙距前线只有 200 多里路程，20 多万长沙市民有了前三次长沙大捷的经验，安静地度过了战事最初的两天。不过，从 5 月 30 日开始，长沙城里不知何故，突然骚动起来，人们一夜之间变得毫无信心了。他们发现，这次敌人兵力庞大，而且行动非常迅速，短短两三天日本人就近在眼前了。

面对日军全面进攻，薛岳发布第九战区军令："第九战区以保卫国土、粉碎敌寇企图，于湘江东岸新墙、汨罗、捞刀河、浏阳河、渌水间，湘江西岸资水、沩水、涟水间，节节阻击，消耗敌力，置主力于两翼，在渌水、涟水北岸地区，与敌决战。"这是和前三次长沙会战几乎一模一样的部署。

不过，战斗一打响，薛岳就发现这次大不一样了。前线发现的敌人部队番号，竟有八九个师团之多。他不知道的是，日军大本营为了这次作战，一共投入了 150 个大队，比 1938 年日军攻略武汉所用 140 个大队整整多了 10 个大队。为了确保一战功成，日军大本营还专门派岛贯武治大佐接任第 11 军高级参谋。日军很少打苏德战场上那种动辄百万兵力级的大会战，懂得大兵团战术的军官并不多，岛贯武治大佐算得上一个。1942 年，他曾经亲赴欧洲战场学习考察德、英、法、苏军作战经验，擅长大包围战、大歼灭战的理论研究和图上作业。

日军大本营原本制定的湘桂作战原则是"速战速决"。第一步，快速拿下长沙、衡阳；第二步，攻克桂林、柳州，摧毁沿途中美空军基地；第三步，与中国军队主力决战。

岛贯武治到任后，和横山勇对大本营原来的方案进行推演后认为，这次日军兵力上有绝对优势，长沙虽然坚固，但一战可下，不足为虑；相反，沿粤汉铁路和湘桂铁路进攻主线两侧国军倒应重视，西面第六战区在去年常德会战中损失惨重，无须过虑；相反，东面第九战区在湘江两翼的侧击、伏击、尾击，才是决定此战胜负的关键。他们判断，中国军队的侧击不会在长沙展开，而是会等到日军进攻衡阳时才展开。因此，横山勇和岛贯武治决定，不按照大本营"速战速决，先攻桂柳，再行决战"的原定思路来打，而是在攻克衡阳的同时，主动邀战附近中国第九战区部队，力图在这个阶段的运动战中尽量多地围歼中国军队的主力，不给后面留下隐患。

湘桂作战一打响，日军一线 5 个师团就并列于湘北、鄂南一线，东路最外侧的日军为第 3 师团和第 13 师团，这两个精锐野战师团像两只张开的翅膀，又像两个举起的拳头，随时准备反击中国军队从湘赣边界山地发起的侧击、伏击。中路的日军是第 116 师团、第 68 师团，他们从岳阳出发，直插长沙以南。西路日军是第 40 师团和独立混成第 17 旅团，他们南犯洞庭湖区，攻占益阳，再攻宁乡，久攻不克后又分兵向南，继续攻击湘中的湘乡、永丰，形成大范围包抄的态势。

这 5 个一线师团身后是 3 个二线师团。其中，第 58 师团位于湖北监利，第 34 师团位于湖北蒲圻，第 27 师团位于湖北崇阳，二线师团与一线师团之间保持约 200 公里的距离，一线兵团负责扫清外围，二线兵团则如影随形，接踵而至，除了参加决战，还负责扫荡残敌、修补被毁道路等任务。

日军为了这次湘桂作战可谓做足了准备。虽然一些参战部队是由新组建的独步旅团置换出来的治安师团，缺乏足够实战经验，但日军用了两三个月时间来训练准备，并制定了细致的作战方案。方案甚至具体到每一次战斗的细则，包括兵力配置、作战进度、后方兵站、警备、气候、地理环境等等。

比如，为了对付薛岳的"化路为田"战术，日军用两年时间想出了应对之道。湘北丘陵上到处种满了松树，老百姓平时靠这些松枝、松针烧火取暖，所以他们在破路时舍不得砍掉这些松树，这就给日军开通道路留下了可能。日军修复道路时，改变过去主要对已被破坏道路进行修复的做法，而是另辟蹊径，通过伐倒松树垫成路基，开辟出新的应急道路来；在没有松林的平原上，则干脆用人力拖曳，将一门门重炮开进湘北战场。此外，日军还充分利用洞庭湖和湘江水运来维护后勤，掳掠了 2500 多艘民船运送野战重炮及炮弹。

日军这次进攻长沙的兵力达 25 万人，按过去两军的战力配比，第九战区至少需要有 50 万兵力方可与之抗衡，有近 100 万兵力方可取胜。但此时薛岳手里不过 30 万人，即便后来军委会临时凑够了近 50 万人马，但因为准备不足，还是陷入了极度慌乱之中。长衡会战一开始，第九战区各部一与日军接触就往后退，这是和前几次长沙会战一样的打法，只不过，这次国军不是有计划地后退，而是根本就抵挡不住。

日军 5 个一线师团，同时以 140 公里至 200 公里的广正面齐头并进，最外侧的两个野战师团，像两只翅膀一样阻止国军侧击，二线师团则跟在一线师团后面约 200 公里处，一旦一线师团黏住对手，他们马上跟进形成梯次进攻。日军用这种策略，总能形成局部兵力优势，并保持住战场的纵深。

在日军这种"广正面、波浪式"的连环攻势面前，国军根本无法像过去一样实施包围和侧击，甚至根本就站不住脚，反而被机动性及炮火占有绝对优势的日军黏住，切割包围，分别予以重创。薛岳左支右绌，还是无法稳住前线的部队。在急剧恶化的形势面前，他再也没有了死守长沙的底气，只得将长官部紧急撤到耒阳，将参谋长赵子立留在长沙防守。

5月29日，东路日军突破鄂南通城，分趋平江、浏阳、醴陵三地。6月1日，攻占平江，继续南下。第3师团攻击西北，第13师团攻击东南，两军夹击长沙附近的重镇浏阳。

6月6日，西路日军陷沅江，攻宁乡。

6月8日，中路日军渡过新墙河、捞刀河、浏阳河。

6月11日，西路日军克益阳，再击宁乡。

6月13日开始，日军飞机每天晚上都飞来长沙轰炸扫射。虽然长沙城里早就实施了灯火管制，但有不少汉奸间谍早就混进城内，趁黑夜给日军飞机点灯笼，打信号，指引投弹。

6月14日，日军攻下浏阳，占领株洲，完成对长沙的合围。

6月15日，日军对长沙城及岳麓山同时发起攻击。

留在长沙的最高指挥官是第九战区参谋长赵子立，然而，他根本指挥不动第4军。

第4军，曾经是粤军王牌部队，北伐时即有"铁军"之称，粤军名将几乎都出自该军。此时第4军已半中央军化，全军兵力24664人，下辖第59师、第90师、第102师。作为薛岳的嫡系和基本部队，全军团以上军官由薛岳任命，装备和人员优先补充，战斗力不亚于中央军嫡系部队。

眼看日军即将围攻长沙，第 4 军军长张德能下令空城，用杉木沿湘江一根根拼成高大木栅，犹如一道密不透风的城墙，将湘江封锁得严严实实，除了开有 2 个仅容 1 个人通过的小门外，岳麓山和湘江与长沙城之间，几乎完全封闭隔离。

湘江穿长沙和岳麓山而过，张德能决定以湘江为界，各置一部。第 59 师、第 102 师及军直属部队等主力部队部署在长沙城内，第 90 师则部署在岳麓山上。

赵子立不认同这个部署。

他认为，守岳麓山远比守长沙城重要。湘江西岸是岳麓山，居高临下，瞰制长沙，东岸是长沙城，地势平坦，无险可守。岳麓山上有第九战区炮兵指挥部所属炮兵第 3 旅、第 4 军山炮营大炮 50 多门，包括德式 150 毫米榴弹炮。1934 年，中国下血本向德国莱茵金属公司订购了24 门 150 毫米榴弹炮，第一次拥有了凭射程优势就可压制日军的德式重炮。这 24 门"莱茵重炮"中的 4 门，此时就在岳麓山上。1942 年元旦前后，第三次长沙会战打到最危险的时候，就是靠岳麓山上这 4 门重炮，才彻底打垮了日军。这次，美军又送来了 12 门全新的美制 75 毫米山炮，岳麓山上的炮火力量更强大了。

赵子立说，连当年太平军都知道，守城的要务是"守险不守陴"，只要守住岳麓山，凭借山上大量的德式、美式大炮，就可以居高临下控制长沙。只要岳麓山不丢，长沙城就丢不了；相反，如果岳麓山丢了，长沙城就守不住。他认为，应该将全军主力部署在易守难攻的岳麓山，而不是长沙城内。

6 月 16 日，日军进攻长沙。他们吸取了前三次正面直攻长沙的教训，没有直接打长沙，而是采取大迂回战术，从东西两个方向进攻长沙和岳麓山。当晚，第 58 师团攻击长沙城，接受过山地作战训练的第 34 师团和第 68 师团一部则绕道岳麓山侧背进行攻击，他们以地、炮、空协同战术，首先集中摧毁岳麓山上的炮兵阵地。第九战区所属的炮兵第 3 旅和第 4 军部署在岳麓山的 50 多门火炮固定阵地及第 90 师的防御阵地，都是以支援东面长沙侧翼安全为目标，没想到这次日军从侧背发起了进攻，炮火一时无法掉转炮口迎敌。

赵子立马上打电话给张德能，说在湘江西岸发现大量日军，意图夺取岳麓山炮兵阵地，如果岳麓山丢了，长沙城必然守不住，但如果岳麓山能保全下来，就可以用岳麓山的炮火控制整个长沙，长沙城就丢不了。所以，当务之急是首先确保岳麓山，请张军长立即往岳麓山再调 1 个师的兵力。

张德能却不说话。

赵子立一再追问，张德能只能无奈地告诉他："参谋长，实不相瞒，薛长官临走之前有交代，守城部队归他直接指挥。如果你想改变部署，请先给薛长官打电话。"

赵子立打电话给薛岳："薛长官，我能不能指挥第 4 军？"

薛岳说："你不要指挥。"

赵子立问："那我在这里干什么？要不我回耒阳？"

薛岳又说："你不要回来，就在那里联络。"

赵子立怒了："联络？联络派个参谋，岂不更好？！"

电话那头薛岳摔了电话，这边赵子立也摔了电话。

张德能两头为难，拿不定主意，只好召集各师师长开会。

17 日上午，张德能终于下决心调整部署，命令第 59 师、第 102 师除留 1 团守长沙，其余全部过江向岳麓山靠拢。

但是，临敌变阵是非常危险的。第 4 军之前没有渡江的打算，军部也没有掌握足够的船只，要不要渡江以及该怎么渡江，从头到尾缺乏部署，在渡江的过程中，张德能又迟疑不决，首鼠两端，使得渡江从一开始就陷入了极度混乱之中。

湘江江面宽达1000多米，从长沙城横渡湘江到岳麓山，要以湘江中间的水陆洲为中转站分两段完成，每段渡江，坐小火轮约需半个小时，坐木船则要一个小时。但是，此时第4军掌握的船只从长沙到水陆洲只有1艘小火轮，从水陆洲到西岸只有10条木船，渡江部队却多达18000余人。并且，湘江沿岸都建起了七八里长的高大的木栅墙，仅留有一两个小门可容1个人通过，仓促之间无法拆除，也无法完全破坏。

由于准备不足，协调不力，处置不当，第4军从17日晚上开始渡江，直到18日上午还没有完全渡过去。上万人在小门前排成长龙。把木栅围得水泄不通，天明之后，渡江部队不停被对岸日军机枪扫射，又遭岳麓山日军大炮轰击，部队逐渐开始动摇，很快由个别士兵溃逃，发展到全军溃散。

更要命的是，渡江部队官兵突然找不到军长张德能了。

原来，张德能当天晚上简单交代几句之后，就带着几个人自行过江了，一到对岸，精疲力尽的他倒头就睡，叮嘱任何人不得打扰，完全不知道这一夜外面发生了如此严重的状况。等他一觉醒来，天已大亮，湘江边上的局面已不可控制，上万人的军队全线崩溃，除了狼藉一地、死伤惨重的官兵，其他1万余名官兵落水的落水，溃散的溃散，都不再渡江而慌不择路地向南逃去。气急败坏的张德能急得拔出手枪，堵在溃兵的路上大喊："都给我回去，谁跑就枪毙谁！"可是，此时的崩溃犹如雪崩，兵败如山倒，根本没有一个人搭理他，张德能毫无办法，只得跟在溃兵的后面往湘潭方向逃去。

岳麓山上的炮兵阵地遭到了日军飞机的狂轰滥炸，虽然最宝贵的4门德国莱茵大炮没有直接暴露在外，但炮兵阵地损毁严重，炮兵们在敌机轰炸扫射下完全丧失了战斗力。在敌人地、炮、空协同猛攻下，驻岳麓山的第 90 师很快瓦解，师长陈侃逃离战场。长沙城内第 59 师和第102 师剩余部队除了少数兵力继续坚守外，余部也开始向城外突围。

6 月 20 日，第 4 军留守部队伤亡殆尽，长沙城陷落。

决战衡阳

长沙这么快失守了，全国哗然，蒋介石也非常难堪。这时候，欧洲战场和太平洋战场都捷报频传，但在东亚大陆的中国战场上，却面临着自抗战以来前所未有的严峻考验。

在岳麓山失守当天，蒋介石紧急召开军事会议，重新选定决战地点，军政长官一致认为，日军必然进攻衡阳，副总参谋长白崇禧特意来电说："为了有足够的时间组织桂柳会战，希望有关部队能够在衡阳拖住日军。"最终，蒋介石确定了"中间堵、两边夹"的方案，这个方案的中心正是衡阳。

衡阳这个地方，战略位置显要，自古就是兵家必争之地。

中国人将山南水北称为"阳"，衡阳在衡山之南，故名"衡阳"。西汉时，衡阳建县，自隋以来，先后置郡、州、府、道，是湘南地区一千多年的政治、经济、文化中心。虽然是座府城，但衡阳直到民国初年人口还不到 6 万，马路窄到无法通行汽车，城市里也没有电灯，一到晚上漆黑一片。

20 世纪 30 年代，中国蓬勃兴起的铁路、公路交通建设热潮，彻底改变了湘南小城衡阳的命运。

抗战之前的华中、华南地区各省主政者大多热衷于修路架桥，湖南更是其中的先行者。1928 年，衡阳到长沙的长衡公路通车；1935 年，衡阳通桂林的湘桂公路通车，衡阳成为跨省交通中心；1937 年，衡阳到永州的衡永公路、衡阳到郴州的衡郴公路通车，由郴州经江西赣州接入华东公路网。1939 年，衡阳到宝庆的衡宝公路通车，在宝庆接上湘黔公路可通到贵州。至此，衡阳成为湘、赣、粤、桂四省公路网的重要枢纽之一。

地方政府主修公路，国民政府则大修铁路。

1936年，粤汉铁路株洲至韶关段建成通车。1938年，国民政府在衡阳设立粤汉铁路局和湘桂铁路局，管辖湘、桂、粤、鄂四省铁路。10月，尽管武汉会战失利，从衡阳出发的湘桂铁路却冒着日军的炮火修筑到了桂林，一年后又通达柳州，连接黔桂铁路，就在即将继续筑往南宁连接上从中越边境北上的桂越铁路时，日军为了彻底切断中国的对外通道，突然发动了"桂南作战"，这才打断了这条铁路的修建。尽管如此，此时的衡阳已成为华南最重要的铁路枢纽之一。

抗战全面爆发后，中国沿海各大港口相继沦陷，大批物资只能从香港输入，在广州装车，运到衡阳，再从衡阳通过铁路、公路运往全国。1938年，广州沦陷，粤汉铁路韶关以南被毁，物资只能从粤、闽、浙三省的小码头出发，沿着细如蛛网的交通线汇集到广东韶关、江西铅山、江西泰和这三大集散地，最终，条条大路通衡阳，都通过衡阳转运到全国。

水路方面，湘江、蒸水、耒水在衡阳城交汇，使衡阳成为千百年来湘江上最重要的码头之一。1938年武汉会战后，湘北成为对日作战第一线，铁路、公路全部被毁，但水路仍然可以通行。只要从衡阳乘船下湘江，经湘潭，过长沙，入洞庭，进澧水，再在常德津市换乘小船进入鄂西，最后改由公路送往重庆，就可以将物资辗转送到西南大后方了。

航空方面，衡阳是后来者居上。1941年底珍珠港事件爆发后，美空军将浙江衢州、云南昆明、湖南衡阳机场列为对日作战基地，衡阳机场一度成为"飞虎队"主要的航空基地之一，高峰时曾停放400架飞机，重要性甚至超过长沙。

金鳞岂是池中物，一遇风云便化龙。

1937年抗战军兴，大量工厂和人民内迁，衡阳迎来了城市、人口、经济的火爆增长，短短数年，人口从 6 万暴增到 30 万。1942 年，国民政府设立省辖衡阳市，留学过美国的衡阳人赵君迈担任第二任衡阳市市长。他雄心勃勃，宵衣旰食，启动了衡阳新城市建设，衡阳城迅速膨胀起来。1944 年，衡阳工商纳税额居全国第二，全市商号 6000 家，四大银行或迁址衡阳或在衡阳设立机构，衡阳成为中国重要的金融业和制造业中心。湘江两岸工厂林立，机器轰鸣，白沙洲、黄茶岭、合江套工业区有工厂 130 余家，商业街北起青草桥，南到洪家塘，绵延十里。在这个黄金时刻，只要经商，就能发财。

昔日的湘南小城衡阳，因为 1928 年至 1939 年中国风起云涌的交通建设热潮而成为华南最重要的公路和铁路枢纽之一，又因为抗战军兴，大量人民和工厂内迁而一跃成为国统区内仅次于重庆、昆明的第三大城市，一到晚上，莺歌燕舞，灯红酒绿，纸醉金迷，人称"小南京""小上海"。

可惜，风流总被雨打风吹去。

在日军大本营看来，衡阳在长达 1500 公里长的大陆交通线上是一个重要而特殊的存在。衡阳机场是连接盟军东南和西南空军基地的枢纽机场，同时，湘桂铁路和粤汉铁路在衡阳交会，使衡阳成为华南最重要的铁路枢纽之一，尤其是湘桂铁路，是日军进军大西南并将中国战场和东南亚战场最终连为一体的重要通道，成为日军"一号作战"必须夺取的战略目标。

而在中国军队的将领们看来，衡阳在地理位置上相当于华南、华中的"腰眼"，西南的"门户"，进可控制广西，钳制滇缅，窥伺重庆；退可牵制华中，扼守华南。同时，中国第四、第六、第七、第九这四大战区环伺其左右，只有衡阳这个地方，具备将江南各战区兵力迅速集中于一地的优势，不夸张地说，得衡阳者得天下。因此，无论是蒋介石还是赵子立，都不约而同地将衡阳作为其心中最佳的决战之地。

1944 年 8 月 12 日，《解放日报》发表社论说：

"衡阳是粤汉、湘桂两条铁路的联结点，又是西南公路网的中心，它的失守就意味着东南与西南的隔断，和西南大后方受到直接的威胁。衡阳的飞机场是我国东南空军基地和西南空军基地之间的中间联络站，它若失守，就使辛苦经营的东南空军基地归于无用，从福建建瓯空袭日本的门司，航空线为 1425 公里，从桂林去空袭，则航空线 2220 公里。衡阳位于湘江和耒水合流处，依靠这两条河，可以集中湘省每年输出的稻谷 3000 万石，还有丰富的矿产于此集中。这些对大后方的军食民食和军事工业是极重要的，它的失守会加深大后方的经济危机，反过来却给了敌人以战养战的可能性。"

衡阳虽然重要，但攻克衡阳却非难事。

横山勇认为，第 11 军在之前的湘北作战中已成功地将第九战区的防御系统击溃，短期内中国军队失去了再战能力，以第 11 军的战力，完全可出其不意地迅速攻占衡阳。

蒋介石则电令薛岳，"以阻敌深入、确保衡阳为目的"。话虽这么说，其实他心里并没有底。第 4 军的兵力、火力都比第 10 军强得多，长沙却只守了 3 天，衡阳想必也大抵如此。

让他们没有想到的是，守军在衡阳打了一场惊天地、泣鬼神的惨烈战斗，差点把日军自中原会战以来的"胜局"变成了"惨局"甚至是"败局"。给衡阳带来这场惊天大变局的，正是方先觉所带领的"泰山军"。

泰山军

"泰山军"，是国民革命军陆军第 10 军的别称。这是一支中央军嫡系部队，前身为北伐时期著名的第 3 师，具有纯正的黄埔血统，多年来，该军军官以黄埔毕业生为主。1938 年 6 月，第 3 师、预备第 2 师、预备第 11 师编成第 8 军，黄埔一期生李玉堂担任军长。1940 年 5 月，国民政府军委会将李玉堂第 8 军和梁华盛第 10 军整编为第 10 军，保留第 8 军军部，由李玉堂继任军长。该军调入湖南整训期间，恰逢 1941 年 9 月第二次长沙会战爆发，第 10 军拨归给薛岳第九战区指挥，从此开始了在湖南长达四年的对日作战历程。

第 10 军下辖三个师，分别为第 3 师、预备第 10 师、第 190 师。其中，第 3 师源于黄埔教导师和补充师，是第 10 军的老部队，第 10 军的高级将官大多出自第 3 师，所以第 3 师在第 10 军中的名声最响，人脉最广，战斗力最强，是当之无愧的"老大哥"。另一个师预备第 10 师是后编入的部队，虽然挂着"预备师"的番号，却是一支实力强悍的优秀部队，在第三次长沙会战和常德解围战中都是作为头等主力师使用，近几年该师声名鹊起，名头几乎要超过"老大哥"第 3 师了。第 190 师是梁华盛第 10 军的老部队，号称"忠勇师"，也是一支能征善战的部队。该师前身为预备第 4 师，最早成军于湖南衡阳，兵员以两湖、两广籍人士居多，将官则以广东籍人士较多，与第九战区司令长官薛岳一向关系比较亲近。

过去，第 10 军三个师的来源不同，彼此之间不太信任。当初第 3 师和第 190 师交流干部，第 190 师部分军官就认为军长李玉堂想借此吞并他们，一些团长、营长联合起来给薛岳写信告状，好在当时薛岳支持李玉堂，撤了几个团长、营长，才将事情平息下来。后来，第 10 军在李玉堂的统率下，仗越打越好，名声越来越响，尤其是在第三次长沙会战中一雪前耻，大败日军精锐第 11 军，使李玉堂的威信如日中天，全军官兵无不对他信服，三个师才真正融合走到了一起。

第 10 军打仗有典型的黄埔风格，军纪严，作风好，能打大仗、硬仗、恶仗，在徐州会战、武汉会战、三次长沙会战及常德解围战中都表现优异，是公认的王牌部队。首任军长李玉堂，山东人，与王耀武、李延年、李仙洲曾合称黄埔"一王三李"，其中，王耀武名头最响，时有"三李不如一王"之说，不过，李玉堂能名列其中，自然亦非等闲之辈。

相传，1942 年元旦第三次长沙会战期间，日军 10 万人围攻长沙，李玉堂在军部坐镇指挥，一边吃饭一边下令。室外炮火震天动地，突然，一颗炮弹打到军部门口，弹片破窗而入，斩断了他手里的筷子，又击碎了桌上的碗碟，参谋长看形势危急，催他赶紧转移，李玉堂不为所动，不紧不慢地说："不用不用。"接着坐在原地，直接拿手抓菜吃，颇有古时名将"泰山崩于前而色不变，麋鹿兴于左而目不瞬"之风。

现任军长方先觉，字子珊，江苏徐州萧县人。他身高一米八四，高大魁梧，为人刚正，性格耿直。方先觉读完中学，又考进上海法政大学，在校期间，他投笔从戎，考入黄埔军校，毕业后分配到国民革命军第 3 师。

第 3 师历任师长钱大钧、陈继承曾是黄埔军校的教官，方先觉当时的顶头上司卫立煌也是国军中有名的战将。后来，卫立煌组建第 45 师，调教导第 1 师白兆琮任副师长，调方先觉担任营长，白师长以德式方法训练部队，方先觉在该班学到了正规的德式治军方法。正是跟着卫立煌、钱大钧、陈继承、白兆琮等人，方先觉很快成为一名优秀的青年将领。

1936 年 8 月，方先觉从中央军校高教班毕业，重回第 3 师担任补充团团长。他在补充团开展德式练兵，成绩列全师之冠，深得李玉堂的器重。1938 年 6 月，李玉堂升任第 8 军军长，方先觉升任副旅长。10 月，军委会组建预备部队，曾在第 3 师任职的蒋超雄受命组建预 10 师，他请老上级李玉堂军长推荐干部，李玉堂就推荐方先觉到该师担任副师长。

"预备师"在国军体系里本来是边缘部队，主要任务是训练新兵和补充前线部队，一般在地方维持治安。预备第 10 师从浙江一支地方保安部队改编而来，军纪松弛，战斗力弱。蒋超雄和方先觉到任后，不满足于这个状况，决定把它锻炼成一支有战斗力的新型部队。他们从改组基层军官入手，逐步把连以上军官替换为黄埔军校毕业生和伤愈归队的士官。随后，方先觉充分发挥其练兵特长，对部队施以德式操练，还在师部设立了军乐团，军容军纪和战斗力大为改观。

预 10 师成军之后第一次出山，参加了 1939 年 12 月国军发起的声势浩大的"冬季攻势"。在安徽青阳陈家大山战斗中，师长蒋超雄和副师长方先觉兵分两路，分别进攻左右两座高峰，蒋超雄左路失败，方先觉右路取胜，但由于左路失利，右翼也受到威胁，在坚守五个昼夜后，被迫退往歙县整补。战后，蒋超雄被撤职，方先觉接任了预 10 师师长一职。

1940 年 3 月，冬季攻势结束，预 10 师在浙江绍兴整训，孙明瑾调来该师担任参谋长。孙明瑾，宿迁人，能文能武，曾在德械师第 87 师历任排长、连长、营长，后又进陆军大学深造。在孙明瑾辅佐下，方先觉以黄埔理念和德式方法治军，使预 10 师渐渐成为一支军纪严明、战斗力强、老百姓口碑好的部队。1940 年 5 月，方先觉的预 10 师调归李玉堂的第 10 军建制。

1941 年 12 月，第三次长沙会战爆发，李玉堂临危受命，带领第 10

军坚守长沙，方先觉预 10 师守南门。方先觉亲自部署，并在全师动员会上说："此次固守长沙的任务，虽艰巨而必达成，如不达成，愿受军法制裁！"眼看就要和日军短兵相接了，前线有个营长竟突然离开自己阵地跑回师部请示，方先觉闻讯大怒，一言不发，当即下令将该营长枪毙，传令"擅自后退者，就地枪决"。全师官兵获悉后，大为震动。

12 月 31 日，日军侦知守长沙南门的是预备第 10 师，司令官阿南惟几看这个部队番号前有"预备"字样，判断是二流部队，于是将作战计划定为"以长沙南门为重点攻击目标"。

1942 年元旦，日军以步、骑、炮、空联合对长沙发起猛攻，南门成了日军攻击的暴风口，日军以 12 架飞机循环往复轮番轰炸，前线阵地上的张越群第 29 团很快就打光了，方先觉亲自打电话给第 30 团团长葛先才："先才，张越群部已退下，现在看你的了！你马上派人收容整理，堵住缺口，所有兵力归你指挥，要部队我支持，随时增援！"电话那边葛先才双脚一并，大喊道："请师长放心！我团绝不给你丢脸！"

葛先才寸土不让，果然死死顶住了日军。方先觉又命令全师炮兵营全部换装迫击炮，配置到一线，从拂晓一直打到中午，打了整整 5000 发炮弹，阵地前日军尸横遍野。黄昏，葛先才抓住战机突然逆袭，变守为攻，让抓紧间隙准备休息的日军猝不及防，被冲得一连后退两三公里，此时，岳麓山上 150 毫米德式重炮开始朝着南门开炮，巨大的炮弹呼啸着越城而过，打得南门的日军血肉横飞，东躲西藏，溃不成军。

当晚深夜，战区司令长官薛岳亲自给方先觉打来电话，先是表扬预 10 师，接着问："南门还能守几天？"方先觉不假思索地回答："1 个星期！"薛岳又问："准备怎么守？"方先觉答："第一线守 2 天，第二线守 3 天，第三线守 2 天。"

放下电话，方先觉深感责任重大。第九战区诸将都知道薛岳历来军法严峻，好勇嗜杀，军中无戏言，他写下遗嘱，叫副官转交妻子。副官深受感动，又将信转交《长沙日报》。次日，《长沙日报》刊出："方师长誓死守土，预立遗嘱。"

接下来四天，日军集结重兵对南门连续猛攻，战斗尤为激烈。预10师阵地在日军压迫下接连丢失，直退到南门外修械所，方先觉亲赴一线持枪督战，葛先才亲自抱着机枪冲锋，率第30团与28团并肩逆袭，又把日军击退。双方冲杀往来11次之多，守军两团兵力损失大半，其中28团损失过半，30团500人仅剩58人，激战至4日深夜，阵地屹立不倒。随着赶到长沙的中国援军越来越多，日军发现自己有被包围的危险，不得不命令连夜撤退，薛岳当即决定全军发起反攻，预10师率先追击，到5日凌晨，长沙城下已不见敌人的踪影。

5日清晨，岳麓山上的重炮还在不断轰击，薛岳和吴逸志、赵子立乘车从山下来视察战场，经过南门口，看见大批日军士兵尸体横七竖八躺在地上。赵子立感到奇怪，对薛岳说，日军不到万不得已，不会扔下士兵的尸体不管，再急也会聚在一地焚烧，多年来如此，可见这次他们逃得有多狼狈！

薛岳一问，才知道这是预10师方先觉的阵地。第10军这次充当"炉膛"，预10师则承担了最重要的守南门的任务。该师刚参加完第二次长沙会战，兵员尚未整补，但还是以少敌多，死战不退，为取得第三次长沙大捷立下首功。战后，第10军获颁国军最高荣誉"飞虎旗"，被命名为"泰山军"；李玉堂则官复原职，1942年3月又升任第27集团军副总司令；方先觉则接任第10军军长，并被授予四等宝鼎勋章。

横山勇对方先觉和第10军都很熟悉，两军在半年前的常德会战中已经交过手了。1943年12月，日军第11军进攻常德，方先觉率第10军从衡山增援，马不停蹄赶往常德，最终克服困难将第57师残部接应出重围。战后，蒋介石特地表彰第 10 军，送方先觉一块牌匾，上书"忠义表天地"。

自抗战以来，第 10 军在李玉堂、方先觉两任军长带领下，征战大江南北，转战三湘四水，出生入死，屡建奇功，形成了"人人敢战、能战、乐战、愿意死战"的作风，特别是经过第三次长沙大捷和常德解围成功的锤炼，第 10 军全体官兵信心十足，更增加了"守必固，攻必克"的必胜信念，成为湖南人民心目中能攻善守、稳如磐石、安如泰山的"泰山军"。

日军战史称，方先觉是"1941 年秋冬第一次和第二次长沙作战时死守长沙的猛将，在 1943 年初冬的常德作战时任第 10 军军长，曾向常德增援，具有与我第 11 军特别是第 3、第 68 师团交战的经验"。对于国军第 10 军，日军第 11 军称之为"长沙军"，以别于对其他国军部队"重庆军"的称呼。

然而，大战还没有打响，第 10 军内部却出了问题。

群龙无首

第 10 军没有了军长。

1943 年底，常德会战爆发，第 10 军奉命驰援，孙明瑾率领预 10 师先行夺取资江南岸，结果被日军飞机侦知，预 10 师遭日军突袭，方先觉急令朱岳第 190 师火速增援，才发现薛岳早已越过方先觉，直接指挥朱岳将该师撤离，这完全打乱了方先觉的部署。孙明瑾连续冲锋失利，最终在与日军的肉搏中身中五弹而牺牲，副师长葛先才也被敌人一弹穿胸，幸未打中心脏。经此役，预 10 师全师遭到重创，损失近半。

预 10 师是方先觉亲手创立的老部队，孙明瑾、葛先才都是他的老部下和老兄弟。方先觉悲痛之下，深感气愤，亲自去找薛岳要个说法。薛岳也不客气，反过来指责方先觉临阵指挥失当，才导致本军伤亡惨重，申请军委会将他免职。

1944 年 5 月 8 日，军委会下令，免去方先觉军长职务。

薛岳已经不是第一次这么干了。

1941 年 9 月，第二次长沙会战爆发，第 10 军奉命开赴长沙东北金井地区布防。刚在前一天深夜抵达的预 10 师次日凌晨即遭日军第 3 师团猛攻。在日军轰炸下，预 10 师损失惨重，第 10 军另两个师也相继被突破阵地，军长李玉堂不得不下令全军撤往榔梨市。战后，薛岳追究第 10 军丢失阵地的责任，宣布免去李玉堂军长职务，另调钟彬接任军长。

没想到，第 10 军上下非常团结，一致反对薛岳拿李玉堂开刀。钟彬是李玉堂的同学，他也迟迟不来上任。正好这时又爆发了第三次长沙会战，薛岳以军情紧急为名让李玉堂代理军长，戴罪立功。没想到李玉堂不给面子，闭门不出，直到蒋介石亲自打电话，李玉堂才重新出山，担负起防守重任。

李玉堂憋了一口气，他身先士卒，饿了就在修工事的阵地上吃馒头，喝凉水，长沙城内工事修得比第二次长沙会战时完备得多。第10军官兵说"打好这一仗，要回老军长"，各师师长也都指挥靠前，冲锋在前，硬是扛住了10万日军的围攻。战后，李玉堂升任第27集团军副总司令。经此一劫，李玉堂很感谢薛岳，双方关系得到了很大程度的缓解。

薛岳此人有抱负，有本事，有性格，但最大的缺点是心胸不够宽广，平时喜欢拉帮结派，以大欺小。这也难怪薛岳，国军历来山头林立，派系复杂，从蒋介石开始就大搞团团伙伙，党同伐异。薛岳本来就是从粤军半路投到蒋介石门下的，他的地盘观念和忧患意识就更为强烈，对不是本乡本土、本系本派的人，常以"非我族类，其心必异"的心态视之。这在第九战区早已是公开的秘密，各路军头都是敢怒而不敢言。

薛岳虽然贵为第九战区司令长官，下辖4个集团军，名义上掌控48个师，50万人马，但这里面真正听他招呼的不多。第24集团军王耀武是蒋介石的嫡系，第30集团军王陵基、第27集团军杨森是川军大佬，虽然面子上尊重薛岳，但毕竟是一方诸侯；第1集团军孙渡是"云南王"龙云的嫡系，连蒋介石都要礼让三分，更遑论他一个粤军将领了。

直属第九战区指挥的部队，包括暂编第54师和第4军、第26军、第10军3个军。其中，暂编第54师原师长孔荷宠多年来在夹缝中求生存，最后还是被薛岳逮到了机会，以贪污罪将他下狱，算是明火执仗抢过来了。3个军里，第4军是薛岳的嫡系，全军团以上军官都由薛岳亲自任命，连军长张德能也无权过问；第26军军长丁治磐和薛岳、陈诚有宿怨，戒心颇高，一时很难染指；倒是第10军，虽然也是中央军黄埔系，但又不算天子门生，不像第74军和蒋介石走得那么近。而且第10军在第九战区已经4年，总体上还算听话，属于可以争取的力量。不过，该军和薛岳的关系，并没有理得太顺，说远不远，说近不近。

薛岳很想把战斗力可媲美第 4 军的第 10 军收入麾下。在通过先降后升的办法降服原军长李玉堂之后，薛岳开始介入第 10 军的人事，他先派广东人容有略到第 10 军任参谋长，等第 190 师师长实职出缺后，又指定容有略接任该师师长。不过，方先觉接任军长后，却不像李玉堂那么言听计从了，他对薛岳派往第 10 军的人，表面上接受，私底下却想方设法打压。

这让薛岳恼羞成怒。他认为方先觉忘恩负义，简直是白眼狼、反骨仔。这话传到了方先觉那里，让方先觉也很不高兴，对薛岳派去第 10 军的人更不欢迎了，或冷嘲热讽、百般阻挠，或干脆找个借口撤职法办。于是，两个人的关系渐行渐远，矛盾越来越多，一度到了白热化的程度。

生气归生气，薛岳一时拿方先觉也没什么办法，因为今天的方先觉，早已非吴下阿蒙了，他被蒋介石看中了。在参加重庆中央训练团集训的半年时间里，方先觉先后被蒋介石亲自召见五次，陈立夫、张群、孔祥熙、李济深这些响当当的大佬也都排队请他吃饭，连陈诚与何应钦这样的军政要员，也对他多方笼络，想把这颗明日之星拉到自己的派系里去。

人红是非多。方先觉还是头脑清醒的，他对太太周蕴华说："我只是个军人，不懂政治，也不想懂政治，值此抗战危难之时，只知道报效国家，决不想为私人私利所用。"尽管各派势力示好，各方大员拉扯，方先觉却不想依附任何人、任何派系，努力在派系纷争中保持独立，哪怕对自己的顶头上司薛岳，也尽量维持着不远不近、不亲不疏的关系。

方先觉打仗练兵很有一套，政治上却不怎么在行。因为，对于天生脱胎于派系斗争，并在盘根错节的派系斗争中发展壮大起来的国民党军政体系来说，根本不允许有追求独立人格和所谓"独善其身"的人存在，至于他想做一个超脱于政治的纯粹的军人，那更是不切实际的"乌托邦"

的妄念。

1944年刚过完元宵，蒋介石就在衡山召开了第四次南岳军事会议。此时，全世界反法西斯战线一片光明，德国和日本的覆灭指日可待。最重要的是，在1943年下半年召开的莫斯科会议和开罗会议上，美国总统罗斯福力排众议，再次强化了中国作为盟国"四强"之一的地位，蒋介石作为盟军中国战区的最高统帅，跻身世界反法西斯阵线领袖阵营。

抗战胜利的旌旗在望，这时的蒋介石春风得意，心情大好，看谁都觉得亲切。在衡山磨镜台的别墅里，他一边听着各方将官做报告，一边在心里暗暗点评四个红人。战区司令长官一级，当以薛岳的风评最高，蒋介石认为他"进步甚大"；集团军总司令一级，以第24集团军总司令王耀武所做的报告评价甚好；军长一级，蒋介石则认为"第10军军长方先觉亦可爱"；至于师长一级，以第74军第58师师长张灵甫的报告与态度俱佳，让蒋介石感叹，"又得将才矣"！

但薛岳的心里并不痛快。方先觉的迅速蹿红，还是让他如鲠在喉，如芒在背，方先觉以后有老蒋撑腰，这个"反骨仔"岂不是更狂了？卧榻之侧，岂容他人鼾睡，不过，薛岳并非一个只知道逞匹夫之勇的武夫，他深谙政治操弄之道，也熟知党同伐异之术。他很清楚，别看现在蒋介石器重方先觉，但只要把方先觉和共产党关联起来，他马上就会成为蒋介石最厌恶的人之一。所以，薛岳在觐见蒋介石时，经常有意无意地说方先觉这个人心存异志，在军队里排挤政工人员，同情共产党，不服上级，不听指挥，还有任用私人、克扣军饷等问题。常德会战中第10军之所以损失惨重，就是因为方先觉不听指挥才造成的。

起初，蒋介石对这些话还不怎么相信，但听的次数多了，性格中颇多犹疑的他，也就慢慢将信将疑了。加上薛岳的夫人方少文和宋美龄既是同乡，又是拜把子的姐妹，薛岳平时很多话是通过宋美龄传给蒋介石的，宋美龄再经常帮他吹吹风，时间一长，蒋介石对方先觉的印象就不那么好了。

已经升任为第 27 集团军副总司令的李玉堂听到了一点风声。他跑到军委会，把常德会战的情况一五一十向有司作了汇报，说第 10 军救援失误，并非方先觉责任，而是薛岳越级指挥造成的。方先觉也按照李玉堂的提点，亲自飞到重庆做工作。不过，他在重庆斡旋了半天，各路大员见了不少，各方协调工作也做了不少，军委会那边却迟迟没有消息。

4 月 17 日，消息来了。军政部部长何应钦接蒋介石手令："何总长、林主任：第 10 军军长方先觉，能力不足，统御无方，应调换为宜。望拟人选呈核。"

5 月 8 日，军委会正式宣布免去方先觉第 10 军军长职务，调军委会高级参议；另委陆军大学教育长陈素农为军长。

方先觉当头挨了一棒，心情郁闷至极。

因为，发出这道命令的，正是曾经拉着他的手问长问短，嘘寒问暖，还夸他"亦可爱"的最高统帅蒋委员长。

这上哪儿说理去？他也不敢骂委员长昏聩，只能一边在家赋闲，一边游山会友打发时间，一心等着新军长过来交接。

第三章
龙战于野

龙战于野，其血玄黄。

——《易经·坤卦》

临危受命

5月29日，甲申年闰四月初八

凌晨3时，方先觉被康楣叫醒，说来人点名找方军长。

方先觉还在梦中，不耐烦地说，什么方军长，告诉他早就没有什么方军长了！

"重庆。"康楣小声道。

方先觉顿时睡意全无，快步走到客厅，拿起电话。

电话那头是浓重的宁波腔："是第10军军长方先觉吗？"

这突如其来的声音，让方先觉犹如五雷轰顶，他"啪"地一个立正，大声应道："校长，我是方先觉！"

电话那边，蒋介石依然不疾不徐，貌似颇为痛心地说："子珊，因与长官之私怨，竟置民族大义于不顾，成何体统！"

这话在方先觉听来，不像责备，反而更显两人关系亲近。

他像一个被遗弃的孩子突然见到了失散已久的亲人，一刹那眼泪都快流下来了。他努力抑制住激动的心情，深吸了一口气说："校长，学生知错了！我一定服从命令，积极部署守备衡阳，发扬革命军人传统，坚决抗击来犯之敌！"

蒋介石这才稍缓语气，语重心长地说：

"此次会战，关系我抗战大局至巨，关系国家民族存亡，衡阳得失尤为此次成败之关键，盼你第10军全军官兵，在此国难当前之际，人人奋发自勉，个个肩此重任，不负我对第10军期望之殷。"

知遇之恩，何以为报？此时方先觉已几乎热泪盈眶，热血沸腾。他再次两脚一并，挺身立正，大声说道：

"请校长放心！方先觉早已以身许国，第 10 军一定不惜任何牺牲，死而后已，誓与日军决一死战！"

美式装备

5月30日，甲申年闰四月初九

清晨，方先觉亲率第3师师长周庆祥从衡山出发，沿着长衡公路到湘潭易俗河一带检查布防情况。他边看边吩咐周庆祥，派一支有力部队，选择四五个有利地形构筑工事，在侦察敌情的同时，掩护全军主力开往衡阳。

视察完毕，已是夕阳西下。在习习晚风中，方先觉一行人回到衡山军部，立即召集连以上军官召开战前动员会议。

方先觉首先宣布了昨晚蒋介石的电话内容。第10军将士一听方先觉官复原职，顿时一扫一个月来的阴霾，年轻的营连长和参谋们更是群情激昂，山呼"万岁"。

他们自然而然地联想到了两年前发生在长沙的往事。当时老军长李玉堂也是在大战之前被薛岳免职，也是蒋介石亲自打电话让军长官复原职，然后第10军就取得了第三次长沙会战的空前大捷，看来这次也不例外了。

军参谋长孙鸣玉通报了敌情。

日军三天前发起湘北作战，当面之敌是横山勇率领的日军第11军。第10军官兵对日军第11军不陌生，双方曾在长沙和常德多次交过手，算是老对手了。不过，孙鸣玉介绍说，这次日军第11军兵力空前，在战场上已经出现的日军部队番号多达8个师团和1个旅团。而且另据情报，还有新的日军部队正从华北和东北南下，预计敌人总兵力将在25万以上，比之前三次长沙会战最多的一次还要多一倍以上。

而此时第10军面临的最大问题，正是兵力不足。

　　第 10 军本来有 3 个师 9 个团，救常德时伤亡太大，此时只有 7 个团的兵力，连军直属部队加起来不到 16000 人，仅仅相当于日军一个丙种编制师团。在 3 个师里面，只有预 10 师、第 3 师建制比较完整，第 190 师已改为后调师，该师仅第 570 团完整，其余 2 个团的兵力都已划拨给第 3 师和预 10 师，剩下就只有班长以上军事干部及特种人员。原本该师打算赴江西赣州师管区接新兵，因战事临近而搁置了。

　　此外，孙鸣玉还报告说，为了确保长沙，薛长官两天前已将第 3 师划拨给第 27 集团军指挥，现在留在衡阳的第 10 军的兵力实际上只有 4 个团。

　　靠这点兵力是根本没办法守衡阳的。孙鸣玉说，军长已向薛长官报告，申请将第 3 师调回衡阳，同时将驻衡阳的第 46 军新 19 师、暂编第 54 师配属给第 10 军。新 19 师是广西部队，暂编第 54 师则只有两个团，其中一个团还调往醴陵，仅一个团留守在衡阳机场。

　　除了兵力严重匮乏外，第 10 军武器装备老旧，弹药严重不足也是大问题。常德会战后，军委会为了表彰第 10 军救援常德得力，特将第 10 军纳入换装美械部队之列，但不知道什么原因，最后美式武器给了另外一支部队，第 10 军很多军官到桂林基地受训了，却只领回极少数的美式冲锋枪。孙鸣玉说，刚刚还收到了军炮兵营张作祥营长发来的电报，该营原本在昆明换装了 12 门美式山炮，正准备从桂林启程回衡阳，却被炮兵第一旅无理扣留，要求他们就地转入该旅。

　　得知即将到手的美式轻重武器全部落空，第 10 军各级军官当场就炸了。预 10 师第 28 团团长曾京第一个跳了起来，破口大骂。其余人也都怒火万丈，七嘴八舌，群情激昂。

　　方先觉皱着眉，不言不语，等大家吵够了，闹够了，他用手压一压，台下顿时安静了下来。

方先觉给曾京提了几个问题。

"我们第三次长沙会战和常德解围，是不是有了美式装备才打赢的？"

"不是。"

"第 10 军到处打胜仗，是不是凭手里现有的武器打赢的？"

"是。"

"以往没有美式装备，能够打败日本鬼子，今天同样没有，咱们还能打败鬼子吗？"

曾京还没说话，孙鸣玉已经站起身，带着一帮参谋喊道："一定打胜仗！一定消灭日本鬼子！"

方先觉又回顾了两年前让第 10 军扬眉吐气的第三次长沙会战。他说，本军能在此役立下大功，全靠三点：

"第一，我不怕敌，敌必怕我。两军相遇勇者胜，两勇相遇智者胜，这绝不是简单的精神鼓励，而是有千真万确的哲理在里面。大家都是从尸山血海里滚过来的，自然明白。

"第二，必死决心，必胜信心。只有下定必死之决心，才能树立必胜之信心，这是克敌制胜最重要的精神堡垒。要知道我极困难时，敌亦极困难，谁能坚持最后五分钟，谁就能取得最后胜利。第三次长沙会战，我们最后能够以弱胜强，正是因为有必死决心而后能定，置之死地而后能生。

"第三，稳扎稳打，步步设防。敌人劳师远征，辎重弹药补充困难，必然轻装前进，难以持久，我们就要利用地形，固守阵地，依靠堡垒工事，稳扎稳打。第三次长沙会战大捷，我们一个重要的经验就是善用地形，巧筑工事，让敌人的飞机、大炮不好用，敌人光靠轻武器很难压制我们，哪怕我们有点损失，敌人也必然付出同样大的代价。激战三天以上，敌人士气就垮下去了，最后必然窘态毕显，原形毕露。"

最后，方先觉再次强调第 10 军的"四练"。

"大战当前，全军官兵务必牢记本军宗旨，勤于四练：第一练心，第二练气，第三练身，第四练技。练心，要赤胆忠心，精忠报国；练气，要刚健威武，气贯山河；练身，要铜筋铁骨，百折不挠；练技，要艺高胆大，无坚不摧！"

从军部礼堂出来，正是吃夜饭的时候。五六月之交的衡山乡下，暑气渐起，远处山坳里，两三条炊烟直直地升上橙黄的天空。乘夜色朦胧之时，方先觉带着与会军官连夜策马飞奔重上南岳，在忠烈祠集体祭扫阵亡的第 10 军将士。

方先觉面对公墓起誓：

"明瑾兄，先烈们，安息吧！先觉这次亲率全军，参加衡阳战役，誓以一死报国，坚决歼尽日寇，为诸先烈报仇，为第 10 军争光，耿耿此心，对天可表，如有异志，天人不宥！"

从忠烈祠下来，已是半夜，半弯上弦月在衡山峰岭上挂着，山路崎岖，马蹄声碎，方先觉人在马背上一前一后地晃着，思绪却像梦游一般飘忽游荡，一颗心早就飞到了衡阳。

衡阳只是个小城，东西宽 2 里，南北长 3 里，核心城区不到 2 平方公里，以此弹丸之地，1 万残缺之师，要对抗日军 8 个师团、10 万虎狼之众，难度是可想而知的。敌人到底会怎样来进攻，自己又该如何来防守？一招不慎就可能全局皆输，莫说坚守十天到两周，只怕一到两天都坚持不了。想到这里，方先觉心内难安，恨不得连夜赶往衡阳。

山河表里

5月31日，甲申年闰四月初十

衡阳城西北郊紧靠南岳衡山余脉，山势连绵，到距北门四十余里处逐渐转为平地，地形变得开阔，树木也较为稀疏。一大早，方先觉带着各师师长取道城北蒸水河畔青草桥，提前一天赶到了衡阳。今天正好史迪威美军总部的顾问贺克准将也在衡阳，他们在衡阳市市长赵君迈的陪同下，一早就在蒸水河北岸的来雁塔下候着了。两拨人会师以后，骑马的骑马，坐车的坐车，绕着衡阳城勘察了整整一天。

赵君迈骑在马上，边走边介绍说，衡阳是个弹丸小城，不过，小归小，战略位置却十分险要，湘江、蒸水、耒水三江绕城而过，自古以来就是兵家必争之地。近代以来，先有吴三桂在衡阳称帝，后有曾国藩在衡阳练兵，都是看中了衡阳作为湘南中枢和湘江水陆要津的战略价值。

衡阳是曾国藩真正的起家之地。咸丰三年（1853），曾国藩在长沙受挫，转到衡阳练兵。衡阳是他少年求学之地，又是他妻子祖籍故地，到了衡阳，曾国藩的心才真正安定下来，没有外界干扰，他把精力都放在建设湘军上，很快把湘勇扩充到六千人规模。此时朝廷尚无水师，曾国藩瞅准时机上书皇帝，请求建立水师。有了咸丰帝支持，曾国藩在衡阳造船募勇，很快就把湘军水师建立起来，到这时才算初具规模，有了和太平军一较高下的资本了。赵君迈说，曾国藩训练水师的地方就在刚才大家经过的七层高的来雁塔下，湘、蒸两江交汇的石鼓嘴旁。石鼓嘴是突入湘江的一个半岛，相传"激流击打岩壁，有如石鼓，三五里可闻"，三国时，诸葛亮曾以军师中郎将的身份在此登台拜将，督零陵、桂阳、长沙三郡。

方先觉和第 10 军将领在衡阳驻扎了三年，大多数时间都在衡山军部，对衡阳历史掌故所知不多，这次听赵君迈说古论今，兴致盎然。不过，方先觉最关注的还是衡阳作为军事要塞在历朝历代的攻守要诀。在他看来，衡阳这个小城和他的老家徐州有颇多相似之处，城市规模不大，位置却很显要。徐州是津浦、陇海两大铁路交会处，衡阳则是粤汉、湘桂两大铁路交会之地，都是交通上的"南北锁钥"和军事上的"形胜之地"。而且，衡阳和徐州一样，四周没有高山屏障，属于兵家所谓"四战之地"。"四战之地"就是四面受敌的意思。那么，日军到底会选择哪一面来作为主攻方向呢？

没有争议的是城东。衡阳东临湘江，江阔、水深、浪急，而且中美空军此时已掌握了制空权，日军冒着飞机轰炸强渡湘江的可能性不大。这个方向，只需以少数兵力沿江岸警戒，在江中布置鱼雷，岸边装备灌满柴油的油桶，一旦敌人渡江来攻，就往江里倾倒油桶，以火攻的方式阻敌进攻即可。

城北是有可能的，毕竟日军是从北面的长沙、湘潭方向杀来的。但是，方先觉和日军作战多年，对日军的战术非常熟悉。日军虽然一向自吹自擂"刚性作战"，但实际上真正采取中央突破战术是不多的，他们更喜欢打包围战，正面攻击往往是为了吸引对手注意，攻击多从两翼迂回后发起。另外，自长沙开战以来，长衡公路已大部分被破坏，公路又都在山区穿行，公路最窄的地方仅 20 米左右，日军的重炮和战车根本无法运输，公路两侧又是易于守军伏击的丘陵地带，如果盟军飞机再飞来轰炸助攻，日军将坐以待毙，无处藏身。最后，衡阳城北有蒸水，蒸水虽不如湘江宽阔，但也是湖南潇湘、沅湘、蒸湘等"三湘"之一，并不容易泅渡，因此，仅仅从地理上看，城北也不是日军用兵的好地方。综合以上，方先觉认为，日军从城北发起主攻的可能性也是不大的。

排除了城东和城北，就只剩城西和城南了。对日军到底从城西还是城南主攻，将领们观点不一，争论得非常激烈。

衡阳城西面，以大西门为界，南北两边地形迥异。从大西门往北，直到城北蒸水河一带，地形开阔，地势平坦，到处遍布莲池、鱼塘。大西门往南，直到湘江，是地势起伏、绵延不绝的丘陵，山地走向与东西走向的湘桂铁路大致平行。

史迪威美军总部的贺克准将认为，城西北一带地形平坦开阔，有利于日军机械化部队运动，同时可充分发挥火力优势，日军选择西北进攻的可能性很大。他说，如果日军选择城南或西南山地进攻，则一开始会处在仰攻状态，将造成重大伤亡。

方先觉并不同意贺克准将的看法。

城南即西南的山地的确不易进攻，但也同样不利于防守。自古以来，守城的大忌就是多山，对进攻一方来说，一旦抢占了城外制高点，就等于抢占了攻城的主动权。所以，自古至今，攻城略地讲究"守险不守陴，攻城先占山"，当年太平军就深谙此道，他们守城时通常守城外高地，而不死守城池，攻城时则首先抢占城外山脉或高地，居高临下地进攻。

方先觉说，日军对其炮火打击能力和山地作战能力颇为自负，所以他们在攻打城市时，大多数时候也先抢占制高点，再居高临下用大炮往城里攻击。城南山地虽不利于进攻一方，但一旦攻击得手，就可以很快控制整个衡阳，迅速结束战斗。相反，如果先打城西，即便得手还是要回头再打城南，否则就难以彻底占领衡阳，这不符合日军一贯速战速决的原则。

方先觉最后说："衡阳机场和粤汉铁路、湘桂铁路，这是衡阳最有战略价值的三大军事设施。其中，衡阳机场和粤汉铁路位于衡阳城外，基本无险可守，一旦开战会很快失守。不过，湘桂铁路就不一样了。这条铁路紧靠城南，一头连接衡阳市区，一头连接西南后方，将来援军也好，补给也好，都要从西南方过来，所以，这条铁路是衡阳最重要的补给线和生命线。日军如果一开始集中攻击城南，可以很快切断湘桂铁路，从而切断衡阳和后方的联系，让守军彻底陷入孤立无援的境地，所以，这里必然是双方一开战首先争夺的焦点。"

这一番分析，入情入理，贺克准将也连连点头称是。

不过，贺克准将还是提醒方先觉说，在日军到来前，衡阳机场和两条铁路包括湘江大桥都应彻底破坏，以免资敌利用。方先觉认为贺克所言甚是。他和赵君迈商量，从明天起，发动衡阳民众，将衡阳外围所有机场、铁路、桥梁全部拆毁。

至于贺克准将所担忧的西北方向，确实也是守衡阳的重点。方先觉一行纵马驱车，顶着烈日，又来到西北郊勘察。

蒸水自西向东蜿蜒而来，到了西郊转向城北又折向东面汇入湘江，两岸地形开阔，空旷无依，到处散布着莲池、鱼塘、稻田。在六月烈日照耀下，一个个水泊在绿油油的稻田间星罗棋布，白光点点。时值初夏，绿荷袅袅，粉莲朵朵，微风来袭，莲随荷舞，煞是好看。再往远处，是一望无际的水稻田，此时早稻刚刚扬花抽穗，在初夏的晚风中氤氲着淡淡的稻香。再过一个月，就要进入湘南夏收农忙时节了。

方先觉一行人纵马驰骋在蒸水两岸。在康楣看来，这如诗如画的田园风光就像宝生法师常说的"如梦幻泡影，如露亦如电"。再过几天，这宁静祥和的江南水乡就要成为炮火连天的修罗场，这孕育着农人一年希望的稻田即将成为尸横遍野的无情杀戮之地。

方先觉没有心思想这些。这片开阔平坦的莲池、鱼塘，正是军事上说的"四战之地"，易攻而难守，究竟该怎么来防守呢？以第10军这点兵力，在没有重炮的情况下，要长期坚守，殊为不易。方先觉边骑马边打量，慢慢有了想法。

他身后的葛先才师长倒是一路嘻嘻哈哈，边走边说："军长，在这里打鬼子，我看是荞麦地里抓王八——十拿九稳！"

"怎么说？"方先觉知道葛先才这是有主意了。

葛先才，字艺圃，个子不高，身形健硕，风趣幽默。平时他和士兵嘻嘻哈哈，荤素段子满天飞，打起仗来则变成了猛张飞，身先士卒，胆大心细，有勇有谋。半年前，预10师前任师长孙明瑾在常德牺牲后，副师长葛先才升任师长。

葛先才道："我看这里像新墙河和汨罗江一带地形，不妨化路为田，化田为塘，咱们来田里抓王八，塘里摸甲鱼。"

果然和方先觉想到一起去了。

1939年长沙会战，第九战区吸取南昌会战教训，首创"化路为田"战术，破坏一切可资日军利用的道路，包括铁路、公路甚至乡间小路，破路2000多里，把湘北变成了泥塘，让日军机械化部队和重炮寸步难行。由于"化路为田"战术的应用，野炮、重炮等重武器对华中、华南的日军来说成了鸡肋，各师团宁愿要杀伤力小但更容易拆解运输的山炮、迫击炮、步兵炮，导致日军炮兵打击能力和城市攻坚能力直线下降。

方先觉印象最深的是1942年初第三次长沙会战。战前，第九战区开展"化路为田，运粮上山"运动，把岳阳到长沙的几百里路基本上都挖成了只容一个人走的田埂，田埂外的路基全部掘毁、挖平、放水变成水田，让日军的攻城利器重炮和战车根本无法运到长沙。同时，广大民众运粮上山，坚壁清野，让日军还没攻到长沙，就已经弹尽粮绝，难以为继。

中日两军战力最大的差距就在于炮兵，一旦限制住日军的重炮，就相当于间接提升了我军的战斗力。于是，此役之后，中国各大战区纷纷效仿推广"化路为田"战术。其中，第三战区不但将道路挖成田埂，还不断变换田埂方向，忽左忽右，让日军不得不蛇形进军。日军在这样的田埂上行动，几乎变成了两翼侧击部队的活靶子，处处挨打，非常被动。

"化路为田"战术的成功充分说明了抗战中"三分军事，七分政治""兵民是胜利之本"的道理。方先觉对此深为赞同。他说，这场仗与其说是第 10 军在长沙打赢的，不如说是民众在湘北打胜的。此后，第 10 军每到一地，方先觉都亲自出面发动民众，开展"破路为田，犁田蓄水"行动，他甚至还亲自动手写了很多标语四处张贴：犁田蓄水可牵制敌人行动！犁田蓄水等于筑防御工事！犁田蓄水可使敌人运输困难！犁田蓄水准备第四次长沙大战！犁田蓄水就是准备捉鬼子的陷阱！

方先觉和赵君迈商量，组织民众，把蒸水两岸的鱼塘、莲池、水田全部挖开，加深，灌水，连起来变成沼泽，星散在池塘和小路间的零星房屋，除了确有必要的留下改为伏地堡，其余全部拆除。此外，由军工兵营指导，在水域和阡陌间拉上铁丝网，埋上地雷，以机枪火力形成密织交叉火网。

谋划已定，方先觉命令孙鸣玉参谋长马上分配各师阵地，他带着一帮幕僚连夜赶回衡山。

刚到军部，军部报务员小卢就拿来了第九战区司令长官薛岳发来的紧急电报，同意将衡阳附近的第 74 军野炮营、第 46 军山炮营配属给第 10 军。

方先觉看了电报，心中喜忧参半，怅然若失。

听起来炮兵部队的番号不少，实际上还是很难填补第 10 军炮兵营被扣留下的缺口。因为这几支被薛长官临时"拉壮丁"来的炮兵，虽然号称一个营，实际上都只有一个连，另外，他们和第 10 军炮兵营一样，不但火炮数量少，炮弹也同样少得可怜。没有大炮，就没有大规模杀敌的利器，方先觉还是日夜期盼着军炮兵营能带着美式山炮尽快回到衡阳。

方先觉不知道的是，其实，此时在湘桂铁路和粤汉铁路沿线的第四战区和第七战区，就驻扎着数个中央军炮兵团，这些炮兵团炮多、弹足、兵精，只不过兵荒马乱，各自为政，并没有哪位军政长官出面将这些炮兵部队调入衡阳，而是任由他们在那里晒太阳。又或者，上层已有顾及，只不过衡阳这样的弹丸之地，大概本来就守不了几天，犯不着为此大动干戈，不但于大局无补，反而白白损耗了炮兵。

守在四夷

6月1日，方先觉率第10军进入衡阳。

当方先觉走下火车，全城鞭炮声响彻云霄。全市各界人士由赵君迈主持，在社会服务部礼堂开了个盛大的慰劳宴会。

方先觉登台发表讲话：

"各位父老乡亲！第10军自入湘以来，驻扎衡阳已有三年，深得衡阳人民的关心与爱护，方某及第10军感激不尽！但是，很惭愧，我有什么资格来接受各位的欢迎呢？直到现在，我们还有很多国土被日寇占领，还有千千万万父老乡亲在沦陷区过着牛马不如的生活，这是我们当军人的耻辱。不过，我可以向各位表明我的心愿和态度，唯有拿我的血和肉同敌人拼到最后，在敌人没有完全消灭之前，我绝不离开第一线！第10军决心与衡阳城同在，第10军就是衡阳，衡阳就是第10军！我决心以此来报答各位父老欢迎我的盛情！"

最后，方先觉举起手里的勃朗宁手枪："有我方先觉，就有衡阳城！请诸位见证，这将是打死我自己的手枪。"

随后，方先觉在军部举行军事会议，颁布军令：

以葛先才预10师主力部署在衡阳城南湘桂铁路以北主阵地，另以一部在湘桂铁路以南500米的托里坑、黄茶岭、欧家町设立前进阵地。师部设在大西门附近的五显庙。

以罗活新编19师部署在城北蒸水两岸及演武坪地区，主阵地从城西汽车西站到城北蒸水北岸的辖神渡、来雁塔。

以容有略第190师及饶少伟暂编第54师在江东设立警戒阵地，负责全军前沿警戒。

军指挥所设在城内的中央银行。这是全市唯一一栋五层高建筑，楼顶有平台，地下有防空洞，大楼主体由花岗岩条石和钢筋水泥建筑而成，非常坚固，可构成独立的阵地。

1944年春天，衡阳新城市建设正迈入巅峰。

这年元旦，湘江公铁大桥开通，连通了粤汉铁路和湘桂铁路，把衡阳变成华南重要的铁路枢纽之一，须知，就连华中重镇武汉，都没有修成这样宏伟的跨江大桥。4月份，衡阳主干道新铺了柏油马路，为"飞虎队"准备的舞厅、餐厅、酒吧也已竣工，赵君迈市长亲自指导服务员学习美式服务。在城南湘桂铁路局的中正堂里，名伶金素琴的京剧每天都在上演，连京剧票友方先觉军长，也经常来这里学唱几句《打渔杀家》。

风流总被雨打风吹去。随着第10军的进驻，这短暂的繁荣很快如泡沫般破碎。成群结队打着绑腿、穿着草鞋、背负"泰山"二字斗笠的第10军官兵进城后，到处构筑工事，拆屋毁房，拆墙打洞，几乎成了城里最不受欢迎的一群人。

方先觉管不了这么多，他烦恼的是手里物资紧缺。

当初淞沪会战，中日兵力是国军70余万人对日军22万余人，国军人数虽为日军的3倍多，还是打不过日军的钢铁炮火，何况现在守军不到2万，却要抵抗近10万日军，更何况上海都是高楼大厦，到处有钢筋水泥工事，衡阳却一缺钢筋二缺水泥，要在短短一个月内做成永久的防御工事，基本上没有可能。

好在衡阳有赵君迈。

这个既学过土木又精通军事的市长非常能干，他早有准备，发动了数万名衡阳青壮年劳工协助修建工事，动员全市木材商捐献了120余万根木料，又扒掉了衡阳火车站及周边铁路的铁轨、枕木，全部提供给第10军做工事。

大战在即，衡阳人民毁家纾难，在"军事第一"的原则下，凡有作战价值的民房全部开射口，挖通道，以备将来巷战之需。城内外大小山头和大街小巷修筑了重重叠叠的工事。同时，第10军和衡阳民众一起，到处毁坏衡阳附近的公路、桥梁、涵洞、机场、铁路，实施"化路为田，运粮上山"。

衡阳，正从昔日繁华风流、纸醉金迷的"小上海"，变成一座大要塞、大军营。此时此刻，这里的锦绣河山、山川大地，到处流淌着湖南人民的热血。

炮兵连长

6月2日，甲申年闰四月十二

一早，方先觉正想着自己还缺少一个精通炮科的高参，第九战区督战官兼军炮兵指挥官蔡汝霖就来军部报到了。蔡汝霖是第九战区知名的炮兵专家，多年前曾在第10军任过要职，由他来当督战官和炮兵指挥官再合适不过了。

炮兵是陆战之王，没有强大的火炮，就没有克敌制胜的决定性能力。对此，方先觉深以为然。中日两军的差距很大程度上是炮兵兵力上的差距，国军的山炮、野炮数量远不及日军，至于150毫米以上的重炮整个国军也没有几门。第10军原本早早封存了原来老旧的火炮，欢天喜地地赶到昆明去换装美式大炮，没想到半路出了岔子，整个炮兵营此时还被扣留在桂林。好在薛岳临时调集了一部分炮兵，又截留了几支路经衡阳的部队，这几天，各路大大小小的火炮正陆续赶来衡阳，现在连方先觉也搞不清楚第10军到底有多少门炮了。

蔡汝霖倒是把功课做得很扎实。他告诉方先觉，目前第10军除了配属给步兵的7门战防炮、62门迫击炮，真正的炮兵只有临时调来的第74军野炮营1连、第46军山炮营1连，共有野炮4门、施耐德山炮4门，炮弹3000发；如果军炮兵营归建，还将带回来12门美式山炮和4000发炮弹。蔡汝霖说，到那时第10军就有4门野炮、16门山炮、7000发山野炮弹，完成固守十天到两周的任务大概刚刚够用。

这个答案对方先觉来说，不算太好，但也不算太坏。

山炮和野炮是哪个部队都缺的。哪怕第10军这样的黄埔系中央军，照样也缺。但是，好在有迫击炮。这是当时唯一能国产的火炮，性价比还非常高。虽然它没有山炮、野炮的威力大，但机动灵活，既能用在平原，又能用在山地和城市作战，迫击炮还有部署快、开炮快、转移快的优点，日军的大炮很难捕捉和压制它。另外，它平时控制在团、营一级指挥官手里，用好了，照样能够成为迅速扭转战局的利器。

在第 10 军，每个步兵团配有一个迫击炮连，不过弹药也非常紧张，每次训练完，只有拿相应的弹壳才能换领同等数量的炮弹。为了提高全军炮手的瞄准水平，第 10 军经常举办炮兵训练班，炮操射击完全按照《炮兵连教练》标准。在堪称严苛的训练下，第 10 军各部对迫击炮的使用达到了很高水平，到第三次长沙会战时已经可以和日军一较高下了。

蔡汝霖知道，衡阳一旦开战，日军干的第一件事就是想方设法定点拔除我方炮兵，没有炮火威胁，他们的步兵才敢放胆"猪突猛进"。昨天蔡汝霖在第 10 军炮兵阵地转了一圈，发现本军火炮虽较一般部队为强，但严重缺乏山炮、野炮，大口径重炮更加欠缺，此外，炮弹数量严重不够，即便迫击炮炮弹也只有区区 2000 发，一不留神可能两三天就打光了。

蔡汝霖给方先觉建议，为了不让日军捕捉到我军的炮兵阵地，将来凡是我军要重点打击的敌军目标，切勿把全军炮兵主力直接对着目标打，而要灵活运用全城的火炮进行全覆盖、分批次、有节奏发炮，让敌军飞机和火炮根本找不着我军火炮的方位。另外，多炮齐发，还可结成密集的霹雳阵，提升炮火的打击能力；而火炮齐射形成的漫天黄云，更可以大大地震慑日军步兵，使他们望而生畏，不敢放胆冲锋。

蔡汝霖看过第 10 军炮兵的家当后，对第 10 军的炮火打击能力并没有多大信心，直到昨天在五显庙预 10 师炮兵阵地上见到了第 28 团迫击炮连连长白天霖，他才稍微改变了看法。

蔡长官碰见白连长的时候，白连长正斜挎着三支中正式步枪，胸前从左到右挂着黄色子弹袋，从右到左挂着蓝色炒米袋，背后挂着望远镜等一堆乱七八糟的观通设备，手忙脚乱，满头大汗，那样子不像个炮兵连长，倒像个被临时抓差的民夫。

白天霖原来是个小学教师，七七事变时刚好黄埔军校来招生，他就投笔从戎到黄埔军校学习炮科，因为炮科成绩全优，又被选拔到陆军大学深造，毕业后分配到贵州都匀炮校当了一名炮科教官。白天霖总觉得，学炮的不能上阵杀敌，心有不甘，这算啥黄埔军官呢？正好这时第10军在第三次长沙会战中大败日军，"泰山军"威名远扬，他瞒着家人来湖南投第10军，在预10师师部当了一名参谋。

因为他精通炮科，深得师长孙明瑾器重，也得到了第10军参谋处长曾京的赏识。曾京在第三次长沙会战时负责第10军和岳麓山炮兵的步炮协同，目睹了德式重炮的威力，炮口有菜盘子那么大，一颗炮弹就能穿过整个长沙城，一炮下去，周围40米内日军灰飞烟灭，尸骨无存，让他目瞪口呆。从此以后，他对学炮的人就特别有好感。常德会战后，他向方先觉申请下基层，到预10师当团长，他到任后第一件事，就是把预10师炮兵参谋白天霖要来，当他的迫击炮连连长。

曾京有黄埔毕业生的骄傲，有点看不起行伍出身的大老粗同僚。他当团长，要求本团训练标准必须超越兄弟部队，炮科甚至要超过日军的标准。执行任务时，他不许部下叫苦，不让部下找理由，有时甚至蛮不讲理。迫击炮连每连标准配备6门迫击炮、600发炮弹，但曾京的迫击炮连每连配备8门迫击炮、800发炮弹，就连装炮弹的箱子也不是制式的三发一箱小木箱，而是专门找人定制的五发一箱大木箱。

炮多弹足当然是好事，可是，这么多炮弹怎么运输呢？

白连长给蔡长官算了一笔账。一发炮弹重6斤，800发炮弹4800斤，一箱炮弹5发、30斤，共需要160个大木箱。全连没有汽车，只有一匹瘦弱的川马。一匹马最多驮 250 斤，也就是 8 个木箱，剩下 152 箱就要靠人力了。一个人行军负重 60 斤也就是 2 个木箱，152 箱就要 76 人。还剩 8 门迫击炮。一门迫击炮拆解后分 3 个人背，8 门迫击炮要 24 个人，这样就用掉了整整 100 个人。一个连的编制包括连长在内只有 105 人，所以这剩下的 5 个人，就要负责携带除了炮和炮弹以外所有武器装备，包括 12 支步枪和子弹，以及其他观通设备和粮秣等等。所以，哪怕你是连长，在迫击炮连急行军的时候，不扛炮的人，每个人最少得扛 2 条枪。

当炮兵比当步兵辛苦。步兵的武器可以随身携带，炮兵的武器则要拆解运输，有时全靠肩挑手提；步兵指挥官有时可以在后方，炮兵指挥官则无论当多大的官，任何时候都要和自己的部队在一起，作战时，连长和观测员还必须站在炮兵阵地最前面。虽然当炮兵这么辛苦，但白连长毕竟是接受了新思想的黄埔青年军官，他不想动不动就抓民夫代劳，即便在全连急行军的时候他也绝不空手，有时还帮助体格瘦弱的士兵多背一支枪。

当他忍不住给蔡长官倒苦水时，蔡汝霖只能拍着白天霖的肩膀笑眯眯地说："白老弟辛苦了！湖南六月，酷热难耐，长途行军，还要背这么多东西，长官真是不恤民情哟！"他没有说出口的是，要说装备重，日军行军时装备更重，新兵入营训练就要负重 80 斤行军 30 里。当兵的人，不就靠这些吗？背的装备多了，火力才足，打仗死伤不就少了嘛！

蔡汝霖认识曾京，知道这家伙一贯霸蛮好强，不过他还是由衷地感到高兴。到第九战区之前，蔡汝霖是陆军大学的炮科教官，他对同样当过炮校教官的白天霖有天生的好感。国军很多高级军官出身行伍，没有现代化战争知识，不懂得炮兵战术，不了解火炮性能，也不知道怎么搞步炮协同，还经常对配属的炮兵乱指挥，致使炮兵经常蒙受不必要的损失。蒋介石曾经多次批评过他的军师长："对于炮兵使用与步炮协同动作多不研究，故不能利用我最新式之炮兵武器。"所以，当蔡汝霖看到大汗淋漓的白天霖时还是深感欣慰。一斑可以窥豹，第 10 军有这么优秀的基层炮科教官，可见方先觉对炮兵很重视，相信全军炮兵水平不会低。至于炮和炮弹多，对一个炮兵指挥官来说，还有什么比这消息更好的呢？

临别时，方先觉再三叮嘱蔡汝霖，请他带着全军炮兵的测量官，务必在三天之内对衡阳周围的丘陵、山地、路口等目标和凡是可称为地标的建筑物详细测量，预先设定射击诸元，制成两万五分之一的标点图，城南和城西南的山地丘陵，将是中日两军炮兵攻击的重点，标点还须越细越好。

至于在桂林无端被扣留的第 10 军炮兵营，并没有坐以待毙，毕业于黄埔 13 期的张作祥营长一纸御状告到了军委会："自赴滇换装，至此已近三月，第 10 军袍泽莫不翘首而待，方军长常倚门而望，职与全营袍泽盼归衡阳，若如游子盼归，尤以衡阳三面平川，一面临江，无险可据，军原有野战炮 12 门，已留守长沙，职如至建他旅，于公于私，均是责可旁贷。"

这封电报不知怎么被何应钦看到了，他大为感动，一个小小炮兵营长竟如此有情有义，真是忠勇可嘉。于是，他亲自出面协调，将该营放行归建衡阳。

杀人机器

6 月 3 日，甲申年闰四月十三

衡阳城南，沿湘桂铁路从东往西是连绵起伏的山地和丘陵。湘桂铁路以南是开阔的水稻田，水稻田再往南，又是一片起伏的丘陵，再往前，就是宽阔的湘江了。假设日军越过湘江到达丘陵，就进入了第 10 军炮兵的射程；越过炮火防线的敌人，则进入了第 10 军重机枪的射程；而侥幸通过上述地段到达城南山脚下，则进入主阵地步兵火力的范围了。随着日军越攻越近，其炮火优势越来越弱，到进入阵地战区域，那就进入双方可以掰手腕的阶段了。

阵地防御的要诀是"三分枪炮，七分工事"。方先觉带着周庆祥、葛先才、孙鸣玉和陆伯皋、康楣等一帮土木工程专家，在城南山脚下待了整整两天，经过缜密的勘察，最终想出来一套后来被日军称为"方先觉壕"的防御工事。

方先觉命令，把衡阳城南和城西南几座山全部削成接近 90 度的绝壁，让山脚下的人爬不上去，只有架起云梯或叠人梯才能向上攀爬。在断崖上面，挖掘四通八达的交通壕，把战壕之间全部打通，构筑成主阵地。战壕枢纽处挖 1.5 米深的散兵坑，士兵在坑内能站起来射击投弹，也能坐下来稍微休息，掩体以坚固为原则，宁愿小一点，不贪多求大。日军冲锋时，守军主要依靠机枪和手榴弹居高临下扫射。方先觉命令，在这几座山的背后，沿山脚挖掘若干个曲尺形的单人掩体，将预备队隐藏在里面，随时可以根据战况的需要在山坡反斜面向前补充，运动隐秘而迅速，敌人完全看不见。

光有绝壁是不够的。方先觉命令，在断崖下方以及丘陵之间鞍部，向下挖掘宽、深各 5 米的深壕，最下面平放门板，大门钉朝天钉着，灌上水，外面完全看不清，一旦跳进去就会被扎伤。深壕两边的外壁做得稍有不同，朝向敌人一侧做得稍微向外倾斜，方便敌人滑进来；朝向我军一侧做成 90 度直立，让敌人爬不出来。在深壕的端头以及转弯处设立地堡，三分之二嵌入山崖，三分之一伸到壕内，四周用铁轨、枕木、大石头压实，隐蔽而坚固。地堡朝向壕沟两边的射击口各置六挺机枪，枪口全部指向壕内。日军士兵在进入深壕前很难发现这个地堡，一进来就会遭到地堡里机枪扫射，敌人仓促间光靠手榴弹很难实施破坏。在地堡内部还配置了射击室、弹药室、掩蔽室，有一条向上的隧道直通上面的主阵地，方便前后方沟通联络，可根据需要及时向前方补充弹药，输送兵力，也可随时后送伤员。

在构筑阵地时，方先觉始终强调"隐蔽性第一"的原则，不管是主阵地还是深壕，所有轻、重机枪一律侧射，严禁直射，彼此形成交叉火网以相互掩护，以免被日军发现射孔而拔除火力点。敌人一旦攻到这里，会遭到四面八方的机枪扫射和铺天盖地的手榴弹轰炸，一时之间晕头转向，难辨东西。

这样的阵地，可以说是步步为营，费尽心机了。但是，方先觉认为还是不够。

方先觉判断，由于中美空军已经基本掌握了制空权，日军在白天作战风险极大，因此，利用暗夜实施偷袭将成为日军主要作战方式。为此，方先觉对暗夜条件下如何布置深壕和绝壁前的面敌区域进行了谋划，利用地形设置障碍，控制日军进攻的方向，诱导并压迫日军顺着我军引导的方向进攻，使之猬集到我军机枪火力口前，成为守军的活靶子。

方先觉在靠近绝壁和深壕的阵地前方全部装上铁丝网和鹿砦，地上埋着地雷；距地雷区较远，靠近铁道的地方把 10 厘米粗的高大杉木像打桩一样打进铁道两侧，筑成坚固的木栅墙。在木栅墙与铁道交叉口处留下仅容一两人通过的缺口。更远处则设置伏地堡，这几个地堡做得非常隐蔽，火力全部侧射，即便陷于敌后，也可从后方或侧面射击而不被发觉。但是，一旦开战，这几个地堡势成孤岛，不管是弹药还是人力都无法及时补给，没有与敌共存亡的决心是不行的。

在方先觉的设计中，就是要把日军整个攻击线路全程控制在我军轻重武器组成的火力网中。当日军开始冲锋时，只能匍匐着前进，等到达木栅缺口时，就会遭到同时来自前方主阵地以及身后铁路两侧隐蔽的伏地堡内的机枪扫射，侥幸通过扫射的日军到了 90 度的绝壁断崖前，不得不以架云梯或叠罗汉的方式向上仰攻，这时就将迎来断崖上交叉而来的机枪扫射以及铺天盖地的手榴弹集群轰炸。在被轻、重机枪和手榴弹打得晕头转向之际，日军士兵为了活命，仓促之间只能到处寻找掩体暂时躲避，这时他们都会不假思索地滚到壕沟里，以为只要进了壕沟，守军看不到也打不到他们，就安全了，殊不知一旦进了壕沟更是死路一条。壕沟两侧地堡里的 12 挺机枪同时开火，离机枪最近的日军瞬间被打得血肉模糊，其他的日军则像多米诺骨牌一样，从壕沟两端向中间一路倒过去，后面的日军不明所以，又被主阵地上机枪、手榴弹、迫击炮压迫和驱赶，除了加速向前冲，还能有什么办法呢？于是更多的日军沿着壕沟滚到壕底，接连不断地成为枪下之鬼。

这样的"方先觉壕"，就像是一个精心设计的杀人机器，步步为营，步步杀机，哪怕再敏捷的飞鸟，也逃不出这恐怖而严密的火海。除非日本人用大炮把山打平了，把山上的守军全部打死了，才有冲上来的可能。

我行其野

6月4日，甲申年闰四月十四

6月的湖南，说热就热了。这才一大早，太阳火辣辣地炙烤着大地，闷热而无风的山谷，热得像个大蒸笼。

预10师师长葛先才骑着在常德会战时缴获的一匹棕黑色大洋马，拿着皮鞭，奔走在山间小径，赶去黄茶岭检查刚做好的工事。

衡阳自古是兵家必争之地，历朝历代战役达一百余次，其中大型战役多达十余次。黄茶岭，是衡阳著名的古战场之一，原名"黄巢岭"，唐末黄巢曾率兵10万，乘木筏沿湘江而下，在此安营扎寨屯兵作战，后来民间改称其地为"黄茶岭"。

从五桂岭到黄茶岭沿途，但见山坡上到处是一群群光着头、赤着脚、满面黝黑、浑身泥浆的士兵在蠕动，从营长往下，连营部官兵在内，每个人都打着赤膊，只穿着军裤，在酷暑中挥汗如雨地劳作，远远只看到一群黄色的泥人在黄色的泥土里此起彼伏地挥着锄头，完全分不清谁是长官谁是士兵了。短短三天，预10师的官兵和民夫们在城南修了两三里长的深壕，仅30团守卫的黄茶岭，就挖了一里多路的深壕。

葛先才沿着深壕策马而行，边走边看，一开始还心情大好，不过，越往前走，他越觉得不对劲了——阵地好像做得太大了！

方先觉接到葛先才的报告，马上带着孙鸣玉，纵马赶到设在火车西站的预10师指挥所。听到方先觉的大青马熟悉的马嘶和沉重的鼻息声，葛先才赶紧和几位团长迎了出来。

葛先才把望远镜递给方先觉，指着湘桂铁路南边说：

"这里往前两里是我师的主阵地，这么大范围阵地我看一个军都够呛，何况预 10 师一个师的兵力，很难支撑。"

方先觉从望远镜看去，湘桂铁路以南是一片开阔的水稻田，再往前一里路是一片山坡，这里是黄茶岭、欧家町、托里坑，也是原来划定的主阵地。正常来说，一个团最多负责 1 ~ 2 里的防守面，衡阳市区东西宽 2 里，南北长 3 里，除了东面湘江无须太多兵力，其他三个防守面加起来合计 7 里，考虑预备队，至少需要 10 个团兵力，现在第 10 军只有 7 个团，还不够守大半个衡阳市区的，而现在主阵地早就超出了市区范围，最远往湘桂铁路以南延伸了 1 里多，到了黄茶岭、欧家町、托里坑远郊，相当于把城防面积扩大了两倍，所需兵力则相应增加三四倍，阵地防守面无疑太宽太大了。

部队和阵地之间的关系就像人穿衣服，最重要的是合身，太大或太小都不合适，这个道理当年拿破仑就说过。

葛先才说："我建议将城南的阵地适当收缩，不贪多求大，但求坚固牢靠，捏紧拳头打出去才有力。"

方先觉从进衡阳第一天起，也发现原来的国防工事有不少问题。首先是阵地太大。过去衡阳是按照军事要塞来打造的，阵地是按照 3 个军的兵力来准备的，城南郊区做了一堆的高垒深沟，大而无用，现在守军只有 1 个军，支撑不了这么大阵地。阵地正面过于宽大而兵力分布太散的话，容易造成阵地松垮，一旦被打出缺口，整个阵地很容易被全部拖垮。

其次，原来的阵地都是单打独斗，彼此缺乏联系，无法形成交叉火网，起不到相互支撑的作用。堡垒本身过于注重视界和射界宽广，忽视了隐蔽性，很多射孔直接面对敌人，在日军山野炮和重炮远超我军的情况下，一味与敌对攻，只会造成阵地被敌人打穿甚至摧毁，造成我军自身大量伤亡。

方先觉纵马来到城南欧家町，再回头审视已做好的阵地，只见主阵地山坡平缓，树木稀少，大部分工事光秃秃地暴露在外面，只有一点稀稀拉拉的灌木可以遮蔽，将来部队敌前调动，弹药补充，伤兵后送，甚至炊事人员三餐往返，都暴露在日军的炮火之下，的确不是个理想的阵地。

"同意收缩主阵地。"方先觉沉吟片刻，对葛先才道，"准备收缩到哪里？"

"我建议收缩到湘桂铁路以北，沿湘桂铁路重新构筑主阵地。这一带有五桂岭、枫树山、岳屏山、花药山、张家山、虎形巢、天马山等山地，适合作主阵地。"葛先才道。

湘桂铁路沿着衡阳城南从东向西穿过，火车西站位于中间位置，铁路以南是开阔的稻田，往北则是延绵起伏的山体，这一带山体密集，正面窄，兵力集结，火力集中；同时这些山体坡陡树密，山间水塘多，遮蔽性好，不容易受敌人炮火威胁，的确是易守难攻的好地方。

方先觉看来看去，非常满意。他斟酌再三，决心放弃湘桂铁路以南阵地，所做工事全部拆毁。他们骑着马在山地间来回跑了十几趟，反复勘察，最后决定以衡阳市区为核心设立三重防线，派军工兵营协助预10师重新修筑主阵地。

第一层防线，以张家山麓火车西站为中心500米范围内，核心阵地是张家山，东有五桂岭、枫树山，西有虎形巢、范家庄，北有萧家山、张飞山，南有停兵山、高岭，几个独立的高地相互距离100米左右，正是机枪最佳射击距离，各阵地互为掎角，以交叉火力网形成一个巨大的环形阵地。

第二层防线，以靠近城区的岳屏山—苏仙井—天马山为核心，岳屏山和天马山分别是城南和城西进入市区最后的锁钥，山体都比较大，而且森林茂密，易守难攻。岳屏山附近的回雁峰海拔最高，瞰制全城，军炮兵指挥所也放在这里。

第三层防线，也是最后一道防线，是以军指挥所所在的中央银行为核心的市区阵地，这是为最后的巷战而准备的。

方先觉调整兵力部署，重新分配第 10 军各师阵地：

葛先才率预 10 师驻火车西站，守湘桂铁路沿线，从湘江沿岸往西到火车西站、张家山、虎形巢、汽车西站。容有略率第 190 师及饶少伟率暂编第 54 师，部署在江东。罗活率新编第 19 师驻蒸水北岸来雁塔，守城北及西北。

6 月 13 日，罗活率新编第 19 师奉调广西全州。方先觉对兵力再次做出调整，容有略第 190 师除以一个营留在江东防守，余部接收新编第 19 师在城西北的阵地。

6 月 24 日，第 10 军第 3 师回到衡阳后，方先觉又将第 190 师阵地移交给第 3 师，第 190 师全部渡过湘江，与暂编第 54 师共同防守江东，作为全军前沿警戒阵地。

洪罗庙

6月5日，甲申年闰四月十五

吃过晌午饭，方先觉来参谋处找康梿，意外地看到一个熟悉的身影。这人约莫三十四五岁，戴着眼镜，穿着中山装，样貌斯文，身后却跟着一个满脸横肉、穿着黑油绸布短褂、好似江湖人士的壮汉。中山装男子一见方先觉，满脸堆笑，马上小跑过来和他叙旧，说非常感谢方军长，可帮了他的大忙。

这人是衡阳县县长兼保安司令王伟能，株洲攸县人，曾担任长沙市社训总队副总队长，与方先觉旧时相识。1938年11月12日，武汉陷落前夕，长沙形势紧张，蒋介石给湖南省主席张治中发来密电，要他在日军攻陷长沙时放火焚城，实行"焦土抗战"。张治中召集长沙警备司令酆悌、省保安处处长徐权拟订焚城计划，决定"派省会警备司令部警备第二团和长沙市社训总队负责执行"。张治中成立破坏长沙指挥部，由酆悌当总指挥，王伟能任副总指挥兼举火正指挥。不料，徐权看不上王伟能，说他只是军训教官，力主改用省保安团团长徐昆为正指挥。13日凌晨2时，日军还远在两百多里外的岳阳新墙河，不知何故，长沙城内谣传说日军已到长沙城外新河，南门先意外起火，由于警察和消防队员都撤走了，无人救火，不到一刻钟，天心阁也火光四射，接着全城起火，几十里外清晰可见。这场大火一连烧了三天三夜，全城街道、建筑大多被焚毁，直接死于火灾的有3000余人。发生火灾当日的电报代号为"文"（当时习惯以韵目代日期），大火又发生在夜间，故为"夕"，因此称这次火灾为"文夕大火"。

"文夕大火"后，张治中被蒋介石免职，酆悌、徐昆和警察局局长文重孚被枪毙，王伟能则阴差阳错地逃过了一劫，先是调沅江当县长，1942 年又调任衡阳当县长兼县保安司令。

王伟能为人精明，堪称"能吏"，不过因为他和薛岳走得很近，加之官声平平，方先觉内心并不是很喜欢他。更何况，跟在他身后的那个壮汉方先觉也认识，此人是本地洪帮"陪堂大爷"，人称欧老五，诨名"混世牛魔王"。方先觉一向治军严格，不允许部属与帮会来往，对这些江湖人士更无好感，只不过，现在的他，不会再因为个人的好恶而对人冷眼相待了。国难当头，谁帮谁的忙，今后谁又说得清呢？

比如，这次破坏长衡、衡宝、湘桂公路的数万民夫，都是衡阳县县长王伟能出面征调的。衡阳是湘南大县，社情复杂，大战来临，奸细间谍活动频繁，公职人员中不少人弃职逃跑，党政机关也大多陷入瘫痪。何况破路本来就是义务劳动，民夫非但没有工资，还要自备锄头、畚箕，自带口粮、炊具、棉被，白天干活，晚上露宿，非常辛苦，没有王伟能这样的能吏，谁来出面征发这些免费的劳力呢？还有，第 10 军近 2 万人的粮秣副食，还都指望着衡阳县政府，如果没有王伟能这种黑白通吃的实力派，筹措钱粮还真不知该找谁去。

王伟能所说的"帮忙"，是指上个月方先觉和赵君迈安排康楣协助他在洪罗庙修机场的事。

1944 年初，美军决定在衡阳郊区开辟一个简易机场，以便将来衡阳机场被日军占领以后，还可利用这个机场空降部队，空投物资。薛岳把这个任务交给了衡阳县县长王伟能。王伟能经过勘察，决定在离衡阳机场约 100 里外的衡阳县西乡洪罗庙修建这个机场。修机场的地方叫太山村白马灶，是一个面积 500 亩的丘陵台地，紧靠蒸水和衡宝公路，邻近王伟能县政府战时临时驻地，是修建美军机场理想的地方。

洪罗庙是衡阳西乡大镇，位于衡阳、宝庆、永丰三县交界处，是个

"鸡鸣三县"之地，相传古时有神像洪落而出，得名"洪落庙"，又称"洪罗庙"，后沿蒸水发展为市，称"洪市"。此地周边方圆百里是湘军最早的发源地之一，远有王夫之，近有夏明翰，都是出了名的不怕死的铁骨男儿。

过完春节，洪罗庙简易机场准备动工了，王伟能才发现事情并不好办。他虽然是衡阳县县长兼保安司令，却不是当地唯一的武装力量，当地除了王伟能的部队，还有好几支游击队和青洪帮、山堂道门。各路势力都看中了这个机场，机场从上年年底开始准备，直到来年4月日军即将发动进攻了，还迟迟没有动工。王伟能一开始想来硬的，用武力进行弹压，后来发现这些民间武装比他还有实力，在民众里的号召力也远比他这个县长高，于是就掉转头来说软话，做各方面工作。

方先觉和赵君迈听说后，就派康楣过来给他帮忙。康楣是洪罗庙本地人，虽然他只是一个二十出头的穷苦出身的年轻人，但十来岁就跟流落在洪罗庙一带的"下江人"（抗战时对长江中下游一带人士的称呼）拜师习武，练得一手好功夫，一向仗义敢言，素有侠名，有时乡村"扯地风"（宗族械斗），老一辈还要请他这个后生仔出面做"和佬"。

王伟能和康楣都属狗，王伟能大一轮。一开始他没把这个乡下娃放在眼里，后来看康楣一出面动员就有一千多个农民报到，很有号召力，他才改变态度低眉下眼和康楣套起近乎来。民工们夜以继日地抢工，不到半个月就将白马灶填平夯实，开出一条长800米、宽20米的跑道来。5月底，洪罗庙机场竣工，"飞虎队"还没来得及试飞，日军已经沿着湘潭南下，奔袭衡阳，康楣只得赶紧回军部了。直到一年后的1945年5月，中美联合空军才在洪罗庙简易机场里实施了中国空军第一次伞兵空降行动，这是后话了。

王伟能对方先觉说，他和赵市长按照薛长官要求，一直在发动民众，肃清奸细，破坏从衡阳到渌口、宝庆等周边地区的道路、桥梁。为了感谢方军长对他的帮助，昨天他在北乡又组织了 1000 多名泥瓦工人和搬运工人，专门帮第 10 军修炮兵工事。明天他就把民工全部派过来，交给康参谋指挥。

方先觉听了也很高兴。

他知道衡阳一向民风彪悍，质朴尚武。1942 年元月第三次长沙会战，120 名衡阳搬运工把民众捐募的物资送到长沙福临铺，正好前线有一个据点被鬼子夺去了，这些工人当即捡起阵亡战士的枪支，协助国军收复了这个据点。这件事让方先觉记忆犹新。朱熹说过，"水不外于地，兵不外于民"，民为军之本也，有如此英勇的民众，则有不怕死的军队，也就有衡阳胜利的可能。

方先觉叫康檝协助王伟能把这些衡阳劳工组织好，先协助第 10 军修工事，等战斗打响，那些愿意留下的就编成运输队、担架队、消防队、收尸队，由孙鸣玉统一调度指挥。

老鼠过江

6月6日，甲申年闰四月十六，芒种

湘江边，泰梓码头。

最近调来衡阳的各路炮兵不少，还没有进行过实弹合练，今天，军炮兵指挥官蔡汝霖少将在湘江边和江东五马归槽之间进行炮兵实战演练，白天霖和康楣也被调过来帮忙。

泰梓码头，原来叫"太子码头"。1673年，三藩之乱爆发，到1678年，耿精忠、尚之信两藩已降，吴三桂覆灭在即，他匆忙中称帝，改国号为"周"，改衡阳为"定天府"，在回雁峰前的馒头岭筑坛登基。他最小的儿子认为，此山过于矮小，没有帝王之相，在此登基，像一个没有前途的小朝廷。吴三桂怒其出言不吉，将他斩于岭下。此地因吴三桂杀过太子而得名"太子码头"，后来不知怎么叫成了泰梓码头。

湘江两岸早就清场，江面上流水汩汩，阵地上旌旗猎猎，黄铜的炮弹在日光下闪闪发亮，从各师炮连以及各兄弟部队调来的炮兵上千人，在湘江岸边整齐划一地站成数列。

指挥官蔡汝霖大喊一声："放列下架！"炮兵马上将弹药车和大炮分开，装定距离，转动方向，慢慢抬起炮口。白天霖复诵口令，各炮炮长大喊一声："预备，放！"只见炮口烈焰一闪，炮管猛然向后一坐，一股凌厉肃杀的热风扑面而来，刺鼻的硫黄味瞬间笼罩在整个炮阵地上空。紧接着炮击以更高密度展开，炮弹一发接一发呼啸着越江而过，湘江对岸五马归槽火光四起，烟尘冲天，响彻云霄，声闻数十里外。

射击完毕，白天霖带着康楣往回雁峰走。

康楣还沉浸在实弹演习的兴奋之中，一路上不断问白天霖有关炮兵的问题，倒是学到不少炮兵知识，什么炮管短、重量轻的是"山炮"，这种炮能拆卸，机动灵活，打战壕和障碍物时好使；炮管长、重量大的是"野炮"，虽然不便拆卸，但威力大，在城市攻坚和打鬼子碉堡时最好用。

白天霖告诉他，枪、炮这种连发武器最怕的是卡壳。大炮射击时连发不停，炮管产生上千度高温，金属受热膨胀，一旦制造稍有瑕疵，弹壳退不出来或炮弹进不了膛，一门炮马上就变成废铁。在他操过的炮里，最皮实耐用的当数德国炮，最好用的则是瑞典"博福斯"炮，这炮其实也是德国炮，好像从来打不坏，哪怕几十发连放不停，它也不出任何问题。

两人边走边聊，很快回到雁峰寺。

回雁峰，人称南岳七十二峰第一峰，相传大雁至此而回，故称"回雁峰"。唐代王勃曾写过"雁阵惊寒，声断衡阳之浦"。此峰虽然号称"南岳第一峰"，实际上海拔只有一百多米，不过站在山顶，可以俯瞰衡阳，射界广阔不说，火力可覆盖整个衡阳。因此，方先觉和蔡汝霖将第10军炮兵阵地设在回雁峰上，军炮兵观察所则设在山顶雁峰寺的寿佛殿里。

回雁峰上建有寺院已有一千多年的历史。早在南朝梁天监十二年（513），山顶已建有云禅寺，后来改名雁峰寺，历经唐、宋、元、明，屡毁屡建，南来北往的高僧来到衡州，都要在此登台说法，南岳上封寺宝生法师也曾在此地驻锡讲经，康楣还协助他翻修过寺里的禅房，因此对此地地形也颇为熟悉。

"天霖哥，当炮兵一直是我的梦想，不过我是贫寒人家，从小家里苦，吃饭都困难，更没机会上学读书，不知道有没有机会学习操炮？"康楣说。

白天霖微微一笑："六祖不认字，不也有无上智慧吗。"

康楣不好意思了，说那是圣人，他可不敢和六祖比。

白天霖笑着说："万事只要肯学就不难。只不过，学炮的周期的确太长。炮兵基本训练包括五法，炮（操）、马（术）、观（测）、通（信）、驭（法）。学炮先学马，熟悉炮兵机动力马匹以后才能接触到炮。学马，又要从学习给马洗澡开始，光是马术，前后就得半年时间。"

白天霖又道："当初我为什么来学炮，就是想着一枪才打死一个敌人，一炮可以打死一大堆敌人。操炮本身不难学，但要精通却不容易，要学很多门学科。另外，各国射击方法不同，我们中国人用的是万国炮，所以只能样样都学，学起来非常麻烦。"

康楣不禁咋舌。

"不过这还不是最重要的。最大的问题我后来才知道，我们中国学炮的人其实大部分时间是摸不到炮的。炮对我们来说太难得了，至于炮弹就更金贵了，打一个，数一个，还一个弹壳，领一颗新炮弹。刚才说的瑞典'博福斯'山炮，每门大炮要 2 万美元，每发炮弹要 20 美元，奢侈得很！我头一次出炮操，把一门克虏伯野炮拖出厂，一不小心一个炮轮撞到了厂柱，可把教官心疼得不行，把我大骂了一顿，说我的命还没有这门炮值钱。我挨了这顿骂才知道，造一门炮很不容易，要有合金钢材，但我们中国连钢都没有，更不要说合金钢材。车也好，炮也好，弹药也好，什么都要从外国买，外国人一不高兴，把炮弹和零件一断，炮就成了废铜烂铁。没有现代化钢铁工业，哪来的炮兵呢？所以对我们这些学炮的人来说，天天想的是什么时候才能有自己造的大炮呢？"

看康楣眼里的光黯淡下来，白天霖又安慰他说："虽然都说大炮是陆战之王，但要我讲，空军才是今后发展的方向。你人聪明，身体素质又好，将来有机会学一门军事技术的话，不如去学空军，当飞行员或者伞兵，那才有意思呢。"

白天霖说:"去年元旦,我随军部干训团到昆明美军基地受训,参加过美军组织的高空机降训练。那天轮到我们跳伞,几百朵白莲花从天而降,就像仙女下凡一样,又像西游记里二郎神带的天兵天将,那场景要多壮观有多壮观。"

说到伞兵,康楣又兴奋起来,他告诉白天霖:"今天早上听中央社广播,6月6日6点,英美盟军3个伞兵师、17万陆军、2000架飞机、800艘飞艇越过英吉利海峡,在法国诺曼底开辟第二战场。军长说,希特勒双线作战,很快就会扛不住了。等德国鬼子一败,日本鬼子的尾巴也长不了啦!"

白天霖也很兴奋:"这消息太好了。斯大林现在是腾不出手,等他干掉希特勒,肯定回头收拾日本人。别看小鬼子在中国人面前横行霸道,他们在美国人和苏联人的钢铁大炮面前,啥都不是。连德国佬也看不上小日本,希特勒说日本军队还活在冷兵器时代,日本兵就知道拼命猛冲,日本的战车就跟纸糊的一样。你看吧,快则今年,慢则明年,小日本肯定完蛋。到时我们一起空降东京,去抓他们的天皇!"

康楣想着早晨广播里说的诺曼底万人空降的盛况,又想起一个月前在洪罗庙修机场时,美军"飞虎队"派人来衡阳指导,那些美国军官人高马大,面色红润,身体结实,穿着笔挺的卡其军服,一个个英姿飒爽的样子,和国军官兵一个个灰头土脸、胳膊瘦得像火柴棍的样子简直有天壤之别。

当时南路师范的女学生过来劳军,还专门编唱了一首歌谣送给这些美国大兵:"飞虎,飞虎,在天空犹如飞龙,在地上如似猛虎,小鸟小兽的日本,碰上飞虎,不如小老鼠。"

康楣一拍大腿,长叹一口气,道:"唉,可惜啊!眼看日本人就要完蛋了,我还没有去学跳伞哩!"

好像明天方先觉就要派他到东京实施空降一样。

看康楣做白日梦的模样，白天霖不禁笑了，他拍了拍康楣肩膀说："你还年轻，跟着军长好好干，还愁以后没机会？不过，万人过海也好，十万人过海也好，要我说，都不如你们衡阳的老鼠过江。那才是亘古未有，闻所未闻的怪事哩。"

康楣奇道："什么老鼠过江？"

"我记得去年端午节是 6 月 7 日，中午 12 点左右，我刚好在仁济医院做完痔疮手术，躺在病床上动也不能动，突然听到大街上人声嘈杂，都在喊老鼠过江、老鼠过江，所有人都跑出去，涌到江边看。"

"只见成千上万只老鼠，齐刷刷齐聚在湘江边铁炉门码头，一只接一只，后面一只咬着前面一只的尾巴，再后面一只又咬着这一只的尾巴，连成一条线，向江东游去。当时全城轰动，人山人海，观者如堵，随你怎么赶它们，它们也不惧不散，咬成一条线，一个小时才全部过完湘江。大家回来以后都大喊怪事，历史上从来没有过的怪事。我当时不能动，深以不能亲自观看为憾，今天才看出来，原来这些鼠辈有灵，竟能预知到一年后衡阳有战火，所以早早就搬到江东去了。"

"你说这事，怪是不怪？"白天霖笑道。

康楣也连声称奇："鼠辈有灵，才知道及早搬家。不知道过两天日本鬼子大炮一响，衡阳老百姓又要往哪里搬呢？"

"生死有命，富贵在天。"白天霖突然想起来，对康楣说，"唉，怎么今年的端午节这么晚，莫非今年是闰四月？"

"是。"

"还是老话讲得准，'闰四月，两头春，老农民，卖儿孙'。今年的年头还真是不大好。"

想起即将打响的衡阳大战，两个人的心情顿时沉重起来，一时间均是忐忑不安，沉默无语。

两人向北望去，只见湘江奔流北去，在湘、蒸、耒三水交汇处，七层高的来雁古塔高耸入云，宽阔的湘江中千帆竞发，舟船如织，仍是一派繁忙祥和的景象。衡阳自古因雁闻名。宋范仲淹在《渔家傲》中写道："塞下秋来风景异，衡阳雁去无留意。"雁去雁又来，城南回雁峰，城北来雁塔，这是衡阳城外一南一北的两个制高点。此时此刻，城南回雁峰下的泰梓码头，一群群人扶老携幼，肩挑手提，乘船搭车，人声鼎沸，那是已收到战争消息的老百姓在向乡下疏散。

长袖善舞

6月18日，甲申年闰四月廿八

这一天，长沙失陷。

消息传来，第10军将士们更加紧张起来。第4军是北伐中号称"铁军"的老部队，原本指望他们在长沙抵挡一阵，可以消耗日军的实力，至少能减轻第10军的压力。没想到不到三天长沙就失守了，很快日军就要兵临衡阳城下了。

当天，军委会后勤部部长俞飞鹏飞抵衡阳，亲自督办协调第10军的后勤补给事宜。俞飞鹏是蒋介石的后勤总管，是个话语不多，办事却很利索，考虑也颇周全的人。他命令，凡是第10军需要而临近兵站有的，都要应有尽有送到衡阳，很快就调拨了足以维持两个星期的粮草和大量武器弹药，包括530万发子弹、28000枚手榴弹、3200发迫击炮弹，现在唯一还缺的就是山野炮弹，这已经超出他的职权范围了。

此时，第10军炮兵营还被滞留在桂林，虽然总参谋长何应钦亲自出面下令放行，但由于长沙沦陷，一时找不到足够的车皮来运送，最终还是有半个炮兵营不得不留在了桂林。

6月13日，驻衡阳的第46军新编第19师奉调广西。同日，薛岳电令方先觉，拟将预10师调往湘潭协防，由其他部队接手衡阳的守备任务。15日，方先觉直接致电蒋介石，要求预10师不调往湘潭，同时将已在湘潭的第3师调返衡阳。

如此东拼西凑，方先觉手里的兵力依然捉襟见肘，心急火燎的他只好动手抢人了。方先觉命令，扣留所有路过衡阳的医疗队，连军政部军医署的两个兵站医院也被他强行截留。经过这样一番操作，直到6月18

日，衡阳的战斗序列才相对完整起来。守衡阳的兵力为第 10 军所辖 3 个师（第 3 师、预 10 师、第 190 师）、暂编第 54 师，以及被留在衡阳的炮兵、医疗等直属部队，合计 8 个团，约 17600 人。

方先觉召开连以上军官会议，要求全军坚守衡阳，为第 10 军增光添彩。他表示，第 10 军有光荣的军史，有最高统帅的关心，有李玉堂老军长的救援，只要全军上下一心，就没有克服不了的困难。第 10 军将士群情激昂，高呼"万岁"。

从守长沙的经验来看，日军在围城之后，必然天天用飞机大炮轰炸，衡阳必成火海，如果房屋都烧光了，那就没办法开展巷战了。

方先觉找赵君迈商量，准备在全城实施"隔火计划"，每隔一栋房拆掉一部分，让房屋和房屋脱节，即便起火也不至于火烧连营，也便于隔火扑救，多少还能留下一点房屋来。

赵君迈说，空城倒是好事，既可以免得战火波及无辜，也可以把混进城的奸细赶出去，保证守军安心作战。但是，拆人房屋是大事，涉及每个老百姓的利益，前有长沙"文夕大火"的教训，必须慎重从事。他坚持先实施"空城计划"，再实施"隔火计划"，等老百姓出城了，再拆除城里房屋。

两个人商量后决定，从 6 月 18 日起，用 3 天时间把衡阳 30 万市民疏散出去，最少疏散到离市区 30 里以外的乡下。方先觉紧急联系军委会后勤部衡阳火车站司令部，让粤汉、湘桂两个铁路局多调集车辆，往南的走粤汉，西行的走湘桂，到 6 月 20 日，城里不再留下任何一个百姓。

为了让市民尽快撤离衡阳，方先觉命令军部工务参谋康楣驻点火车西站，督促协助两个铁路局办理运输事宜，另外，在两个火车站各派一个排维持秩序，军辎重团再派一个连照顾老幼，帮助民众搬运物品上火车。

6月18日，第10军和衡阳警备司令部正式下达空城令，决定全城疏散，衡阳市政府机关即撤往100公里外的祁阳。一声令下，整个衡阳顿时乱成了一锅粥，不但城里的市民紧急疏散，周边乡下村民也开始四处逃难，主要目的地是广西的桂林，乃至更远的云贵川。

吾土吾民

6 月 19 日，甲申年闰四月廿九

葛先才师长一大早就来到了军部。他向方军长报告，这段时间落了几天雨，虽然天公不作美，但将士和民夫借来蓑衣，戴上斗笠，点起火把，昼夜不停地施工，把本应几个月才能做成的工事赶在二十天之内做完了，请军长前去检查。

方先觉正要出门，驻守在火车站的康樾打来电话，说有上千老百姓滞留在火车站，虽然赵君迈市长、王伟能县长苦口婆心地劝说，但他们就是不走，说一定要面见方军长。

方先觉立即赶到火车西站。

只见车站里、月台上到处是人，拖儿带女，肩挑手提，大人叫、小孩哭，乱作一团。

这样的场面是衡阳从来没有过的，因为全面抗战以来，其实衡阳是没有战事的。1938 年日军攻占武汉后，三次进犯长沙都铩羽而归，因此，从 1939 年到 1944 年，不管长沙乱成了什么样，衡阳一贯是风平浪静的，衡阳人早就习惯了过太平日子，这次也不例外。他们认为，敌人前三次进攻长沙都被打退了，这次虽然敌人的兵力多一点，不一定很快打退，但估计鬼子最多是到长沙、株洲就停下来，肯定不会到衡阳的。所以，衡阳城中京剧名伶金素琴依然魅力不减，中正堂里还是天天高朋满座。五年来，衡阳的物价一路飙升，通货膨胀导致贷款利率高达 10%，人们竞相囤货，从不存钱，即便日军突破了汨罗江，逼近了浏阳，衡阳城里依然杂货堆积如山，并没有因为日本人到来甩卖货物而导致货价下跌，反之，还有不少胆大的商人跑到前线去抢运物资，想趁战争再大发一笔横财。

直到长沙失守，衡阳才稍微闻到了一点战时的气味，警报从天亮响到晚上10点。疏散令下，人们纷纷抛货，谁还要什么货？这个时候，即使是最容易携带的"小黄鱼"，金价也由两万元直跌到七千元以下，即便如此还没有人要。短短两三天，数十万惊慌失措的衡阳市民，不论老幼，不论贫富，纷纷离开衡阳，四处逃难去了。大街上，码头边，车站里，人山人海，扶老携幼，肩挑手提，大包小包，哭爹喊娘。

尽管在方先觉和赵君迈的亲自协调下，粤汉铁路局、湘桂铁路局准备了大量车皮疏散老百姓，难民火车几乎以十分钟一趟的频率往南开，但僧多粥少，火车皮永远是不够的，绝大部分老百姓还是挤不上火车。那些侥幸挤上了火车的幸运儿，趴满了每趟火车的车顶和车边，甚至火车下面铁条上都横铺了木条，挤满了难民，一个个像被吊在火车下面一样。

当时还只有6岁、小名"凤凰"的衡阳小姑娘琼瑶，在《我的故事》里回忆了这难民火车奇特的一幕：

"难民火车有'上、中、下'三等位子。'上'位是高踞车厢顶上，坐在那儿，无论刮风、下雨、大太阳，你都浴在'新鲜'的空气中。白天被太阳晒得发昏，夜晚被露水和夜风冻得冰冷。至于下雨的日子，就更不用去叙述了。'中'位是车厢里面，想象中，这儿有车厢的保护，没有风吹日晒雨淋的苦恼，一定比较舒服。可是，车厢里的人是道地道地的挤沙丁鱼，男男女女，老老少少，混杂在一个车厢中，站在那儿也可以睡着，反正四面的人墙支持着你倒不下去。于是，孩子们的大小便常就地解决，车厢里的汗味、尿味、各种腐败食物的臭味都可以使人生病。何况，那车厢里还有一部分呻吟不止的伤兵和病患。'下'位是最不可思议的，如今回忆起来，我仍然心有余悸。在车厢底下，车轮与车轮的上面，有两条长长的铁条，难民们在铁条上架上了木板，平躺在木板上面，鼻子顶着的就是车厢的底，身侧轰隆轰隆旋转的就是车轮。稍一不慎，滚到铁轨上去，就会被碾为肉泥。"

战争中的老百姓真是可怜，不管你怎么想办法，最终能跑掉的终究是少数，即便是富翁巨贾，也不乏没法逃命者。挤不上车的人，就只能耐心等待下一趟火车到来。很快，滞留在火车站的人越来越多了，与此同时，还有更多的难民正从长沙、湘潭、株洲等地逃过来，都希望在衡阳搭上火车逃离兵燹。但是，很多人在火车站里坐了一两天还是挤不上去，他们干脆就不走了，一个个在铁轨边安营扎寨，风餐露宿。第10军政工人员劝说大家换一种交通方式，或乘船或走路，总之赶快离开衡阳。

赵君迈、王伟能早已在火车西站的门口等着。

方先觉简单问了几句，穿过摩肩接踵的人群，站到停靠在火车西站铁轨上的火车车头上，对大家喊话说：

"各位乡亲，各位同仁，各位袍泽！这次跟日本人打仗，要么他死，要么我亡，险恶非常，不比之前！我们军队是为老百姓打仗的，国难当头，我们军民理当同仇敌忾，上下一心，同舟共济，共赴国难！我们留在这里，就是要拖住日军，我们流血牺牲，也是为的你们，你们怎么能不走呢？大战即将打响，日本鬼子很快就要杀到衡阳了，战火无情，为了避免不必要的牺牲，减少不必要的损失，我们请城内外民众一律撤退，城里不能留下任何一个人，以免伤及无辜的生命。

"大家舍不得离开衡阳，我非常理解，大家舍不得离开自己辛辛苦苦经营的家，担心自己一走，家里遭抢了，什么都没有了。今天，我方先觉给大家保证，在你们离开之后，每家每户不能带走的物品，全部封存起来，由第10军负责给每家每户上一把锁，把每家的门窗钉牢，官兵未经允许，绝不能进民房。如果房屋是被敌人炸弹和炮弹击毁的，那无法避免，无话可说；但如果是人为破门造成的损失，第 10 军照价赔偿！胆敢砸锁进民房的，哪个兵进，我就杀哪个的头！"

方先觉此言既出，老百姓焦躁的心稍微安定了一点。谁不知道战火无情，有方军长这句话垫底，好歹是个安慰。过了不久，大家收拾行装开始撤离。坐车的坐车，坐不上车的改坐船，实在不行的就走路，一个个慢慢地离开了。

不过，这个世界总有些人天生大胆，不管世道乱成什么样，他都有自己一定的主意，任你怎么劝，他就是不走。对这些人，方先觉直接下令，不走的赶他走，还不肯走的，派兵押着他走，总之，所有人必须在三天之内撤离衡阳。

方先觉走下火车头，王伟能给他竖了个大拇指，赵君迈则笑眯眯地握住他的手摇了摇，说了八个字："霹雳手段，菩萨心肠。"

大地恩情

6 月 20 日，甲申年闰四月三十

日军的步伐越来越近，衡阳城里气氛也越来越紧张，小道消息满天飞。有人煞有介事地说，5000 架美国飞机正在飞往中国，还有 50000 名美国陆军士兵到了桂林，马上要开到衡阳来。所以，朴实的衡阳百姓虽然下乡避难，但一个个还是信心十足。他们交头接耳说，咯下日本鬼子真的要打衡阳了，但是冇嘛关系，第 10 军个个都是打仗的行家里手，何况美国飞机和大兵也要赶到衡阳了，最后胜利肯定是我们的。

方先觉知道，这些纯属无稽之谈，5000 架美国飞机，中国有哪个机场停得下？别说调 50000 名美国兵到中国，这时候美国人还恨不得调 50000 名中国兵到缅甸和太平洋去。现在别说美国人了，就连薛长官也靠不住。靠人靠天，不如靠自己，此时此刻，唯有"苦干苦斗，自力更生"了。

天气热得很快。方先觉惦记着葛先才阵地上的工事，一大早就起来了。他叫上孙鸣玉、康梢等人，策马往城南奔去。

沿途看到湘桂铁路沿线山坡都已被削成将近 90 度的绝壁了。为了修这些工事，预 10 师官兵几乎挖掉了城南三座山坡的山脚，毁掉了两家工厂，拆掉了二三十间店铺，挖掉了一百多座老百姓的坟墓。在两边的山坡上，还有腐烂的棺椁乱七八糟地摆在那里来不及清理，黄色泥土中偶有白骨闪现，方先觉边走边看，心情沉重。虽不忍心，但没有办法。大战在即，不如此，更多的人就活不下去！

第 10 军指挥所，就设在城南五桂岭湘桂铁路局里。

五桂岭位于衡阳市郊东南角，因形似乌龟而得名"乌龟岭"，后来被文人们嫌弃不雅，叫成了"五桂岭"。五桂岭近湘江，北边是回雁峰，军炮兵观测所就设在山顶的雁峰寺里。五桂岭的海拔不高，大约三四十米，山体却颇大，南北近500米，全部削成了将近90度的绝壁，远远看去，好像一整片巨型的绝壁。绝壁下是预10师新挖的数米深的战壕，壕底铺着尖刺铁丝网，以防日军在绝壁下架起云梯攀登。

军指挥所距城南一线阵地最近处不到300米，四周是预10师陈德陛第30团的阵地，虽然只是用20天做成的简易工事，看起来效果并不比那些钢筋水泥的永久工事差，所有阵地机枪火力全部侧击，从外面完全看不到直射的射孔。

方先觉在刚刚做成的掩体上高高地跳起来，又用力地跺下去，掩体纹丝不动。他又俯下身，侧身趴在战壕里，端着枪，内外、左右地比画一番，滑稽的样子把大家逗乐了。

康梱笑嘻嘻地说：

"军长你不用费神了，这工事好得很！他们把湘桂铁路拆光了，一二十米长一根的铁轨全部搬到山上，用钢管、水泥架起，上面放沙包，加内板，一层沙包一层铁轨，像砌房子一样层层砌起，结实得很，我看比祝融峰顶上的铁瓦石屋还要坚固。这个碉堡你莫看不打眼，里面大有乾坤哩，小的能装一二十个兵，大的能装三四十个一排人！"

这是预10师蒋鸿熙连长做的阵地。蒋鸿熙是方先觉的小老乡，原来是军部参谋，这次打仗前他要求下连队，方先觉很看好这个聪明机灵又充满斗争精神的青年军官，就让他在葛先才手下当了一名连长，带第30团2营5连100多名士兵。

蒋鸿熙正在五桂岭的壕沟上跳来跳去，忙得几乎透不过气来。和半个月前比，他看起来黑了许多，人也瘦了一大圈。方先觉很久不见蒋鸿熙，看到这个年轻人像变了一个人一样，很是高兴，问他："蒋连长，你的工事做得怎样了？"

蒋鸿熙看见方先觉，马上报告："军长，主阵地外壕挖好了，但上面的交通壕、散兵坑还没有开始做，能否请军长帮忙，调派一些人尤其是工兵来指导我们呢。"

方先觉答应让葛师长安排兵力，彻夜做工，争取在拂晓前完成绝壁和战壕；至于主阵地上面的工事，宽限一天完成。

方先觉安排完，又问蒋鸿熙：

"蒋连长，有把握守住阵地吗？"

蒋鸿熙大声说：

"报告军长，老实说把握是没有的，但一定牢记军长教导，我不怕敌，敌必怕我，苦斗苦干，必生必胜，死而后已！"

旁边的葛先才点了点头，显然对蒋鸿熙这个答案很满意。

方先觉却不以为然地说：

"鸿熙，'死而后已'这几个字，如果从别人嘴里说出来我当然喜欢，但你是一个连的主官，绝不应该轻言一个'死'字。动不动就想死，这不是好的指挥员。古人说，兵者，国之大事，死生之地，存亡之道，不可不察也。战场上的要诀是杀伤敌人保存自己，强调敌人尽死而我不死，不但自己不死，还要尽量让部下不死，如果一死就能赢了，那我这个军长都可以马上去死，但是，天底下有这样的好事吗？所以，凡事先要按照'不死'来打算，想尽办法让部队活下去，这才是每个指挥官应尽的职责和本分。"

蒋鸿熙有些不好意思，低下头，摸摸脑袋，不说话了。

方先觉却有意考考他，继续问他："鸿熙，军部和炮兵观测所都在你连阵地的后面，将来这里必然是争夺的焦点，是日军攻击最烈的地方。我'泰山军'究竟能不能稳如泰山，贵连可是责任重大啊！对于固守阵地，你有什么打算吗？"

蒋鸿熙老老实实地说："请军长教导固守阵地的秘诀。"

"老实说，守阵地没有什么秘诀，曾国藩有过几句话，'结硬寨，打呆仗'，不管在什么条件下，'结硬寨'都是防守的基本功，这一切的根基，在于你对地形一定要熟。"

方先觉指着战壕说：

"战场上一草一木、一街一巷，都有极大的价值。在城里，你要连一个巷子的宽度都知道，街道有几个交叉口，能同时过几个兵，山炮、野炮曲度是多少，指挥官要亲自测试。在野外，就要把 500 米范围内视线所及的每一个山崖亲自踩过，每一条战壕爬过。视线看得到几间房、几棵树、几道沟，每间房具体多高、多宽，每棵树多高、多粗，每条沟多深、多宽，作为连长，都应该亲自丈量，做到心里有数。"

蒋鸿熙吐了吐舌头，说："感谢军长教导，鸿熙记住了！"

方先觉接着说："不过，'打呆仗'就值得商榷了。现代战争不同于冷兵器时代，防守不能被动挨打，要以攻为守，最好的防守是'迎敌而制敌'。如果说还有什么心得，就是要始终保持阵地的韧性和弹性，切莫把阵地变成死架子。"

蒋鸿熙问："请问军长，怎样才不算是死架子呢？"

"战力的源泉，来自战场的补给。作为阵地指挥官，首先要有一个基本认识，没有哪个阵地是能一蹴而就的，但也没有哪个阵地是永远打不穿的。有了这个基本认识，就要进一步判断，每个阵地必然会有一个敌我反复争夺、逆袭的过程。我们说保持阵地的弹性，说穿了，就是要保持守阵地部队的弹性，作为指挥官，必须做好长期用兵的安排。"

"这次日本人之所以能在湘北打破薛长官的'天炉战法'，就是在兵力运用上保持了韧性和弹性。他们除了在正面部署一线作战部队外，还在一线部队身后 200 里内控制了相当规模的二线部队，因此始终保持住战场纵深，保持了持续的突击能力，这样的波浪式进攻，保障日军战力绵绵不绝，从而以持续的进攻打穿了我们二线部队和两翼部队的侧击、伏击、尾击。所以，防守要稳，就不能被动挨打，要有'以攻为守'的进攻思维，作为指挥官，除了把必要的兵力放在第一线，还要在后方始终控制相当兵力作为预备队，对于丢失的据点，要随时做反复、不断、持久的逆袭，直到把阵地完全恢复为止。否则，阵地被敌人突击一两次就会变得松松垮垮，很难长期坚守下去。记得第三次长沙会战，我军南门阵地最多要经过 10 次以上逆袭才能夺回，并最终确保。"

蒋鸿熙立正敬礼："感谢军长教导，鸿熙铭记在心！"

当晚，第 10 军工务参谋康楣到葛先才师部报到。

葛先才把预 10 师工兵连、辎重连、平炮连都交给他指挥，连夜开到五桂岭工地上。火把点得像白昼一样，官兵们彻夜做工，直到天空出现鱼肚白，阵地终于有了个大概的模样。

狼奔豕突

6月21日，甲申年五月初一，夏至

从长沙败退下来的第九战区参谋长赵子立，由岳麓山往湘潭走了好几天，终于在衡阳见到了老朋友方先觉。

方先觉和薛岳不和，却和赵子立的私交甚好。1942年第三次长沙会战，薛岳派参谋处长赵子立到第10军督战，赵子立和方先觉的副手孙明瑾是黄埔和陆大的同学，渐渐和方先觉也成了朋友。赵子立发现预10师所做的工事是所有部队里做得最好的，自此对方先觉刮目相看。这五年来，方先觉、赵子立、张德能三个青年将军，每打一仗，官升一级，是第九战区最瞩目的三颗将星，其中方、赵二人，私交尤深。

方先觉一见满脸疲惫的赵子立，立马拉着他去军部，一边吃饭，一边问长沙的情况。赵子立憋了一口气正无处诉说，于是知无不言，言无不尽，竹筒倒豆子一般把丢失长沙的来龙去脉说了个大概。

方先觉听罢不胜唏嘘："可惜了，长沙守了五年，就这么毁于一旦！长沙城很多工事还是当年第10军做的，不敢说固若金汤，也可算是异常坚固，没想到还是两三天就丢了。"

赵子立说："这次日军势大，非同小可，前线发现的部队番号有8个师团，兵力空前，和前几次会战形势完全不同。"

"张德能也是可惜了。第4军自北伐以来，屡建奇功，想不到这次在长沙就这么全军覆没了，教训真是惨痛！"方先觉看张德能和第4军落得如此下场，心下也是戚然。

赵子立说："张德能事先部署错误，又在匆忙中临敌变阵，结果阵前失控，全军溃散逃跑。不过，张德能只是替罪羊，真正拿主意的还是薛长官自己。战前，他不听劝告，一定要在长沙决战，还非要按前三次打法来部署。他人在耒阳，却始终遥控长沙；说是让我在岳麓山指挥，却又不准我调动部队。不要说张德能，连我都差点被他害死在岳麓山了。"

"薛长官把事做得太绝了！以他的脾气，不要说张德能，将来恐怕你也会被当作替罪羊，你们两个的官司还有得打呢。"方先觉提醒赵子立，"事已至此，我看你也没必要再去耒阳，不如直接去桂林、重庆，为将来打官司做好准备。"

赵子立道："我问心无愧，只能万事小心。你记住我的教训，关键时候薛长官是靠不住的，他只想着自己，你要把主动权抓在自己手里。我之前研究过衡阳，你把兵力部署在城南是对的，我认为这里相当于长沙的岳麓山，祝你胜利！"

方先觉和赵子立道别，派康楯送他到湘桂铁路火车西站。

赵子立刚进车厢，就看见了第九战区政治部主任徐中岳，他正准备去祁阳检查，听赵子立一番诉说，半晌沉吟不语。赵子立不明所以，只能眼睁睁地望着他。临到火车鸣笛，徐中岳才慢悠悠站起来，对赵子立说："子立兄，你这么不清不楚去了桂林，将来算怎么回事呢？不正好让薛长官告你潜逃吗？到那时，老兄就算是有十张嘴恐怕也说不清了。以我之见，不如先去耒阳，堵住他的口舌，也尽你作为参谋长的一份职责。"

徐中岳这一番话，说得赵子立好生纠结。他思来想去，踌躇半天，还是决定中途下车，一路迤逦，去见薛岳。

衡阳城外。

中日两军早已在从长沙到衡阳的湘江两岸交上火了。横山勇在围攻长沙的同时，就已经命令日军的炮兵、战车、铁道部队快速南进，等攻下长沙，中路的第68师团和第116师团立即马不停蹄地南下奔袭衡阳，另 3 个一线师团和 1 个旅团也分为东西两个集团，沿湘江两岸快速向南席卷而来。

在湘江东岸，日军第 3 师团、第 13 师团从湘赣边境上栗市，穿萍乡，过攸县，到安仁，抵达衡阳东北；在湘江西岸，第 40 师团、第 17 独立旅团，向西转进湘乡、永丰，再折向东南，转进衡阳。日军两翼齐飞，狼奔豕突，意图合围衡阳。

军委会统帅部电令第九战区，以"阻敌深入、确保衡阳"为目的，要求各兵团"乘敌深入，后方空虚，用正面阻止及侧背猛攻而击破之"。蒋介石特别提醒薛岳和王耀武说："切忌分散兵力，处处设防，追随敌之行动，而自陷于被动地位。"他制定的方案是"两头夹、中间堵"，从东西两翼夹击日军。总的策略是以一部于株洲渌口、衡山地区作持久抵抗，同时，将东翼主力由醴陵、浏阳向西，西翼主力由宁乡、益阳向东，左右夹击深入之敌而歼灭之。为此，军委会命令：

第一，令欧震将军率第 37 军、暂编第 2 军及第 10 军第 3 师，在渌水至衡山间沿铁路线和湘江两岸正面占领阵地，堵住南侵之日军。

第二，令王陵基第 30 集团军所部第 72 军、第 58 军、第 26 军三个军，以及杨森第 27 集团军所部第 20 军、第 44 军两个军，在湘江东岸由东向西进攻醴陵地区之敌。

第三，令王耀武第 24 集团军所部第 73 军、第 79 军、第 100 军，和调归王指挥的第 99 军、第 4 军一部，在湘江西岸由西向东攻击，与东岸川军形成夹攻之势。

第四，令第 10 军（含暂编第 54 师）守卫衡阳城。

第五，令第 62 军控制于衡阳西南地区待机。

这个方案大体延续了"天炉战法"的策略，只不过如赵子立所言，决战地点改在衡阳，将长沙南下之敌阻于渌水、衡山之间，逐次消耗敌人力量。只不过，日军兵力太大，兵锋太盛，第九战区各部接到蒋介石的电令时，还在执行"索敌攻击"命令，但实际上早就处在反被敌人跟踪攻击的状态了。日军东线外翼的第3、第13两个野战师团发挥了重要作用，他们在浏阳击溃国军第72军、第37军、第58军、第20军、第44军和新编第3军，又击溃经萍乡转来的第三战区第26军。各路日军渗透钻隙，避实就虚，敢于大范围地迂回包抄，即便后方联络被国军切断也不管不顾，薛岳所部还没有反应过来，日军就已经突过险峻地域，抵达衡阳附近了。6月23日，日军第13师团向衡阳东南侧的耒阳挺进，拟一举切断粤汉铁路，日军第3师团则向醴陵集结；日军二线师团很快跟上，接替警备任务，使一线师团得以继续南进。

在湘江东岸，薛岳直到6月23日才与各部取得联系，当日军突破渌水，他集结了15个师准备向醴陵出击，但尚未展开就遭到日军猛攻。在湘江西岸，王耀武本打算会同东岸的川军部队共同夹击日军，还没来得及集结，就已被日军冲散了。眼看日军将围攻衡阳，再留在此地已无意义，王耀武就率军向南边的安化、新化、宝庆转进，准备去解衡阳之围。

其实，早在战斗之初，薛岳发现攻击长沙的日军兵力多达八九个师团时，就已经预料到长沙这次恐不可守了。为此，他紧急向军委会申请，调动在衡山的第10军及驻扎两广的暂编第2军北上，但被白崇禧拒绝了。白崇禧认为，日军来势太猛，此时再在长沙甚至衡阳决战都不现实了，他要求薛岳退往广西再战。薛岳当然不会听白崇禧的，但他几次力图反击却始终无法成功，只好一边打一边往湘东南山区撤退。

1944年6月，全世界的目光都聚集在欧洲。自6月6日诺曼底登陆以来，280万盟军像潮水一般涌向法国，势如破竹，一步步向柏林进逼，大家都以兴奋的心情期盼着欧战早日胜利，并没有太多人关注到发生在亚洲的这一战役。此时，中国湖南第九战区10多个军、30万人，正被日军8个师团、20多万人追击包围，面临五年来前所未有的被动局面。

日军的下一个目标是衡阳。

驻守衡阳的是国军第10军，全军约17600人，相当于日军1个师团的兵力；攻击衡阳的是日第11军5个师团，其中直接参与攻城的有2个师团，还有3个师团负责围城阻援，可以随时加入攻击。在双方武器的配备尤其是炮火配置上，第10军仅有山炮10门、野炮4门，而日军1个师团已有山炮、野炮36门，此役还配有山炮、野炮兵联队和配置了大口径重炮的第11军直属野战重炮兵旅团。在双方兵力、火力都存在极大差距的情况下，这注定是极为艰苦、极为惨烈的一场搏斗。

中日两军的最高指挥官均认为，衡阳一战，缺乏悬念。日军司令官横山勇判断，攻克衡阳，慢则三天，快则一天。国民政府军委会军令部则在当天《湘北作战现在状况之检讨》的报告中判断："一旦敌攻衡阳，恐仍为长沙之续，衡阳现兵力固感不足，即增加一倍，也难以达成固守之目的。"

当天深夜，急促的电话铃声打破了夜的宁静，身在重庆的蒋介石给方先觉打来第二个电话。

蒋介石简单问询了第10军的兵力和衡阳的城防情况，他告诉方先觉："长沙沦陷之后，日军有打通粤汉铁路的企图，衡阳是大西南军事要地，必须确保。要立即布置，准备作战。望你固守衡阳十天至两个星期，当然，守期愈久愈好，尽量消耗敌军的兵力，配合外围友军，内外夹击，歼灭敌军主力。"

方先觉对自己的兵力心知肚明，一时不知道该怎么回答。

蒋介石似乎感受到了电话那边方先觉的压力，安慰他说："我知道，第10军在常德之役伤亡过半，装备兵员迄今尚未补充，现在又赋予你们衡阳核心的守备重任，实在不易！望弟安心死战，我必定督促陆空军，助弟完成空前大业。"

　　蒋介石给方先觉下达的命令是"固守衡阳十天至两个星期"，在他看来，这已经是方先觉和第 10 军几乎不可能完成的任务了。谁也没有想到，这场仗最后一打就是四十七天。衡阳本是一个籍籍无名的小城，却因此役而名扬中外。

兵临城下

6 月 22 日，甲申年五月初二

傍晚，最后一个市民在夜色中匆匆离开了衡阳。到这时，30 万市民已全部疏散，城内到处是军人，看不到一个老百姓。

赵君迈、王伟能在撤离之前，给第 10 军留下了 3000 名衡阳民夫，方先觉将他们编成了弹药队、工事抢修队、消防队、伤病服务队、收尸队，由军部工务参谋康楣带领，与第 10 军共同守卫衡阳。

这一天，日军第 5 陆军航空军飞机第一次飞临衡阳上空，对衡阳城一顿狂轰滥炸，给城内守军一个下马威。

当晚 8 时，日军第 68 师团小股部队进抵衡阳以东约 30 里的泉溪市，与第 190 师第 568 团 1 营对峙。日军到了之后，并不急于进攻，只和对面国军试探性对射。

同一日，湘江西岸的日军第 40 师团及第 116 师团一部攻占湘乡，第 116 师团主力则直下衡阳并从西面兵临城下，拟与自东而西挺进的日军第 68 师团，共同包围并夹击衡阳。

第四章
四十七天

尸踣巨港之岸，血满长城之窟。无贵无贱，同为枯骨。可胜言哉！鼓衰兮力竭，矢尽兮弦绝，白刃交兮宝刀折，两军蹙兮生死决。降矣哉，终身夷狄；战矣哉，暴骨沙砾。

——［唐］李华，《吊古战场文》

第一天，鬼子来了

6月23日，甲申年五月初三，晴

天色微明，鬼子来了。

东路日军的前锋部队抵达距衡阳城区约20里的泉溪市。走在前面的是便衣队，他们从附近农村抓来了一批来不及逃走的老百姓，强迫他们走在队伍的最前面，掩护日军抢占耒水东岸的新码头，让守军投鼠忌器，不敢开枪。

下午1时，日军到达的人马越来越多，1个中队长来到耒水边仔细观察对岸动静，只见在夏天的烈日下，耒水两岸风平浪静，连芦苇也一动不动。他不敢大意，命令士兵用步兵炮隔着耒水开炮试探动静，打了半天也没有一点响动，看来守军确实早已溃散而去，于是，日军争先恐后下到河边，分别乘坐汽艇、木船向对岸全速冲去，冲在最前面的汽艇船头上架着机枪，严阵以待，一个缠着缠头带的小队长举着战刀，蹲在船头张望，其他日本兵则挤成一团，缩在船舱里。

船到中游，突然，只听得"咚咚咚咚，咚咚咚咚"的速射炮声连连响起，站在最前面汽艇船头上张望的日军小队长猝不及防，被一发炮弹掀到半空，在空中连续翻滚几圈，又掉进了耒水。瞬间，河面上枪炮声响成一片，燃起熊熊大火。

原来，第190师第568团1营杨济和营长带着兄弟们在耒水边守了三天了。耒水绕衡阳江东区20余里，日军随便找个地方都能过河，以杨济和一个只有干部、没有士兵的"架子营"，是不可能抵挡日军主力的，所以，方先觉交给他的任务是"略作抵抗，随即后撤"，让他无须死守，只需迟滞日军的进攻速度，为城内布防赢得时间。但是，初次接敌就不战而退，难免长鬼子士气灭自己威风，杨营长不想这么干。他决定暂不后撤，先埋伏下来，找机会杀一杀鬼子的威风。

杨营长的底气，来自他身后的 4 门战防炮，这是方先觉特意配属给他的宝贝。战防炮最远射程达 1000 米，耒河不过 300 米宽，杨营长完全可以隔着耒河炮轰对岸的日军，但他不想浪费这个宝贵的机会，一直等到日军半渡之际，鬼子的面目清晰可见了，他才下令将 4 门炮突然来个齐射加连射。战防炮是从德国进口的反坦克炮，打木船和汽艇是牛刀宰鸡，冲在前面的汽艇当即被轰得在河面上连续翻滚，紧随其后的 10 多艘木船则被打穿几个大洞，很快灌满水沉入了河底。杨营长命令全营集中 10 多挺机枪对着江面扫射，掉在水里的日本兵全都成了活靶子，很快，耒水河面被鲜血染得通红。这一仗，日军被击毙击伤 300 人，守军伤亡 57 人。

从这一刻开始，衡阳保卫战正式打响。

午后，日军改变策略，以一部继续佯攻留守在耒水岸边的杨济和营，大部队则绕过泉溪市，从南边悄悄渡过耒水，转攻后方的五马归槽。杨营长看敌人西撤，也按计划西撤到五马归槽，与早已在那里的暂编第 54 师合兵一处，固守阵地。

看日军大部队到达，衡阳城里，方先觉命令各师进入预设阵地，葛先才预 10 师以两个团为第一线，守城南和城西南；容有略第 190 师，守城西北；城东江防由军搜索营担任；饶少伟暂编第 54 师继续留在江东阻敌，守卫衡阳机场。

日军主力兵临城下，作为第 10 军 3 个师中"老大哥"的第 3 师却迟迟未能归建，方先觉决定绕过薛岳第九战区司令部，直接电令正在衡山的第 3 师即日启程，星夜赶回衡阳。

第 10 军是以第 3 师为根基发展起来的，第 3 师师长周庆祥是老军长李玉堂的老乡，毕业于黄埔四期，和方先觉差不多同时到第3师，前后脚提为师长，所以周庆祥在第10军资历很深，威信也颇高。李玉堂升任集团军副总司令以后，方先觉接任军长，这让第3师师长周庆祥和原第190师师长朱岳颇为不满。他们联合一些团、营长联名写信告状，后来，方先觉被撤职，周庆祥一度是接任军长的热门人选。没想到的是，蒋介石又突然打电话给方先觉，亲自将他官复原职。

经过这次折腾，方先觉为人处世低调了很多，平时很注意人事方面的策略，尤其对周庆祥非常尊重，很注意听他的意见，处处给他面子。周庆祥当然知道他的用意，也投桃报李，维护方先觉的威信，以弥补两人罅隙，努力保持这份默契。

周庆祥知道，不到万不得已，方先觉是不会给自己下死命令的，但是，他一旦下令，就不会再有第二次了。所以一接到命令，周庆祥即亲率主力，日夜兼程地往衡阳赶。

第二天，逆行者

6 月 24 日，甲申年五月初四，傍晚有雨

1944 年 6 月 24 日，是夏至之后第 3 天，衡阳当天凌晨 4 时 10 分即日出，傍晚 6 时 20 分方日落。当天半夜，第 10 军工兵营将装满炸药的两辆汽车开到湘江公铁大桥正中间，在每个桥墩和桥梁的结合部埋好炸药。凌晨 4 时，在太阳即将喷薄而出的一刹那，随着方先觉一声令下，只听见"轰隆轰隆"连环巨响，耗资 2 亿，元旦才刚刚建成的湘江大桥在晨曦中断为两截，巨型的钢铁构件轰然坠入湘江，在激流中掀起滔天巨浪。

这天，日军第 5 航空军数十架飞机多次飞临衡阳上空，对着市区狂轰滥炸，衡阳城竟日大火，化为一片火海。

湘江东岸。

天刚蒙蒙亮，日军第 68 师团前锋部队就静悄悄渡过耒水，突袭五马归槽的杨济和营。五马归槽，顾名思义，数条山道收敛于一个垭口，有"一夫当关，万夫莫开"之势，是衡阳江东历代驻防要塞。方先觉命令第 190 师主力 570 团渡过湘江，增援五马归槽，叮嘱他们"务必固守"。第 570 团一到五马归槽，马上用重机枪向敌人猛射，扎牢防线。日军见对方援军赶来，并不急于进攻，而是散开隐蔽，加固工事，耐心等待其主力到来，同时，分出独步第 64 大队一支部队，绕道五马归槽西北方向，准备按计划夺取衡阳机场。

这两天以来，日军第 68 师团主力部队从株洲渌水出发，沿着湘江河谷急速南进，翻越崇山峻岭，一路急行军到达距衡阳 80 里外的衡山雷溪市、吴集镇，24 日午后，日军又强渡洣水，继续向衡阳近郊的茶山坳、泉溪市扑来。

此时正值湖南的汛期，湘江和耒水暴涨。傍晚时分，天空飘起了蒙蒙细雨。是夜，日军主力冒雨渡江，除以一小部兵力留在江东与守军对峙外，大部队在江东地区的五马归槽到东阳渡之间继续东渡湘江，向衡阳城南郊区集结，接近第 10 军设在黄茶岭、欧家町、托里坑的前沿警戒阵地。

日军主力部队源源不断开来，将衡阳越围越紧。

与此同时，逆行进城的国军部队也是络绎不绝。

傍晚 6 时，守在城北蒸水河青草桥头的方先觉终于见到了风尘仆仆归来的第 3 师师长周庆祥。周庆祥将第 8 团留在衡山阻敌，将第 3 师第 7 团、第 9 团和师直属部队全部带回了衡阳。方先觉心里一块石头终于落了地。他握着周庆祥的手，用力摇了摇，什么都没有说。在这种生死关头，逆行说明了一切，其他的蝇头利禄，蜗角功名，有什么呢？

晚上 8 时，第 48 师战防炮营营长刘卓带着 1 连长朱懋禄、2 连长颜振标、3 连长邱志远、4 连长杨光荣赶到衡阳。本来他们带着战防炮奉命到长沙打逆江而上的日本军舰，但是，等他们赶到长沙已是 6 月 19 日，长沙已经沦陷，指挥部让他们连夜赶往衡阳向第 10 军报到，所以他们又一路奔波到衡阳。这个战防炮营虽然名义上是一个营，实际上却只有一个连。蔡汝霖将该部配属给预 10 师，部署在城南西禅寺。

最让方先觉喜出望外的，还是凌晨之前赶回的第 10 军炮兵营。

第 10 军半个炮兵营在营长张作祥的带领下，跋山涉水，紧赶慢赶，终于在 6 月 24 日赶到离衡阳 30 里的三塘。天黑之前，他见到了驻扎在此的第 10 军老军长、现任第 27 集团军副总司令李玉堂。此时，日军已经和江东守军发生了斥候战，有一部分日军先头部队已经越过湘江到达城南。李玉堂叫张作祥暂且不要进城，免得被日军阻击。不过，张作祥坚决不同意。他说，如果今天我们不进城，当初就不必大老远地从桂林赶回来了。我们生是第 10 军的人，死是第 10 军的鬼，哪怕前面是刀山火海，今天也一定要冲进城里。

李玉堂大为感动，抽调一支精锐部队护卫军炮兵营连夜入城。虽然沿途碰到小队日军袭扰，但在护卫队强大火力掩护下，他们还是冒着炮火，安全地回到城中。凌晨 3 时，张作祥营长带着 6 门全新的 75 毫米美式山炮和 2000 余发炮弹，经过千里跋涉，终于回到了衡阳城中。这半夜赶回衡阳的第 10 军半个炮兵营，加上之前从第 46 军、第 74 军抽来的 1 个山炮连（4 门施耐德山炮）、1 个野炮连（4 门三八式野炮），第 10 军终于补上了没有山炮、野炮的短板。虽然全军只有 14 门山炮和野炮，炮弹不过 5000 发，相比日军处在绝对弱势，却在后来防守衡阳的过程中发挥了至关重要的作用。

子夜，方先觉发布命令，以周庆祥第 3 师接替容有略第 190 师守卫衡阳西北和城北，主阵地从汽车西站到青草桥；第 190 师全部人马即刻渡过湘江，继续加强江东阵地。

大战已是一触即发。

第三天，松山大队

6月25日，甲申年五月初五，端午

日军飞机还是每天都飞来轰炸，一到衡阳上空，就对着市区猛投燃油弹，将衡阳变成一片火海。没过多久，中美空军的飞机也如期而至，他们的飞机数量更多，性能更优，他们一到，日军的飞机马上望风而逃。

不过，此时的衡阳市区已经燃起了熊熊的大火。城里5万多栋房屋大多数是木质板房，在日军飞机的狂轰滥炸下，市区早就成了火海，直到半夜火还没有被扑灭。

湘江东岸。

拂晓时分，守军第190师在江东地区五马归槽到湾塘一线阵地遭到日军炮兵部队的炮击，阵地损毁严重。方先觉当即下令第10军炮兵反击。密集的炮弹如飞蝗越江，震天动地，整个上午，湘江两岸炮火纷飞，硝烟弥漫，天昏地暗。

日军第68师团主力陆续到达江东，兵分多路，猛攻五马归槽。国军第190师主力570团贺光耀团长身负重伤，副团长冯正之接过指挥。战至中午，五马归槽失守，该团转移到范家坪、橡皮塘、莲花塘、冯家冲一线，日军又接着突破了冯家冲，将暂编第54师和第190师两部彻底分割开来。

日军此次打通大陆交通线，最重要的作战目标之一是摧毁衡阳机场。横山勇将攻取衡阳机场的任务交给了负责中路进攻的日军第68师团。鉴于之前日军在和美军争夺太平洋岛屿机场时伤亡惨重，师团长佐久间为人压力很大，发誓要用武士道精神来完成任务。回师团以后，他想来想去，决定将任务交给他最欣赏的作战凶悍又足智多谋的大队长松山圭助，特别将松山的独步第 64 大队从第 57 旅团抽出来，配属给主攻江东的第 58 旅团，独立承担攻占衡阳机场的任务。

为了一举攻占衡阳机场，佐久间为人做足了准备。早在十天前攻打长沙城时，第 68 师团白天作战，晚上专门把部队拉到长沙郊外去野营，模拟衡阳机场的地形，由各大队组合演习，掩护松山圭助的独步第 64 大队演练攻取衡阳机场。经过极为艰苦的夜间实战训练，松山大队在赶到衡阳之前，每个士兵对衡阳机场的地形已经了如指掌。

衡阳八甲岭机场坐落在江东的荒郊野地里，周围是一片坟地，一到晚上，黑咕隆咚一片，只有绿幽幽的磷火星星点点。一大清早，松山圭助就率领独步第 64 大队脱离第 68 师团主力，悄悄地绕到衡阳机场周边潜伏下来。白天，他们潜伏在坟地里，仔细侦察衡阳机场重要的警戒哨位，等太阳下山以后，就开始渗透钻隙攻击。机场里的守军没想到日军来得这么早，这么快，更没想到日军对衡阳机场地形如此熟悉，仓促之间竟让日军一击得手，连机场设施都没来得及破坏就匆忙撤退了。日军的攻击就像之前演练的一样得心应手。

方先觉听说衡阳机场失守，马上命令江东的容有略不惜一切代价夺回机场，并施以彻底破坏，否则以军法从事。

方先觉在战场上是出了名的军法严峻，有令必行，说一不二。当初第三次长沙会战，他自始至终就一句话："阵地交给你了，放弃了就杀！"连长打光了营长上，营长打光了团长上，总之，没有方先觉的命令，任何人不得失守阵地。

容有略却有苦难言。他虽然名为第 190 师师长，实际上手里只有一个团兵力，但此刻没有解释的余地，只能硬着头皮，亲自带领第 569 团，向侵入机场之敌发起逆袭。

子夜时分，第 190 师集中全师迫击炮火力，炮弹铺天盖地呼啸而过，像狂风暴雨一样倾向对岸，机关枪则像过年的爆竹一样，嗒嗒嗒嗒响个不停，容有略亲自督战，第 569 团团长梁子超则冒着枪林弹雨，身先士卒，奋勇冲锋。

湘江这边，第九战区督战官兼炮兵指挥官蔡汝霖一边指挥炮兵作战，一边观察对岸战况，他兴奋地对方先觉说：

"方军长您看，第 190 师只有 1000 多人，暂编第 54 师只有一个团，打了三天还这么强悍，真是让人意外！"

方先觉呵呵一笑道："蔡督战官不要急，这不过是小菜一碟。等过两天日本人打过江来，你再看看我这边的兵，在阵地上就像钉钉子一样，整天在炮火之下动也不动，那才叫强悍呢！"

蔡汝霖这才意识到自己有些失言。

他从第九战区长官部来，和容、饶两人熟悉，一时口快多夸了几句。方先觉心高气傲，这是想叫他看看第 10 军真正的实力呢！

湘江西岸。

在松山圭助大队攻取衡阳机场的同时，日军第 68 师团第 58 旅团主力继续从东阳渡渡过湘江，逼近城南黄茶岭。当天下午 2 时左右，小股日军沿着湘江西岸向北搜索前进，在城南五桂岭遭到守军迫击炮袭击，当场伤亡 50 余人。

傍晚 5 时，驻守在湘江边外新街的第 10 军搜索连连长臧肖侠逮到了两个被炸得无法动弹的日本兵。从俘虏口中得知，出现在衡阳南郊的是日军第 68 师团，黄昏前已在黄茶岭一带集结完毕。另有第 116 师团昨天除了一小部分正从湘乡转来衡阳途中外，其主力部队已抵达西郊，并在午后越过蒸水，准备从西面包围衡阳。

如此看来，在衡阳西、南两面都发现了日军的主力，第 68、116 师团正是第 10 军常德会战中的老对手。看来确如方先觉事先预测，日军准备从西、南两面夹击，城南正是进攻的重点。

方先觉连夜赶到城南，在葛先才陪同下，再度检查城南主阵地。一路走来，只见沿途阵地上绝壁森严，湘桂铁路北侧布满了高大木栅、铁丝网和地雷，在战壕里枕戈待旦的官兵们看到军长过来，纷纷敬礼，神色颇为轻松。越到大战越不紧张，这正是葛先才领军的本事，方先觉十分满意。

城南主阵地前面，湘桂铁路以南 100 米处，有两个独立的小高地，一个是停兵山，另一个是高岭，和主阵地形成了一个大的三角形阵地，三个阵地之间相距不到 300 米，相互遮蔽，形成掎角之势，以轻、重机枪侧射火力组成了一个严密的交叉火网。停兵山和高岭两个据点虽然面积不大，但工事很完善，既有隐蔽的地堡，也有小而坚的环形坑道，外面还环绕着铁丝网、木栅、外壕、地雷等，地堡里面则囤积了大量的手榴弹，即便沦为敌后，也可作为独立的据点而固守。

葛先才将第 30 团各营部署在湘桂铁路自东到西的江西会馆—五桂岭—枫树山—湘桂铁路机修厂—张家山—虎形巢阵地，但是，到底派谁去高岭和停兵山，他却犹豫再三，没有定论。这两个据点孤立在外，一旦开战就会沦为敌后，十有八九会全军覆没。葛先才思来想去，还是拿不定主意。

方先觉问得很细，一看这两个据点到现在还没确定部队，便问葛先才，葛先才一时迟疑，方先觉便环顾在场连长，大声问道："难道预 10 师就没有一个人敢去守这两个阵地吗？"

"我去！"

话音未落，一位身材高大的中尉军官站了出来。

说话的是第 30 团 3 营 7 连连长张德山。张德山是河北人，一向跟着葛先才，葛先才当团长的时候，他当传令班长，葛先才升了师长，他就要求下部队，当了一名连长。

看到各连连长沉默不语，军长的语气里颇有点瞧不上预10师的意思，张德山不服气了。他站出来豪气干云地表示，自己愿意率两个排去守停兵山。张连长手下的中尉排长李建功也跟着站出来说，他愿意率一个排去守高岭阵地。

"好样的！果然是我预10师的样子。"方先觉满意地朝他们点点头，又问，"张连长，李排长，你们两个知不知道，一旦开战，这两个据点就会沦为孤岛，很可能你们两个会有去无回。你们两位愿意和阵地共存亡吗？"

张德山大嘴一咧，笑道："要死卵朝天，不死卵剥皮！大不了战死沙场，有什么可怕的！"

"好！张连长，你有什么特别要求吗？"方先觉道。

"没啥，手榴弹管够就行。"

"没问题！我给你一个权利，如果确实到了不能再守的时候，直接打电话到军部找我方先觉，我亲自给你安排炮火，掩护你们撤回。"方先觉向两人敬了一个礼。

"明白！感谢军长！"两人咔嚓敬礼，大声喊道。

方先觉从师部出来，葛先才带着阵地上的官兵振臂高呼："努力杀敌，报效国家！苦干苦斗，百战百胜！"

方先觉给大家回了个军礼，又拍了拍这个老部下的肩膀说："先才，我接管第10军的时候，李玉堂长官送我两句话：'欲得扫穴犁庭之战果，必有破釜沉舟之决心。'今天送你共勉。记住了，慈不掌兵，善不为官，大战在即，好自为之！"

葛先才点了点头，目送方先觉一行人消失在夜色中。

第四天，其利断金

6 月 26 日，甲申年五月初六

湘江西岸。

6 月 26 日拂晓，第 11 军司令官横山勇下达了攻击命令。

横山勇早就对衡阳地形了如指掌。衡阳比长沙小得多，东临湘江，北临蒸水，强渡非常困难，但是，西、南两面却是低矮的山地，只要拿下这些山地，衡阳城就在自己的掌握之中。

部署在衡阳的围城总兵力约 55000 人，其中主攻师团第 116 师团、第 68 师团 30000 多人，已完成了对衡阳西、南两面的包围。这 2 个师团除了直属炮兵队外，还配属第 122 野炮兵联队和专门的化学战部队。另外，独立步兵第 5 旅团担任从衡阳到衡山之间的警戒，第 13 师团担任衡阳以东对中国第九战区主力部队的警戒。以此等优势兵力对付不到 18000 人的衡阳守军，横山勇立誓：一到三天，拿下衡阳。

进攻城西南的是第 116 师团。该师团来自京都，代号"岚"，是由乙种师团升级的甲种装备师团，编制 20000 人。第 116 师团之前隶属于第 13 军，常德会战前调入第 11 军，下辖 3 个步兵联队（黑濑平一第 133 联队、和尔基隆第 120 联队、泷寺保三郎第 109 联队），另有 1 个野炮联队（大岛卓野炮 122 联队），1 个工兵联队（池田金太郎工兵 116 联队），1 个辎重兵联队（南喜代彦辎重 116 联队）。

日军进攻长沙时，横山勇将第 116 师团的黑濑平一第 133 联队配属给第 40 师团，协助其攻湘潭、克湘乡，随后向衡阳转进；116 师团师团长岩永汪则亲率师团主力，经湘潭易俗河南下衡山白果、石市，沿衡阳渣江、台源寺、西渡、新桥、四塘等地，向衡阳西郊挺进；6 月 27 日，又经铜钱渡、柘里渡渡过蒸水，迂回到衡阳城区西南面的马王庙、胡坳、三里亭，完成了对衡阳西面的包抄。

进攻城南的是第 68 师团。该师团来自大阪，代号"桧"，是从丁种师团升级的丙种师团，编制 15000 人。该师团有一定野战能力，受过城市攻坚训练，下设步兵第 57 旅团（旅团长志摩源吉少将）和步兵第 58 旅团（旅团长太田贞昌少将），合计 8 个独立步兵大队，还配属有独立山炮兵第 5 联队、步兵炮队、速射炮队，以及工兵队、通信队、辎重队等部队。

此时，该师团志摩源吉第 57 旅团还在南下衡阳途中，师团长佐久间为人决定由太田贞昌第 58 旅团负责攻击城南主阵地，包括停兵山、高岭高地，以及湘桂路沿线各个阵地。

城南。

第 10 军预 10 师警戒部队部署在黄茶岭、欧家町、托里坑等前沿阵地，与日军第 68 师团稍加接触，马上撤回湘桂路以北，据守江西会馆—五桂岭—枫树山—机修厂一线主阵地。

主阵地前有停兵山和高岭两个独立突出的前沿据点，各有守军。一开始，日军没把这两个不起眼的小小据点放在眼里，以为不过是弹丸之地，很快可以攻占，但是，等战斗打响，他们才发现，这是两块非常难啃的硬骨头。

停兵山、高岭两个据点和湘桂路北面主阵地之间，互相支持，互为犄角，彼此有机枪火力交叉掩护，日军几次猛打猛冲，不是被阵地前的地雷炸得退回来，就是被守军迫击炮轰死，等步兵好不容易冲到湘桂路以北阵地前，又被身后的停兵山、高岭两个伏地堡里的隐蔽机枪火力所射杀。

上午 10 时，旅团长太田贞昌调来 10 余架日军飞机对着这两个小高地扫射轰炸，再用炮火轰击。第 10 军炮兵也不客气，当即回应，双方你来我往，炸成一片。黄昏，日军士兵在飞机和大炮的掩护下发起突击，杀到晚上，阵地屹立不动。

方先觉站在雁峰寺上看，只见城南一线火光冲天，无数条火龙翻腾滚转，此起彼落，黎明方停。

清早，方先觉接到葛先才报告，昨天一役，高岭前日军阵亡 200 多人，停兵山前敌尸堆积，数量无法清点。

湘江东岸。

中日两军对衡阳机场的争夺仍在激烈进行中。

经过一夜冲杀，在拂晓前，容有略率第 190 师以伤亡 200 多人的代价，毙敌 400 余人、收复了衡阳机场。他亲自对跑道实施破坏，每隔 10 米挖一个半米深的坑，埋一公斤炸药，随着一阵阵爆炸声，机场跑道被彻底破坏。日军则不断增兵，增派独立步兵第 116 大队参与反攻，到 26 日黄昏 6 时左右，1000 多名日军多路突入，完全占领了衡阳机场。

与此同时，到达五马归槽的日军主力部队仍然源源不断，有增无减，第 58 旅团由衡山吴集镇向衡阳湾塘、五马归槽、东阳渡扑来，突破了守军防线，暂编第 54 师第 1 团团长陈朝章与两个营被日军打散之后，向衡阳以外撤退。

虽然容有略已经完成了方先觉下达的收复机场并予以破坏的任务，但眼看当面之敌越来越多，很显然面前是日军主力过来的方向，以第 190 师一个团兵力，再打下去，丢失阵地不说，只怕全师凶多吉少。容有略心里有点忐忑，他和方先觉虽然远日无冤，近日无仇，但谁让自己是薛岳的人，谁让薛岳刚刚罢免过方先觉的军长，寄人篱下，不得不防啊！

容有略派人找来副师长潘质，和他商量说：

"江东和衡阳隔江相望，这两者的关系就像长沙和岳麓山，势必只能保一头。无疑，衡阳必保，江东必舍。现在衡阳已是一座孤城，江东地区就像是孤城外的孤岛，它地形不如衡阳，面积却不比衡阳小，别说我们一个团兵力，就算再放 1 个师，估计也守不住。万一日军东渡湘江后，再用火力回头封锁我们，到那时敌人左右夹击，我们就插翅难飞，到时就算想撤也撤不了，我们俩恐怕就跟张德能一样了。"

容有略忧心忡忡地说："所以，我想向军长请求撤回衡阳。不过你知道，我是外来户，又有薛长官这层关系在里面，只怕军长会误会我。误解我个人倒也没什么，只怕耽误全师弟兄的前程和性命。"

潘质是湖南浏阳人，是第 10 军的老人了。他安慰容有略：

"师长所虑极是，我也有同感。我师既已完成军长下达的任务，按道理就可以撤退了。再说了，以我们一个团兵力，一味在江东坚守下去，最后也无非是把这点兵力一点点耗光而已，对全局并无益处。相反，如果我师能够撤回衡阳城中，反而可以加强城防的力量，增加全军战斗力，给大家再出多一份力。所以，我认为，不管是为第 190 师弟兄着想，还是为全军达成任务着想，我们冒死也应该向军长提出请求。"

容有略点点头，稍微放了点心。潘质接着说："至于您的担心，兄弟完全理解。不过，我追随军长多年，知道他这个人表面严厉，实际上宅心仁厚，不到万不得已绝不会舍弃部下不管的。不过，今天暂编第 54 师擅自撤退，估计这会儿他正大发雷霆，这时候你和我谁去说都不合适。"

"那怎么办呢？"容有略又是愁容满面。

"有个人帮我们说说，倒是有八九成把握。"

"谁？"容有略有些好奇。

"预 10 师师长葛先才。"

潘质说："葛师长是军长一手提拔培养的爱将。方军长对他非常信任，一向言听计从，无所不准。最主要的是，这老兄为人诙谐，说话幽默，再难张口的事，只要经他出面一说，都有几分可能。先才和我是黄埔军校四期的同学，大家向来关系融洽，我请他出面求情，大概是没有问题的。"

葛先才乐观洒脱，个性耿直，而且天不怕地不怕，和人称"方大炮"的方先觉个性、脾气十分相投。当年，蒋介石的侄子毛景彪从陆大毕业，在预10师担任参谋长，有一次在江西西凉山，葛先才率第28团对日军发起夜袭，战至天明，毛景彪获悉日军飞机即将临空，马上下令葛先才率部紧急撤退，完全没考虑敌前撤退容易造成部队不战自乱，葛先才不想理会他，随便敷衍几句。毛景彪又三番五次打来电话勒令撤退，威胁葛先才要承担责任。葛先才气坏了，电话里把毛景彪臭骂了一顿："我都不怕，你怕什么？战场上你不懂的事多着呢，最好少出主张，没人说你无能！"毛景彪被骂得哑口无言，后来到台湾，他把葛先才降了一级，这是后话。

潘质接通葛先才的电话，把江东的情况简要说了下，求葛先才帮忙出面，请方先觉批准第190师撤回衡阳城内。

葛先才爽快地答应了他："老兄你放心，这事我出面，你们马上准备后撤。不过，在军长正式批准之前，贵部最好扎住阵脚，切莫擅自行动，以免重蹈长沙半渡而溃的覆辙。"

说完，葛先才抄起电话，打给方先觉。没想到的是，方先觉并不卖他这个人情，反倒把他批了一顿。

方先觉道："先才，你糊涂！穿了这身军衣，遇上敌人，就该死战，在哪里打还不一样？这个道理你还不懂吗？！"

方先觉本来就很恼火了。

今天早上，饶少伟部暂编第54师的两个营未经他批准，擅自撤离衡阳。以方先觉对饶少伟的了解，谅他不敢擅自做主，十有八九这还是薛岳私底下给他的指示。现在，薛岳安插在第 10 军的另一个亲信容有略，又想着要阵前撤退，真是岂有此理！这家伙大概又在搞薛岳"保存实力"那一套了，所谓"加强城防"，不过是为避战而找的借口罢了。

方先觉对薛岳这种做法一向深恶痛绝。薛岳为了照顾他的一亩三分地，经常不惜牺牲其他部队的利益，厚此薄彼，就连很给他面子的川军大佬杨森也私下怨言颇多，第 10 军在第九战区受排挤，就是因为薛长官总做不到一碗水端平。薛岳怎么干他管不了，但在第 10 军，绝对不允许这种事发生。

方先觉对葛先才说："东岸守不守得住我不管，我只要第 190 师每个官兵杀两个敌兵，这才算是尽了军人的天职。否则，这种作战不力的部队，丢了也罢！"

葛先才道："军长，先别生气。您说得对，军人就该有杀敌的勇气和应尽的职责。不过，大战当前，兄弟同心，其利断金，同一个战壕里切不可自我分化，减弱战力，正因为容师长不是我第 10 军的将领，才需要您另眼相看，格外关照。既然军长是从士气角度考虑，那不如先让他们回来，这样第 190 师官兵就不会有被父母抛弃的感觉了，同时还能减轻第 3 师和我师的防守压力，军长您也能多掌握一点预备队。日军这次来势很大，我看这仗恐怕不是两三天的事，还要您做好长期打算，从长计议，留足预备队才行。

"至于您关心的杀敌问题，我保证第 190 师回撤以后，定能以一敌二，加倍杀敌。我立个军令状，如果他们做不到，那就由我师来作保，预 10 师多杀一些，补足他们的差额，如果这样还不够，您就拿我的脑袋是问。"

第 10 军几个师长里，也只有葛先才，在方先觉发脾气的时候还能够气定神闲。方先觉在第3师当营长、团长的时候，葛先才就当他的副职，深知这位顶头上司的脾气。别看方先觉平时待人和蔼，笑眯眯的好像一团和气，实则是"笑面老虎"，内心深处他是个刚强果断的人，说话下令从来说一不二，不打折扣。但是，只要你说得有理，哪怕顶撞了他，他也是能听得进去的。但如果你对他有所欺骗或者隐瞒，哪怕关系再好也没有用，他一定会痛下狠手，毫不留情。

孙鸣玉也在一边劝说方先觉："军长，我们兵力本来就不够，第190师和暂编第54师的兵力还不到全军的七分之一，江东的任务既然已经达成，再死守下去，也不过是将这一点兵力慢慢耗光罢了。这种消耗，非但对全局没有帮助，反而得不偿失。不如先将江东部队撤回，把兵力集结在一起，反而可以形成最大的战斗力。"

方先觉不说话了。既然葛先才和孙鸣玉都这么说了，那就顺坡下驴吧！从南岳回来后，方先觉的治军理念变了许多，不再一味从严，而是宽严相济、软硬兼施。容有略本来就是有名的好好先生，硬给他扣个"避战"的帽子，无非还是因为他是薛岳的亲信，要说真有多大过错倒也谈不上，一味上纲上线的确也有欠公正。再说了，现在的第10军本就是第8军和之前的第10军两军合并而来的，第8军的老部队是第3师，第10军的老部队是第190师，手心手背都是肉，丢了谁他都舍不得。

傍晚，方先觉下令，第190师和暂编第54师撤回衡阳。

第10军军部虽然也只有一艘汽船和两只木船，但他们吸取了第4军在长沙渡江失败的教训，整个行动肃静而隐秘，繁忙而有序，另外，此时几百船工还留在泰梓码头，他们也撑着竹排，驾着木筏，无声无息地往返于江东和铁炉门码头，到凌晨3时，把东岸的部队全部接回了城里。

把部队送过江，这几百号船工却不肯走了。他们把木筏、竹排砸烂，沉到江底，说要和第10军官兵一起守城。军部工务参谋康楣赶过来劝大家，赶紧顺江而下逃生，他们却说，这些东西落在鬼子手里就得给鬼子卖命，不如全砸了，跟着你们守城，死了也值！康楣劝了半天也没有用，只能报告给方先觉。方先觉说，把他们编在军辎重团、工兵营、卫生队，男工给部队送弹药、修工事，女工给官兵缝补、洗涤。

　　就这样，这数百名衡阳船工，最终都留在了衡阳这座孤城里。

第五天，防空司令

6月27日，甲申年五月初七，晴

江东的2个师撤回衡阳之后，方先觉重新作出部署：

城南及城西南方面，由葛先才预10师守卫，主阵地东到湘江大桥，西到汽车西站；城北及城西北方面，由周庆祥第3师防守，主阵地从蒸水河青草桥到城西南汽车西站；城东方面，南段从湘江大桥到泰梓码头，由饶少伟暂编第54师（一个营）守卫；北段从泰梓码头到蒸湘交汇处石鼓嘴，由容有略第190师570团防守，第190师其余人员作为军预备队在环城南街候命。军炮兵主阵地设在回雁峰、岳屏山和石鼓嘴。

上次军工兵营炸毁湘江大桥时，为免以后恢复大桥时付出太大代价，所用炸药不多，桥墩基本保留下来，桥面也炸得不彻底。傍晚时分，军搜索连第1连连长臧肖侠来军部报告说，日军派工兵勘察湘江大桥，似有恢复湘江大桥的意图。

凌晨3时30分，方先觉派军工兵营将上次炸毁的湘江大桥再次炸成三截，并以火力封锁，使日军短期内无法修复。

衡阳城南。

凌晨1时，日军第68师团58旅团集中兵力，再次向高岭和停兵山发起攻击，打到黎明时分，高岭上的枪声逐渐稀疏，李建功排长及全排官兵最终全部牺牲。李排长身中数弹，静静地躺在战壕里，等日本鬼子靠近的那一刻，他突然拉响手里2颗手榴弹，与3个鬼子同归于尽。

停兵山上的张德山连长依然还在，他带领全连和日军鏖战了一夜，顽强阻击着敌人的轮番进攻。打到早饭时刻，日军第116师团第120联队正准备发起最后一轮猛攻，中美空军"飞虎队"6架P40飞机突然飞来助战。他们时而俯冲轰炸，时而低空扫射，把激战了通宵几乎筋疲力尽的日军吓得抱头鼠窜，张德山连官兵则纷纷停下来，欣赏这精彩的猫鼠游戏。

1944年，中日空战形势与抗战之初相比有了很大变化。曾在太平洋海战出尽风头的日军零式飞机已被美军研究透彻，美国人琢磨出用大马力发动机高空俯冲来对付零式飞机的战术，发明了能击穿零式飞机脆弱机壳的燃烧弹，还拥有了性能更优异的P47、P50飞机。在大多数空战中，中美空军飞机碾压日军零式飞机，基本掌握了制空权。日军飞机大白天不敢飞来，只能在黄昏后美军飞机不在时飞来助攻，与之相应的是，日军地面攻击模式也发生改变，一般选择傍晚进攻，先向守军阵地炮轰十分钟到半小时，再派轰炸机携燃烧弹低空轰炸，最后由步兵地面进攻，通宵达旦，拂晓时中美空军飞机即将出动，日军马上撤退，如此反复，循环不已。

看中美空军飞机来了，日军马上组织地面的高射炮反击。突然，一架P40飞机被日军炮火击中，在空中冒着黑烟，摇晃着向山后滑翔，迫降在高岭与停兵山之间一片水稻田里。这里正好是中日两军争夺的中心地带，眼看飞机迫降下来，并未起火，两边士兵一时都忘了作战，屏住呼吸，观察飞机的动静，过一会儿，飞机机舱门慢慢打开，一个满脸鲜血的飞行员艰难地从机舱里爬了出来，重重地跳到水田里，又摇摇晃晃、跌跌撞撞地向日军阵地的方向跑去。看来这个飞行员伤得不轻，这一下把他撞蒙了，竟然失去了方向感。

张德山看他一个劲儿往日军的方向跑，急得赶紧跳出战壕，朝他挥手大喊："朝这边跑！朝这边跑！"可是飞行员不知道是受了伤神志不清，还是慌不择路，根本听不见他在喊什么，还一个劲儿地往日军阵地飞奔。眼看就要跑到敌人阵地去了，对面的日本兵忍不住跳出战壕想要来活捉他，飞行员这才突然发现自己跑错了方向，于是掉过头又往回跑。

停兵山这边，张德山连三四个士兵马上跃出战壕，想把飞行员抢回来，对面日军也想抓住飞行员，双方摆出一副志在必得的架势。飞行员在稻田里高一脚低一脚地飞跑，又因为受了重伤，步履蹒跚，不一会儿日军就要追上他了。正在这个紧要关头，忽听得"砰砰砰"几声，花药山上的中国军队把8门迫击炮对准日军轰击，迫击炮连续发射，精度极高，打得日军步兵根本靠近不了。日军也不甘示弱，马上用炮火还击，封锁中国援军前进的道路。双方你来我往，最终守军付出3名士兵生命代价后才把飞行员抢回来，紧急送往军部。

方先觉早已得到报告，和军医处处长董如松在军部门口等候多时了。飞行员告诉方先觉，他叫陈祥荣，是空军志航大队的分队长，驾机到衡阳时，不知不觉被敌炮击中，开始他以为是没油了，换了油箱飞机指针还是指向零，他才确认飞机是被打坏了。飞机紧急迫降时，因为水稻田地面太软，机身往后重重撞了一下，驾驶杆碰碎了他的下巴，敲碎了四颗牙齿，又戳穿了下嘴唇，此时鲜血如涌泉一般汩汩直冒。

董如松让飞行员先别说话，躺平张开嘴，给他止血包扎。方先觉吩咐康楣，给陈祥荣做了一碗热汤面，端给他喝，但陈祥荣此时满嘴都是血，根本喝不下去，只能躺下来静养。

下午3点，陈祥荣还在昏昏沉沉中，突然听到军部外有"呜呜呜呜"的防空警报声。他捂着腮帮子挣扎着爬起身，挪到军部门口往天上看，这一看，他赶紧让康楣去找方先觉。

一见方先觉，陈祥荣就说："方军长，别放警报了，是我们自己的飞机，您赶紧铺符号板吧。"

方先觉问他："确实是我们的飞机吗？"

"错不了，P40战斗机。"

很快，军部参谋就把符号板摆好了，可是符号板太小了，只有2尺宽、7尺长，在天上盘旋的飞机根本就看不到，还是在衡阳上空一圈接一圈兜圈子。

"不行啊方军长，符号太小了，看不到，至少要1米宽，10米长。另外，不要摆在门口，在街心找个宽阔地方摆。"

"可这是按规定摆的。"旁边的参谋小声嘟囔着。

"混账！你是打仗还是打官腔，马上改！"方先觉大吼。

符号板一改，天上的飞机马上看到了，在中央银行上空兜了两个圈子，晃晃翅膀，飞走了。康楣看到飞机机头上涂着鲨鱼嘴，露着两排尖利的牙齿，正是"飞虎队"的飞机。

从这天开始，空军飞行队长陈祥荣就留在了第10军。

第10军过去和空军联络没有空地沟通电台，只能靠放符号板打信号，空地协同存在很多问题。陈祥荣来了以后，根据衡阳的情况对空军联络信号作了改进，让上面的飞机看清楚，还能通过信号来了解对面日军的距离、兵种，轰炸日军时目标更清楚了。方先觉非常喜欢这个没了四颗牙齿的年轻飞行员，称他是"衡阳防空司令"，对面的日军也知道城里有这么个人存在，对陈祥荣恨之入骨，恨不得把他碎尸万段。

当天下午，日军又发动了新一轮攻城。他们通过步、炮、空协同联合发起猛攻，试图一举拿下衡阳，守军的五桂岭、枫树山、张家山、虎形巢、瓦子坪阵地所承受的压力最大。

黄昏，方先觉接到葛先才报告，说五桂岭预10师30团工事被日军炮火严重损毁，方先觉让工务参谋康楣赶去支援。

康楣早就盼着上火线了，军部指挥所就在五桂岭后方的湘桂铁路局里，康楣每天可以看到蒋鸿熙他们在五桂岭上和鬼子冲来杀去，但这还是第一次真正被派到火线上，他又紧张又兴奋。

不过，他在五桂岭待了整整一个下午，也没看到什么动静。他不想走，坚持要跟蒋鸿熙连长上阵地，见识一下。

直到月亮从东边爬出来，照耀在湘江上，黑黢黢的五桂岭阵地还是一片沉寂。康楣心想，不会是今天敌人不来了吧？

正在胡思乱想，蒋鸿熙朝他嘘了一声，示意他静下来听。

不到十分钟，在朦胧的月色下，隐隐约约地见到敌人阵地上有人在向我军阵地移动。蒋鸿熙悄悄地趴在战壕里，康楣跟在他身后，屏住呼吸，睁大眼睛，一刻也不敢放松。虫鸣与蛙声在低声唱着，浑然不知即将到来的是血与火的炙烤。

敌人一个个猫着腰，端着枪，踮着脚，向我军阵地摸来，越来越多，越来越近，眼看过了我军的伏击线，到了离阵地还不到 150 米距离时，忽然，敌人一跃而起，发起了冲锋。

这一刹那，蒋鸿熙大喝一声，全连所有步枪、机枪、冲锋枪猛烈向敌扫射，迫击炮"砰砰砰"一齐发射，手榴弹"嗖嗖嗖"铺天盖地地甩过去，在敌人的中间爆炸，日军士兵猝不及防，被炸得到处乱窜。

日军第 68 师团二等兵盐谷柏仓就跟在这些冲锋的日军里。守军火力实在太猛烈了，他只能以近似爬行的方式摸索前进，全靠身后重机枪和掷弹筒火力的压制，他才能间或弓着腰勉强跑几步。掷弹筒在身后"嗖嗖嗖"地发射，炮弹从脑袋上方五六米处呼啸而过，又在眼前二三十米处爆炸，由于爆炸太近，凌厉的冲击波甚至直接刮到了脸上，像刀子割皮肤一样生疼。他不记得自己究竟爬过了多少个池塘和田埂，又通过了多少道铁丝网，终于，好不容易接近了离守军不到 200 米的阵地前沿，这时，他全身衣服已经被汗水浸透了。

晚 9 时，盐谷柏仓左前方，军曹向空中发射了一颗青吊星信号弹，一道绿幽幽的青光迅速升到高空，又缓缓落下，瞬间将漆黑的阵地照得透亮。这一刻，盐谷柏仓才发现原来自己四周早已埋伏了这么多的日本兵。看到信号，他们全都一跃而起，一齐嚎叫着向守军冲去，一波接一波，攻势如潮。

刚接近守军，对方的机枪就开始怒吼了，"嗒嗒嗒嗒嗒"，捷克式机枪轻快的五连发像爆豆似的，一阵紧过一阵。好不容易躲过机枪，盐谷柏仓冲到了接近 90 度的绝壁之下。在这种严密炽盛的火力下还能毫发无损地到达这里，还真是幸运啊！盐谷柏仓正在暗自庆幸时，突然，山崖上喊杀震天，无数的手榴弹铺天盖地甩出来，一瞬间，火光四起，硝烟弥漫，在断崖前猬集的准备搭人梯的日本兵被炸得血肉横飞。

日军的冲锋一瞬间就被打垮下来。日本兵在极度的慌乱之中只想赶紧找个地方躲起来，于是纷纷跳进壕沟躲避，没想到，壕沟里也突然传来"嘭嘭嘭"的机枪闷叫声，两端的地堡纷纷吐出火舌，最边上的日本兵像被割的稻子一样"啪嗒啪嗒"一个接一个倒下，中间的盐谷柏仓赶紧趴下，等机枪稍微歇息，他立刻跳起来往外跑。殊不知，壕沟外面还有机枪到处扫射，上面有手榴弹炸，下面有地雷轰，越是到处跑越是容易被炸到。在这种情况下，山崖下的日军几乎无处可去，只能像一群无头苍蝇一样，惊慌失措地到处乱窜。

绝壁上的蒋鸿熙把下面鬼子的动态看得真切，一声令下，手榴弹又像暴雨般一倾而下。山崖下烟雾弥漫，血肉横飞，到处哭爹喊娘，变成了恐怖的屠场。

就这样，日军整晚在绝壁和"方先觉壕"之间反复冲锋，死伤累累，最后不得不退回去，留下成百上千具尸体。盐谷柏仓幸运地躲过一劫，不过他所在的编制 180 人的日军中队，一晚上下来活着的只剩 30 多人，小队长以上官佐几乎全灭。

阵地上第 10 军官兵也紧张疲劳到了极点。别说初上战场的康楄，就连久经战阵的蒋鸿熙连长也浑身湿透了，战斗中完全忘记了饥饿和睡眠，根本想不起吃饭，甚至不记得喝水。

方先觉连夜详查战功，将有功人员报到军委会叙奖，其中城南一线指挥官第 30 团团长陈德陞，拟报"忠勇勋章"。

眼看第 30 团首战就立下大功，还在城里救火的第 28 团赵国民、余龙、李若栋三位营长坐不住了。第 28 团是方先觉指定的预备队，这几天 30 团在前线杀敌，他们在城里到处救火，没有立功的机会不说，工作其实一点儿也不轻松。赵国民三个人一起来找曾京，要求本团替换第 30 团上阵。

曾京团长又何尝不是心痒痒呢！第 28 团是葛先才带出来的老部队，大战打响，兄弟部队都在第一线杀敌，他们却在城里到处救火，这哪里像是预 10 师的头号主力团呢，不知道的，还以为第 28 团躲在后方享清福呢！曾团长拿起电话打给葛师长，要求给第 28 团授予固定任务，分配阵地，加入作战。

葛先才平时最喜欢部下争先，马上表态说："你们斗志昂扬，非常好！一会儿你团上去，接一些 30 团的阵地下来。"

不过，葛先才忘了，预 10 师第 28 团虽然是他的部下，却是方先觉亲自指定的预备队团，没有军长的手令，谁也不能擅自调动这支部队。

方先觉马上得到了报告。他立即打电话给葛先才，葛先才却咬牙不认，气得方先觉对着电话大骂："葛先才，你他妈是要造反啊！这才刚刚开始，你就沉不住气了，连预备队都用上了，就这么点出息吗？！"

明知理亏，葛先才就是不认尿，大声嚷嚷说：

"将在外，君命有所不受！师长有师长的职责，我有我的打法，凡事都是军长做主，那还要我这个师长干什么！"

方先觉正要打官腔训他一番，电话那头突然传来"嘀嘀"声，原来葛先才先把电话挂了，气得方先觉当场跳了起来。

孙鸣玉一看谁也不让谁，只好劝身边的方先觉说：

"葛师长调动预备队固然不对，但一线的情况他最清楚，第30团打了三天，损失不小，第28团战意强烈是好事，不如干脆让他们顶上去，接一些30团的阵地，让部队轮换一下。看架势，这场仗怕不是三五天的事，从长计议，慢慢打算。"

方先觉只好同意孙鸣玉的意见。

当夜，预10师第28团上阵，接收原30团部分阵地。

至此，预10师3个步兵团全部加入了一线的战斗，并列在城南主阵地上。其中，第28团负责东边的五桂岭、141高地、枫树山；第29团负责西边的张家山、虎形巢、范家庄；第30团第1营和第2营到花药山南侧阵地休整，第3营除张德山连继续守停兵山之外，余部均守卫湘桂铁路机修厂。

两天仗打下来，日军2个师团不但损失惨重，面对守军完全无计可施。当晚，日军第116师团师团长岩永汪中将连夜赶到黄茶岭，和第68师团师团长佐久间为人中将共商对策。

佐久间为人一见面就说，没想到中国军队如此顽强，工事这么坚固，打了两天，非但没有一点进展，反而造成部队死伤惨重，光是今天一个晚上自己就损失了500多名士兵，这么打下去，不但部队损耗太快，对士气打击也很大。这次奉命奔袭衡阳，粮食和弹药都没带够，炮兵也不足，如果再不能一鼓作气拿下，周围中国援军赶过来就麻烦了。

岩永汪也说，配属给第116师团的野炮联队大炮和炮弹都没有全部跟上来，炮火不足的情况下，目前看也没有什么更好的办法，只有用毒气弹攻击，才有可能快速打开缺口。

两人商定，从6月28日开始，两师团联合发动进攻，并用毒气弹助攻。为了便于联合指挥，第 68 师团将指挥所搬到黄茶岭，第 116 师团将指挥所搬到火车西站，两部靠近，齐心协力，争取一举攻克衡阳城南阵地。

第六天，一炮封神

6 月 28 日，甲申年五月初八，晨有浓雾

衡阳城南郊，欧家町。

今天难得地起雾，白茫茫的浓雾遮蔽着欧家町，稀疏的树林笼罩在漫山遍野的白雾中，好像飘浮在半空中。

天刚蒙蒙亮，日军第 68 师团师团长佐久间为人就起来了。他昨晚一晚没有睡好，原以为攻打衡阳一个大队就够了，没想到动用了六个独立步兵大队，打了三天，还是没有进展。

他决定亲自到前线去看看。

看到佐久间师团长亲临一线，第 58 旅团旅团长太田贞昌深受震动，他亲自督促日军冒着大雾轮番冲锋，但在绝壁的机枪扫射和手榴弹轰炸下，日军的冲锋依然是徒劳无功。

佐久间看这么进攻不是办法，只得让太田贞昌暂停，他自己带着参谋幕僚亲自爬到丁家山山梁上来观察敌情。旅团长太田贞昌觉得这太危险了，苦劝他下来，但佐久间为人是武士名家佐久间家族的传人，素有武士家族的骄傲和勇气，他说，作为将官，此时此刻当然要亲临第一线指挥，何况，这里这么大的雾，百米之外不见人影，敌人又能怎么样呢？

上午 10 点，预 10 师 28 团迫击炮连连长白天霖换防上来，悄悄潜到枫树山炮兵阵地上，拿起十倍望远镜做地毯式搜索。10 点 30 分，枫树山上浓雾渐渐散去，阳光逐渐透了进来，但城南的山谷里依然浅雾弥漫，山林丘壑浸润着半透明的轻雾，影影绰绰。突然，白天霖在望远镜里发现，正南约 800 米外欧家町以北的丁家山山梁上，似乎有 20 多名日军军官聚在一起，正对着这边的阵地指指点点。

在一个小小山岗上怎么会有这么多人同时侦察呢？从这群日本人前呼后拥围着中间的人弓腰说话的神态看，对面很可能不是一般的鬼子，而是一群日军的高级军官。他马上意识到，这次可能碰到大鱼了！这名炮兵教官出身的青年军官按捺住激动的心情，马上命令全连战士火速进入阵地。他亲自操作炮镜，测算射程，距离正好800米，2个药包。为了不打草惊蛇，他决定不采取单炮试射，而是集中全连8门迫击炮，以他测算的距离同时对着这群鬼子发射。

师团长佐久间为人和参谋长原田贞三郎等人正围成一圈，对着第10军的阵地指手画脚，品头论足，忽听得头顶"嗖嗖嗖"数声，还没回过神来，半空中栽下一颗明晃晃的炮弹，正掉在这群将官中间。只见火光一闪，轰隆一声，顿时天昏地暗，硝烟四起，佐久间为人和师团部全部官佐士兵纷纷倒在了血泊中，一个个痛苦不堪地蠕动挣扎着。

白天霖这一炮果然精准，师团长佐久间为人被炮弹片贯穿腹部，参谋长原田贞三郎等人则当场丧命，整个第68师团的指挥系统当即陷入了瘫痪。

日军在华作战，一向以1个师团进攻2到3个中国军，守衡阳的是1个残缺的中国军，按道理本应一触即溃，没想到2个师团打了3天，不但一无所获，还折损了1个师团长，这让横山勇颇感意外。他命令第116师团师团长岩永汪接管第68师团指挥职责。岩永汪这边也是焦头烂额，哪有精力指挥第68师团，只能临时指定各大队负责人，一切按原计划执行。

衡阳城，东北郊。

衡阳城北是蒸水河，河面300余米宽，防守这里的是第10军第3师第9团，他们早已在蒸水河北岸的辖神渡、望城坳、来雁塔设立警戒阵地，对面的日军独步第 5 旅团负责衡阳到衡山的警戒和打援任务，6 月 23 日开始进攻来雁塔阵地，周庆祥率守军坚守 5 个昼夜，日军始终无法前进一步。

这天拂晓，野地嘉平少将再次发起攻击。今天的攻击得到了大炮和战车支持，在步、炮、坦协同攻击下，数百名日军向望城坳、来雁塔猛攻。下午 2 时，终于突入了望城坳，与守军展开肉搏。午后，辖神渡也遭到猛攻。双方厮杀到半夜，第 3 师第 9 团连长、排长多人殉职，苏毓刚连长在 29 日午夜中弹阵亡，黄宗周排长指挥 20 余人坚持到次日 9 时，也不幸阵亡。周庆祥师长见蒸水北岸的警戒阵地已被突破，于是命令放弃蒸水河以北的阵地，退回蒸水南岸演武坪重构阵地。

日军见守军力战不支而退，士气大振，迅速向蒸水河南岸猛扑而来，很快就把蒸水河上的青草桥挤得水泄不通。

青草桥是横跨蒸水河的一座古老的石拱桥，桥面虽然很宽，但年久失修，日军战车不敢贸然开上来，步兵们只得抛弃战车，沿着 100 米长、10 多米宽的桥面攻击前进，这拉得又细又长的阵型，倒是给守军提供了极佳的猎杀机会。

周庆祥在桥南两侧的民房里和河堤下设了六挺轻、重机枪，射口并不直接对着日军，而是呈 45 度交叉集中在桥面上，将冲过来的日军逐一狙杀。日军虽能看到机枪火力，却无法正面打击，只好把战车调过来隔着蒸水河开炮，又用掷弹筒瞄准机枪阵地轰炸，不过，就算把民房建筑打飞了，却依然无法拔除机枪，日本兵还是接二连三倒在桥上。

第 3 师第 9 团在青草桥北面来雁塔前苦战了 5 个昼夜，才撤到青草桥以南的核心阵地。直到 7 月上旬，日军带来射程更远、口径更大的野炮，周庆祥师长才不舍地炸毁了青草桥，真正切断了日军从蒸水北面进攻的路线。

衡阳城，西北郊。

城西北由第 3 师第 7 团负责防守，主阵地从汽车西站往北，经瓦子坪到西北角的易赖庙前街。该阵地面宽达 1200 米，水田、池塘、稻田已全部打通并灌满水成为泽国，只剩易赖庙前街一个通道，这里连接着几栋房屋和几条道路，容易被敌接近。周庆祥将连栋的房屋每隔三五栋拆除一栋，避免敌人从连续民房里面摸过来，街角处铺设多层障碍物，设置伏地堡，用轻、重机枪火力交叉封锁。

经过这番改造，日军只能沿易赖庙前街一个方向前进了。这里早已成为轻、重火力交叉打击的重点，尤其是街角地堡里的轻、重机枪，更构成难以逾越的火线。日军无计可施，只能派飞机轰炸，造成地堡和炮兵阵地不少官兵伤亡。守军将第 48 师战防炮营 6 门战防炮放在二线阵地上，对日军进行间发性压制，火炮一响，立竿见影，可惜炮弹太少，难奏奇效。

衡阳城南主阵地。

第 10 军军部收到军委会复电，照准方先觉所请，预 10 师数十人叙奖，其中第 30 团团长陈德陛获颁"忠勇勋章"。这也是衡阳开战以来授勋第一人。一大早，方先觉和葛先才、孙鸣玉一行来到第 30 团阵地，亲自给陈德陛颁发勋章。

临走时，方先觉对陈德陛说，这一仗打得虽然好，但子弹消耗得太快。要让战士做到"三不打"，即"看不见的不打，瞄不准的不打，打不死的不打"。

所谓"看得见"，不是说看得见鬼子的身影，而是要看得见鬼子的五官，开枪太早，打不准，打不死，白白浪费子弹，同时也容易暴露自己的位置，反而招来鬼子炮火的报复。

停兵山。

从子夜开始，日军第 120 联队对着停兵山高地上的张德山连照例发起了新一轮炮击。第 7 连官兵一如既往地蹲在低洼的战壕里，只是他们不知道，这次鬼子打过来的 7.5 厘米迫击炮弹，不是一般的迫击炮弹，而是毒气弹。

夜风吹过，一阵浓烈呛鼻的气味飘了过来，刺激着每个人的鼻孔。"什么味道？"大家正在诧异，张德山嗅出不对，大喊："有毒！"一边招呼战士用毛巾蘸水捂住口鼻，一边组织官兵就地还击，为了避免毒气钻袭，不得不冒着炮火冲出堡垒。可惜，这个据点什么都有，就是没有足够的防毒器具。官兵们只能把毛巾蘸水浸湿捂在脸上，剪两个圆孔露出双眼以便战斗。不过，日军用 7.5 厘米炮弹打过来的是毒性极大的芥子气和路易氏气混合毒气，这么做明显没什么用，很快，官兵脸上出现了类似灼伤的水泡，高达半寸，大如银圆，内有黄绿两色积水，再过一会儿，战士们浑身酸痛，腿也站不直了，逐渐失去了战斗力，阵地上的枪声慢慢地稀疏下来了。

拂晓时分，浓雾遮掩着停兵山，葛先才从师部已看不清阵地了，他直接打电话给张德山："德山，情况怎么样了？"

张德山说："全连大部分官兵已经中毒动不了，前面冲过来的敌人非常多，已经把我们团团包围住，我们决定用刺刀、手榴弹和敌人同归于尽。就怕以后再也不能挨师长骂了！"

葛先才说："敌人攻势太强的话可以放弃据点，撤回主阵地，军长说过，必要时可呼叫炮火覆盖，掩护你们撤回！"

张德山说："不必了师长！我来这个阵地就已经做好了死的准备，一来可以报国，二来报答师长多年栽培提拔之恩。"

葛先才急得大喊："张德山，你要听我的话！我马上打电话给军炮兵营，打给你们团长，用火力掩护你们撤退！"

"来不及了！也不必了，师长！现在周围敌人很多，我正好可以杀个痛快，我老娘早就过世，老爹还有我的两个弟弟养老，现在死，上对得起国家，下对得住爹娘！反正是死，不如死个痛快！我宁愿被敌人当面刺进胸膛，也不想被敌人打穿后背，师长，敌人冲过来了，我要杀敌了，多保重！来世再见！"

葛先才连喊两声："张德山，张德山！"电话那头嘀嘀作响，再无音讯。葛先才怔住半晌，热泪盈眶，情不自禁。

张家山。

张家山是主阵地最中央的突出部，是整个城南的"战场锁钥"，由陈德陞团长率领预 10 师第 30 团负责守卫。

张家山整个阵地由三个山头组成，其中，主阵地为张家山，东面是 227.7 高地，西面是 221 高地，两个小高地之间大约 50 米，和张家山相距 150 米，正是机枪最佳射杀距离。张家山比前面两个高地略高，面敌一边已被削成 90 度绝壁。三个高地呈"品"字形，由机枪、步枪构筑交叉火力网，互相支援，形成掎角之势，虽形势突出，但相当坚固，易守难攻。

当天，日军第 120 联队在攻卜停兵山高地后，马上分别在午时、下午 3 时、黄昏分三次对张家山阵地发起了猛攻。

午时，日军首先以大炮向守军射击，炮火像雨点一样倾泻而下，对整个阵地上暴露在外的障碍物进行破坏。炮声刚停，日军步兵马上像潮水一样奔来。守军按照方先觉的"三不打"的原则，不慌不忙，用侧射和急袭火力封锁，然后猛投手榴弹，把日军阻击在各层障碍物和绝壁之下。

下午 3 时，日军发起第二次攻击，还是先集中火炮轰炸张家山，再进行空袭，最后抛掷毒气弹，只不过这次火力更猛烈了。毒气刚散，日军就扛着竹梯子涌到坡下，剪断铁丝网，嚎叫着攀上梯子，朝山上猛扑。主阵地和两侧阵地上的机枪开始吐出火舌，交叉封锁鬼子的退路，鬼子在慌乱中四处躲避，没几步就踩到了地雷，冲进去的日军顿时不见了踪影。

日军无奈，只能增强炮、空火力，对着阵地狂轰滥炸并释放毒气。黄昏时，日军再次发起攻击，又一次无功而返。

虎形巢。

虎形巢，东距张家山 200 米，北距范家庄 150 米，西面为 200 米水田，周围约 400 米之内非常开阔空旷，由朱光基团长率领的预 10 师第 29 团防守。守军利用虎形巢这个独特的地形，构筑起开阔而坚固的工事。日军进攻时，不得不列队穿过虎形巢下宽约 200 米的开阔地带，这使得守军火力得以发挥。仅仅为通过这片开阔地带，日军就要付出重大代价。

从 28 日到 30 日三天内，日军第 120 联队在和尔基隆大佐率领下，对虎形巢连续发起了 7 次冲锋，每次冲锋都有 100 多个日军士兵，最终都倒在虎形巢的绝壁前和深壕里。

第七天，火牛阵

6 月 29 日，甲申年五月初九，晴

衡阳城西北。

28 日子夜，日军志摩支队从株洲赶到了衡阳城北。"支队"是日军为执行专项任务而临时编成的混合部队单位，"志摩支队"是由志摩源吉少将率领的以第 68 师团第 57 旅团为基干，并通过加强炮兵、工兵、辎重等部队组建而成的一支独立混合作战部队。

志摩源吉在参与攻城的日军里，可算是一个老资格的战将了。他时年 55 岁，与第 11 军司令官横山勇同龄，曾经担任过第 116 师团第 120 联队首任联队长，现任第 68 师团第 57 旅团旅团长。虽然他只读过士官学校而没有上过陆军大学，因而只能在步兵服役，但因为作风凶悍，足智多谋，所部经常被编为独立支队，被第 11 军指派承担独当一面的任务。

29 日凌晨，志摩支队 70 余名日军轻手轻脚摸了过来，神不知鬼不觉地突入了易赖庙前街民房之内。原来，在连日鏖战之下，守卫的官兵筋疲力尽，竟然不知不觉地睡着了。

正当志摩支队的日军在民房内建立工事，准备进一步扩大阵地时，一名凌晨起来换防的守军士兵突然发现了扑面而来的日本兵。两个人都大吃一惊，举枪就射，双方立即展开枪战，"乒乒乓乓"，密集的枪声炒豆似的响成一片。第 3 师第 7 团第 1 营许学启营长指挥预备队与侵入的日军展开逐屋争夺，终于在中午之前将突入之敌击退，许营长不幸中弹阵亡，穆鸿才接任营长，直到黄昏时才完全恢复了阵地。

衡阳城南。

从 6 月 28 日开始，日军连续五个昼夜对城南阵地发起猛攻。每次三四百人一组，一百余人一排，端着三八步枪，靠刺刀和手榴弹冲来杀去，通宵达旦，周而复始。每天除了拂晓、午时和黄昏因为吃饭而稍微沉寂一到两个小时外，其余的时间都在无休无止、你来我往的搏斗之中度过。

江西会馆—外新街—五桂岭阵地。

28 日、29 日，日军连续两天攻击最东边的江西会馆—外新街—五桂岭阵地，一度突入了 30 团阵地，又被击败而退了回来。

半夜三更，预 10 师 28 团曾京团长将 3 营李若栋部从后方悄悄调了过来，接管第 30 团 2 营徐声先防守的江西会馆。李营长刚和徐营长完成交接，正准备走出指挥所，检查战壕，突然听到空中"啪、啪"两声巨响，只见一条火龙张着血盆大口，在夜空里翻滚着向着守军的阵地扑来。原来，日军见守军阵地久攻不下，动用了刚从后方运来的火焰喷射器。

火焰喷射器喷出的油料在空中四处飞溅，顺着堑壕、坑道拐弯到处蔓延，随时黏附在它喷溅到的任何物体的表面，瞬间又快速扩大，一转眼，整个阵地的房屋、碉堡以及两边花草、树木，甚至堡垒里边的枕木都被火焰喷射器的油料溅到而猛烈燃烧，风助火势，火借风威，烈焰在夜风里越烧越旺，迅速吞噬着眼前的一切，产生了极为强烈的震撼作用。

过了半个小时，火势终于慢慢减退，阵地上烟尘滚滚，气味呛鼻，残存的火星在夜色里一明一灭，地堡里热气蒸腾得待不住，李营长只好带着官兵摸到坑道口，躲藏在战壕里。这里略微有点凉风，整个人好受多了。折腾一晚上，好不容易恢复了沉寂，但大敌当前，官兵们谁也不敢闭眼休息。

正在昏沉之际，阵地上突然又响声大作。李若栋探出头来看，只见黑暗中牛马三五成群，尾巴上点着火焰，头上扎着尖刀，从日军的阵地奔出，撒开蹄子向着自己扑来，身后火球、火把亮如白昼，军号、唢呐、铜锣响成一片，伴随着牛叫马嘶，此起彼伏，不绝于耳。对面的日军指挥官大概饱读《三国》，一计不成又生一计，这回用上了"火牛阵"。

冷兵器时代屡试不爽的"火牛阵"，在现代战争中能有多大作用呢？正当日军跟在火牛后面，即将冲到木栅门口，熟悉的机关枪又"嗒嗒嗒，嗒嗒嗒"地嘶吼起来，正在冲锋的日军瞬间又像割稻子一样纷纷栽倒，埋头狂奔的火牛火马在机枪扫射下也掉头就跑，把紧随其后的日本兵瞬间踩倒一大片。日军眼看不对，也扭头就跑，却被机枪封锁退路，其余人一看退也退不回去，干脆加快向前冲，慌乱中纷纷跳进外壕，深壕里机枪又开始"嘭嘭嘭嘭"地嘶吼，绝壁上抛下的手榴弹密如暴雨。火牛也好，火人也罢，来了多少就消灭多少。直到天明，守军阵地屹立不倒，日本兵尸积深壕。

张家山。

日军对张家山的攻击从一开始就摆出了一副泰山压顶、志在必得的架势。第 120 联队联队长和尔基隆集中全联队的步兵和全师团的炮火，对张家山阵地进行猛烈无比的打击，同时以飞机和毒气弹配合实行空袭和毒袭。

张家山主阵地前面的 227.7 高地和 221 两个高地当天被日军三次突破，在第 10 军顽强阻击下，又三次夺回。小小的张家山，成了日军巨大而没有终局的"绞肉机"。

第一次逆袭是午后，由预 10 师 29 团副团长刘正平夺回。

第二次逆袭是黄昏，葛先才阵前易将，将 29 团 1 营营长周立岳调离，派 28 团团附劳耀民接任 29 团 1 营营长，劳耀民营长和 2 营营长李振武合力阻击，抢回阵地。

　　第三次逆袭是子夜，此时阵地上已经堆满了日军的尸体，后面攻上来的日军士兵踩着前面同伴的尸体才能爬上来，双方以积尸为墙，隔着三五米互相开枪，狂扔手榴弹。最终，守军寡不敌众，终于被日军占领了前面这两个小小的高地。

　　两个小高地与后面的主阵地构成张家山阵地，三足鼎立，缺一不可，丢失一足，另两足必失；张家山一失，则城南洞开；城南一旦打开缺口，则衡阳被撕开一个口子。张家山，正是这局乱棋的"棋眼"和"锁钥"。方先觉在雁峰寺看得清清楚楚，马上打电话给葛先才，严令不惜代价夺回张家山，否则军法从事。葛先才当即立下军令状："天明前一定夺回！"

　　当夜，葛先才命令刚刚转移完阵地的第30团2营营长徐声先率队逆袭，徐声先上阵苦战，终于将两个小高地重新夺回来了。随后，葛先才命令第29团第1营和第2营残部分别归还原来建制，由第30团2营徐声先部接防张家山阵地。不过，守在张家山上的第29团第1营营长劳耀民虽然受了伤，却死活不肯撤回来，第29团朱光基团长只能再三劝他先到团部稍作休息，稍后再去加强该营第3连驻守的虎形巢阵地。

　　葛先才审时度势，将预10师在城南的兵力部署调整为：

　　命曾京团长率第28团，坚守最东边的江西会馆－五桂岭－141高地－枫树山；陈德陞团长率第30团，负责中间的张家山－萧家山－湘桂铁路机修厂；朱光基团长率第29团，防守西边的虎形巢－张飞山－范家庄－西禅寺。

　　此时，预10师3个步兵团已经全部上阵，预10师预备队只剩下师直属部队搜索、工兵、辎重等5个连队了。

　　当天夜里，日军负责统一指挥2个师团联合攻城的岩永汪师团长获报，当晚参与攻击的日军伤亡已超过1个大队，为1200余人。敌人的阵地纹丝不动，自己的部队却损失如此之大，这让岩永汪又恼又恨。他命令两个师团集中全部炮火，对着衡阳城内连续发射毒气弹和燃烧弹。

当晚，衡阳城内建筑物再次燃起熊熊大火，木板房屋着火后彻夜燃烧，亮如白昼，爆炸声数十里外也清晰可闻。

第八天，大难不死

6月30日，甲申年五月初十，午时到午夜，间有暴雨

30日一早，日军又出动了60架飞机对着衡阳狂轰滥炸，整个城区再次变成火海。大火后，城内囤积粮食和弹药的多处地方被焚毁。飞机刚走，四周的日军跟着开始炮击，弹如雨下，炮声响彻全城，第10军官兵只好四处救火，全城陷入混乱之中。

中午，防空警报再次响起，日机再次来袭，"嗡嗡嗡"的飞机声和"轰隆隆"的炮声上下呼应，震破天空。

在五桂岭指挥所的方先觉放心不下，带着康楣等人回城查看火情，只见大街上火光冲天，到处浓烟蔽日，人们都在东奔西逃，在军部门口，孙鸣玉正带着辎重团团长李绥光等人救火，但火势太大，难免顾此失彼。看这情形，方先觉马上叫孙鸣玉首先制止士兵到处乱跑。他站在中央银行门口，指挥军特务营向南北两面保持戒备，以防敌人乘虚而入。

正在忙碌之际，突然砰的一声，从对面"庆孚成"号奎星上弹过来一颗炸弹，正正地摔在中正大街的街心上，炸弹没有马上爆炸，而是在石板路上咕噜咕噜地滚，眼看要滚到方先觉脚下。康楣眼疾手快，一把将方先觉推开。方先觉好似没有反应过来，直直地站在原地不动，过了半晌，炸弹没有爆炸，倒是从尾翼"嗤嗤"地冒出一股白烟来。原来，刚刚一架日军飞机飞来轰炸，在空中朝站在大街上的他们扔下一颗炸弹就匆忙飞走了。大街上人流杂乱，声音嘈杂，大家只顾着救火，居然连飞机飞过来的马达声都没有听见。

康楣拍着胸口直喊："好险好险，幸亏是枚哑弹。军长您运气硬是好，如果这是爆炸弹，恐怕今天我们都成了肉泥。"

方先觉哈哈大笑："我命大，阎王爷想请我，怕是请不动！"

康楯说："命再大该躲还得躲，肉身哪能敌得过钢铁！"

方先觉呵呵一笑说："小题大做。扔个炸弹就吓得趴到地上，成何体统？"

康楯无奈，只能咋舌称是。

衡阳城南，五桂岭。

下午4时，日军再次炮击五桂岭南端预10师第28团3营7连阵地，利用有利风向，连续发射了半个小时的毒气弹。

日军射完毒气弹已是黄昏时分。3营李若栋营长右腿负伤后送医，新任营长翟玉岗马上打电话给在该阵地上的朱中平连长，电话响了很久，却无人接听。他放心不下，又派人摸黑上去看。通信兵爬到阵地上才发现，阵地一片死寂，全连官兵都已中毒阵亡。

有经验的部队长都知道，毒气比空气重，凡是洼地，都是毒气容易积聚的地方，所以当敌人施放毒气的时候，部队要尽快向侧风的高地疏散，有面具的戴防毒面具，没有面具的用湿毛巾捂住口鼻。朱中平虽是连长，却是战前三个月才到任的。他是曾京团长在军校时的老友，但并没有实际战斗经验，也不太懂防毒知识，为了躲避毒气，他竟让全连官兵躲在低洼的工事里，导致80余人全部中毒，无一幸存。

方先觉听到报告，心情十分沉重。

他命令军直属部队马上将防毒面具全部送到前线，轻、重机枪手和班长优先，没有防毒面具的，用毛巾折叠，在水里浸湿后捆在脸上，眼部剪两个孔。同时，他要求全军官兵尤其各级长官要吸取教训，普及常识，提高警惕，切实防毒。

城西南。

虎形巢。

　　午夜时分，间或有雷阵雨。日军派 40 余人趁着夜色，冒着雷雨，偷偷爬进了外壕，又以人为梯，叠罗汉攀上绝壁，竟然神不知鬼不觉地冲进了阵地西南，连占了 3 座堡垒。

　　负责该阵地的是第 29 团第 1 营第 3 连梁耀辉连长，他指挥全连反击，正当他们即将力竭不支的时候，营长劳耀民带队赶来增援，让梁耀辉连全连官兵士气为之大振。

　　劳营长和梁连长兵分两路，在阵地两侧分布兵力，首先以机枪火力阻断日军后援部队，不让他们继续突入，然后派 3 人突击小组，抱着机关枪逐个战壕扫荡，到拂晓终于肃清残敌，恢复了大部分阵地，还剩 2 个碉堡的鬼子负隅顽抗，梁连长又亲自指挥反击，但被敌兵狙击而不幸身亡。

　　天明之后，敌我形势更加明朗了。劳耀民营长指挥 4 个突击组，不慌不忙，轮番攻击，鬼子兵也异常狡诈，以堡垒为屏障负隅顽抗。最终，守军以牺牲 7 名战士的代价，将留在 2 个碉堡里的 9 个鬼子全部炸死，完全收复了虎形巢。

　　张家山。

　　午时，张家山突然下起了暴雨。

　　下午 3 时，日军第 120 联队冒雨发起猛攻，双方在倾盆大雨中踩着泥泞来回冲杀。其中，221 高地两次被日军冲垮，又被第 30 团 2 营营长徐声先率部逆袭夺回。

　　黄昏，暴雨初歇。

　　日军派出进攻的兵力越来越多，221 高地和 227.7 高地几乎同时再次被日军抢占，驻守在上面的第 30 团 2 营官兵已伤亡过半，徐声先营长重伤不治牺牲，团附甘握继任营长。眼看该营力不能支，团长陈德陞命令第 1 营营长萧维立即率 2 个连前去协助甘握，一番苦斗后，又夺回了阵地。

夜半，在岩永汪师团长的厉声责骂下，和尔基隆大佐不得不命令第120联队官兵倾巢而出，再次猛攻，在源源不断的日军增援下，两个高地再一次陷落。这次，留在阵地上的1个营早已残缺不全，陈德陞团长只得将手里的团直部队和1营预备连合编为1个连，由他自己亲自率队前去增援。

陈团长赶到时，已是深夜，漆黑一团，伸手不见五指。由于天黑怕伤到自己人，他下令部队暂停前进，先躲在高地反斜面静候其变。此时，中日两军士兵近在咫尺，呼吸之声相闻，双方都用布条把闪着寒光的刺刀包起来，以免刺刀反光或碰撞出声而被发现，两军士兵像捉迷藏一样，谁也不敢出声，唯恐暴露自己的位置。陈德陞很有办法，他让士兵在黑暗里伸手去摸，凡摸到粗棉布军服就是自己人，摸到光滑卡其布就是鬼子，一刺刀就刺过去。一时间，枪支碰撞声，刺刀捅人声，受伤惨叫声，此起彼伏，不绝于耳。

好不容易等到天亮，大概可以分清敌我了，陈德陞一声令下，官兵们齐声大喊"杀啊！"纷纷向山头急速冲锋，这时日军援兵也赶到了，双方冒死抢进，都怕慢了一步被对方抢占山顶而被压制。狭路相逢勇者胜，终究是中国援军先行一步，他们一鼓作气，抢先几秒钟冲上山头，一通手榴弹，将几乎是迎面冲上来的日军打下山去。

这一天，日军从白天杀到天黑，又从天黑杀到凌晨，在飞机大炮的配合下，先后在张家山投入了15个步兵大队的兵力，以"猪突猛进"和"肉弹主义"精神，连续发起多次冲锋，但在预10师官兵的顽强阻击下，日本兵一排一排冲进去，又一拨拨地倒下，终究未能突入张家山一步。

岩永汪师团长终于发现，张家山和虎形巢是整个衡阳的锁钥和关键，不把它们攻下来，根本没有打进衡阳的可能。他决定集中兵力，攻击这两个核心阵地。他把第 120 联队兵力集中起来，编为左翼，专门攻击虎形巢；命令在四塘的第 133 联队向衡阳急行军，编为右翼，准备进攻张家山。

第九天，声东击西

7月1日，甲申年五月十一，晴，晨有轻雾，晚闷热

衡阳城东面是湘江，此时正值湖南汛期，湘江上游涨水，江面从400多米陡增到600多米，虽然江宽水急，但负责防守江岸的第190师丝毫不敢大意，日夜警戒，严阵以待。

凌晨4时，在铁炉门码头警戒的第190师570团哨兵发现，一贯平静的湘江江面今天似乎颇不寻常，朦胧中突然多了很多黑影，仔细辨认，原来对岸江东不知何时多了三四十艘汽艇和木船，多路鬼子正络绎不绝来到这里，潜伏在码头附近，准备分批登船，人数有近千人。容有略马上报告方先觉，方先觉让蔡汝霖部署炮兵准备迎战，同时让陈祥荣通过芷江电台联系芷江机场的空军，调动飞机前来衡阳助战。

5时，夜雨初歇，江面上还笼罩着一层轻纱似的薄雾，在朦胧的雾色中，近千名鬼子分乘三十余艘汽艇和木船横渡湘江，悄悄向西岸开来。容有略在铁炉门码头指挥步兵迎战，方先觉、孙鸣玉、蔡汝霖等则在雁峰寺耐心观察。当日军船艇快要到达中游之际，湘江西岸突然众炮齐鸣，火光频闪，撕开了雨雾下的夜幕，炮弹如离弦之箭飞过湘江，将正在渡江的日军炸得船翻人溺。日军炮兵不甘示弱，当即反击，一时间，两岸炮声隆隆，火光冲天，你来我往，难分高下。

乘坐船艇攻城的是日军第68师团独步第64大队和独步第116大队，指挥官正是之前攻占衡阳机场的松山圭助大佐。船过湘江中线，守军炮火渐渐变得稀疏了，松山圭助立即命令全速前进。突然，空中传来巨大的爆音，抬头一看，只见右前方上空有十余架P40飞机，正以俯冲射击的姿势向他高速冲来。松山圭助吓得大喊："散开！散开！"但为时已晚，随着飞机上机枪"嗒嗒嗒嗒"扫射，江面上的木船被重机枪瞬间打得千疮百孔，又被飞机掠过的劲风吹得在江上猛烈摇晃起来。一轮扫射完毕，飞机掠过天空，向着泰梓码头飞了回去。

所有日军士兵都卧在船舱里不敢动弹，松山圭助也只能趴着一动不动，这时即使抬头也看不见同伴，刚以为飞机走了，没想到过了一会儿，飞机又飞来扫射，"嗒嗒嗒嗒"的机枪扫射声有如鬼魅，转瞬即逝，转眼又来，循环往复了十多次，直到把大部分船只击沉在江里，才晃晃翅膀，扬长而去。

原来，这些中美空军的飞机从湘西芷江机场起飞，早就飞临衡阳上空，一直躲在城北30里衡山峋嵘峰的后面，等待最佳的时机出击。当日军半渡湘江，陈祥荣从城里发出信号，这些飞机才关了引擎，从山背后悄悄滑翔过来，打了江面上半渡的日军一个措手不及。芷江机场离衡阳不过30分钟航程，为了多带炸弹，这些飞机甚至不带副油箱，而是满载2个500磅重的炸弹，连8挺重机枪都装满了子弹，一旦打到油光弹尽，他们拉起飞机往西转，飞过一个山头就到了零陵机场，在那里加满油、装满弹，他们又卷土重来。在中美空军飞机一轮轮打击下，日军船艇损失大半，松山圭助大佐只得带着剩下的几艘船只赶紧掉头，全速往回逃窜，整个白天再无动静。

不过，到了傍晚，第190师师部又给方先觉报告，说发现湘江东岸的丁家码头、王家码头、粤汉码头上人声鼎沸，似乎又有日军大规模渡江的迹象。方先觉站在回雁峰远远望去，只见江东一带日军正手忙脚乱地捆扎木板和汽车轮胎，不断集结各种渡河材料，好像确有再次渡江模样。这时，各方电话也不断打来，有的甚至说城北日军已经在渡江了。

方先觉却认为，渡江这样的军事行动，讲的是突然性、隐秘性，没有这么明火执仗、大张旗鼓的，再说了，日军刚刚蒙受了这么大损失，怎么会不做足准备，马上就卷土重来呢？恐怕是声东击西之计，想骗守军移动阵脚，乘隙来攻。

方先觉命令全军静观其变，不为所动。

半夜，第190师哨兵发现，有日军船只从湘江上游顺江而下，纷纷开枪还击，天明后发现上了当。原来日军学三国里诸葛亮"草船借箭"，在木锅盖上放了蜡烛顺江漂下，造成大军渡江的假象，黑夜里守军看不真切，打了一夜的枪。

过几天，日军又故技重施，再次上演"草船借箭"。这次他们把鸡、鸭、狗、牛绑到渡江用的木锅盖和桌子上，守军听到半夜有人划水的声音，以为日军这次是真的渡江了，于是以机枪火力在江面上来回扫射，天明后才发现又上当了。

城西北。

衡阳城北从汽车西站往北，经瓦子坪到易赖庙前街阵地，都由第3师第7团方人杰部据守。当晚，由第3营李贵禄营长负责的瓦子坪阵地被200多名日军趁夜突破，第7团团长方人杰赶紧调来第2营反击，连续反击几次，都没能击退日军，反而造成不少官兵伤亡，只得暂时退回杜仙庙预备阵地。

第3师师长周庆祥闻讯大怒，立即赶到杜仙庙，李贵禄辩解说，是友军接防时部署不周，两个营的接合部留下了空隙，给日军可乘之机。周庆祥一言不发，当即拔出手枪将李贵禄就地正法，随即命令团附王金鼎接任第3营营长之职。

在第10军两个主力师师长里面，葛先才以勇猛著称，他热情开朗，诙谐幽默，大大咧咧，和士兵打成一片，而周庆祥则沉默隐忍，为人深沉，寡言少语，颇有儒将之风。这次他先斩后奏，临阵杀将，顿时震动了全军，官兵闻之肃然。

　　方先觉接报后，不但没有责怪周庆祥不给他打招呼就枪毙了一个营长，反而在电话里将他好好表扬和勉励了一番。接着，方先觉命令第7团团长方人杰撤职，令第9团副团长鞠振寰接任团长。周庆祥接着下令，由第7团第2营接替原第3营的阵地，第3营剩下130余名官兵编为第7团预备队。

　　城西南。

　　范家庄。

　　整个城南一线阵地，最东边是五桂岭，最西边是范家庄，范家庄再往西，是一望无垠的开阔的水稻田地。日军从西面奔袭衡阳城，范家庄就是第一关。这里地形开阔，无处遮蔽，日军只能沿着范家庄北侧的衡宜公路，一点点向城里攻击。

　　范家庄的守军是预10师第29团3营严荆山部。严营长特意把1个加强连的兵力放在前面的范家庄阵地，主力则放在后面的西禅寺阵地，如此一来，以范家庄为前沿，以西禅寺为核心，以南侧的虎形巢、张飞山、杏花村为环形辅助，几个阵地相互呼应，互相支持，形成了严密炽盛的交叉火网。

　　这个阵地最大的优点也是唯一的不足是前面地形过于开阔，既容易阻击对面冲锋来的步兵，但也容易被日军的炮兵直射而损毁。一开始日军用炮火密集打击阵地前的障碍物，然后步兵用散兵队形接近阵地展开攻击，没想到，守军在范家庄和周边阵地之间的机枪交叉火网极为严密，日军几次进攻都被全歼。后来，日军发现大白天大张旗鼓进攻毫无成效，就改为半夜偷袭，虽然几次都渗透到了绝壁的下面，但最终还是被守军从山头上铺天盖地扔下来的手榴弹炸死。

　　如此，日军连攻5个昼夜，范家庄纹丝不动，固若金汤。

　　虎形巢。

日军师团长岩永汪一边急令第 133 联队赶往城南参与进攻，一边将分散在城南各地的第 120 联队官兵集中起来，专门用于进攻虎形巢，使得攻击虎形巢的兵力一夜之间突然多了好几倍。

第 120 联队以人山人海阵型，无休无止地发起攻击，仿佛要将虎形巢淹没在人潮的汪洋大海之中。到了午夜，日军终于从多处突入虎形巢，守军此时已经伤亡大半，手榴弹也告急了。3 天前刚刚接任营长的劳耀民坚守不退，他带着剩余的官兵退缩到阵地的东北角苦苦支撑，等待援军到来。

凌晨 3 时，劳营长终于等来了援军，第 2 营李振武营长率部连夜驰援。两部合力鏖战 2 个小时，终将突入之敌全歼。

此时，坚守阵地的劳耀民第 1 营全营 500 名官兵还剩不到 100 人，葛先才命令劳营长率第 1 营官兵撤出虎形巢，退守张飞山二线阵地，虎形巢阵地移交给第 2 营营长李振武。

张家山。

清晨，黑濑平一大佐率领第 133 联队从第 120 联队手里接过了攻打张家山的任务。该联队兵员大多来自三重县，因此被称为"三重联队"。三重是伊贺流忍术的发祥地，自古以来该地士兵作风骁勇，曾在常德会战中连续苦战 8 个昼夜，获得日第 11 军颁发的"武功超群"嘉奖，联队长黑濑平一大佐在第 11 军中名声显赫，素以勇猛善战著称。

黑濑平一登上张家山对面的停兵山，仔细打量着对面的守军。从这里看去，所谓张家山不过是五六十米高的土坡，连一座山都称不上，山顶上有一个可容百余人的钢筋水泥碉堡，其他野战阵地看起来都是临时挖出来的工事，看不出有什么起眼的地方。唯一稍微起眼之处是这个阵地面宽约 400 米，都被挖成了近 90 度绝壁，据说，绝壁下有很深的壕沟。

配属给日军 116 师团的第 122 野炮联队联队长大岛卓告诉黑濑平一，由于衡阳周边道路损毁严重，很多驮运炮弹的马匹未到，暂时还无法充分发挥大炮的攻坚作用，不过已经有 60 多门炮运到了衡阳，要摧毁对面的小土坡倒是易如反掌。

黑濑平一决定，从凌晨 5 时开始，对张家山守军进行全覆盖炮击，他目测了一下对方阵地，主碉堡应该很容易被炮火压制。他计划在拂晓之前最大限度接近张家山，等天亮之后，再用炮火协同步兵进行地面突击，一举拿下张家山。

凌晨 5 时，日军第 122 野炮联队开始炮击张家山，由于距离很近，目标清晰，头一炮就命中了山顶碉堡的枪眼，顿时烟尘滚滚，木片飞散。守军也还以颜色，立即以炮弹进行反击。

炮击半个小时以后，第 133 联队第 1 大队大队长大须贺贡大尉观察了一下对面的情况，张家山上碉堡和野战工事被这一轮炮火摧毁得很干净，守军士兵在硝烟和漫天尘土中，正沿着交通壕不断后退。他向黑濑平一联队长示意，准备率领所部发起冲锋，请求联队步炮协同支援。

进攻的时机成熟了！凌晨 5 时 50 分，黑濑平一发射了一颗支援冲锋的信号弹。绿色信号弹瞬间照亮夜空，趴在地上的日军士兵一跃而起，端着刺刀，带着竹梯，像潮水一样冲到断崖之前，架起云梯就往上爬，全联队 22 挺重机枪一齐开火掩护。正当他们攀到顶端，即将跃上山崖时，守军突然从地堡背面和灌木丛里冒了出来，"刷刷刷"地向下猛投手榴弹。日军顿时笼罩在一片白色的硝烟里，火光闪烁，乱作一团。

原来守军并没有溃退，而是在第一时间撤进工事，躲避炮火，等炮火稍一停歇，他们马上回到阵地，守株待兔等着对方。黑濑平一能够清晰地看见躲在对面山顶灌木丛里投弹的中国兵，可山崖下的日本兵看不到，他们还在盲目地往竹梯上爬，不断地将自己送到对方的枪口下。双方离得太近，后方无法炮击，黑濑平一和炮兵队长只能眼睁睁地看着自己的士兵送死。过了好久，爆炸声终于停下来，2 个中队 100 多名士兵全都趴在山崖下一动不动，大概已经全部被炸死了。

黑濑平一只能让后面准备跟进的士兵暂时退下来，再次把更多的炮弹投掷到这个看似不起眼的张家山。经过长达 1 个小时的新一轮炮击，这次守军一点动静都没有了，在这样严密的炮火覆盖下，恐怕连一只蚂蚁也休想活着出来吧。

为了保险起见，黑濑平一命令部队暂不进攻，先投放毒气烟雾助攻。黑濑平一曾经在日本习志野学校（毒气部队）担任过教官，对使用毒气得心应手。今天的风向非常不错，用大型发烟筒发出的毒气烟雾被西南微风吹送着，沿着突击队的外侧形成了烟幕。趁着烟幕正浓，黑濑平一大喊一声"突击"，伏卧在地、戴着防毒面具的日军突击队员再次一跃而起，冲到悬崖边，飞速架起梯子。刚登上梯子爬了两三步，悬崖上又是铺天盖地甩下一片手榴弹，火光四射，"轰隆轰隆"地响成一片。原来，守军的手榴弹兵还在原地没动，只不过利用湿毛巾稍做防护，利用掩体暂时躲避一下而已。

虽然昨天在接手张家山时，老上级岩永汪师团长已经再三警告他说，方先觉军诡计多端，尤其要警惕该军的手榴弹战术，经过今天这轮攻击，守军使用手榴弹的水平还是远远超过了他的认知。黑濑平一与中国军队交手无数，可谓身经百战，还从来没有遭到过这么大的挫折。看着山崖下横七竖八的百余具尸体，听着断手断脚的伤兵躺在地上哀号，他心如刀割。没想到，第一次与方先觉军交手就遭到了如此重挫。

进入 7 月，湖南进入酷暑期。衡阳地处湘中盆地，尤其闷热，到了晚上，连呼吸都颇感困难。不过，"军刀既已出鞘，岂能不带血而归？"黑濑平一决定，将第 133 联队全部兵力投入战斗，连夜对张家山发起冲锋。日军士兵打着赤膊，只穿一条兜裆布，每次300人一组，轮番冲锋。终于，在子夜11时，第1大队大队长大须贺贡身先士卒，率先攀上悬崖，占领了山顶。不过，守军立即发起逆袭，又将他们赶下山来。

凌晨1时，第1大队大队长大须贺贡整理好队伍，和第2大队大队长足立初男一道，亲自率队发起第二次冲锋，一时间，两军士兵在张家山的山顶上混战成一团，根本分辨不出彼此。日军两个大队长正在紧张地商量，一个中国士兵竟在混乱中冲进他们中间，第2大队大队长足立初男突然发现了他，惊诧地大喊，"这是敌人！"就在这一刹那，中国军人拉响了手榴弹，第1大队大队长大须贺贡当场被炸死，第2大队大队长足立初男膝盖受重伤，一头栽倒在地。

从7月1日拂晓直杀到第二天拂晓，第133联队伤亡了2个大队长，主攻的第1大队4个中队长阵亡了3个，最终也没能攻占张家山，黑濑平一大佐只得无奈地下令全军撤退，留下数百具日军士兵尸体摆在阵地上。有些受了重伤来不及撤退的日军士兵，慌乱中也被遗弃在阵地上。

第一作业队的村田彻雄就是其中之一。混战中，守军手榴弹一通轰炸，和他一块儿冲上来的都被炸死了，他也被炸成重伤晕倒在地。也不知道过了多久，他只听到耳边"呼呼呼呼"不停地响，身体像是汪洋里的一条小船，在惊涛骇浪里荡来荡去，又像刚刚做完麻醉手术，麻醉劲一过，全身晃得更厉害了。他只能用尽全身力气，睁开眼，往四周看一看。

夜色里他赫然瞥见，自己身边就躺着大须贺贡大尉的尸体，十几名中国军人走了过来，就在这尸体边坐下来抽烟，他大气也不敢出，只能一动不动地装死，又不知道过了多久，这些中国人终于吸完烟，说笑着，朝先前过来的方向走远了。

等那些中国军人走了，他听到身边开始陆续有人呼喊了。这些日军士兵和他一样受了重伤，一开始都一声不吭，等中国兵走了才敢反复呼唤队友的名字，可是并没有人回应他。只听见有人口齿不清地喃喃自语，"友军还在吗，友军还在吗"，间或又传来"有水吗"之类的微弱声音。慢慢地没有了声音，一个个在死寂的夜色里咽了气。

第十天，张家山

7月2日，甲申年五月十二

五桂岭。

守备五桂岭141高地的指挥官是预10师第28团1营营长赵国民。第28团团长曾京是黄埔生，平时不大看得起行伍出身的军官，但对同样出身行伍的赵国民却另眼相看，叫他率1营单独守在141高地，和五桂岭形成犄角之势，起到拱卫主阵地的重要作用。从6月29日到7月2日，该阵地连续五次被日军侵入，赵营长是投弹高手，他亲自带队投弹冲锋，以两个连轮番逆袭，歼灭日军四五百人，恢复了阵地。不过，1营的官兵也伤亡过半，阵地工事严重被毁。

湘桂铁路机修厂。

机修厂位于火车西站附近，枫树山和张家山之间，原本是给湘桂铁路维修机车的厂房，有铁路和火车西站连通，由预10师第30团3营周国相营长防守。这里地势低洼，一目了然，白天很难行动，但厂房高低错落，连成一片，便于夜间偷袭。7月1日半夜，200多名日军从火车西站摸进了机修厂里面，差点包了周营长饺子。周营长率部逆袭，天明之前消灭大部分日军，午后，完全肃清了残留在厂区内的日军。

张家山。

今天又是极度艰苦而胶着的一天。黑濑平一率第133联队多次猛攻无果，恼羞成怒，无计可施的他决定再次用毒气进攻。萧维营长虽已有防备，奈何防毒面具实在有限，大多数官兵还是失去了抵抗力，晚8时整，日军第133联队200余士兵同时冲进了221高地和227.7高地。这次陈德陞团再也没有人来恢复阵地了，只得命令团附项世英代表他前往张家山鼓舞士气，让守在那里的萧维营长和官兵们拼死待援。

萧维当年是被"拉壮丁"当兵的。民国二十六年中秋，青年农民萧维挑着粪桶正要去田里施肥，路边突然跳出来五六个凶神恶煞的乡丁，扳手的扳手，摁脚的摁脚，把他五花大绑捆起来送到乡公所，要拉他去当兵。当时兵役政策是"三丁抽一，五丁抽二"，萧维家两个男丁，大哥在外地当学徒，联系不上，萧维时年不满十七，不到当兵的年纪，但乡公所所长说，既然联系不上他大哥，就要捉他去当兵，如果不想去，就要拿钱"买丁"。买一个壮丁要 30 担谷子，萧维家里没钱，买不起丁，就只好去当兵。萧维到了部队才发现这不是人过的日子，天天忍饥挨饿，还非打即骂，不到三个月就跑了。后来他发现"卖壮丁"也是门生意，一来二去，就开始靠"卖丁"赚钱营生。几年来，他在各个部队进进出出，成了兵油子。直到第五次被拉丁，成了第 10 军预 10 师的新兵，这次还没来得及跑就被拉上了战场。在亲眼见识鬼子的残暴后，萧维决定不跑了，留下来打鬼子。这几年，他跟着葛先才转战各地，靠机智勇敢不怕死，很快在火线上升为营长。

萧营长看到项团附孤身一人过来，知道团长手里也没有兵了，两个人明知于事无补，也不免互相客气几句，互留家乡地址，说今天咱们命就搁这儿了，活下来的给另一个人收尸，负责通知对方的家里人。

张家山离预 10 师在五显庙的师部不过 700 米，前线的一举一动，葛先才在师部看得清楚。眼看张家山形势危殆，他亲自带着卫士，跑到萧家山陈德陞团长所在的团指挥所。

葛先才进门就喊："陈德陞，两个高地还拿得回不？"

"报告师长，手头没人了，估计拿不回来了。"

"那怎么行？我带人去逆袭！"

"那怎么行？太危险了！"

"咋就不行!"

葛先才拿定主意,接通军炮兵营张作祥营长电话,命令他集中炮火对张家山前阵地进行炮火覆盖,以切断敌人增援路线,放下电话,他带着工兵连、搜索连,亲自发起逆袭。

葛先才抱着机枪,冒着密集的弹雨,向两个高地快速奔去。子弹从耳边"嗖嗖"飞过,喊杀声和呼号声越来越近。

转角处,他和一队猛冲过来的日本鬼子差点撞了个满怀,这群日军士兵正跑来增援,一看竟碰到了高级军官,马上将葛先才团团围住,闪亮的刺刀齐刷刷地刺来,说时迟,那时快,紧跟在他身后的康楣一声大喝,撩起手里步枪,一个上步穿刺,"噗嗤"一枪,将冲在最前面的鬼子刺死。刺完后,他看都不看,继续向前跃进,专挑那些牛高马大的鬼子拼刺。

日军非常重视单兵军事训练,刺杀和射击技术娴熟,而且日本兵大多身体又矮又壮,下盘颇稳,加上日军三八枪比国军的中正枪长10厘米,正所谓"一寸长,一寸强",拼刺时三八枪颇具优势,因此,日本兵在白刃战中往往颇有优势,有时甚至能够做到以一敌三。不过,三八枪的子弹穿透力强,打人时一打一个窟窿,所以日军规定士兵拼刺前要关闭保险或将子弹退膛,以免子弹穿过敌人而对自己的士兵造成杀伤。

不过,拼刺是个技术活,并非光靠力气大就行的。虽然横竖就一刺,但力气小了不行,力气大了也不行,拼刺时不能满刺,只能半刺,一旦满刺,很容易刺空而让自己摔倒,或者因用力过猛,刺刀刺入敌人骨骼一时拔不出来,反给敌人以反杀之机。所以拼刺时讲究"实功虚用",力道不能使尽,气、刀、体一致。另外,拼刺时要眼观六路,耳听八方,因为拼刺的动作都是带着风的,士兵耳朵灵敏非常重要。

康楣自小习武,眼明心亮,手脚轻快,力道轻重拿捏得恰到好处,因此拼起刺刀来得心应手。日本兵一看这是个高手，不敢近前肉搏，几个人团团围住康楣来刺，但刺来刺去就是刺不到他。康楣越战越勇，没过多久，又有两三个鬼子被他刺倒在血泊中。旁边的葛先才缓过气来，拔出腰间勃朗宁，瞅准机会"啪啪啪"几枪，将剩下的鬼子全部撂倒。

看到师长亲自带队冲锋，张家山的守军官兵顿时士气大振。一时间冲锋号大作，斗志如山，奋起喊杀，潮水般冲向被侵占的两个高地。高地上的日军知道自己一旦被包围，往前是死，后退更是死，都拼死反抗，十分顽强。在反复激战中，萧维营长和赵毓松副营长受伤，2连、3连连长相继阵亡。

经过将近40分钟肉搏，预10师官兵终于把侵入的鬼子斩杀殆尽。葛先才将师工兵连、搜索连和团直部队合编成1连，勉强保留住3个连的兵力，交给第30团副团长阮成统一指挥。

陈德陞团长向葛先才报告说，从这几天战况看，阵地得而复失十分频繁，一线指挥官随时要发起逆袭，这时再临时编成部队肯定来不及，如果事事先请示再去办，可能阵地早就丢失了。兵贵神速，他建议，将预备队由军长、师长统一控制，改为由在一线的团长、营长分别控制，随时根据战场的变化和需要组织逆袭，不至于因事事请示而贻误战机。

葛先才同意陈德陞的意见，叫康楣马上回军部报告方先觉。方先觉当即同意，命令孙鸣玉通知全军，把由军长、师长直接控制预备队，改为由团长、营长掌握，将作为预备队的步兵团重新打散，以连为单位分配给一线的团长、营长，放在第一线阵地后面。如一线紧急，后方的预备队连连长甚至无须请示，可随时主动发起逆袭，等师、团派出的援军到达后，该连队交还阵地后，退回原地，避免因层层传递而延误战机，确保一线阵地始终具有方先觉所强调的"韧性"和"弹性"。

回到师部，葛先才筋疲力尽，坐在椅子上长出了一口气，他将上衣脱下，才发现身上早已沾满鲜血，衣服下摆有一个圆形破洞，看来刚才有子弹贴着皮肤擦过，自己竟毫无察觉。

师部几个小参谋看到了，一个个惊呼说，师长枪打不中，刀扎不进，大难不死，必有后福！

葛先才哈哈一笑说："这算得了什么。上次在常德会战，日本人子弹打了老子一个穿心透，子弹离心脏1厘米擦过去，老子含着满口鲜血，又走了十几里山路，发了三天高烧，最后硬是没死成。这次衡阳保卫战，七八个日本鬼子围着我，杀来杀去就是刺不到我，连子弹看到我也是拐着弯贴着皮飞过去，看来要么我命硬，要么我命贱，阎王爷硬是不肯收我！"

第十一天，风林火山

7 月 3 日，甲申年五月十三，晴热

连续十天炮火不断的衡阳，今天终于有了难得的一刻喘息之机。全天没有大规模的战事，只有晚上有小股日军偷袭。

中饭后，方先觉趁着前线沉寂，带着各师师长前往战事最激烈的张家山视察，康楣等参谋卫兵远远地跟在后面。

经过五桂岭，葛先才、曾京早已带着蒋鸿熙在那儿等着他们了。炮兵指挥官蔡汝霖远远地看见迫击炮连白天霖连长在进行步炮协同训练，在炮阵地上高声喊道："张家山 5 号位，风向东南，风速每秒 1 米……"

蔡汝霖把白天霖叫过来，给方先觉介绍，这是五天前在枫树山将日酋一炮毙命的白天霖。方先觉早就听过白天霖的名字，但还是第一次见到他，嘘寒问暖，勉励一番，叫曾京带着白天霖、蒋鸿熙两个年轻的连长，一同策马往张家山去。

方先觉一路上询问孙鸣玉十天以来全军的伤亡情况。孙鸣玉说，开战十天，第 10 军伤亡约 4000 人，弹药消耗近 60%。不过，日军的死伤想必更加惨重，光是在张家山日军丢下的尸体就有一两千具，抢回去的尸体只多不少。葛先才补充说，在张家山阵地上，一挺轻机枪一天打出来的弹壳就有满满两箩筐，每天晚上都得清理，否则第二天机枪手就没法活动。

据日军战史记载，日军在第一轮攻击中伤亡高达 16000 人，一个编制 180 人的中队平均只剩下 20 人。在第一线作战部队里，第 68 师团 58 旅团 4 个独步大队中，大队长死、伤各一，还剩两名；116 师团 3 个联队中第 120 联队死亡大队长一名，第 133 联队 3 名大队长中死亡两名、重伤一名。

孙鸣玉说，日军虽然付出了惨重代价，所获却甚微，除了占领湘桂铁路以南的停兵山、高岭两个小高地和城北蒸水河以外的瓦子坪、来雁塔等几个外围据点，第10军在城区的一线主阵地纹丝不动。日军在这一轮进攻中可以说遭遇了惨败。

此时正值夏令，天气暴热，山谷中一丝风都没有，城南阵地活像一个蒸笼，阵阵热浪夹杂着硫黄味、血腥味、尸臭味，臭气熏天，熏得人头昏脑涨。沿途所过之处，大部分外壕已被日军士兵的尸体填满了，到处是断肢残骸，有的身首异处，有的血肉模糊，有的脑袋给轰掉了一半，看起来面目狰狞，身体肿胀得像个判官，虽然是敌军，也看不下去。

曾京团长边走边说："这些鬼子从长官到士兵，好像都中了邪似的，完全不知道死字是怎么写的，前面的倒下，后面的跟上，旁边的倒下，这边眼都不眨接着冲，直到全部死光。鬼子就这样连冲了三天，这两边深壕里死了有几千人。"

葛先才接着曾京的话说："虽然日本人吃了败仗，但客观地说，和日本人打仗不容易，这些日本兵不但个个不怕死，而且单兵战术素养也好，整体战术原则也不错，一举一动和《步兵操典》几乎一模一样，的确是战斗力强悍的部队，这五六天打的每一场仗，场场都是硬仗、恶仗、苦仗。"

容有略说："我记得李宗仁长官在陆大讲课时说过，日本陆军训练之精和战斗力之强，罕有其匹。他们在用兵行阵时，上至将官，下至士卒，都能按战术战斗原则作战，一丝不乱，不易有隙可乘。日本高级将领中虽然缺乏战略家，但在基本原则上很少发生重大错误。日本将官一般来讲身材矮小，其貌不扬，但做事脚踏实地，一丝不苟，让人生敬。"

孙鸣玉道："最可怕的是日本无孔不入的精神洗脑。日本小学生从一年级开始接受武士道教育，他们认为，死是生的开始，为天皇而死，新的生命才更精彩。每个日本小学生都会唱《庙行镇之战歌》，这首歌说的是淞沪会战里三个日本兵拿着爆破筒冲向中国军队阵地同归于尽的故事，鼓吹为天皇献出生命是最光荣的事。日本军校生更甚，他们每天起来第一件事就是对着皇宫、神宫、故乡遥拜，朗读天皇敕谕，接受军国主义洗脑。我们经常说，杀人是战争的手段而不是目的，但对于日本鬼子来说，杀人本身就是目的，为了杀人，他们可以不顾一切，包括他自己的生命。每个看似彬彬有礼的日本人，一旦被精神洗脑而有了错误的信仰，一转脸就成了杀人不眨眼毫无人性的恶魔。"

周庆祥也点头说："的确。日本这个民族非常复杂，一方面，野蛮自大，残忍凶暴；另一方面，很有欺骗性，不了解的以为他们都彬彬有礼，自制自卑，隐忍谦虚。我接触的日本人不少，他们特别注意学习别人的长处，尤其是我们老祖宗的东西，不少人对《孙子兵法》《三国演义》的研究甚至达到我们国家大学教授的水平。《孙子兵法》里有句话说，'其疾如风，其徐如林，侵掠如火，不动如山，难知如阴，动如雷震'。日本战国的将军武田信玄学了以后，把'疾如风，徐如林，侵掠如火，不动如山'绣在军旗上，称作'风林火山旗'，靠它攻城略地，大杀四方，成了一代名将。"

方先觉颔首说道："这几个字确实好，'风、林、火、山'，言简意赅，把战争中攻与守、动与静、快与慢、先与后的关系讲透了，我看比很多现代军事教材都讲得好。"

他笑眯眯地看着蒋鸿熙和白天霖两人，说："天霖、鸿熙，你们两个都在第一线当连长，又最年轻，结合你们的作战实际，谈谈你们各自对'风、林、火、山'的理解。"

白天霖略一沉吟，说：

"既然军长点将，那我就先献丑了。在我看来，'其疾如风，其徐如林，侵掠如火，不动如山，难知如阴，动如雷震'，讲的是部队的战术素养。部队快起来的时候，要像狂风扫落叶，有犁庭扫穴、摧枯拉朽之势，绝不能拖泥带水；部队慢下来的时候，则要像森林一样，层层叠叠，严丝合缝；部队攻城略地的时候，要像烈火烧过原野，迅速猛烈，焚毁一切；当部队按兵不动的时候，又要像大山一样，沉着冷静，阵脚森严，岿然不动；部队隐蔽的时候，要如云蔽日，阴晴不定，让人深浅莫测，难以揣摩；当部队再行动起来，又要像春雷发作，天崩地裂，突如其来，力破万钧。"

方先觉颇为赞赏，转头看向正在沉思的蒋鸿熙。

蒋鸿熙想了想，说：

"天霖兄的看法我完全赞同。不过，这几天和日军打仗，我的理解又稍微有些不同了。以我个人的观点看，'风、林、火、山'这四个字，既说的是战场上的四种战术素养和战斗作风，同时也说的是四种情况下四种具体打法。

"第一，当敌人出动飞机大炮，狂轰滥炸的时候，忌轻举妄动，而应该隐蔽起来，躲在散兵壕和掩体里一动不动，避敌锋芒，避免伤亡，让敌人看不出我军位置，也摸不清我们火力所在，此时，谓之'不动如山，难知如阴'也。

"第二，当敌人开始冲锋，进入我们步兵射杀的距离，他们的大炮因为顾忌伤及自己人而延伸到我方阵地后面，这时就是我们抓紧出击的最佳时机了，此时展开部队切忌一拥而上，而要严密如林，快捷有序，此时，谓之'徐如林'也。

"第三，等双方进一步迫近到短兵相接时，我们没有别的，就是以坚决勇猛、扫荡一切的作风，猛冲，猛打，猛拼，把敌人快而猛地歼灭在阵地前，此时，谓之'疾如风'也。

"第四，如果万一形势对我军不利，阵地被敌人突破一个缺口，此时切忌惊慌失措，应该先用严密的火力封锁住缺口，阻止后面的敌人涌入，同时，把进入之敌变成瓮中之鳖，此时要集中最大火力关门打狗，哪怕用刺刀格斗，也要坚决彻底地消灭闯入之敌，这时候，是双方硬碰硬、比气势、比决心、比作风的时候，必须意志坚决如铁，性格刚强如火，动作如雷震大地，此时，谓之'侵掠如火，动如雷震'也。"

两个青年军官侃侃而谈，讲得颇为精彩。尤其是蒋鸿熙的一番话，尤为贴近作战实际，深得大家肯定。

孙鸣玉说道："鸿熙讲的最后一条从战术上说，就是军长经常讲的'阻止尖端，固守肩部，封锁底部，打击侧翼'。这一点说起来容易，做到不容易。军长经常说，姜维善于用兵，我记得邓艾称赞姜维'兵在夜而不惊，将闻变而不乱'，大概也是这个意思。基本战术原则，古今中外大都一样，只有平时训练有素，军纪严明，战时才能处变不惊，临危不乱。"

葛先才一拍蒋鸿熙肩膀，说："秀才就是秀才，你们两个讲得都好！依我看，一支部队好不好，关键看两点。第一，接敌之前紧不紧张，沉不沉得住气，不过早漫射，不过早暴露位置，敢把敌人放到眼前打，这是好部队。第二，阵地被突破，不慌不乱才是好部队。很多部队在阵地完整的时候还能和鬼子拼死战斗，一旦阵地一角被突破，士气就会连锁反应地崩塌，主阵地先撤出，两翼因为担心被孤立而慌忙后退，造成全面崩溃。过去我们也有这个毛病，鬼子一冲进来就慌里慌张，但这次我看主阵地被鬼子突破一点，两翼不但不动摇，还主动用火力增援，先用机枪封锁缺口，防止鬼子继续涌入，再不慌不忙，瓮中捉鳖，关门打狗，把冲进来的鬼子逐一消灭，战术素养和过去比的确有了很大进步。"

　　方先觉一边听白天霖和蒋鸿熙两个年轻人讲述自己的见解，一边微笑着点头。青年是国家和军队的未来，第 10 军有这样优秀的青年基层军官，后继有人，将来何愁？

　　孙鸣玉说："周师长刚才说，日军熟悉中国军队战术，实际上，我们对日军的战术也不陌生。从根本上说，中日两军战术都源自德国，不过和日军比，过去我们战术素养还是有差距的。日军作战总的精神是推崇'进攻第一，包围第一'，但我们总是以撤退为前提，战略、战术都是如此，还没打就准备撤退，所以一旦被突破，就容易出现葛师长讲的'一点突破、全面崩盘'的情况。此外，日军的战术机动灵活，既推崇正面进攻，也强调向侧翼和后方迂回包抄，尤为擅长利用地形，常常让人防不胜防，而我们喜欢讲'扎硬寨、打呆仗'，不太会用地形地障，所以总是被动挨打。不过，这一次我看两边完全反过来了，我们巧妙利用地形，'迎敌而制敌'，寓进攻于防守，化被动为主动，果然收到了奇效。"

　　饶少伟道："以我之见，战术固然重要，战略才是最重要的因素。《孙子兵法》讲，'用兵之法，无恃其不来，恃吾有以待之；无恃其不攻，恃吾有所不可攻也'。从军事上讲，连是战斗单位，营是战术单位，军是战略单位，如果军的战略部署错了，营、连两级再强，也没有多大用处，反过来说，如果营、连两级力量不足，而军的战略正确，则可以弥补不足。这次我们以少胜多，关键是军的战略安排得当。"

　　容有略也点头道："的确如此。我们这次用不到 2 万的疲弱之师对抗三倍之敌，难度可想而知，判断准确敌人从哪边进攻，我们在哪边重兵防守，可以说是最关键的战略问题。记得当初贺克将军说，日军会从西北进攻，军长坚持说西南才是主攻方向，所以大胆节约西北兵力，把有限的部队集中部署在城南。战斗一开始，敌人果然从城南主攻，一头闯进了军长布下的天罗地网。依我看，这次能以弱胜强，取得这么大战果，关键还是因为军长对敌人进攻的方向预判准确。"

第九战区督战官蔡汝霖对方先觉佩服得五体投地，他说："上兵伐谋，方军长真是知兵善战！兵法上说，'攻其不备，出其不意'，本来进攻的一方主动，防守的一方被动，没想到这次完全反过来了。敌人的主攻方向事先就被军长完全料到，正是我们精锐部队重点防守的正面，阵地上的工事又做得这么坚固，火力也设置得这么巧妙，一切都好像在军长的神机妙算之中，敌人的行动，就像是被军长事先控制了一样。"

方先觉哈哈大笑："依你们这么说，我好像成了日本鬼子的司命判官了！"

方先觉又道："感谢各位谬赞！这是全军同舟共济的结果。不过，我要提醒大家，现在才刚刚开始，横山勇不会善罢甘休的。各位，切莫大意，从长计议，做好长期作战准备。"

大捷总是让人愉快的。不过，方先觉心里还是隐隐感到有些担忧。从 6 月 23 日到今天，和委员长的十天之约已到，说好的援军却没有消息。相反，原本在衡阳近郊与自己只有一步之遥的第 62 军，还被调到100 公里外的祁阳去了。

方先觉不知道的是，虽然蒋介石早就制定了"两边夹、中间堵"的方针，但此时他对日军的战略目的和作战意图仍不十分清楚，始终在狐疑和摇摆之中。6 月 20 日，日军向衡阳攻击前进，他电令各部"以主力由醴陵、浏阳向西，由宁乡、益阳向东，夹击深入之敌"。但是，日军行动非常迅速，三天就穿过国军防线，兵临城下。此时，蒋介石对敌情还不甚明了，对日军作战意图和主攻方向也不太清楚，第九战区各部都处在混乱和被动中，并未及时坚决地向衡阳靠拢。6 月 30 日，蒋介石研究前线缴获的日军地图，判断日军似有侵袭零陵的打算，命令第 62 军从衡阳撤到 100 公里外的祁阳防守。7 月 1 日，蒋介石又发觉日军"似有夺取衡阳，打通粤汉路并窥桂林企图"，于是他决定依托衡阳，聚歼日军。虽然他手里此时没有远征军的精锐部队，但在湘江西岸有王耀武和李玉堂的 6 个军，在湘江东岸有薛岳指挥的 5 个军，有这 10 多个军兵力，足够和日军对垒下一盘大棋了。

不过，性格里面颇多优柔狐疑的蒋介石，并未立即将大军调至衡阳，直到 7 月 12 日，他才命令李玉堂兵团由衡阳西南向东，第九战区主力在湘东山区向西，"各向预定目标猛攻"。为达成这一目标，他电令方先觉在衡阳再守两个星期。

不过，让蒋介石想不到的是，薛岳在东岸按兵不动。

薛岳不听蒋介石招呼，并不完全是因为他和白崇禧之间有宿怨，或者他不想给桂系"看大门"这么简单。诚然，薛岳作为第九战区长官，让他放弃第九战区，跑到第六和第四战区来"寄人篱下"，他肯定是不愿意的，但薛岳倒也并非一个毫无大局观的人，如果纯粹因个人意气就罔顾全局，薛岳也难成大器。只不过，他不认为自己第九战区彻底失败了。虽说此前意外地丢了长沙，但在之前的湘北作战中，第九战区部队只是略作抵抗就撤退了，长沙城下也没有进行真正的决战，第九战区大部队还在，鹿死谁手，犹未可知呢！

薛岳是个非常自信的人。在国民党体系中，也就蒋介石和陈诚的话他还能听听。他们一个是最高统帅，不得不听；一个是政治靠山，不能不听。但在薛岳内心深处，这两个人的军事能力也不过尔尔。他认为，日军主要目的是打通粤汉铁路，因此他坚持把部队留在粤汉铁路以东，依托湘赣边界山地与日军周旋。6 月中下旬，当日军围城衡阳，薛岳指挥各部在醴陵附近与日军展开拉锯战。为了稳固后方，他甚至和余汉谋第七战区达成默契，两人背靠背互相支持，共同抗击日军。

正当蒋介石为衡阳思来想去，举棋不定之时，横山勇也在捉襟见肘，进退两难之中。

横山勇本想以衡阳为诱饵，邀战中国第九战区主力。作为一名战役指挥官，他这种考虑自有其道理，不过，这和日军大本营发动"一号作战"的战略目的和初衷是根本违背的。

"衡阳敌军抵抗意外顽强"，这让横山勇和岛贯武治出乎意料，衡阳并不是手拿把攥的软柿子，再打下去，日军存在巨大的困难。日军在衡阳城里遭遇了前所未见的坚固工事，每攻占一个阵地必须付出三到四倍的代价，面对断崖绝壁，日军几乎束手无策，除非将后方的重炮调来，将断崖轰塌了、将山头轰平了，才有可能打开缺口。同时，中美空军的飞机对日军的地面部队形成了致命威胁，如果空军不能有效反制，地面部队将长期处在被中美空军全面压制的被动之中。

当然，后勤补给才是日军最大的软肋。

在湘桂作战第一阶段长沙作战中，横山勇采取"稳打稳扎，随进随筑"的战术；打下长沙后，改为"快速推进"的方针。日军士兵出发时只背十天口粮，弹药粮秣都不随身携带，原则上"粮食现地征用"，原以为后勤部队就跟在身后，没想到在中美空军和中国军队袭扰下，后勤线频频中断，等他们攻击到衡阳，士兵随身携带的物资已基本耗尽了。

虽然此时中美空军三分之一的飞机已被抽去保卫 B-29 轰炸机，部分飞机又被调去缅甸战场，长衡会战爆发以后，陈纳德还是想方设法派出飞机到湖南频繁轰炸日军炮兵、马匹、营房、卡车。日军后勤线频频中断。横山勇只得一边抓紧修复公路，一边利用洞庭湖和湘江来运输。不过，从 6 月 28 日起，中美空军飞机又开始轰炸从洞庭湖到衡阳的补给线，湘江里的船只也经常遭到轰炸，日军无奈之下，又从关东军调来铁道师团，加快维修铁路，推进兵站。

　　战况的演变和发展，正如薛岳战前所说，在失去制空权的情况下，日军的后勤变得异常脆弱和困难，只能依靠驮马在空袭的间隙运送一点补给到前线。日军携带的给养只够几天，便到处烧杀抢掠，时间一久，当地的粮食也被他们抢光了。要么即刻攻下衡阳，要么暂停进攻，否则，不要说弹药不够了，日军士兵就连基本的生存都成问题。衡阳城里的中国兵还有烧焦的米粒吃，日本兵很快连谷糠都吃不上了。

　　如此严重的状况，让横山勇不得不重新掂量后果。他不得不向中国派遣军总司令官畑俊六请求，暂停对衡阳的全面攻击，改为重点攻击，等日军修补后勤线，重炮部队调集到位，空军做好准备之后，再重启对衡阳城的全面攻击。

　　让横山勇稍感安慰的是，之前中国军队从长沙败退下来，基本是仓皇而逃的状态，因此，不管粤汉铁路还是长衡公路，都没有来得及彻底破坏，湘江航运也没有完全封锁。这给了日军修复交通的空间和余地。于是，日军一边作战，一边抓紧恢复交通，仅仅用于开辟汽车道路的就有两个师团。

第十二天，三项全能

7 月 4 日，甲申年五月十四，晴

从 7 月 3 日起，日军对衡阳的全面进攻，改成了对城南的重点攻击，将大白天以联队为单位的大规模进攻，改成了每晚以中队、小队为单位的小规模突击。每天黄昏，日军先派飞机炸，再用大炮轰，最后步兵冲，冲来杀去，通宵达旦。将到天明时，中美空军的飞机要来了，日军马上偃旗息鼓，立即撤退。第二天黄昏，重整旗鼓，卷土重来，每天如此。

这段时间，中美空军的飞机倒是每天都来，不过他们还是美国人的习惯，早上 8 点准时到，傍晚 5 点准时走，时间一久，给日军的飞机摸到了规律，他们就在每天早晚美军飞机没到或离开后，肆无忌惮地飞到守军阵地大肆轰炸扫射。

这天黄昏，日军又向张家山、虎形巢展开了重点攻击。

张家山阵地经过 10 多天的反复冲杀，守军部队已经换过好几茬了，目前是预 10 师一支混合编成部队守在这里，里面有预 10 师搜索营、工兵营的直属部队，也有之前守在这里的第 29 团、第 30 团的战斗兵。这支部队由第 30 团副团长阮成指挥，有勇有谋，敢打敢拼，堪称精锐中的精锐，一夜之中击溃日军 5 次冲锋，200 多个鬼子没有一个活着走出张家山。

虎形巢阵地的指挥官，是预 10 师第 29 团 2 营李振武营长。敌人一晚上连冲三次，上半夜连冲两次无果，第三次一部终于成功渗入，和守军逐个碉堡展开追逐战。眼看形势危急，团长朱光基派第 3 营营长严荆山率领第 7 连和团直属部队编成 1 个连从杏花村赶来逆袭，李、严两营合力反击，激战两个小时，成功夺回了阵地，战斗中严营长右眼受伤不退。天明后清点战场，我方伤亡 120 余人，日军遗尸 200 余具。

当天下午 4 时，日军岩永汪师团长和野炮第 122 联队联队长大岛卓终于等到了骡马从后方送来的炮弹。他们迫不及待地把这 10 多门大炮全部推到离张家山和虎形巢阵地四五百米远的地方，对着守军火力点进行直瞄射击。第 10 军也集中炮火反击。双方炮战近 1 个小时，日军 2 门炮被毁，守军 1 门炮被毁，炮 2 连连长李仲琦、1 排排长张秀清受重伤。

第 10 军的大炮数量和炮弹数量虽然都不如日军，但平时训练要求很高，炮兵射击每次不准超过 10 发炮弹，否则要上报军部审批，打一炮，必须拿旧的弹壳才能换领新的炮弹。在严苛得几近吝啬的训练下，第 10 军的炮兵一点不比日军差，日军惊叹："在中国战场上从未有过如此准确、密集的猛烈火力还击！"一度怀疑有美军炮兵在城里协助第 10 军作战。

第 10 军不但没有美军炮兵，就连美式轻武器也没有几把。不过，他们有三项看家本领是不逊于甚至超过日军的。

首先是拼刺。日本兵个头虽矮，但普遍营养好，身体壮，重心稳，力量大，加上他们从中学开始就接受射击和刺杀训练，拼刺水平很高，有时两三个国军士兵都拼不过一个日本兵。能够在肉搏战中杀败日军的首推西北军。西北军多是西北大汉，身高臂长，早前冯玉祥发明了"攀杠子、拿大顶、打车轮"单杠三大套，练好单杠就可以练大刀，就有资格当军官了。西北军还曾经针对鬼子擅长拼刺的特点专门编制了"破锋八刀"："迎面大劈破锋刀，掉手横挥使拦腰，顺风势成扫秋叶，横扫千军敌难逃，跨步挑撩似雷奔，连环提柳下斜削，左右防护凭快取，移步换形突刺刀。"1933 年长城抗战，西北军浴血喜峰口，第 29 军将士挥舞大刀，攻头、攻颈、攻心、攻腰、攻腹，大刀向鬼子头上砍去，刀刀要命。

不过，要大刀需要一定的武术功底，一般人不容易练成。第 10 军的兵员多为南方人，体格不如西北大汉，他们就练拼刺。直刺，滑刺，下刺，返刺，连续刺，总之就是一个刺，练好了这一刺，简单，明了，管用。第 10 军全军重视拼刺，其中最厉害的是预 10 师。方先觉、孙明瑾、葛先才等历任师长都是拼刺高手，亲自担任本师劈刺训练班教官，在他们的重视下，全师拼刺技术很高，并不怵以"白刃战"著称的日军。

另一项特技是投掷手榴弹。

在没有冲锋枪的情况下，手榴弹是近距离杀敌的有力武器，手榴弹三个一捆集群投掷，更是阻敌冲锋的利器。手榴弹的杀伤范围达 5 米，只要有手榴弹在手，就可以减少和日军的火力差距，降低拼刺中的人员伤亡，一个阵地只要还有手榴弹，哪怕我军只剩下一个人，也可以凭借连续投弹而保持阵地。所以，第 10 军非常重视手榴弹的使用，经常举办各种投弹比赛。全军每次的总冠军最后总是在两个人中产生。

一个人叫赵国民，是个营长，山东人，行伍出身，手长脚长，投弹距离远，杀伤力很强。康楣向他请教过投弹的秘诀，他说，第一是腰力要好，赵国民念中学时是标枪冠军，成绩 37 米，所以他爆发力很好，站着投弹可达 50 米，趴着投也可达 30 米。第二，胆子要大。手榴弹拉环之后，5 ～ 6 秒爆炸，如果一拉就扔，日军不但能够躲避，还能捡起再扔回来。所以要想投弹投得好，就要胆大心细，算好时间，拉环之后，扣在手里 1 ～ 2 秒再投出去，这样日军就没有时间躲避，更不可能捡起回掷过来了。康楣问，怎么才能精准掌握这电光石火的 2 秒呢？赵国民说，那就靠练了，实在不行，拉环以后，你就喊"一二三，你去死"，然后投出去。

另一位高手叫余奇烈，是个傻大兵，不知道他是真傻还是假傻，就知道他学啥都慢，做事迟钝，打枪脱靶，不过此人性格倒是很好，大家叫他"傻鸟"，他听了从不以为意，总是乐呵呵地答应。"傻鸟"虽傻，力气却很大，投手榴弹更有天赋，出手快，投得远，打得准，尤其擅长投"空爆弹"，每次手榴弹还没落地就在敌人头顶上爆炸，碎片落下时如同空炸霰弹，杀伤力往往是别人的一倍以上，堪称全军一绝。

第 10 军的第三项特技看似和打仗无关，是土工作业。

在国军中，一般官兵不会做也不喜欢做工事，军官一般也不认真监督，营、连一级甚至不配备土工器具。即便做工事，要么非常粗糙，要么大做一堆毫无实际用处的深沟高垒。

第 10 军则不同。他们每到一个地方，首先侦察地形，做工事。营、连、排各级主官不但要亲自带头学习土工作业，还要带头监督士兵做工事。第 10 军工兵营更加厉害，营里有清华、湖大的土木工程专业大学生，营长陆伯皋，副营长宋魁贤、李向阳都是土木工程专业的高才生，所以他们的土工技术出神入化，不要说一般的阵地构筑，就连道路修复、军桥架设、渡河作业这些高难度动作，他们也得心应手，成绩优良。

赵君迈告诉方先觉，在美国陆军里面超过 40% 的将军毕业于西点军校。西点军校平时除了教军事之外，主要教工程学和土木专业，所以西点军校的土木工程专业一直是全美最好的。西点创校以来，毕业生绝大部分是土木工程师，他们修的铁路、公路比打过的仗还多。宋子文深受美国人这种工程师思维的建军思想的影响，当初在组建财政部税警总团的时候，总团第一团团长赵君迈、第四团团长孙立人，都是美国回来的留学生，都是先学的土木工程，后来改学的军事。

方先觉本人虽然不是学土木工程的，但他从守长沙开始就经常向宝生、赵君迈等土木工程专业的高人学习请教，逐渐成为一名土工专家。他不但自己喜欢琢磨，还不拘一格地延揽各路人才，像康楣这种没读过书又没打过仗的，在其他部队是不能直接当尉级军官的，但在第 10 军就可以。凭借土工领域的一技之长，康楣和黄埔生一样直接当了一名中尉工务参谋。

1942年第三次长沙会战，长沙街头的地堡都是第10军做的，这些堡垒做得极为坚固，日军层层突破外围阵地，打到第三天才好不容易接近核心阵地，虽然此时日军占领了小半个长沙，却拿这些地堡无计可施，只能用越堡作战的方法，用成班兵力越过地堡，插到大街两侧建筑，用火力封锁地堡，断绝地堡里官兵的饮食。但地堡里守军依然坚守原地，让日军无计可施。到第四天，日军看依然无法占领长沙，反而包围过来的国军越来越多，才不得不仓皇撤退。

这次在衡阳战场上，第10军这三项特殊技能同时得到了充分的发挥，尤其是"方先觉壕"和绝壁的完美组合，使手榴弹的杀伤力得到了成倍放大，三个一串的集束手榴弹，威力堪比日军的小炮。第10军每天都要消耗掉两三万颗手榴弹，张家山下堆积如山的日本鬼子尸体，绝大多数死在第10军手榴弹的杀伤之下。每天晚上，日军都要在对岸飞机场附近点起篝火，焚烧前一夜战死的日军士兵尸体，难闻的尸臭随着夜风一直飘到湘江这边，让人头昏脑涨，闻之欲呕。

衡阳城外。

衡阳城北出蒸水河地形平坦，行约50里山势渐起，这里是南岳七十二峰之一的岣嵝峰。岣嵝峰海拔接近衡山主峰祝融峰，山高林密，古木参天。密林深处有一座禹王宫，现在成了第10军第3师第8团的临时团部。这天傍晚，张金祥团长正准备吃饭，通信兵一路小跑，拿来了师长周庆祥从衡阳城里打来的加急电报。

周师长此次来电，是奉方先觉之命调第8团归建衡阳。日军围攻衡阳的这些日子里，张金祥一直带着第8团打游击，转战在衡山、南岳、石湾、大铺、白石铺等地，他们在敌人各师团的边缘和缝隙里转来转去，半个月时间不到，行李全部丢失，骡马全部战亡，官兵也损失了三分之一。

虽说军令如山，但留在城外情况已经如此严重，进入重围下的孤城命运如何是想都不用想的问题。所以，到底第8团能不能回来，肯不肯回来，谁也没有底，就连专司调动部队的参谋长孙鸣玉也没法打包票。毕竟，在战争中什么情况都有可能发生，这时谁有点什么想法，也是能够理解的。

不过，孙鸣玉自有他的办法。他担任第10军参谋长之前是第3师参谋长，很清楚张金祥是周庆祥一路提拔的爱将，周庆祥对其有知遇之恩。他提醒方先觉说，要顺利让第8团赶回衡阳，最好不要军部下令，而是请周师长本人出面。

参谋长的职位可不好干。陆军大学是专门培养师以上指挥官和参谋长的，当时军界里流传一首打油诗："文武讲写打跑坐，七样功夫不得错，还有一件要记得，主官担功我担过。"文、武、讲、写、打、跑、坐，孙鸣玉七门功课样样出色，作为参谋长，他在个别方面甚至超过了当年方先觉最欣赏的参谋长孙明瑾。孙明瑾心思都在打仗上，人情世故、上下关系处理得不够通透，孙鸣玉则不然，既有原则性，又有灵活性。

孙鸣玉非常了解周庆祥。周师长心高气傲，最好不要直接下令。他对方先觉说，"请将不如激将"，于是，方先觉按他的建议直接打电话给周庆祥，貌似不经意地问："周师长，如果让你命令第8团归建衡阳，他们会遵令吗？"

周庆祥一听，脱口而出："本师上下早已以身许国，金祥与庆祥一样，只要听到命令，赴汤蹈火，在所不惜！"

"那好，请命令第8团即刻启程归建衡阳，从青草桥进城。"

还没等周庆祥回话，那边方先觉已挂断了电话。

放下电话，周庆祥这才意识到自己表态快了一点。不过，"君子一言，驷马难追"，既然已经答应了军长，那就一定要说到做到，否则以后在方先觉面前就抬不起头了。

琢磨再三，周庆祥决定亲自给张金祥打电报。

周师长号称儒将，他字斟句酌，口授电报："战至今日，敌我伤亡惨重，然日军后援相续而至，我已成一座孤城。第 10 军待援如乳婴待哺，能得一团援则可望保全此城。进城者亦必死，我等第 3 师袍泽与本军为不负党国栽培，不辱民族气节，决心生死皆在此城，你我相识日久，相知时深，君读尽圣贤，胸怀机关，定会如命而行。然战场诡谲，风云瞬息，如确无进城之望，君也无须自损栋梁。他日城破，便是我等身亡，若君侥幸生还，青山之下，一碟冷食、一盏清酒相飨，已足感君之大义矣。"

收到电报，张金祥团长思来想去，竟一夜无眠。

第十三天，不知肉味

7 月 5 日，甲申年五月十五

衡阳城内。

连续两日，衡阳战事稍微平静了些。虽然日军飞机还是每天来轰炸，但步兵仅仅是晚上才进攻，进攻时兵力也不再是大队级别，而是多以中队、小队偷袭。虽然战事仍然不断，但火线压力明显小了很多，方先觉心情也变得愉快了不少。

军指挥所隔壁是军部电台，这是拿中央银行地下金库改造而成的通信站，虽然地方只有五六平方米，但上下左右都是钢板，坚固得很，炮弹都打不进来。军部电台有 1 个台长和 4 个报务员，天天和上峰、友邻部队联系，电台的设施非常简陋，只有一台 15 瓦手摇发报机和四灯收音机，收发的信号很微弱，尤其是重庆的信号，声音小得简直像蚊子叫。

蚊子叫也没有关系，这是方先觉最爱听的声音。每天，军部电台和重庆的军委会联系 4 次，和第九战区电台、第 27 集团军电台联系 2 次，和第 62 军电台以及设在城外岣嵝洞里的军统情报站分别联系 1 次。只要听到这些蚊子叫一样的声音，敌人再惊天动地的炮声也没那么让人担心了。

这天吃晚饭的时候，方先觉发现伙食变差了不少。刚开战那几天还天天有鸡鸭鱼肉，现在天天只有鱼了。湖南人做鱼都是青椒焖鱼，虽然鱼鲜味美，但长期这么吃，胃受不了。

方先觉敲了敲桌子，道：

"三月不知肉味啊，康楣，肉都去哪里了？"

"报告军长，早就没有肉了。这几天日本鬼子飞机轰炸杜仙庙和杨林庙，那边水塘多，炸弹掉在鱼塘里，炸死了很多鱼，有草鱼，有鲢鱼，个头大得很，白花花的一片。第3师捞了不少鱼，今天这鱼还是昨天晚上周师长亲自派人送来的，我看一时吃不完，就用盐腌了烟熏了做成腊鱼，留着以后慢慢吃，刚刚给几位师长也送了些过去。"

这个康楣果然办事利索。

方先觉满意地看着这个又高又瘦的工务参谋，说：

"康楣，你个子在湖南人里倒是算高的，一米七五？"

"一米七八。"

"不错了，不过瘦了点。打仗，首先身体要结实，当兵打仗，在死人堆里爬来爬去，或者隐蔽在死人下面袭击敌人，都是常有的事。急起来的时候，三五天不吃饭也要耐得过，否则，那种生活你是受不了的。"

康楣一边答应着，一边站在长板凳上挥舞着两支纸糊的苍蝇拍，忙着到处赶苍蝇。

他发现，这几天天气暴热，城里的苍蝇突然变多了。一个月前刚刚搬来湘桂铁路局的时候，天气还不算太热，偶尔有几只苍蝇飞来，随着进入7月，苍蝇一夜之间突然多了起来，一到吃饭，嗡嗡嗡嗡成群结队飞过来，挥手一扬，一哄而散，刚想坐下吃饭，又落得到处都是。一开始百无聊赖的时候还觉得有趣。但随着苍蝇的个头越来越大，样子大都变成绿头苍蝇了，数量也越来越多，一挥手，总能拍到个七八只，就像天上日本人的飞机一样，嗡嗡嗡嗡不停，密密麻麻，乌泱乌泱，挥之不去，防不胜防，两三个人坐那儿吃饭，倒是要五六个人帮着赶苍蝇，简直烦透了。

第10军军医处处长董如松上校是浙江人，自幼跟随乡贤董振民在上海学医，抗战爆发以后，他投笔从戎，很快成为第10军军医处处长。他是个喜欢开玩笑的人，看到几个小参谋举着拍子到处赶苍蝇，就逗他们说：

"知道为什么苍蝇越来越多，个头越来越大了吗？"

"不知道，天热了吧。"

"哈哈，这是葛先才养的，从城南深壕里飞来的。"

康楣想起那天在城南葛先才阵地的深壕里看到日军士兵尸横遍野、蛆虫翻滚的一幕，忍不住一阵反胃，胃里翻江倒海，简直要呕吐出来。

衡阳城外，禹王宫，第3师第8团驻地。

清晨，一夜无眠的张金祥团长下定了决心。"恩我者师长也，知我者师长也，误我者亦师长也。"他命令卫兵即刻收拾行装，用过早餐后，全团急行军，赶往衡阳。

此时的衡阳早已被日军5个师团和1个旅团围得水泄不通，城北的日军是独立步兵第5旅团和第68师团志摩支队，蒸水河上的青草桥则是中日两军争夺的重点。当初第10军工兵营炸过一次青草桥，但还保留了一点桥面，志摩支队来犯后，第3师工兵连才把桥面彻底炸毁了，不给日军留下任何机会。

当天深夜，张金祥率第8团悄悄赶到衡阳城北，在离城数里的森林里潜伏下来，等待合适的时机入城。青草桥虽然刚被炸毁，但第3师第9团和工兵连又趁着暗夜，利用竹筏和木船连夜在蒸水上架了一座浮桥。浮桥悄悄通到蒸水河对岸，河边的日军却没有发现，还在杀猪宰羊，准备大吃一顿。

第十四天，围城必阙

7月6日，甲申年五月十六

"围城必阙"是古时攻城的一个策略。日军在围困衡阳时，也在衡阳东北角的石鼓街和青草桥渡口之间留下一个缺口，想通过四面施以重压，让城里的第10军知难而退，从缺口处弃城而逃，以减轻日军攻占衡阳时的代价。没想到，这反而给杀回衡阳的第3师第8团提供了回城的唯一通道。

城北蒸水河北岸，离青草桥渡口不远处有一座"婆婆亭"，这是天主教会在衡阳北门开设的一所孤老院，里面驻扎着约200名日军士兵，与青草桥头的日军碉堡形成了犄角之势。

正午时分，张金祥率第8团到达青草桥，即命第1营及第2营1连对桥头的日军展开攻击，第2营余部负责阻援。下午2时，张金祥命令集中全团的迫击炮对着敌军猛轰，中美空军也派来4架飞机助攻。下午3时，日军大败，撤回婆婆亭，第8团则快速突破缺口，向蒸水河上的浮桥冲去。

就在即将冲上浮桥的时候，河边日军碉堡里突然响起机枪的嘶吼，几挺机枪伸出来对着浮桥来回扫射，瞬间封锁了道路。眼看官兵簇拥在渡口进退两难，张金祥命令特务排把集束手榴弹绑在长竹竿上，慢慢靠近碉堡，把手榴弹递进枪眼，再拉动用绳子拴好的活塞，只听得一声巨响，青烟四起，碉堡里顿时没有了声音，守军完全控制了浮桥。

天黑之前，第8团全部渡过了蒸水，在第10军全军将士的欢呼声中回到了衡阳。第8团入城，不仅给方先觉增加了1200名生力军，更让城内官兵的士气为之一振。以一个团的兵力都可以轻松杀进来，说明敌人的重兵围城不可怕，将来援军有几万甚至十几万兵力，衡阳解围是没有问题的。

方先觉根据日军第一轮进攻情况，重新部署兵力：

葛先才率预 10 师，守原城南主阵地第一线不变。

周庆祥率第 3 师，除以第 7 团负责城西北阵地（从西北易赖庙前街往南到城西的青山街、杜仙庙，直至汽车西站以北的杨林庙）外，第 8 团、第 9 团调到城南，在预 10 师第一线阵地后面构筑二线阵地。其中，第 8 团归葛先才师长指挥，负责从五桂岭北部至接龙山二线阵地；第 9 团负责城西南天马山至岳屏山二线阵地。

容有略率第 190 师，接手原第 3 师第 9 团负责的城北阵地（从西北易赖庙到城北演武坪直至城东北的石鼓嘴），并负责城东湘江岸线北段（从石鼓嘴到铁炉门）警戒任务。

饶少伟率暂编第 54 师（一个营），负责城东湘江岸线南段（铁炉门以南）警戒任务。

军前线指挥所从五桂岭撤回城内中央银行。

日军方面，横山勇也抓紧调整兵力部署：

命岩永汪巩固城南既得阵地，同时在衡阳四周到处拉夫，抓紧修复火车东站和衡阳机场，并利用湘江水运运送弹药和后勤物资，不过，在中美空军飞机的频繁轰炸下，湘江里日军船舶损失惨重，修复交通的工作也困难重重，进展缓慢。

自从长衡会战开战以来，中美空军飞机频频飞来衡阳协助第 10 军作战，对日军地面部队造成了重大破坏和干扰，突如其来的轰炸让日军惶惶不可终日。衡阳城南和城西遍布大大小小的山塘、池沼，日军士兵经常在美军轰炸的间隙，跳进水塘捉鱼、洗澡，美军飞机一来，他们就爬上岸作鸟兽散，来不及跑的干脆潜伏在水塘里憋着气，等飞机走了再爬上岸。美军飞行员有时在空中看到了日军士兵，就故意绕着池塘上空一遍又一遍低飞，让日本兵出不来，最后干脆直接往池塘里扔炸弹。一通狂轰滥炸之后，水面上往往白花花一大片，既有被炸死的鱼虾蟹，更多的是赤条条的日军士兵尸体。

连师团长岩永汪本人也难以幸免。7月6日，他率幕僚前往张家山阵地视察，半路突遭美军飞机轰炸。岩永汪命大，只是面部被弹片划伤，随从却被炸死、炸伤各1人，不得不暂停视察。

第十五天，大国博弈

7月7日，甲申年五月十七，抗战纪念日，小暑

大规模的进攻暂停了，但零星的战斗从来没有停止过。

驻扎在五桂岭的预10师28团2营官兵经过多日观察，发现在城南欧家町小学附近经常有日军出入。当天深夜，月黑风高，排长邓星明中尉率敢死队五六人潜入敌营，趁着敌人睡得正香，拉开手榴弹突然扔进去，炸得鬼子血肉横飞。当鬼子一片混乱之际，邓排长一行连夜悄悄返回，安然无恙。

武汉，中国派遣军司令部。

5月下旬，畑俊六总司令官在给横山勇出征送行时，特意叮嘱他说，"兵贵胜，不贵久"，他甚至亲自用汉字抄写了一大段《孙子兵法》中的名句送给横山勇："久则钝兵挫锐，攻城则力屈，久暴师则国用不足。夫钝兵挫锐，屈力殚货，则诸侯乘其弊而起，虽有智者，不能善其后矣"。开战以来，战事总体顺利，但到了衡阳却突生变故，这让畑俊六放心不下，心急如焚。

畑俊六总司令官最担心的，是湘西的第六战区部队和远在滇缅的中国远征军回师来援，特别是装备了美式武器的中国远征军，战斗力惊人，让他寝食难安。庆幸的是，自从湘桂作战以来，这支恐怖的中国新军始终没有出现在湖南大地上。

原来，此时中国远征军正在滇缅战场上与日军浴血奋战。两年前，日军实施"南进"策略，几乎横扫东南亚，远东英美殖民地几乎全部落入日军之手，只有印度还掌握在英国人手里，此后，印度加尔各答成为美军军事物资主要登陆点。不过，要把这些物资源源不断地送到中国，却很不容易。

在印度和中国之间，横亘着难以逾越的喜马拉雅山脉，喜马拉雅山脉的东部是宽达 600～1000 里的缅北盆地以及人烟稀少、瘴疠横行的原始森林。1943 年，日军已占领缅甸全境，将中国和印度完全隔绝开来。要将物资和军队从盟军印度基地运到中国昆明只有一个办法，就是利用美国空军飞机，在喜马拉雅山区开辟出崎岖而艰险的"驼峰航线"。

"驼峰"是喜马拉雅山脉南麓一个形似骆驼脊背的山口，其海拔低于当时美军运输机的飞行高度，途经这里可以开辟出唯一一条从印度飞越喜马拉雅山脉到中国的航线。1941 年底，珍珠港事件之后不久，第一批美军运输机就载着军事物资飞越"驼峰"抵达中国。不过，"驼峰航线"沿途气候多变，地形险恶，是全世界最危险的航线之一，经常发生坠机伤亡事故，因此，直到 1942 年底，"驼峰航线"每月的运量还只有区区3000 吨，运抵中国的军事物资不过是杯水车薪。

对于如何更好地运用美军军事物资支持中国战区作战，史迪威和陈纳德这两个美国人之间，以及他们与中国战场最高统帅蒋介石之间的观点并不一致，经常发生争执。

中缅印战区美军司令员、中国战区参谋长史迪威，出身陆军，他主张采取稳健的方针，先在印度训练中国士兵，使之成为可靠的军事力量，在夺回缅北并重开中缅国际通道之后，再将大批美式武器运入中国，武装更多的中国军队，增强中国军队的力量。当中国军队强大到足以抗衡日军之后，再在中国建设若干大型空军基地，继而开始攻击日本本土。

美国陆军第 14 航空队司令官陈纳德，出身空军，他更加激进，主张立即对日本进行空袭。他甚至写了一封信给罗斯福，宣称只要用他在中国的不到 150 架美军飞机就能把日本打垮。

1943 年初，史迪威和陈纳德之间的冲突也在中美盟军中成为一个公开的秘密，这两个方案也渐渐被大家所知，于是，罗斯福总统将史迪威和陈纳德召回华盛顿向他当面汇报。

陈纳德告诉罗斯福，他可以用一支空军，在 6 个月之内把日本人赶出中国。史迪威表示，在没有打破日本人对缅甸的封锁前，贸然建立空军基地是危险而愚蠢的，日军一旦遭到空袭必将加倍报复，就像 1942 年杜立特轰炸东京以后，日军随即进犯浙江和江西，给中国造成了巨大的灾难。

陈纳德的建议，得到了蒋介石和丘吉尔的支持。

蒋介石支持陈纳德，是因为陈纳德提出的由美国人训练一支中国空军的建议，不但可以短期内加强中国空军力量，迅速补齐中国军队短板，而且不会影响蒋介石对全国军队的控制权。而史迪威提出的全国军队整编计划，很可能削弱蒋介石对全国军队的控制力，而在中国共产党军队明显更得民心的社会背景下，史迪威提出的改善士兵生活条件等具体建议，很可能树立一个对蒋介石而言极为危险的样板。

至于丘吉尔支持陈纳德，则纯粹是从英国人的利益出发做出的选择。印度和缅甸是英国人传统的殖民地，史迪威的计划一旦实施，很可能会让亚洲出现一支新的强大的中国军队，如果是中美盟军而不是英军解放了缅甸，将来缅甸人就不会欢迎英国人重返缅甸进行殖民统治。所以他说："中国战后的强盛，也许是大英帝国在远东厄运的开始。"

史迪威的建议，得到了美国陆军参谋长马歇尔和陆军部长史汀生的支持。不过，罗斯福本人似乎未置可否。中国战区对美国太重要了，罗斯福并不很了解中国战场的实际情况，他宁愿多听一听蒋介石本人的看法，再给他一点好处。

史迪威和陈纳德回国以后，美国空军在桂林的机场开始扩建，"驼峰航线"运量增加到了每月 7000 吨，其中三分之二交给了陈纳德第 14

航空队；与此同时，史迪威也加快实施整训中国驻印军的计划，提出了反攻缅北的"人猿泰山计划"。

1943 年 11 月，美、英、中三国首脑召开开罗会议，确定中美联军和中国远征军共同向日军发起反攻，同时，英国海军从孟加拉湾自南向北进攻，与中美联军一起南北夹击缅甸日军。不过，英国人在会后很快改变了主意，决定将海军先调到欧洲开辟第二战场，缅甸反攻则由中美联军自己独立完成。

蒋介石一听不干了，命令中国远征军暂缓出动，但此时史迪威已率领中国驻印军发起反攻，虽然战事开局比较顺利，但如果云南的中国远征军不出动，光靠驻印军是无法完成反攻任务的。开弓没有回头箭，史迪威多次请罗斯福出面施压，但蒋介石态度坚决，他和罗斯福电文往来，就是按兵不动。

1944 年 3 月初，日军 3 个师团越过缅印边界进攻英军，发动英帕尔战役，缅北日军也开始反扑中美联军，试图切断其和印度境内联系。史迪威没有中止战斗，而是和英国人一起督促蒋介石，让中国远征军尽快从滇西发起反攻。不过，此时的蒋介石已得悉日军即将发动中原会战，想把中国远征军用于对付在中国战场的日军，因此按兵不动，引起了罗斯福的强烈不满。他认为蒋介石只想要美援，不想尽义务，4 月下旬，他命令史迪威暂停对远征军物资供应。蒋介石无奈之下，只好命令中国远征军也发起反攻。

5 月 22 日，卫立煌指挥远征军从滇西反攻，驻印军从缅北反攻，经过一系列战役，收复失地 83000 平方公里，城镇 50 余座，歼灭日军 49000 余人，一举扭转了缅北、滇西的局势。

但与此同时，中国战场却陷入了前所未有的巨大危机。军事惨败引发的政治危机让全国骂声一片，美国盟友也深为不满。罗斯福认为，照此下去，中国军队将很快被日军打败，一旦中国灭亡，将给全世界带来灾难性后果，为了挽救中国，为了盟国利益，必须立即改组盟军中国战区军队的最高统帅机构。

此时，史迪威不失时机地给罗斯福总统建议，让他给蒋介石施压，同意让史迪威不再仅仅担任中国战区名义上的参谋长，而是获得中国战区盟军军队的实际指挥权，当然，蒋介石仍可担任最高统帅，但不得以任何非正式渠道来干涉他的指挥。

1944 年 7 月 7 日，卢沟桥事变 7 周年纪念日，美国总统罗斯福致信蒋介石："我决定给史迪威晋升为上将军衔，并希望你将他从缅甸召回中国，使他在你的直接领导之下，统率所有中国军队和美国部队，并赋予他全部的责任和权力，使他能够协调和指挥作战，阻止日军的进攻。我认为中国的情况非常严重，请您尽快考虑。如果不立即采取果断而适当的措施，我们共同的事业将有遭受严重挫折的危险。"

罗斯福是在明知蒋介石憎恶史迪威并要求撤换史迪威的情况下，仍然坚持发出这封电报的，选择的时间还是 7 月 7 日，这个对中国人重要而敏感的日子。蒋介石收到最后通牒时，出离愤怒了。他认为，这是对他这个中国最高统帅最大的羞辱，是对中国内政粗暴的干涉。是可忍，孰不可忍！

对美国这个盟友，蒋介石是又爱又恨。在他看来，美国工业和军事实力强大，是中国在抗战中必须依靠的伙伴，但是，这个盟友一言难尽，有时让你如沐春风，有时傲慢无礼，高高在上，尤其在对待蒋介石的态度上，有时简直比日本人还可恶。自卢沟桥事变爆发以来，美国人大部分时间在隔岸观火，直到日本人偷袭珍珠港，才把美援物资一点点交给中国人。但只有他知道，这些美援在很长时间里来得有多么不易，尤其是史迪威来了以后，他的日子更不好过了。

蒋介石认为，史迪威对自己成见很深，史迪威对自己和宋美龄的蔑视，有时几乎不加掩饰地刻在他那刀削一般的脸上。蒋介石常常感叹说："对敌国易，对友邦难，受人接济，被人轻侮，此种苦痛不能大忍，则决不能当此重任。"

早在5月份中原会战行将结束、长衡会战即将爆发之际，日军在湘北地区大量调集重兵，大炮、弹药等全靠洞庭湖水运，这个时候日军飞机不到300架，陈纳德的飞机却有500架之多，如果"飞虎队"飞机能够全部出动，势必重创日军，可是陈纳德说，飞机和油料都被史迪威控制了，无法频繁出动轰炸日军。对这个说法，史迪威本人并不认同。他说飞机油料不足只是原因之一，更重要的是中国军队的情报系统实在太糟糕，根本无法为美军飞行员指引明确的目标。

这种口水官司很难打出个胜负，因为双方所言均有一定道理，不过，毋庸讳言的是，在史迪威的计划中，中国战场此时本来就并非其考虑的重点，此刻他想得最多的是，如何反攻缅甸和轰炸日本本土。美军B-29远程轰炸机此时已经投入实战，它可以飞到普通战斗机无法到达的高度精准投弹，担负着终结战争的重任。1944年6月15日，75架B-29轰炸机从中国成都起飞，飞行2400公里后轰炸了日本九州，在日本本土引起了极大恐慌。B-29成为日军做梦也要摧毁的目标。为此，史迪威从中美空军500架飞机中抽去200架保护B-29，原本给"飞虎队"的油料物资因此减少。后来缅战吃紧，史迪威又将剩下300架飞机中的一半调往缅甸。如此一来，"飞虎队"的500架飞机中只有150架飞机能用于中国战场了。中美空军虽然掌控了制空权，但这个制空权打了不小的折扣。

虽然蒋介石、薛岳都希望中美空军能够将更多飞机用到中国战场，但史迪威认为，对日本本土进行空袭、轰炸缅甸日军和轰炸侵华日军这三件事一样重要，因为前两者将迫使日军将大量战争资源转向本土和缅甸，从而从侧面来支持中国战场。

此时，在中美人士中还流传着一个说法，也许史迪威更乐意看到蒋介石失败，当然前提是中国这艘大船不至于在风浪中沉没。这也许是事实，也许是诛心之论。在日军发动"一号作战"以后，蒋介石多次邀请史迪威来重庆会谈，史迪威虽然表示他宁愿待在蚂蟥成堆的热带丛林里也不愿去重庆见委员长令人生气的面孔，但到了 6 月 5 日，他还是飞到重庆与蒋介石见面，同意增加给陈纳德的油料供应。此时，距离湘桂作战爆发不过一个星期，并不能算太错过时机。

其实，史迪威焉能不知中国战场正面临的困难呢？他不仅自己是个中国通，连当时号称最了解中国的几个美国人也全部被他聘为顾问。虽然史迪威或许更多是从纯军事角度来考虑问题，但毋庸讳言，此时他所代表的美国人和蒋介石以及英国人之间，正陷入一场巨大的博弈之中，衡阳战局和万里之外的滇缅战局也由此而产生某种微妙的关联。

史迪威本人对中国颇有感情。他能说流利的中国话，游历过中国很多地方，甚至比很多中国人还了解中国。史迪威说："我对中国人及中国士兵有信心，基本上伟大、民主化、无可限量，没有宗教种姓限制，诚实、节俭、勤劳、乐观、独立、忍耐、友好、有礼。"对中国民众，他不乏客观的认识："不屈不挠、吃苦耐劳、诚实正直，坚韧不拔。"他对中国士兵的看法则是："所求甚少，却随时准备奉献一切。"

不过，他对中国国军部队的印象颇为不佳："1944 年，中国陆军表面上看下辖 324 个师、60 个旅、89 个各由 2000 人组成的游击纵队，这在纸面上看是很厉害，但是你在仔细调查之后就会发现：第一，每师都不满员，最多不过 5000 人；第二，军队不发饷或低饷，士兵没有吃的，营养不良，疾病丛生；第三，武器装备陈旧，不足，且有的无法使用；第四，军队缺乏训练；第五，军官是职业，除了带兵别无他技；第六，没有炮兵、运输，以及医疗部队；第七，征兵就那么回事；第八，军官主要的事情是做生意，还能干点别的吗？你怎么能让这么一支军队有效率？"

史迪威所说的大多属实，这些问题甚至连蒋介石本人也承认。不过，在蒋介石看来，这些"家丑"他可以说，别人不能说，更轮不上史迪威这个美国人来说。罗斯福总统在史迪威的影响下，一再对他逼宫，选择的还是7月7日这个敏感的日子，这让他感到了一种平生未有的压迫感和羞辱感。罗斯福总统当然是得罪不起的。至于史迪威，暂时也别和他闹翻，毕竟他还攥着美援物资的分配权。不过，史迪威想借罗斯福来迫使自己交出盟军中国战区军队的指挥权，倒也没那么容易。

这一天，蒋介石在日记里写道："本日为七七抗战七周年纪念，美罗斯福总统虽仍来电祝贺，不料又突来一电，即以中国战局危急，欲派史迪威在我直属之下指挥中国全部军队，并以一切租借物资置于史支配之下，言明共产党军队亦在其内，余于此不外拒绝、接受、缓和之三种方针，以为应付之道。后来决心以缓和处之。国势至此，若不自立自强，国家民族亡无日矣。今口之事，唯有奋斗图强方能挽救也。"

怎么办呢？在军阀混战中间纵横捭阖、身经百战才杀出重围并最终脱颖而出的蒋介石，自然有属于他的办法。

第二天，蒋介石给罗斯福总统回了一封信，首先表示赞同他的提议："阁下所提史迪威将军在余直属之下以指挥华军及美军之建议其原则赞成。"不过，他话锋一转，明确地表示，请罗斯福总统另派人来，以调节他跟史迪威之间的矛盾。

当谈判谈不下去的时候，蒋介石干脆掀桌子了。他这话软中带硬，说得再清楚不过，叫我不干可以，但你指定的人也得换；要我交出军权也可以，但这个军权绝不给史迪威。

这给了罗斯福一个软钉子。无论怎么对蒋介石不满，他也不可能因为一个史迪威而承受失去整个中国的风险。罗斯福对中国战场的价值有着清醒的认识，在美国打败日本人的战略中，美国在太平洋的军队像铁锤，中国军队在中国战场上像砧铁，如果没有中国这个砧铁来承受日本人的重压，美国人的铁锤再强也将无从发力，并将付出巨大代价。

罗斯福如是说："假如没有中国，假如中国被打垮了，你想一想有多少师团的日本兵可以因此调到其他方面来作战？他们可以马上打下澳洲，打下印度——他们可以毫不费力地把这些地区打下来，并且他们可以一直冲向中东。"

于是，在蒋介石的软硬兼施下，罗斯福只好搁置此事。不过，他对蒋介石的好感现在已消失殆尽。在全世界反法西斯战线凯歌高奏之际，唯有中国战区一败涂地，而造成中国军队溃败的原因，正是国军高级将领的腐败无能，蒋介石作为国民党政权统帅，尤为腐朽无能，不管给他多少美援，装备多少部队，好像都无济于事。史迪威跟罗斯福报告，大量美援物资刚刚送到国军手上，很快就出现在了日军手里，甚至在一些两军对峙的战场上，还出现了诡异的中间贸易市场。

贪污腐败，消极抗战，军事无能，这是1944年美国人对国民党政权的普遍看法。对于战争中的美国人来说，只要能打败可恶的日本人，他们可以支持一切愿意抗日并且能够真正抗日的军队，甚至不排除共产党的军队。但在蒋介石看来，这是绝对不能容忍的。在中国这样的国家里，军队有压倒一切的支配地位，这样的问题，根本就是不可触碰和讨论的。美国人如此咄咄逼人，不就是因为这大半年的军事惨败实在太过触目惊心吗？蒋介石认为，只要国军"奋斗图强"，打出一场真正的胜仗，就能给骄傲无礼的美国人一记响亮的耳光。因此，他在日记里写道："军事忧惶，未足言危，而对美外交之颓势，实为精神上最大之打击。但果然邀天之福，军事获胜，则外交危机亦可转安，万事皆在于己之力耳！"

孤城中的方先觉和第 10 军，把绝对占优的日军挡在衡阳城外不能动弹，一扫中原会战以来国军一溃千里的颓势，这是 1944 年处在内忧外患中的蒋介石所能看到的唯一的一束亮光。蒋介石认为，只要衡阳战斗不止，就还有和美国人讨价还价的余地，一旦衡阳被日军攻陷，就可能引发新一轮的军事、外交、政治危机，这是蒋介石绝对不想看到的局面。不过，随着时间的推移，这个可能性正在变得越来越大。

方先觉此刻也感到了巨大的压力。

虽然暂时取得了大捷，但城内也是危机四伏。当初奉命守衡阳，只准备了十天到两周的粮弹，现在战斗接近三周，子弹消耗大约 60%，手榴弹消耗 60%，迫击炮弹消耗 80%，山野炮弹更是消耗了 90% 以上。后面三样才是阻敌进攻最有力的武器。这段时间以来，他亲自督战，要求各部利用战事稍歇空当抢修工事，又在一线阵地修筑了很多秘密的机枪工事，但阵地和工事还好办，弹药的消耗却无法靠自己解决。

还有，城里的粮食也紧张起来了。当初，细心的赵君迈市长在撤离衡阳之前，要求每个市民在家里留足米粮，以备守军个时之需，所以米和盐暂时还算充足。不过，由于日军飞机连日轰炸，城区早就化成了一片焦土，这些米早就成了焦米，炊事员只能在残垣断瓦下，挖取褐色的米粒做成糊饭，拿盐水泡给大家吃。吃饭时，一群群苍蝇飞来，嗡嗡争食，吃完之后，腹中隐隐作痛，患上痢疾的人与日俱增。

进入 7 月以后，衡阳城里缺弹少药，物资告急的求援电报，像雪片一样飞到重庆。

第十六天，从天而降

7月8日，甲申年五月十八，晴

蒋介石终于出手了。

7月8日，中美空军第一次给衡阳的第10军空投物资。

一开始，空投只敢在半夜里进行。半夜三更的时候，中美空军的飞机悄悄飞到衡阳的上空，日军发现之后，马上集中地面炮火对着空中密集发射。飞机不敢飞得太低，也不敢待得太久，匆匆在衡阳上空盘旋一周，铃声一响，就往下投。

衡阳城区面积不到2平方公里，日军围城太紧，两军阵地犬牙交错嵌在一起，加上风向的关系，很多物资最后飘到了日军的阵地上，有的则掉进了湘江里，随着滚滚的江水顺流而下，最后第10军能得到的物资往往不过投下来的五分之三。投下来的物品一开始是些毛巾、香皂、香烟、仁丹、万金油之类日用品，没有城里最缺的医药、粮食、炮弹。

在刚开始的一个星期里，蒋介石非常上心，几乎每天下午或晚上，他都会亲自打电话给空军询问当天空投的情况，责令他们提高空投准确率，还让侍从室主任林蔚打电话给俞飞鹏，叫后勤司令部多给飞机准备些迫击炮炮弹。

有段时间，从桂林到衡阳的航路上经常有雷暴，碰到这种极端天气，一般飞行员不敢飞，也飞不了，蒋介石就派他的专机驾驶员衣复恩，冒着恶劣的天气驾机给衡阳空投。

最高统帅如此重视，百忙中还亲自过问空投的细节，这让城里的方先觉和第10军将士大为感动。为了让空投更准确，参谋长孙鸣玉和"衡阳防空司令"陈祥荣动了不少脑筋。考虑城区面积小，空投在半夜，陈祥荣把符号板作了改进，他用 24 盏"气死风"马灯在街心围成直径 10 米的一个大圈，让飞机在空中清晰可见，对着光圈来投。为免光圈被日军提前发现而招致炮击，马灯摆放的时间不能太早，也不能太晚。

每天傍晚，孙鸣玉等人就像热恋中的小青年一样，一个个心情紧张地掐着怀表等着飞机来。月上柳梢头，人约黄昏后，飞机快到的时候，孙鸣玉等人马上手忙脚乱地取出马灯，在街心围成大大一个圈，然后眼巴巴地望向天空。当一个个白色的降落伞慢悠悠地从夜空里飘下来，那就是他们最幸福的时刻了。如果哪天因为天气原因，飞机临时取消飞行而害得大家白等一个晚上，孙鸣玉等人失望得简直要流下泪来。

随着空投次数越来越多，日军逐渐摸到了空投的规律。到了例牌要来空投那天，日军飞机也趁着夜色飞来，守军以为我军飞机到了，欢天喜地摆好一圈马灯，结果劈头盖脸招来一顿狂轰滥炸。第二天，当我军飞机来了，这时又谁也不敢点灯了，飞机辨不出方向，只好兜了几个圈子又把物资原封不动带回去了，把地上的方先觉和孙鸣玉气得直拍桌子。

再后来，狡诈多端的日军又使出新花招。到要空投那天，他们在自己阵地上也依葫芦画瓢用马灯围成一圈，我军飞机见了，半夜分辨不出来，结果又被日军骗过去不少物资。

孙鸣玉、陈祥荣和空军商量，还是改成大白天空投为好。

每当我军飞机飞到衡阳上空，第 10 军的官兵就纷纷爬出工事看热闹。只见大大小小白色的包裹悬吊在白色的降落伞下面，一个个摇摇晃晃慢慢悠悠从天而降，有时江上突然吹来一阵横风，把包裹刮得直往城南日军的阵地上飘，大家心里顿时怦怦乱跳，唯恐这来之不易的物资飘到敌人的阵地上去了。当然，最后总有一部分包裹不出意外地飞到日军的阵地上去，每到此时，日军士兵就欢天喜地跳出战壕来争抢，这边第 10 军的官兵看了，简直肺都要气炸，却又毫无办法。

这一天，又一架中美空军运输机来了，方先觉和孙鸣玉等人正在雁峰寺，也急忙走出来观看。今天天气晴朗，能见度非常好，也没有风，可是这架飞机在衡阳上空盘旋一周，什么也没投下，晃晃翅膀往城南日军的阵地上去了。气得方先觉指着飞机大骂："这他娘的飞行员莫不是个汉奸？！"

骂声未落，从城南日军阵地上传来了"轰隆轰隆"的连环爆炸声。原来，这次我军飞行员留了个心眼儿，在装空投袋的时候，特意往里面多装了几包地雷，把拉火索留在袋口，故意飞到日军阵地上投下了包裹，地面上的鬼子跳出战壕争抢包裹，打开时一并拉响了地雷，平白无故吃了一通炸弹。这边的方先觉、孙鸣玉看见了，不禁转怒为喜，哈哈大笑。

第十七天，你来我往

7月9日，甲申年五月十九，晴

在长衡会战期间，日本空军虽然基本丧失了制空权，但他们并没有闲着，而是抓住中美空军飞行的间隙频频飞来衡阳轰炸。这天一大早，太阳刚刚冒头，日军飞机就黑压压地大批临空，先对着衡阳城里一顿狂轰滥炸，接着又飞到城南，对着守军阵地轮番俯冲轰炸。

葛先才师长刚得到报告，岳屏山下一个防空洞洞口被敌机轰塌，整个防空洞被泥土完全封了起来，里面埋了观察所参谋和准备出击的士兵70多人。敌机一走，葛先才马上派人发掘抢救，发现洞里的人大都已经窒息，到10点左右抢救完毕，大部分人已经牺牲，仅三分之一的人生还。

损失惨重的还有预10师瞭望观察所，这个观察所藏在苏仙井高地的树林里，居高临下，把整个城西南看得一清二楚，由师部几个参谋轮流值班。7月9日下午5时40分，日军飞机突然飞来轰炸，一颗炸弹扔在观察所掩体的上面爆炸，把掩体整个炸毁，正在里面值址的军尤线电通信排全排官兵被炸死。预10师参谋张权本来要去瞭望所接班，却因为正在吃饭迟了几分钟，帮他临时代班的刘登才参谋不幸被炸身亡。

最严重的还是城里。在日军连续轰炸下，衡阳城连日大火，数万栋房屋焚烧殆尽，连设在湘江岸边衡阳县政府附近的第10军野战医院都未能逃脱日军飞机的轰炸。这所医院收容了700多名伤兵，虽然他们按国际惯例插上了"红十字旗"，但日军飞机接连飞来轰炸，一枚枚炸弹就专门往插了"红十字旗"的野战医院房顶上扔，不但把医院所有的药品、医疗器械炸毁，700多名来不及转移的伤兵也被炸得血肉横飞，幸存者只得分散躲在残垣断壁下，或者掩体和弹坑里。

衡阳保卫战打响前，方先觉本来早就制定了消防方案，计划每隔一幢屋拆除一幢屋，这样即便发生大火，也不至于火烧连营，没想到最后关头还是百密一疏，城里所有消防队都跟着市政府撤退了，留下的老百姓又不忍自毁房屋，最终还是没有来得及实施原定的"拆屋隔火"计划。

这样一来，整个衡阳城都烧成了火海，军部没有足够的救火工具，部队又有各自任务，无法顾及，只能让康楫带着民夫组成临时消防队，在衡阳城里东奔西跑，四处救火。好在方先觉早已把全军弹药存进了防空洞，没有引发更大的事故，至于起火的粮食，只好一边紧急抢运出来暂存在空地和马路中间，一边紧急挖掘临时地沟，尽量窖藏起来。

听方先觉和空军报告衡阳野战医院被日军飞机炸毁，大量伤兵无处藏身，蒋介石马上发电报给方先觉，指示："要利用已炸之木板，搭盖棚屋，用破门板做上盖，用碎砖做墙，既能避风雨日光，又能防炸弹碎片，且不要让士兵们露宿。"

蒋介石经常在远离前线的数千公里之外发来此类电报，对前线工作进行微观指导，方先觉等人对此早已见怪不怪了。

不过，史迪威在很长时间里却不习惯蒋介石这个做法。

1942 年，史迪威刚刚接掌中国远征军时，要求得到对军队完全有效的指挥权，但他很快就发现，蒋介石经常越过他指挥中国远征军。副司令罗卓英还好，杜聿明根本不听他的，蒋介石经常在离战场千里外对杜聿明下达各种命令。

1942 年 4 月，缅甸战事最危急的时候，在前线焦头烂额的史迪威收到蒋介石从后方发来的电报。蒋介石在电报里说，我知道缅甸有西瓜，希望你给每 4 个中国士兵发 1 个西瓜。收到电报以后，史迪威感到很无语。史迪威是一个纯粹的军人，他认为，"局势的细微变化可能引起重大的变动，可是蒋的命令却指导了各种各样的行动及准备工作。因为蒋离前线很远，所以他的很多命令在到达的时候显得非常愚蠢"。

61 岁的史迪威位高权重，他可以按照美国人的方式做事，但方先觉不是史迪威，40 岁的方先觉人微言轻，必须和统帅保持起码的政治默契。方先觉马上将电文下发全军，又复电蒋介石，最高统帅的关心令军心大振云云。虽然他也非常清楚，此类操作实则毫无意义。作为后方统帅，要真的关心前线，倒不如给城内空投粮、弹、药，或速派援军来得实在。

方先觉知道，虽然连续几天衡阳没有大的军事行动，但这不过是暴风雨来临前的平静，更猛烈、更残酷的决战随时可能发生。他要求各部队利用难得的间歇及时整补，调整兵力，加强工事，准备迎接日军即将到来的新一轮的全面进攻。

衡阳城里，大的战事没有，小的战斗却是天天不断。

城东，湘江边。

衡阳城和中国大部分城市一样，过去四周是有城墙的，不过，自从进入民国，包括衡阳在内的很多城市因为城市建设扩张需要，旧城墙被视为封建残余的象征而逐渐被拆除了。在这个全国性大规模拆除城墙运动中，蒋介石曾是其中重要推手之一，他差点因为南京古城墙影响了黄埔军校而把它给拆了，后来因为民众反对的声音实在太大，才不了了之。

不过，抗战爆发后，拆城墙又提上了议事日程。蒋介石认为江河沿岸城市的城墙对于防御日军并无用处。1937 年卢沟桥事变，攻城日军用 150 毫米重榴弹炮轻松击破了宛平城墙。他认为，城墙在现代战争的炮火前完全失去了防御功能，反而给市民疏散造成了拥堵踩踏，因此，这几年来国民政府又陆续拆除了不少城市的城墙，衡阳也在其中。不过，衡阳的城墙拆除得不彻底，为了防止湘江和蒸水交汇处的洪水倒灌进城区，在衡阳城区东北角，仍保留了不少城墙。第 190 师和暂编第 54 师以铁炉门为界，分别负责湘江南北两段警戒。

第 10 军的士兵经常到湘江里面去取水，就以这些残余的城墙为遮蔽躲避对岸日军狙击兵的射杀。不过，日军狙击兵枪法很厉害，他们观察城墙垛口的间隙，一旦发现有身影穿过，就马上对下一个垛口瞄准狙击，经常能隔江打到我军的士兵。直到后来，方先觉干脆把这些城墙垛口全部封闭，对岸的日军看不到了，湘江这边守军的伤亡才没有了。

日军经过上次强渡湘江惨败后，不敢再明目张胆地渡江，江防部队的防守压力不算大，不过，最近对岸火车东站调来一支日军炮兵，时不时隔着湘江对这边守军开炮，而对面衡阳机场里，也偶有日军轻型飞机从那里起飞，沿着江面滑翔过来对着江边低飞扫射，造成少数官兵伤亡。后来，第 74 军炮兵营陈营长调集两门野炮，对着机场连开数炮，当场炸毁了一架敌机，敌人才不敢再把飞机飞到江边扫射。

城南。

预 10 师第 30 团第 3 营周国相营长驻扎在市民医院阵地，他天天观察对面日军动静，逐渐摸清了他们换防的时间和路线。9 日晚，周营长派陈建国班长带 6 人潜伏在敌人必经之路，敌人半夜过来，他们突然跳出来开枪，当场打死 3 名日军士兵，抓了 1 名俘虏。这名俘虏供称，1 个日军师团正急行军向衡阳靠拢，准备参加攻城。

第十八天，调兵遣将

7月10日，甲申年五月廿

1支降落伞最多只能空投3枚炮弹，有的还落到敌人的阵地上去了，所以对城里守军来说，空投只是杯水车薪而已，虽然炮弹和药品依然奇缺，但随着空投物资投下的一捆捆报纸，还是让城里官兵很是兴奋了一阵子。

《大刚报》，是第10军官兵的老朋友。这份在衡阳本土编辑并在国统区发行的报纸，一直坚持"国家第一，民众第二"的宗旨，向来以文笔辛辣、仗义敢言而著称，不但深得民众的喜爱，在第10军中也有众多的拥趸。《大刚报》在报道里热情表示，这一个月来，全国人民天天惦记着衡阳，挂念着衡阳，全国同胞和孤城中的第10军，同呼吸，共命运。

有感于《大刚报》的热情，方先觉军长亲自复电给毛社长说："感谢全国同胞，我们要报答你们的深情厚谊，第10军哪怕剩一兵一弹，也必奋战到底，与衡阳共存亡！"

《扫荡报》，也是战前从衡阳迁出的报纸。这份报纸的社评一向颇有文采："本报自衡阳迁来，对衡阳此城及保卫战中的守军，先天有浓厚的感情，于此更愿致其崇高的敬意。今天我们虽远在千里，与你们音讯暂隔，然此间每日，无不神驰左右，引领而东。我们自在此复刊，每日皆以你们胜利的捷音，报导国人，今天谨借这颗纸弹，为你助威。来日更愿以我们的笔触，亲手为你写下史诗。因风而寄，不尽所怀，纸短情长，谨祝珍重。"

《大公报》从开战那天起，就天天对战况进行连续报道，文笔细腻，细节生动，新闻性、可读性非常强。今天的《大公报》上刊登了一篇特别报道：《葛师长赤膊大战张家山》，写得绘声绘色，活灵活现。同在军部的"防空司令"陈祥荣记得，那天康棨也在张家山，就问他报纸上写的是不是真的。康棨笑而不语，一旁的特务营连长井启第笑道，文字功夫怎可当真？如果仗打到师长都要赤膊上阵，恐怕十有八九凶多吉少了。不是到第一线和敌人玩命才是名将作派，作为指挥官，坚守在指挥岗位才是称职的，否则就要渎职、失职了。

衡阳城外。

祁阳。

黄涛军长率第 62 军撤到了距衡阳 100 多公里以外的祁阳。前几天，白崇禧总参谋长亲自给黄涛打来电话，告诫他务必严防死守，防止日军沿着湘桂线继续西窜广西。

黄涛一边抓紧做工事，一边部署阵地，和日军对峙。不过，他很快就发现，对面日军似乎并不急于进攻，相反，他们在衡阳到祁阳之间的白鹤铺、鸡笼街、谭子山连筑了三道防线，日夜赶做工事，还堵塞公路，架设了铁丝网，非但没有西进广西的意图，反有阻止我军东援衡阳的迹象。黄涛心觉不妙，于是将日军动态详尽上报给军委会。

长沙。

第 11 军司令部里，横山勇不敢再小觑中国军队，他不断调兵遣将，将周边部队向衡阳收缩，加大直接攻城的力量。

在湘江西岸，此前承担攻击长沙及阻击第六战区中国军队重任的第 40 师团一直在衡阳西北与王耀武集团军作战，此时也奉横山勇之命放弃金兰寺、白鹤铺等阵地，将主力收缩到衡阳近郊，准备参与攻击衡阳，阻击外围援军。

在湘江东岸，第 13 师团此前一直在湘赣边界山区与薛岳第九战区部队作战，并于 7 月 4 日占据了耒阳。此时也奉横山勇之命，带着山炮兵及第 65 联队抵达衡阳江东地区，一边阻击东南方向的中国援军，一边配合第 68 师团攻击衡阳。

"针支队"是直属第 11 军的以针谷逸郎大佐第 218 联队 2 个大队为基干编成的独立部队，颇受司令官横山勇的器重。5 月 27 日湘桂作战打响当晚，针支队就奉横山勇之命夜渡洞庭湖，溯汨罗江而上，在汨罗江南岸长乐街接应中路日军渡江。半个月以来，针支队溯湘江而上，承担水路作战任务。衡阳战事不利，横山勇又想起这支部队，命令针支队快速南下，配属岩永汪第 116 师团，一并参加对衡阳的攻击。

7 月 9 日，日军独立辎重兵第 4 联队将炮弹运到了衡阳，7 月 10 日，独立野炮兵第 2 联队和石崎炮兵部队抵达衡阳，使攻击衡阳的炮兵力量空前壮大。当日军兵员、火炮、弹药补给到位，横山勇认为，第二次全面进攻衡阳的时机成熟了！

第十九天，卷土重来

7 月 11 日，甲申年五月廿一

凌晨，日军第 68 师团新任师团长堤三树男中将从长沙飞抵衡阳。沉寂了 8 天的衡阳城响起了第二次总攻击的枪炮声。

日军攻击的套路仍然是"飞机炸，大炮轰，步兵冲"三部曲，不过，与第一轮攻击相比，这一轮日军重火力尤其是空军和大炮的协同攻击力度较上一轮攻击成倍增加。

空军方面，日第 5 航空军的飞机在 7 月上旬主动出击，对衡阳周边几个机场进行了猛烈空袭。7 月 11 日早上 7 时，日空军第 6、第 44 轰炸机战队对衡阳市区和西、南两面山头阵地反复轰炸，轮番扫射，通过一上午地毯式轰炸，将外围阵地的据点、工事、战壕摧毁殆尽。11 日午后开始，日军集中 12 门大炮抵近西、南两面炮击，同时释放毒气。有了四个野炮大队和两个迫击炮大队的增援，岩永汪和堤三树男的勇气增加了很多。一时间，炮声隆隆，毒烟弥漫，守军阵地再次笼罩在死亡打击的恐怖中。经过一整天轰炸炮击，黄昏时分，日军向衡阳发起了漫山遍野的冲锋。

城北。

由第 3 师第 7 团防守的城西北杜仙庙、杨林庙、易赖庙前街、青山街、县立中学阵地，连续遭到敌军飞机轰炸和毒气弹袭击，官兵伤亡较大，但阵地屹立不动。

第 190 师负责的城北演武坪、杜家港一带，战前已"化田为塘"，变成了泽国。虽然这里也频频遭到敌军飞机和炮火轰炸，但工事随时修复，官兵的损失不大。

城南。

日军对张家山的攻势最猛。7 月 11 日黄昏开始，黑濑平一在野炮兵第 122 联队和独立野炮兵第 2 联队炮火掩护下发起攻击，每次 100 人为一梯队，一拨拨向 221 高地和 227.7 高地冲锋，守军则利用日军飞机和大炮炸出的弹坑逐个躲避，用手榴弹和机枪顽强抵抗。第 133 联队连攻 3 个昼夜，张家山四度沦陷又四度夺回，深壕被两军士兵的尸体逐渐填满了。

虎形巢前面地形开阔，易守难攻，白天日军几乎毫无办法打进来，只能趁夜猛攻。11 日开始，和尔基隆大佐率第 120 联队连续 3 晚对虎形巢发起猛攻，但都被守军挫败。

五桂岭以西到火车西站以东是曾京率领的预 10 师第 28 团阵地。在日军反复冲击下，守江西会馆的第 28 团第 9 连 1 个排全部牺牲，守外新街的第 28 团第 9 连主力，守五桂岭南端的第 28 团第 8 连，都陷入了苦战之中。五桂岭以西的 141 高地和湘桂铁路机修厂，虽然也遭日军彻夜猛攻，幸未被得手。

第二十天，密码

7月12日，甲申年五月廿二

城西南。

日军对张家山的攻击无休无止，好像不知疲倦。

从11日黄昏起日军发起第一次攻击，直杀到午夜时分，守军阵地第一次陷落。陈德陞马上组织第30团第2营残存的两个连共130人发起逆袭，到天明前，消灭敌人，恢复阵地。

但日军马上又反击，到12日中午，张家山第二次陷落。葛先才将预10师防毒连和第30团直属部队合编为一个连，再次逆袭增援，激战到黄昏，终于收复阵地。

刚想喘口气，没想到日军马上又第三次反扑。防毒连连长王开藩身中数弹，以身殉国，其余官兵奋战不退，全部战死。军工兵营营长陆伯皋指挥两个连开展第三次反攻，又激战了一个通宵。阵地被打坏了，根本无暇修复，陆伯皋只得将地上的尸体堆起来，码到齐胸高，上面加盖黄土砂石，作为躲避子弹的胸墙，不得不在士兵的尸体中与敌人进行拉锯战。

当夜，200余名日军乘隙钻到张家山和市民医院阵地之间，稳固之后，向两边扩大攻击。市民医院阵地第3营营长周国相带领官兵用火力截断日军退路，激战中，几个日军被一个受伤的中国士兵绊倒，还没反应过来，伤兵拉响了手榴弹，与敌人同归于尽。天亮时，守军再次全歼日军。

深夜，方先觉紧急召集师长们开会研究敌情。

参谋长孙鸣玉简要通报了敌情。

他说，日军从昨天凌晨开始发起对衡阳的第二次全面攻击，和上一轮进攻相比，新一轮进攻有两个明显不同的地方。

第一，这次虽然进攻的重点还是城南，但衡阳四面八方都有日军进攻，围城兵力比上一轮多了一倍以上。

第二，日军步、炮、空协同作战力度加大。敌人新增了数十门山炮，不断向我阵地攻击，距离之近，炮声之密是从没有过的，造成我第一线阵地损坏很大，虽然随毁随筑，但还是赶不上被炮火摧毁的速度，每个据点都需反复冲杀，最多的需经过七八次逆袭，才能夺回阵地。

在听取各师长报告了本师的情况后，方先觉道：

"打仗是我们军人的本职，用不着大惊小怪。总的来看，敌人新一轮进攻，兵力和火力都明显增加，困难是不言而喻的，不过，越是困难当头，越要咬牙顶住，记得当初第三次长沙会战，打到第四天，预10师3个团打光了，前线阵地全部丢失，我们坚持死守不退，最后果然等来了反攻，取得了空前的大捷。胜利，往往就在这最后一口气中产生！衡阳一仗，战则胜，退则死，大家放手打，同生共死，不留后路！"

方先觉最后说："虽然目前很困难，但胜利的希望是很大的。大家知道，蒋委员长亲自打过两次电话，其中6月20日第二次通话最后，委员长给我规定了'甚稳'二字密码，说一旦我军力不从心，只要将二字密码发出，他一定在48小时内解衡阳之围。之前因期限未到，我没有跟大家讲，现在不管是十天还是两个星期，都已经满了，所以，我决定从明后天开始定期向重庆发送二字密码。请各位放宽心，有最高统帅部、战区长官部和老军长在后边支持，我们一定要坚定信心，沉着应战，拼死待援，最后一定是能等到援军的。"

衡阳城外。

其实，在方先觉发出密码前，蒋介石已经着手部署解围了。7月11

日,他命令薛岳将部队渡过湘江,但薛岳置若罔闻,按兵不动。蒋介石亲自致电薛岳,严令他集合王耀武、李玉堂两部合力猛攻衡阳,至少先救出方先觉第10军。

7月15日,白崇禧亲到祁阳督战。他在湘桂铁路黎家坪火车站会晤薛岳,传达了蒋委员长指令,要求薛岳速将第九战区主力移到湘桂线两侧。薛岳含含糊糊,不置可否。7月中旬,薛岳集结部队,从湘赣边界对衡阳外围的日军发动攻击,但是,由于攻击位置远离衡阳,所用兵力不足,攻击犹如隔靴搔痒,无法对衡阳起到解围甚至是策应作用。

随着衡阳局势越来越不利,蒋介石急了。他决定抛开薛岳,越过王耀武和李玉堂,亲自指挥第62军、第79军、第100军第63师等部队,实施衡阳解围作战。

第二十一天，离间计

7 月 13 日，甲申年五月廿三，晴，热

7 月 13 日，日军飞机不断在衡阳上空进行空投。投下来的是一张张白色的宣传单，上面写着："能征善守的第 10 军诸将士，任务已达成，这是湖南人固有的顽强性格。可惜你们命运不好，援军不能前进，诸君命在旦夕！但若能加入和平军，绝不以敌对行为对待，皇军志在消灭美国空军。"

文辞虽然不通，但劝降的意思是清楚的。日本为了进攻中国，多年来对中国风土民情研究颇多。早在甲午战争前，日本间谍组织"乐善堂"头目宗方小太郎就在《经略长江水域要旨》中说："中国十八行省中，富于战斗力、挈实勇敢、真可用者，以湖南为第一，其次为河南，再次为福建、广东。"这些关于中国的情报，深刻影响了后来的日军参谋部门。

1938 年，日本陆军参谋本部在《中国各省兵地志概说》中写道："湖南自古以来有尚武之风，同时还十分好学，士多，世利淡，慷慨进取。湖南自古以来不仅出武将，也出才了，军民和海外留学生均多于其他省。除此之外，底层农夫还勤于耕作，劳动者、船夫等下层坚忍力行，乃是中国所有省份里人口素质构成最全面的。"他们知道，中国自古就有"楚虽三户，亡秦必楚"和"无湘不成军"的说法，尤其是三次兵败长沙城下，更让日本人见识了湖南人的霸蛮和血性。

自抗战进入相持阶段，湖南成为正面战场的主战场和保卫大西南的重要屏障，第九战区三败日寇，薛岳将胜利的原因归结为"将士忠勇用命"和"人民动作协同"两大方面。在第九战区的沦陷区里，300 多支游击队和 6 万人自卫团开展游击战，协同国军作战，100 万湖南民众组成侦察队、交通队、救护队、宣传队，冒着敌人炮火侦探消息，疏散人口，破坏路障，抢运物资，救护伤员，发挥了重要的作用。

"这是湖南人固有的顽强性格"，这话虽然不错，但并不十分全面，因为此时的第10军，虽以湖南兵员为主，却不仅仅有湖南人，而是中国哪个地方的人都有。在3个师里，第3师誓师黄埔，第190师成军衡阳，预10师起兵浙江，经过几年南征北战，早就天南地北，你中有我我中有你了。即便是以浙江人、福建人为主的预10师，此时也半是浙闽人、半是湖南人。不管来自哪个地方，第10军的将士都是有血性的中国人，都和湘军同样地坚忍、刚强、霸蛮、善战。

随着劝降书飘下来的还有一袋袋旭光牌香烟和一张张10元钞票大小的"归来证"，还附有日军占领区的地图。在地图上，衡阳四周都插上了太阳旗，连东安、独山都插上了。军部电台报务员小卢说："这个地图一看就是假的，我每天都和东安国军电台有联系，怎么可能给日本人占了去呢？"

方先觉哈哈大笑："横山勇已经黔驴技穷，连'离间计'都用上了。"他命令收集焚烧日军劝降书，凡捡拾劝降书和归来证不上交或不撕毁的，一律以汉奸罪论处。他同时宣布，上校负伤赏1万元，中少校赏5000元，尉官赏4000元，士兵赏1000元；负伤不退者，特赏，伤愈归队者，晋级。

为了配合诱降，日军又在城南发动了新一轮猛攻。

下午2时，张家山前面221高地和227.7高地鏖战又起，第133联队联队长黑濑平一大佐此时手里的兵力已经捉襟见肘，只得以60个人为一个梯队一拨拨地轮番进攻。日军再次从张家山和机修厂之间的阵地空隙发起进攻，钻到机修厂里叠罗汉爬到屋顶，把机枪架在上面对着两边扫射。这一招很有效，很快守军第9连连长和机5连连长阵亡，周营长也中弹身亡。

黄昏时分，张家山前面221高地及227.7高地上2个工兵连的官兵全部战死，两个小高地丢失。

形势又到了最危急的时候。

方先觉急令第3师第8团第1营营长李恒彰率第2、3连，紧急划归预10师，跑步前来对张家山前面的两个小高地进行第四次逆袭。日军见守军援军赶来，也马上向前增兵。

此时正值深夜，中日两军士兵在张家山前反复冲杀，堆积起来的尸体足有一尺多高，双方厮杀了整整一夜，张家山阵地的绝壁一连几天被日军大炮抵近轰击，到了14日清晨，终于垮塌下来了。随着最后一声炮响，日军以百人为梯队，潮水一样冲进张家山前面的小高地。守军兵员已经枯竭，只有把敌人放到更近的距离，用手榴弹狠狠地炸。

预10师五显庙指挥所里的葛先才，接到方先觉的电话。

"先才，部队伤亡怎么样？"

"张家山失而复得四次，部队伤亡很大，第30团和师直属部队5个连，以及刚刚补充的第3师第9团1个营已经全部牺牲，当然敌人损失更大，估计伤亡在两个联队以上。我军官兵仍在拼死奋斗，但精神和身体都已经到了极限。"

"张家山前面两个小高地还可能恢复吗？"

葛先才说："敌人大炮直接抵近张家山射击，绝壁被轰塌，高地上所有工事被敌炮摧毁，不可能再恢复了，官兵们现在只能拿积尸堆砌成墙，就地反击。"

"左翼铁路机修厂厂区还有人还击，是哪个部队？"

"第30团第3营，营长周国相阵亡，现在是蒋鸿熙副营长代理。这是张家山最后一个侧翼阵地，日军用大炮封锁了后方，人员和弹药补给不上去，阵地也在危殆之中。"

方先觉沉吟半刻，说："张家山几个阵地互为掎角，互相支持，才能坚持到现在。如果前面两个小高地难以恢复，张家山必受日军火力瞰制；左翼蒋鸿熙机修厂虽然暂时还在坚守，但这个阵地孤立突出，无险可守，很难坚持下去。张家山阵地坚守了 20 天，达到了杀伤敌军的目的，再守下去意义不大，但是代价却会很大。现在全军兵力单薄，不如弃守张家山，加强核心阵地，控制制高点，这样一线阵地防御面虽然小了，但每个阵地的兵力密度和火力强度反而得到提高，更有利于长期坚守。从现在开始，你们逐次退到后面的萧家山、打线坪、杏花村二线阵地，重新布防，组织反击。"

经过 13 个昼夜不停地反复争夺，第 10 军主动弃守了张家山阵地。天亮时，黑濑平一大佐带着第 133 联队残兵，筋疲力尽地爬上了守军阵地，把联队的队旗插上了张家山山顶。

张家山，因领兵攻克高地的主将黑濑平一而被日军称为"黑高地"。不过，当第 133 联队爬上高地顶峰插旗时，黑濑平一一反常态地没有说出一句鼓舞士气的话，不知为何，虽然攻占了张家山，他却完全高兴不起来，甚至连一点儿兴奋的情绪也没有。站在山顶，放眼望去，只见士兵们目光呆滞，步履蹒跚，整个队伍歪七扭八，稀稀拉拉，几乎不成队形了。这支号称王牌部队的联队，在攻打仅仅 50 多米高的"黑高地"的过程中，短短 10 天之内竟然阵亡 2 名大队长，联队兵力损失大半，现在编制 180 人的中队，有的只剩下 10 多个人了。这是第 133 联队自 1938 年成军以来从未遇到的惨况。

第二十二天，虎形巢

7月14日，甲申年五月廿四，晴，热

城西南。

见第133联队占领张家山，第120联队抓紧猛攻虎形巢。

守卫虎形巢的预10师第29团第2营，连续击退日军三波攻势，但第四波日军转眼间又蜂拥而至。这时守军伤亡已达四分之三，阵地丢失了三分之二，指挥官李振武营长牺牲。

朱光基团长马上命令张飞山二线阵地上的劳耀民营长率部增援，但其实该营此时也只有不到100人了，劳耀民就带着这几十个人，最终将日军歼灭，自己伤亡近半。朱团长又将第29团直属部队合编为一个步兵连计70人，连同配属的战炮连60人，一并划拨给劳耀民，由他率领守卫虎形巢。

午后，日军继续对虎形巢开展新一轮空袭和炮击，并再次施放毒气弹。阵地上烟尘弥漫，守军工事大部分被摧毁，很多官兵中毒倒下，阵地守卫更加稀疏了。黄昏后，日军一波接一波进攻，直到午夜，双方阵地还是犬牙交错，难分难解。

为了拿下虎形巢，日军再次调集数十门山、野炮抵近射击，硬生生地将虎形巢山头绝壁轰塌，生造出一条斜坡来，顺着这条斜坡日军一哄而上，这才冲上了山头，但是，守军仍然坚守在山顶的碉堡里死战不退。混战中，一股日军竟然爬到了劳耀民指挥所的堡顶上，其中一个小队长模样的鬼子，咬着牙，抱着机枪向四周拼命扫射，造成守军大量伤亡。劳耀民带着号兵和传令兵各一人，组成三人小组，冲出碉堡，对着日军机枪手狂扔手榴弹，将几近疯狂的鬼子当场炸死。

　　但是，顺着斜坡冲上来的日军越来越多，官兵们忙着堵塞交通壕，和日军捉迷藏一样，隔着碉堡，逐壕攻击，打到最后，地堡里堆着的8箱手榴弹只剩下5颗了，冲上来的鬼子还是越来越多，几乎快冲到劳耀民指挥所的大门口了。

　　在千钧一发时刻，第3师第9团第3营营长孙虎斌率领该营第8连、第9连过来逆袭了。劳耀民营士气大振，马上冲出碉堡，配合援军，夹击日军。但是，双方兵力实在太过悬殊，天亮前，守军伤亡三分之二，孙营长阵亡，日军攻占一半以上阵地。到天亮，已经丢失的阵地再也无法恢复了。

　　此时，双方厮杀了整整一天，都已经筋疲力尽，鬼子再也没有力量把阵地扩大一点，劳耀民等人也无力再将鬼子完全驱逐出阵地。双方就各自占据着半边山头，隔着壕沟对峙着，一边互相谩骂，一边把手榴弹扔来扔去，再后来，手榴弹也没有了，士兵们只能握着枪猫在壕沟两端，时刻警惕着，谁也不敢轻举妄动，唯有期盼自己的援军能够早一步上来。

第二十三天，火烧连营

7 月 15 日，甲申年五月廿五，晴，热

城南。

五桂岭南段以东，湘江边，外新街。

14 日半夜，100 余日军悄悄窜入五桂岭东边外新街，以江西会馆和湘江之间的连片房屋为掩护，不断集结兵力扩大阵地，正在五桂岭的周庆祥师长亲自赶来指挥反击，不过这一带房屋很多，地形复杂，一时很难将鬼子从里面赶出来。

军情很快报到方先觉军部。参谋康楣想起军搜索营第 1 连连长臧肖侠曾经长期驻扎在外新街，应该熟悉那里的地形，就向方先觉建议，通知臧肖侠带全连火速赶到外新街支援。

臧肖侠赶来，发现这一带全是难民搭建的木头板房，居民早就疏散一空，但成片房屋靠山沿江，连成一片，日军集聚在靠山麓一带，最大一间房似乎是日军的指挥所，火力点多布置在周边。由于日军占据有利地形，火力互为交义，我军兵力虽多，但却无法展开，几次接近攻击都没有成功。第 3 营王菊泉连长率部与日军逐屋战斗，接近午时，王连长阵亡，官兵伤亡殆尽，只剩一个班长带着两名士兵，据守在西北角。

这时正值炎夏，房屋干燥易燃，臧肖侠决定使用火攻。他让 4 班班长王嘉祥率领 5 名士兵，带着煤油、破布、棉花，轻手轻脚从屋子里挨个儿摸过去，静静地潜入日军指挥所隔壁木板房，连隔壁日本兵说话的声音都听到了。王嘉祥悄悄浇上煤油，一把火点燃了木板房。老房子一着火，瞬间一发不可收拾，江边有风，火借风势，风助火威，很快就火烧连营。

躲藏在屋里的 100 多个日军被浓烟和大火熏了出来，一个个慌不择路地往外乱跑，被臧肖侠的机枪扫倒一大片。不过躲在屋里的王嘉祥等人也很快被日军发现了，一个日军小队长趴在对面，用机枪把他们压制在房间里出不来。周庆祥师长命令迫击炮支援，但日军藏身之处正好处在射击的死角，迫击炮也打不到。火越来越大，王嘉祥等人只得冒死往外冲，也被敌人的机枪扫中，当场壮烈牺牲，瞬间又被大火吞噬。

这场大火，把外新街数十间木头房屋全部烧成了灰烬，守军以损失 6 名战士的代价将 80 多个鬼子全部烧死，剩下 10 多个鬼子拼命跑出来，边战边退。中尉排长杜有才率队追击 3 个日本兵，日本兵端着枪拼刺，正中杜有才下怀，他擅长拼刺，左挑右刺，很快将两个日本兵刺倒，剩下一个日本兵转身就跑，杜排长抬腿就追，不料日本兵突然往身后扔了颗手榴弹，旁边士兵急忙喊他卧倒，杜有才杀得兴起，来不及收住脚，当场被炸倒在地，牺牲时年仅 25 岁。

五桂岭南段西面。

午后，气急败坏的日军集中炮火攻击五桂岭并释放毒气。打到午夜，预 10 师第 28 团第 9 连连长林可贤阵亡，3 营副营长李昌本负伤，第 3 师第 8 团张金祥部赶来增援，天明前将日军击退。

枫树山。

枫树山东侧的 141 高地是预 10 师第 28 团的前沿阵地，由 1 营营长赵国民守卫。日军连冲 3 次，100 余人突入阵地，赵国民和 1 连连长李炳山亲自冲到一线投弹，军搜索营 2 连也及时赶到，终于在天明前将侵入的日军击退。

141 高地附近是农民银行的地下仓库，这里是第 28 团曾京团长的临时指挥所。日军第 68 师团师团长堤三树男在高岭指挥所观察多日，发现这个地方不断有中国的传令兵进进出出，还有中国兵往来输送弹药，判断它是一个重要的指挥所和转运站。当夜，100 余名日军由 141 高地偷偷潜入，差点把曾京包了饺子。曾京一边率直属部队反击，一边向师部求援。打到半夜，子弹、手榴弹都打光了，曾京亲自上阵和鬼子拼刺刀，就在即将不支的时候，葛先才带着师特务连和军搜索营 3 连前来增援，才将侵入日军全部歼灭，完全恢复了阵地。

"军舰高地"。

枫树山和湘桂铁路机修厂厂区之间是一个独立的高地，四周都被削成断崖，成为一个完全封闭的高台，远远看去，好像一艘军舰稳稳地停在高台之上，日军士兵将其称为"军舰高地"。张家山被日军占领之后，"军舰高地"就成为城南阵地的突出部，同时也是第 28 团和第 30 团阵地接合部，日军从 12 日开始，连续 4 天集中兵力对这里进行反复攻击。

在连续数日炮火覆盖打击下，"军舰高地"上所有视线可及的阵地完全被摧毁，7 月 16 日，黑濑平一发起总攻，伤势尚未痊愈的第 2 大队大队长足立初男要求亲自披挂上阵，不过这次他的运气不大好，和第 5 至第 8 中队所有官佐一起被炸死，整个大队活下来的官兵不到四分之一。至此，参加湘桂作战的第 133 联队 3 个大队大队长已经全部阵亡。

黑濑平一终于突入了"军舰高地"，他才发现，这座被绝壁环绕的封闭高台的内部，也确实像真的军舰一样，四周都用高大木料深深插入地下，建成了极为坚固的防守工事。

虎形巢。

虎形巢经过一整夜厮杀，到天亮时，再也无法恢复阵地。虎形巢北侧的范家庄连日遭到日军炮击，几度危殆，仅有章正宏排长带着剩下的 10 余名官兵在最后 3 个碉堡里坚守着。

鉴于张家山及机修厂高地已经放弃，虎形巢和范家庄兵力太少，形势孤立，预计也难持久，一味防守于事无补，还会影响后方西禅寺的防守兵力。葛先才报告方先觉后，命天亮前撤离虎形巢，全部兵力退守西禅寺、张飞山二线阵地。

衡阳城外。

当晚，在祁阳的第62军军长黄涛接到了委员长侍从室主任林蔚的电话指示："命第62军从祁阳出发，沿湘桂铁路向衡阳之敌做攻击前进，解方先觉部之围。"

次日清晨，黄涛率第62军第151师和第157师从祁阳黎家坪、洪桥出发，一路向衡阳攻击前进。

第二十四天，夜雨泗江

7 月 16 日，甲申年五月廿六，晴，下午 4 时后转凉，有雨

五桂岭。

拂晓，军搜索营 1 连臧肖侠带队在外新街打扫战场，没想到湘江对岸有日军炮兵突然向五桂岭发射炮弹，炮弹隔江打来，密集如雨，其中还夹杂着不少毒气弹，少尉排长王清山等人中毒。臧肖侠让大家用湿布捂住口鼻，退回到中正堂。

中正堂曾经是衡阳最繁华的地方，在鬼子来之前，京剧名伶金素琴在这里上演《打渔杀家》，天天人山人海，座无虚席，现在人去楼空，什么都没有了。不过，勤务兵一番巡查，还是发现了好东西，地下库房里竟然还有几坛"胡子酒"。

"胡子酒"是衡阳本地名酒，用糯米酿制，酒味甜，后劲大，家家会酿，人人爱喝，是臧肖侠的最爱。晚上，臧肖侠检查完警戒哨，把几个要好的排长、班长叫来一起喝酒。虽说昨天歼敌一百，但损失了杜有才、工嘉祥两员丁将，再想起白天对岸鬼子炮兵的恶行，臧肖侠喝着闷酒，闷闷不乐。

上士班长萧民看臧肖侠心情不佳，趁着酒意说："江东过去虽然有鬼子，但大部分时间龟缩在机场和火车站里，最多在江东烧杀抢掠，可是最近调来的这些鬼子炮兵实在可恶，竟敢隔江炮击我们，要是长期如此，以后可少不了要挨他们的冷枪冷炮了。今天这口气不出，实在没办法解恨，这颗钉子不拔，以后咱们就永无宁日了。"臧肖侠问："那怎么办？我们没有炮，打不着他们。"萧民说："鬼子新来乍到，干脆今天给他们个下马威，趁着今晚下雨，我们连夜泗渡湘江，潜入鬼子炮兵阵地，干他娘的几炮！"萧民是安徽合肥人，聪明机警，素来胆大，和臧肖侠一向投缘。听萧民说要泅渡湘江，在一旁倒酒的下士王有为也马上报名，他是搜索营有名的游泳健将，可以从泰梓码头到湘江中的东洲岛一次游三四个来回。

不过，此时湘江正在涨水，加上夜里下雨，江面从四五百米暴涨到600米宽，流速接近每秒3米，江宽水急，冒雨泅渡，殊为不易。但是，第10军搜索营官兵人人胆大，个个敢为，尤其第1连连长臧肖侠更是全军出名的胆大鬼，其时他刚好24岁，正是少年心性，一听这两人要泅渡湘江，也很兴奋，马上大加鼓励，叮嘱他们小心从事，泅渡时注意避开湘江桥墩，以免被坠入湘江的桁架形成的涡流冲到下游。

晚上8时，萧民、王有为两个人，打着赤膊，只穿一条短裤，随身带着1把刺刀、4枚手榴弹，再拿1根木棒划水，从柴埠门码头下水，悄悄滑入湘江，消失在绵密的雨幕里。臧肖侠和全连官兵怀着忐忑的心情，满心期待着奇迹出现。

午夜12时，忽听得江东传来轰然两声巨响，几分钟后，对岸乱成一团，喊声、枪声，响成一片，探照灯和照明弹瞬间将宽阔的江面照得如同白昼，轻、重机枪"嗒嗒嗒，嗒嗒嗒"不断向江中来回扫射。再过一会儿，又归于沉寂，好像什么也没发生过。大家不明所以，不知吉凶，心情忐忑，都睡不着觉，一晚上眼巴巴地望向黑乎乎的江里。

凌晨3时，只听得湘江边突然水花响动，萧民和王有为从江里钻了出来，上岸后，两个人精疲力尽，一下瘫倒在地。原来，这两人偷入对岸日军炮兵阵地，发现敌军在江边有6门火炮，不过彼此间距太宽，没办法一次性全部破坏，只能选择离岸最近的一门炮，把手榴弹拉火之后，塞进炮口，将炮炸坏。日军万万想不到有人竟敢渡江过来偷袭，慌乱之中拿机枪一顿乱扫，但两人早就偷偷离开，潜入湘江，悄悄返回。

萧、王二人下水泅渡的地方，是衡阳湘江水城门之一的柴埠门。此地是湘江最大的水陆码头之一，也是湘中南最大的木材交易市场，历来江湖豪杰混杂，奇闻趣事颇多。

清康熙十二年（1673），爆发了三藩之乱。据《衡州府志》载，康熙十六年（1677）七月盛夏一天，一只猛虎突然由江东凫水过来，爬上柴埠门城楼，直扑闹市大街，吓得老百姓惊怖而逃，当时镇守衡阳的是吴三桂麾下大将孙延基，孙延基闻讯赶来，当场打死老虎，剥皮为垫，名震朝野。想不到，近三百年后又一个七月盛夏，有第 10 军两名猛士冒雨渡江，深入敌营，捣毁大炮，其勇尤胜当年泅江而来的猛虎。

萧家山。

拿下张家山阵地后，黑濑平一大佐率第 133 联队连夜挺进萧家山。3 天后，他发现眼前的萧家山又是一块难啃的骨头。它和左右的张飞山和市民医院、打线坪构成了相互掩护的组合阵地，让他的部队连攻 3 天，根本无法前进一步。

黑濑平一是师团长岩永汪的老部下、老同事，两人早在广岛步兵联队时就是上下级了。这次岩永汪特意将他调来参加攻坚，就是因为衡阳之战本来是一次极好的立功机会，却没想到他在张家山、萧家山连连失手，碰到了硬钉子。

8 时，黑濑平一接到岩永汪的电话，为帮助 133 联队攻克萧家山，特将"针支队"渡边第 3 大队调归第 133 联队指挥，同时，还将调动日军飞机在当天下午 4 时前来轰炸萧家山，请黑濑平一联队做好准备。黑濑平一决心不负岩永汪师团长的重托，从凌晨开始就逐一安排，将任务部署到每一个中队长。全联队再三动员，厉兵秣马，静待下午 4 时日军飞机到来。

湖南的夏天经常是暴热无风的，虽然偶尔会起一点南风，但在火炉一般的大地的炙烤下，很快就变成令人窒息的热风，令人根本感觉不到一丝凉爽。

下午3时，黑濑平一潜伏到萧家山前，只见对面一片死寂，一点风也没有，热浪使对面阵地的草木看上去好像都在摇动。

下午4时，突然从西北天空飘来了一片乌云，过了一会儿，阵地上刮起一阵凉风，这是黑濑平一到衡阳以来第一次看到这么强烈的天气变化，他不禁有些担心了。按计划，日军飞机此时应该已到衡阳，但直到现在还看不到一架飞机的影子。不会是因为这么强烈而突然的天气变化影响到空军飞行计划了吧？！直到4时5分，还是看不到一架日军飞机的影子，风反而越刮越大了，黑濑平一不禁有些忐忑甚至焦躁了。

正在惴惴不安之际，天空突然传来"嗡隆嗡隆"的声音，黑濑平一抬头一看，只见黑压压的乌云遮天蔽日地飘来，很快这声音响彻云霄，原来是日军的机群到了。整个天空里密密麻麻地全是飞机，仔细一数，8架一组，竟有48架之多。

日军飞机先是绕着衡阳飞行一圈，在市区扔下几枚燃烧弹，紧接着就直奔萧家山，一架接一架俯冲，一颗颗炸弹不断扔下，重机枪子弹则"咚咚咚咚"地打在萧家山上，每颗子弹相隔5米，很多守军士兵来不及躲闪，就被飞机炸弹和重机枪伤得血肉模糊。

随着最后一架飞机俯冲完毕，黑濑平一立即发射了指示进攻的绿色信号弹，趴在地上许久的日军士兵马上一跃而起，发出震耳欲聋的喊杀声，冲在最前面的工兵冒着弹雨，将阵地前的铁丝网爆破，步兵立即跟进，一个接一个向上攀爬。

正在这时，天上突然下起了暴雨。电闪雷鸣中，豆大的雨点噼里啪啦打下来，在坡面上形成了许多小水坑，顷刻间，结实的泥土陡坡变得泥泞不堪，好不容易冲进来的日军士兵在泥泞中一步一个趔趄地向上攀爬，尽管对面的机枪在来回扫射，冲在前面的日军士兵仍拼死向上攀登，后面的士兵则在大雨里跳跃着开枪射击，不要命地冲锋。

雨点又急又密，很快，黑濑平一的望远镜里什么也看不见了，偶有那么一瞬能看到日军士兵冲锋，但一转眼又看不见了。突然，3个日军士兵出现在望远镜里，他们头上系着缠头带，在泥泞的山坡上忽左忽右地斜行，趁着瓢泼大雨接近了山顶。黑濑平一高兴得几乎要跳起来，但又赫然发现，在对面山顶上趴着几个中国兵，他们正举着手榴弹等着下面的日本兵，只不过雨势太大，一时双方都没有发现彼此。这一刻，黑濑平一紧张得几乎要喊出来，可是大雨滂沱，根本无法提醒，双方离得又近，无法用炮火支援。黑濑平一心急如焚，可是毫无办法，只能眼睁睁看着双方即将狭路相逢，短兵相接。

雨越下越大，望远镜里只剩下白茫茫的一片，黑濑平一听到对面传来"嗒嗒嗒嗒"的轻机枪扫射声和"轰隆轰隆"的手榴弹爆炸声，那既是绵密不停的白色雨雾，也有手榴弹连环爆炸散发的白色硝烟。他不知道战况怎样，胜败如何，只能痛苦地闭上眼睛。终于，雨雾散去，萧家山重新出现在他的望远镜里，那几个中国手榴弹兵早已不见踪影，一群日本兵站在山顶欢呼。夜间10时，萧家山被日军完全占领。

此时，方先觉手里已经没有什么兵员了。

经过张家山、虎形巢拉锯战，预10师3个一线步兵团和师直部队连杂役兵和炊事员在内，都在一个多月的战斗中伤亡殆尽。目前阵地上的士兵，虽然名义上还属于预10师三个团的番号，但实际上多是从二线第3师和军直属部队补充的。

城内通信线路都被炸断了，军部同师、团联系中断，各部虽近在咫尺，却互不了解，只能靠传令兵跑动联络。方先觉亲自到一线指挥。在大雨中走了一圈之后，方先觉发现，城南各阵地兵力已经极度匮乏，常常长达 100 米的防守面上空无一人，而他手里能调动的兵力，现在要以个来计算了。

在这种情况下，方先觉只能无奈放弃付出极高代价才守住的五桂岭南侧—五桂岭东 141 高地—枫树山—市民医院—萧家山—张飞山—杏花村 143 高地等一线阵地，将全军兵力再次收缩到原来预设的第二线防守阵地。

当夜，方先觉对城南兵力作出调整，他把手里的兵挨个儿算清楚，像葛朗台数金币一样，逐个调配给葛先才师长指挥：

以第 3 师第 8 团及军搜索营第 1 连约 300 人，占领外新街—五桂岭北半部阵地；以预 10 师第 28 团及军搜索营（欠第 1 连）350 人，占领花药山—接龙山—岳屏山阵地；以军工兵营 80 人、军炮兵营 100 人，以及新编成的第 29 团第 2 营约 150 人（由第 29 团、第 30 团残兵合编），占领五显庙旁边的苏仙井高地；以第 3 师第 9 团 350 人，占领天马山—杏花村 141 高地—西禅寺阵地；以第 190 师第 570 团约 90 人，占领接龙山西侧民居—雁峰寺—中正堂—衡阳电灯公司第二阵地。以上各部，统归预 10 师葛先才师长指挥。另外，将第 10 军辎重团、军直属部队非战斗单位中尚能战斗的官兵，合编为 2 个战斗营，每营 300 人，作为全军的预备队。

从 7 月 11 日第二次总攻开始到 7 月 16 日，日军连续 5 个昼夜进攻，却只能依靠飞机大炮轰炸才能一步步推进。他们先用飞机炸，再用群炮轰，直到把守军全部炸死，才能占领那个山头，但凡阵地上还有一个中国兵幸存，冲锋的日军就要挨对方手榴弹的轰炸。

在第二轮总攻中，日军士兵伤亡高达 8000 人，又有 3 名大队长阵亡，中队长所剩无几，大部分由士官临时代理。日军进攻时甚至用不上云梯了，因为沿着峭壁一边日军尸体堆积如山，只要踩在友军尸体上，就可以直逼守军阵地。以如此惨重的代价，却只拿下张家山和虎形巢两扇大门，这是从来没有的战绩。日军几个师团长在衡阳城下一筹莫展。

诚如中国古语所言，强弩之末，其势不能穿鲁缟。

长沙。

是日，中国派遣军参谋长松井太久郎中将乘飞机抵达长沙，向第 11 军司令官横山勇传达日军大本营命令，要求横山勇将第 11 军全部主力投入衡阳作战，以尽快攻占衡阳。

重庆。

正午，蒋介石听取军委会军事汇报后大为不满，认为黄涛第 62 军、王甲本第 79 军等"衡阳增援部队进度甚迟，军队精神不良"。他再次严令黄涛和王甲本，"猛进攻击衡阳近郊之敌，中途遇敌超越前进"。两位军长接到军令，不敢怠慢，加快向衡阳攻击前进。

第二十五天，脍炙英雄

7月17日，甲申年五月廿七，晴，暴热，午后暴雨

衡阳城内。

17 日，阵前平静。第 10 军利用这难得的喘息之机，赶紧修复阵地。上午还是暴热，下午突然下起了倾盆大雨。城南阵地交通壕里深水及腰，很多日军士兵尸体就泡在水里，但清理战壕的人已经不够了，康楣率领的 3000 名民夫经过这一个月战斗，死的死，伤的伤，现在只剩下不到 300 人了。

为了补充一线阵地的兵员，一开始，军部还号召伤兵自主报名，大多数伤兵也都能主动报名重返火线，但是，随着日军将越来越多重炮送到衡阳，部队损耗的速度越来越快，往往一个晚上一个排兵力就打光了，第二天一早，又一个排开过去，到晚上又没有了。很快，报名的人越来越少了。

于是，方先觉一声令下："牺牲一切，充实火线！"

军部政工干部、医务人员深入到各个野战医院和伤兵转运站、兵站，挨个儿动员伤兵重返火线。其实，这个时候不用动员，但凡还能走得动的，多数还是愿意重返火线。因为所谓"医院"早就名存实亡变成断壁残垣了。上无片瓦，下无立锥，留在这里，无非是日晒雨淋，没有医生，没有医药，与其在这里"治疗"，倒不如回到火线杀敌，至少还有片刻刺激可以麻醉一下神经，总比躺在大街上无人问津要好。

最艰苦的还是没有吃的。

米倒是有一点，不过都是从大火灰烬里翻出来的焦米，煮开以后用盐水泡一下就吃了，下饭的菜可是彻底没了，这样的米饭吃多了以后，不但"嘴里淡出个鸟来",还容易引起腹泻、疟疾。于是,各师各团各显神通,纷纷想办法弄点菜。第3师阵地上池塘多、莲池多,一开始鱼虾不少,士兵冒着危险下塘摸鱼摸虾,很快鱼虾吃完了,就只能捞浮萍吃。到了7月中旬,浮萍也打捞一空,就只好接着吃盐水泡饭了。

这天中午,驻守在蒸水河南岸的第190师第568团第3连连长陈鹤九得到哨兵报告,不知道从哪里走来三头牛,正在蒸水岸边50米远的河滩上吃草。陈鹤九一听,赶紧带人赶到河边,却发现对岸的日本兵也在虎视眈眈。两边的士兵都盯着三头牛,谁都不敢轻举妄动。双方对峙到黄昏,眼看太阳就要落山,再不动手,这三头牛就要回自己家去了。

1班李班长终于按捺不住,大吼一声:"娘卖X的,豁出去了,火力掩护!"一个鹞子翻身冲出了阵地,翻下十多米高陡坡,直冲河滩上三头牛而去。过了陡坡就是一段二十多米的开阔地带,这里完全暴露在日军的火力之下。好在,在冲过去牵牛的这段时间里,对方竟没有开枪,眼睁睁看着他牵回一头牛。容有略割下一条牛后腿,专门送给方先觉。

牛腿送来军部的时候,康楯和军特务营连长井启第却没有吃到。预10师连长王德杜是衡阳金兰人,他差人来请康楯和井启第去他连部吃饭。这时候居然还有吃的,真让人羡慕。康楯和井启第口水都快流下来了,两人二话不说,拔腿就走。

王德杜一向热情好客。他是黄埔17期毕业生,在预10师第28团1营3连担任连长,这次不知道从哪里弄来了两只大肥鸡,最重要的,竟还有一瓶衡阳"胡子酒"。被邀赴宴的,除了康楯之外,还有王德杜的一帮老乡、老同学、老朋友。

第10军喜欢用黄埔学生做基层军官,光是黄埔15期毕业生,预10师就有50个,第三次长沙会战之后,这50多个黄埔生全部阵亡,方先觉不甘心，派葛先才和孙鸣玉又去黄埔军校接收了一批毕业生。今天到场的，有黄埔 17 期毕业生、第 190 师第 568 团 3 连连长陈鹤九，衡阳北乡人；黄埔 17 期毕业生、第 46 军山炮营连长陈子道，衡阳西乡人；黄埔第 18 期毕业生、第 3 师第 9 团机枪连连长李罗先，衡阳祁东人。此外，还有军特务营 2 连连长井启第、预 10 师师部参谋张权，他们和王德杜、康楣两个人也彼此熟悉。

陈鹤九连长刚刚从敌人眼皮底下牵回了一头牛，成了第 10 军里面鼎鼎有名的大人物，他给大家带来一斤新鲜牛肉，于是众人一致恭请他"坐上席"，尊称他"陈喝酒"。大家一边喝着香甜的胡子酒，一边听他讲士兵牵牛的故事，陈鹤九讲得绘声绘色，大家听得喜笑颜开。战场上这么艰苦，好不容易弄来吃的，每个人都难得放松，分外开心。

井启第说："还是老陈厉害！今年是闰四月，按老历说是灾年，'闰四月，是荒年，吃树叶'。现在哪里不缺吃的，军部和师部里莫说牛了，连只老鼠都找不到，我们今天是搭帮老陈和老王的福，现在还有酒有肉，真是不容易。"

王德杜也说："我也奇怪，往年连军需总是抱怨老鼠太多，今年到现在一只老鼠也没看到过，莫不是都搬了家了？"

康楣想起端午节那天白天霖说过的"老鼠过江"故事，于是就跟大家说了。大家听了也是连连称奇，都说衡阳自开战以来，飞机大炮天天在湘江西岸轰炸，湘江东岸基本上平安无事，一次炸弹也没挨过，莫非这些鼠辈果真有灵？

正在说话间，突然听到"轰隆轰隆"的连环巨响，几枚炮弹呼啸而至，小院里火光四射，硝烟弥漫，原来日军每天黄昏的例牌炮击又开始了。烟尘散去，大家赫然看到王德杜竟仰面躺在坪上，胸口血流如注。原来，敌人炮袭的时候，康楣和井启第等匆忙躲到了门框底下，王德杜一贯胆大，反而站在空坪上不动，这才被炮弹片击中了胸部，酿成了悲剧。

大家七手八脚把王德杜抬起来，紧急送往医院。王德杜此时说不出话，但还有一点意识，大口大口地吐着血沫，两只眼睛不停地翻。人还没送到医院，终因伤势太重，半路上即已身亡。

康楣从王德杜连部里出来，一边走，一边流泪。这真是生死一瞬，乐极生悲！蝼蚁尚知偷生，老鼠还知道搬家，战火中的人却不知道下一秒是生是死，活得还不如一只蝼蚁，一只老鼠。今天如果不是门框护身，恐怕自己也难逃一死。由此可见，方军长那天在城南工事上再三强调"战场上一草一木，都有着极大价值"，果然所言不虚。

衡阳城外。

中午，第62军到达白鹤铺车站。黄涛军长获悉日军1个联队已占领白鹤铺车站，挡在面前，遂命第151师向白鹤铺攻击。日军知道一旦被援军打通内外，则衡阳城下日军有腹背受敌之虞，也拼命死守白鹤铺。第151师激战一天，没有攻下。黄涛于是以一部与敌周旋，主力转道加速前进。

长沙。

这一天，中国派遣军作战主任天野大佐再次飞来长沙，传达畑俊六总司令官命令，要求横山勇将主力投入衡阳作战。

畑俊六一连两天派人飞来长沙，给横山勇下同一道命令，让横山勇倍感压力。他再也没有借口了，只得敦促各地增援的师团加快向衡阳挺进。其中，第13师团山炮兵大队已先期到达衡阳江东地区，17日，其第65联队也从耒阳赶到衡阳江东，协助湘江西岸日军第68师团攻城。

第二十六天，月印万川

7 月 18 日，甲申年五月廿八，晴

衡阳城内。

城北。

志摩支队推进到小西门外 400 米处，守军地堡里的机枪神出鬼没，把他们压得趴在地上抬不起头来。日军野炮联队立即支援。炮弹呼啸而至，将守军机枪阵地完全覆盖了。

炮声刚停，志摩源吉大叫"突击"，数百名日军飞身而起，向小西门扑来。刚才还嘶吼不停的守军机枪这次竟毫无动静，看来给日军大炮这一通翻炒，已经彻底哑火了。日军 2 个中队趁机飞速靠近小西门，离守军不到 40 米了。

突然，一团黑影"嗖嗖嗖"地从守军阵地上铺天盖地飞来，原来是三四个一捆的集束手榴弹，这密集的手榴弹雨整整下了 15 分钟，杀伤力实在惊人，冲上去的 2 个日军中队几乎全部被炸光。由于两军的士兵靠得太近，几乎搅成了一团，后面日军的炮兵无法开炮支援，只能眼睁睁看着在前面冲锋的部队被炸死。这世上绝无仅有的手榴弹肉搏战，使久经阵仗、备受"武士道精神"熏陶的志摩源吉也为之胆寒。

中央银行防空洞内。

方先觉召集 4 个师长紧急开会，孙鸣玉向大家报告了战况，说自 12 日以来，军部每天向重庆方面发送二字密码，但至今尚未收到任何关于援军抵达衡阳的消息。

孙鸣玉想起康楣此前说过，某晚测得一字，"十八子李"，当时，康楣拍着胸脯说，此签的意思是 18 日子时，援军必到，各位尽管放心，本人解字术传自衡山高僧，一向灵验得很。孙鸣玉就问康楣，今天已到 18 日，为什么还杳无音信？康楣只得无奈地说："这是我安定军心的办法，以免大家绝望。"

大家一听更失望了，正七嘴八舌要骂康楣，军部译电员小卢大喊一声"报告"，送来了两份急电。一份是军委会委员长侍从室发来的电报，说："援军不日抵达衡阳城郊。"另一份是方先觉胞弟、第 10 军后方办事处主任方守先发来的，这份电报说得更清楚："黄涛、王甲本两军确已奉令解围衡阳，现正破敌阻滞，向衡阳靠近，兄可做好里应外合之准备。"

康楣笑嘻嘻地说："怎么样，各位长官？我说了，本人解字，一向很准！参谋长竟然还不信我！"方先觉、孙鸣玉等人看完电报，也转怒为喜，心情顿时大好。十天之前，第 3 师第 8 团以一个团兵力还能杀进城来，这次由委员长亲自督率 2 个军、数万人马，衡阳保险是没有问题的了！

是夜，方先觉心情颇好，率众人登上中央银行平台赏月。登楼远眺，衡阳经过一个多月轰炸，4 万多栋房子早已荡然无存，唯有钢筋水泥的中央银行保存尚好，在一片巨大的废墟中，残月画楼，微风轻拂，万籁俱寂，仿佛欧洲黑白电影里古老而沉默的罗马城。

"长安一片月，万户捣衣声。秋风吹不尽，总是玉关情。何日平胡虏，良人罢远征。"遥望远处的湘江，静影沉璧，浮光跃金，早在三国时，蜀、吴两国即以湘江为界，划江而治，更远处隐约可见石鼓嘴，涛声依稀可闻，那是诸葛亮以军师中郎将身份登坛拜将的古迹，也是曾国藩、彭玉麟等带着湘军水师潜心练兵的地方。石鼓嘴上影影绰绰一片是石鼓书院，这是中国四大书院里最古老的一座书院，比长沙岳麓书院还早一百多年，是"经世致用"的湖湘文化的发祥之地。

千江有水千江月。

朱熹曾经说过："如月在天，只一而已；及散在江湖，则随处可见，不可谓月已分也。"意思是，天地间只有一个月亮，但月亮的清辉洒到所有的江河湖海，因此，虽然天上只有一个月亮，但山河大地，草木万物，无处不有明月。

今晚，星月皎洁，银河在天。远在桂林的妻儿，此时此刻，是否也和他一样，在仰望这同一弯明月呢？

方先觉想起，十余年前他刚担任营长的时候，有一次驻军岳阳，新婚的妻子前来探亲，两个人月下泛舟洞庭湖，秉烛夜游岳阳楼，良辰美景，亦是如此，此去经年，恍如昨日。

说起妻子，他曾经还有过一个妻子。在他准备报考南京第一工业学校时，父母曾给他说了一门亲事，读了新书接受新思想的他怎么可能接受封建包办婚姻呢，于是他请假回家，准备抗婚。他对父亲说，我要先读书后结婚，何况国家正在危难关头，匈奴未灭，何以家为？父亲怎么能容许他恣意妄为，干脆把他关在家里，一定要他拜完堂再回学校。新婚当天，他一夜无眠，第二天一早不辞而别，离家出走，一个人走了90多里回学校，后来考上上海法政大学，又转到中央大学，最后考进黄埔军校成了一名国民革命军军官。这期间他很少回家，除了学业紧张之外，逃避婚姻也是重要的原因。

直到1929年，他遇上了周蕴华，那真是一见钟情。妻子年方十七，长得如花似玉，两个人很快陷入了热恋，有一次在公园里划船，方先觉对周蕴华说："如果你不嫁给我，我就跳河殉情！"情窦初开的周蕴华深受感动，答应嫁给了他。可是，结婚这么些年，两个人还是聚少离多。当连长、营长、团长，部队不让带家眷，做到师长，可以带家眷了，他却带着军队东奔西走。直到升了军长，妻子才带着一家老小搬到长沙，

1942 年又跟他搬到衡阳，这才多了点时间团聚。

从军这么多年，自己一心扑在军队里，家里家外都是靠妻子。妻子可真是个好妻子，不仅家里管得井井有条，自己当了官，钱财没有积下来多少，妻子也从无怨言。在国军，当师长就有独立经理权了。有几个师长不"吃空饷，喝兵血"呢？一个部队本来编制 2 万人，打几仗下来就只剩 1 万人了，往上还是按 2 万人报，按 2 万人领饷，这多出来的 1 万人的军饷就可以私吞了。这是国军里众所周知的秘密，是见怪不怪的潜规则，很多高级将领家财万贯，有好多金条，就是来源于此。即便大名鼎鼎的王耀武，虽然不像别人那样贪图钱财，但也是以既会打仗又会做生意出名。唯独自己，只会行军打仗，不懂琢磨钱财，有钱也不往自己兜里放。

方先觉 19 岁时考入黄埔，军校里有个军需贪污伙食费，他带着几名同学把军需打了一顿，从那时起，他就给自己立下了规矩，不贪军饷，不喝兵血。这些年，第 10 军转战各地，打了很多场大仗、恶仗，兵员少了很多，一大笔钱就放在那儿，都拿来给大家做了新军装。做了新军装还不够，又做布鞋，走在大街上，第 10 军军容整齐，神气威武得很。第 10 军从士兵到师长，人前叫他军长，人后都叫他"当家的"，如果没有一个当家长该有的慈爱、公平、体贴，第 10 军怎么能有个家的样子？"戎马一生有孽，倥偬半世无成"。家国难以两全，从军以来，自己负枪马上，杀敌阵前，唯有以此来安慰千里之外的妻儿了。

是夜，方先觉和幕僚们在中央银行平台赏月，唱《清风寨》一曲。江东的日军听见了，"扒弓、扒弓"隔着湘江打了几枪过来，无人伤亡。

衡阳城外。

桂林。

6 月 18 日，长沙沦陷，很多桂林人闻风而动，纷纷向西逃难，不过，更多的人从东边的湖南逃了过来，桂林一转眼就成了一个人山人海的大军营，每天都兵荒马乱的。人们在响彻军乐的大街上挤来挤去，中美空军的飞机在天空不断飞过。桂林像一个被急遽吹起来的气球，人口瞬间从 10 万增到 50 万。人来得太快太多，穷人大多在火车站周边安营扎寨，富人则将狭小的桂林城挤得满满当当，水泄不通。

这几天，桂林的报纸上连篇累牍地宣传衡阳大捷的消息，将方先觉军长和第 10 军的 4 位师长宣扬为"五虎将"，祝捷的电报和慰问信四处传扬，民众在大街上燃放着鞭炮，播放着军歌，把方先觉等人的头像贴得到处都是。

这天晚上，周蕴华梦到了方先觉。

他胡子拉碴，头发很长，像个野人，脸上没有一点血色，满月一样的面庞已经变得有些瘦削，说话的声音嘶哑低沉，军衣上到处是灰尘渍迹，一看就是吃了不少苦头的样子。方先觉望着周蕴华，眼眶红红的，布满了血丝，嘴唇紧闭着，好像有很多话要说，却又说不出话来。

周蕴华紧握着方先觉的手，也是一句话也说不出来。过了半晌，她莫名其妙地冒出来一句："你辛苦了！"说完这话，她自己先笑了。方先觉摸了摸周蕴华的头发，也笑着对她说：

"你也瘦了啊！衡阳这一仗，打得可真凶！不过，火线上没有恐惧，也没有烦恼，用不着钩心斗角，脑子里只有日本兵一副穷凶极恶的样子，一天到晚在那里盘啊转啊，有时疲倦极了，睡梦里突然大喊大叫起来，冲呀！杀呀！直到把自己给闹醒了，才知道是南柯一梦，真是个笑话。"

东京。

日本大本营。身兼首相、陆军大臣和参谋总长数职于一身的东条英机陷入了极度焦虑之中，此时此刻的东条英机，和蒋介石一样，急需一场酣畅淋漓的大胜来缓解他的危机。不过，在辽阔的太平洋上，日军节节败退，海军一蹶不振，美军 B-29 轰炸机频频从中国南方起飞，向日本本土空袭，整个日本人心惶惶；在东南亚战场上，日本人在"乌号作战"（英帕尔战役）中彻底输给了英国人；在中国战场上，一支残缺不全的中国军队，把日军在华最大的野战军第 11 军打得死伤惨重。这充分显示了日本帝国即将崩溃。

1944 年 7 月 2 日半夜，日军终于决定停止在印度的英帕尔战役，全线退回缅甸；7 月 9 日，日军在太平洋上的战略要地塞班岛被美军基本攻占；7 月 18 日，中国衡阳城下，日军第二轮总攻再次失败，成为压死骆驼的最后一根稻草。

这一天，集日本军政大权于一身的日本首相东条英机，面临四面楚歌而深感无力，不得不宣布内阁总辞职。

第二十七天，捕俘记

7月19日，甲申年五月廿九，晴，热

城北。

对城北的攻击如此艰难，志摩支队经过整整一夜的拼杀，又向前推进了 100 米，离小西门还有 300 米。

城南。

五桂岭外新街连片房子被搜索营火烧连营，成了一片废墟，让阵地少了遮蔽，也变宽了不少，但也因此成了日军新的攻击重点。方先觉将第 190 师第 569 团调到这里接手防守。这一天，400 余名日军沿着江岸突入阵地，梁子超团长亲率两个连连续冲杀，日军也迅速增援，梁团长亲自冲到一线投手榴弹，才将日军阻击在阵前。

傍晚，梁子超抓到了 3 个日军俘虏，他亲自押送到军部。按规定，俘虏超过两个就要分开送审，禁止交谈，以防串供。在押送中途，一个俘虏跳到池塘里想跑，被梁子超当场击毙。另两个俘虏押到了军部地下室，一个进来以后一直低着头，不断地长吁短叹；另外一个刚进地下室，扑通一声就跪下了。

低头叹气的日本兵是第 116 师团第 133 联队的一名军曹。他供称，昨晚城外有一支国军部队从南向北往衡阳城里进攻，在湘桂铁路和日军彻夜作战，不过他又告诉方先觉，日军也有一个师团正在增援衡阳的途中，不日就将到达城北。

和抗战开始那会儿比，这几年抓日军俘虏变得容易了。想当初，要抓一个日本俘虏是非常难的事情，即使抓到了，俘虏通常也非常顽固，不是寻死觅活，就是脑袋一歪不言不语。1939 年第一次长沙会战，军政部为了宣传"长沙大捷"，组织一批外国记者来长沙采访赵子立。有个记者提出想看俘虏，赵子立连一个俘虏都提供不了，只好实话实说，"没有"，记者很奇怪，打了这么个大胜仗，怎么会一个俘虏也没有？赵子立又说，"没有"，记者不死心地说，如果没有多的俘虏，怎么连少的俘虏也没有？赵子立无言以对，只好再说一次，"没有"。在场的记者哄堂大笑，搞得赵子立面红耳赤。

日本兵当俘虏的很少，除了他们从小受军国主义教育外，很重要的一点是，日本军队用《军人敕谕》《战阵训》等每天对士兵进行洗脑。《战阵训》对日军士兵的一言一行做出了规定，比如"珍惜名誉"一条中写道："懂得羞耻的人才能自强，应该经常想到家乡门风的声望，更加勤勉，以不辜负父老乡亲的殷切期望，活着就不能接受被俘虏囚禁的侮辱，死了也不能留下罪过祸害的坏名声。"鼓励士兵敢于死亡，不当俘虏，当俘虏就是叛国投敌，要受审判，同时会让家族蒙羞。日军士兵每天背诵这些内容，被成功地控制了思想。所以他们一旦被俘，宁愿去死，也不当俘虏。

不过，方先觉发现，从第三次长沙会战开始，抓日军俘虏就容易多了，不但能抓到几个，一般情况下，俘虏也不顽抗，问一答一，有的甚至问一答十。方先觉边问边想，随着战局的逆转，"武士道"也不管用了，日军厌战、惧战情绪与日俱增，士气明显低落，看来小鬼子真是日落西山了。

那个进门就扑通跪下的俘虏，却让方先觉很生气。

因为这是个中国人。他供称说，他原是湖北汉口一个当铺伙计，失业后加入日军便衣队，一路给第133联队打前站，打探情报，搜集信息，挣点小钱。本来他是无须参加攻城的，但一个月来日军兵力消耗太快，光第133联队就死了两千多人，军曹发给他一支枪，逼他一起参加冲锋，他不敢冲锋，一上去就躲在弹坑里不出来，结果被抓了俘虏。

这样的汉奸、奸细、间谍，方先觉这些年见得太多了。在日军队伍里，除了有日本人，还有朝鲜人，甚至中国人。当汉奸的，形形色色的人都有，大多为了一点蝇头小利就出卖国家和祖宗。这让他十分沮丧。

40年代的中国，积贫积弱，国民教育缺乏，占大多数的贫民对国家没有概念，对于这场世界范围的战争也了解不多。日军第133联队侵入湘潭，因为来得太快，很多妇女还在桥头给日军端茶倒水，以为他们是"美国兵"。由于农民对这场战争知之不多，奸细间谍要潜伏在他们中间就成了容易的事。"飞虎队"飞行员随身携带的救护牌上写着"来华助战洋人，军民一体救护"，衣服上写着"美国人是中国人的朋友"，因此，很多美军飞机坠机后，飞行员靠着当地农民带路回到了军队。但是，这中间究竟多少人是因为了解"盟国"的意义，还是纯粹因为害怕穿制服拿手枪的"官家人"就不好说了。据说，一些日军飞行员在坠机后，也是靠中国农民的帮助才归队的。

方先觉的老家徐州，号称"北国锁钥，南国门户"，自秦汉以来就是兵家必争之地。到了清末民初，徐州战乱更加频仍，平均每十年打一次仗，各路人马像走马灯一样，太平军、捻军、湘军、淮军、土匪、团练、北洋军，你方唱罢我登场，你来我往，兵匪难分。对徐州老百姓来讲，兵是匪，匪也是兵，匪过如梳，兵过如篦，生民涂炭，苦不堪言。

方先觉素有大志。1940年，他执掌预10师后首次练兵，发表演讲说："从前，民众怕军队，现在我希望我们的军队'怕'民众。为什么呢？因为过去民众受惯了官府欺压，一见到身穿二尺半老虎皮的人，就要侧目而视，甚至闻风而逃。军队，根本就是乌合之众，一群流氓、地痞、匪徒、恶棍，根本就是来欺凌百姓、鱼肉平民、作威作福的，老百姓当然要害怕军队了。现在，民众知识进步了，知道军队是他们的公仆，是他们的卫兵，要负责保护他们的。军队本身也日渐纪律严明、组织完善、素质提高了，知道自己是应当爱护民众、保卫民众的，也不再以二尺半骄人了，这就证明民众的知识进步了，军队的纪律和素质也进步了。对此，我们应该赞扬这种现象，并希望继续发扬下去。"

不过，这些年，方先觉带着部队转战各地，时间越久，他越是灰心。全面抗战以来，虽然蒋介石一度重视民众工作，提出"军民是胜利之本"和"三分军事，七分政治"的口号，但是，国军似乎根本缺乏联系民众、依托民众的基因，发动民众始终浮于表面。这次中原之乱，说是天灾，更是人祸，国军以抗战的名义逼迫农民"征实"，明明已经是百年一遇的饥荒，还逼着农民完成征购任务，原来可以交钱，现在不行了，必须实实在在交粮，致使老百姓揭竿而起，反过来缴国军的枪。在这种兵匪不分、势如水火的关系下，民众对抗战大多袖手旁观，不仅如此，伪军反倒越打越多。这次长衡会战，日军从华北、华中调来大批伪军扩大其攻势，打下长沙以后，光是用于防守长沙的伪军就有一万余人。

相反，倒是远在西北的共产党及其领导下的八路军，在发动民众、开展敌后游击战争方面颇有独到之处，连美国人也对他们佩服不已。方先觉不明白的是，没有觉醒的民众，又哪来觉醒的军队？在国民党的军政体系中，民众就是打仗的工具，从来没有成为军队的主人，更没有为自己作战的内在动力。

衡阳城外。

昨天，第62军第157师在谭子山与日军苦战一日，占据了山南，日军占据山北，双方形成对峙，陷入僵局。

见此状况，黄涛干脆亲率第151师和军直属部队绕过谭子山，一番苦战，攻占了后面的雨母山。雨母山是衡阳南郊的制高点，到了这里，距衡阳城已是一线之遥了。

第二十八天，孤勇者

7 月 20 日，甲申年六月初一，晴，热

上午 11 时，日军飞机飞来空袭，在衡阳城区四处投弹轰炸，又引起大火，方先觉亲自率人扑救，将大火扑灭。

午后，方先觉隐约听见西南郊区有枪声传来，不像日军"扒弓、扒弓"的三八步枪，倒像是国军的中正步枪。过不久，枪声越来越近，间或还夹杂着国军迫击炮的独有啸音。

两天前蒋介石曾发来电报称，援军正向衡阳城南攻击，并叮嘱方先觉："无论兵员如何缺乏，必须编足数营，向增援友军方向出击；否则，敌必以守城部队无力而不退矣！"

守城部队一直坚强有力，如果要退岂不是早就退了？虽然方先觉并不很相信蒋介石这番话，但此时此刻，有消息总比没有好。方先觉打电话给葛先才，葛先才说今天本部并未有战斗，枪炮声听起来像是从城外四五里之外传过来的。

正在这时，第 62 军黄涛也发来电报，前锋已攻击到衡阳西郊五里亭，请城内派一支队伍出城，明早与我部接应。

援军真的到了！方先觉很是兴奋，马上找孙鸣玉来商量："看来第10 军有希望了！委员长和黄涛都发来电报，说援军已到衡阳城外，嘱我部向城南出击接应。从枪炮声听，援军大概在城西南火车西站附近的五里亭。你把手里队伍拢一拢，挑选最精干的部队组成小分队，晚上趁黑出城接应。"

"军部早就没人了，现在就剩下特务营。"孙鸣玉说。

"那就派特务营，让曹华亭和井启第带队！"方先觉道。

特务营是第 10 军最后一个整建制的战斗营，也是全军最后的本钱。孙鸣玉从军特务营里精挑细选了 150 人，交给曹华亭。曹华亭将这 150 人分为 5 个突击排，由他带 3 个排，由特务营第 2 连连长井启第带 2 个排，每排各配 2 挺机枪。

第 10 军特务营营长曹华亭，时年 30 岁，第 2 连连长井启第，20 来岁，都是黄埔毕业生。这两个人胆大心细，多年来跟随方先觉出生入死，是完成这项重要任务的合适人选。

傍晚时分，曹华亭和井启第带着小分队吃过晚饭，趁天黑从日军城南阵地的缝隙中摸出去，去和五里亭的援军接头。

临行前，方先觉再三叮咛他们两个：

"今天是第 10 军最重要的日子。这次接应援军，是第 10 军一万多兄弟最后的机会，能否解围成功，在此一举，无论如何，一定要冒死接近援军。你们两位跟随我多年，务必贯彻使命，达成任务！"

"军长放心！万死不辞！"

曹华亭、井启第挺身立正，敬个军礼，随即消失在茫茫的夜色中。5 个排各自间隔大约 100 米，一面严密警戒敌人，一面向城外急行军，他们先从五桂岭东边下新街逆行潜入日军的腹地，随即再转向西北方，钻隙往城西郊五里亭而去。

当夜，方先觉因为城东南兵力严重不足，不得不再次弃守五桂岭南段－141 高地－枫树山阵地，将兵力收缩到五桂岭北段－接龙山，这已经是衡阳东南方向的最后一道防线了。

衡阳城外。

黄涛率第 62 军抵达衡阳西南郊，离衡阳内城约 7 公里；王甲本率第 79 军抵达衡阳西北郊，离衡阳 8 公里。蒋介石判断，只要再用 1 天时间，往衡阳推进 5 公里即可解围。横山勇下令，暂停对衡阳的全面进攻，转而对外围援军进行反击。

当天下午，第 62 军第 151 师从南郊雨母山向北面的火车西站攻击，师长林伟俦将手下 3 个团分为左右两翼，其中，薛叔达团为左翼，先攻头塘，得手后再向城内攻击；陶湘甫及丁克坚两个团为右翼，从城南出发，攻击火车西站。

薛叔达是薛岳的胞弟，之前因为轻敌差点酿成大错而险些受到黄涛军长的处罚，但这一次他带领左翼稳扎稳打，即便遭到日军猛烈反击也死战不退，牢牢地黏住了对面的日军，右翼的陶、丁两团趁机拼死进攻，竟然成功攻至火车西站附近。他们派葛天宝副营长率小分队与城内守军联系，可惜未能联系上，只得暂时在原地坚守待援。不过，连续激战两个昼夜之后，丁克坚团长不幸阵亡，援军也伤亡大半，再也打不动了。

第二十九天，假亦作真

7 月 21 日，甲申年六月初二，晴，热

前两天明明好几次听到枪声了，但若有若无，时远时近，不知道什么原因今天又听不到了，这让城里的方先觉忧心如焚。

薄暮时分，雁峰寺上的军炮兵观察所报告，发现日军在耒水上架了一座浮桥，到了吃夜饭的时候，预 10 师也来报告，城南日军正往湘江东岸移动，似有往攸县、安仁撤退的迹象。方先觉命令再查。过不久，第190 师也来报告，城北蒸水北岸的日军似有往西北郊的望城坳、集兵滩撤退的迹象。

日军突然往四面撤退，这让孙鸣玉非常兴奋，方先觉却将信将疑，两个人来到雁峰寺上的炮兵观察所观察。只见湘江东岸人声鼎沸，火光冲天，日军辎重部队整齐列队，高举火把，分成两路，一个接一个地从耒河上面的浮桥跑到对岸。不仅江东地区，包括城南的欧家町、城北的望城坳，日军在到处放火，焚烧民房，似有远去之势。

"莫非敌人熬不住了，要撤了？"孙鸣玉高兴地说。

方先觉说："撤退素来讲究隐秘、肃静，这样的军事行动，哪有敲锣打鼓、明火执仗的，恐怕是横山勇的诡计。"

孙鸣玉却说："沿途纵火倒也符合口军的惯例，有可能是撤退时标记部队集结地点和通过路线，倒也在情理之中。"

不一会儿，就连第九战区司令长官薛岳也亲自打电报来了："闻衡阳之敌似有动摇退却模样，据空军侦察，日军在湘江上修建便桥两座，兵力次第退却，望严密监视，适时电报。"

孙鸣玉问："看来这八成是真的了，要不要发起追击？"

"不忙。"方先觉还是半信半疑，"城南只有第62军，城北还没听说有其他有力部队，更何况没有听到飞机、大炮的声音，以这点兵力，不大可能让日军全面撤退。再说了，如果日军真的撤退，外围援军应该展开追击才是，但现在也没有听说有哪支援军展开追击的消息。更何况，以横山勇的作风，重兵围城，不可能就这么不痛不痒地挠一下就走。"

正说话间，一个高大的身影跟跟跄跄冲进了雁峰寺后殿，方先觉定睛一看，原来是昨晚刚刚冲出城的曹华亭回来了。只见他满脸戚容，军衣上到处是血。方先觉又惊又喜，问道：

"华亭，怎么样？见到援军了吗？"

曹华亭报告说："报告军长，昨晚我们循着枪声，摸黑出城，天亮之前终于到了五里亭，但没有发现友军。我怕是搞错时间了，不敢回来，放了信号，又等了半夜，还是没有回音，我又怕搞错地方，再往前走了三四里路，这一路过来，连一个友军的影子也看不到。天色已亮，我们只好在原地隐蔽了一天，再派搜索兵在衡阳西郊到处搜索，找到村民，说是有国军昨天来过又走了。我等了一天没有音讯，眼看天色将黑，不敢再等，只好从原路返回。只不过回来这一趟比出去的时候可难上百倍还不止，我和井启第各自带着突击队，历经千辛万苦，好不容易回到两路口，路上遇到鬼子一个中队，接火以后，我们吃了没有重火力的亏，兄弟们死伤大半，150个人出去，回来只剩下30来个人了！"

在数万日军的重围中，这一百余人明明已经逃出生天，偏又决绝地返回，当年一身是胆的赵子龙也不过如此吧？！第10军不乏这样的忠勇之士，前有张作祥，后有张金祥，现在又有曹华亭，真让军长方先觉倍感自豪，也倍加感动。

还是孙鸣玉心细，他赶紧问曹华亭："曹营长，你这一路回来，沿途可看到什么情况？日军有调动部队的迹象吗？"

曹华亭说:"我从两路口一进一出,倒没发现什么异样,日军都在原来阵地上,没有部队调动,炮口也还指向城里。"

差点上了鬼子的当,还是军长稳得住,看得清!孙鸣玉不禁对方先觉大为佩服:"这个横山勇果然诡计多端,上次火牛阵,这次调虎离山,就是想办法让我们自乱阵脚。"

"我们毕竟不是野战,而是守城,守城头等大事就是扎稳阵脚,不乱动盲动。日军就希望我们动,一动就有破绽,他们就有破城的机会。"方先觉说,"现在还不好说日军到底是假撤退,还是真换防,不管他们是真是假,在没有确切消息之前,切不可擅自行动,自乱阵脚,更不能盲目出城。你通知各部,加强警戒,以静制动,以不变应万变。"

入夜了,一弯新月从黑黝黝的江面上升起来了,朦胧的月色像平时一样清冷,阵地难得地冷清下来,只有远处传来一两声断断续续的枪声,点缀着这死寂的夜晚。从雁峰寺回军部的路上,方先觉和孙鸣玉、曹华亭一路走着,有一搭没一搭地聊着天儿,一股悲凉直冲心头。

曹华亭一个寥寥150人的小分队,能在日军的重围中杀个来回,固然是因为曹华亭如赵子龙一样浑身是胆,但也说明敌人的围困并非铁板一块,仍有隙可钻。可是,城外援军有6个军,10万之众,为什么就死活冲不进来呢?自己明明好几次听到枪声了,却总像隔着一层窗户纸,怎么捅都捅不破它。是不为也,或不能也?莫非这是天意吗?!

当天半夜,城北枪声大作,好像是日军正在与我外围援军交火,到了后半夜,枪声逐渐稀疏了,第二天早晨,又变得寂然无声,好像日军已经完成了撤退。

一早,方先觉和孙鸣玉、蔡汝霖再次来到雁峰寺,只见湘江东岸寂然无声,城北望城坳一带的日军正在薄薄的白色雾霭里有序调动,来雁塔边,日军大炮炮口依然指向城内。

炮兵观察员向方先觉报告，从日军各部运动的情况看，围城的日军部队不但没有减少，反而还有所增加。

中午时分，李玉堂副总司令也来电报称，日军第 40 师团已经放弃离衡阳 100 里外的金兰寺，转移到离衡阳 20 里的铜钱渡渡口。此外，湘江东面的日军第 58 师团、第 13 师团一部也正在向衡阳靠拢，有准备加入围攻的态势。

长沙，日军第 11 军指挥所。

横山勇放下中国派遣军总司令官畑俊六的电话，心情十分糟糕。他拿起电话刚想恭喜畑俊六大将升任陆军元帅，却被畑俊六劈头盖脸大骂了一通。畑俊六说，衡阳久攻不下，让中国派遣军非常被动，也让天皇和大本营甚为不安。他严厉训斥横山勇，责令他立即投入全部主力，迅速攻下衡阳。

第 11 军指挥所里吵成一团。参谋说，第 68、第 116 两个师团有 3 万兵力，守军只是残缺不全的一个军，无论人数还是武器都不及日军一个师团，打了一个月还打不下来，可见这两个师团太差。横山勇知道，当初佐久间和岩永汪认为 1 天可拿下衡阳，等不及炮兵到位就开始攻城，没想到这么难打，后来虽然炮兵到位了，守军却出乎意料地越打越强。

横山勇深感羞愧。

衡阳城下这一幕是没有过的。要知道，1942 年日军进攻马来半岛，俘获英军 7 万，阵亡不过 1000 多人。这次在衡阳以多打少，打了一个月，非但没有破城，却已伤亡 2 万人。

岛贯武治倒是横山勇的坚定支持者，他安慰横山勇说："司令官阁下，不必过于为衡阳的状况担心。大本营下达的首要目标是攻克衡阳机场，既然衡阳机场已经拿下来了，那就没必要马上占领衡阳，一时打不下来并非坏事，让敌人抱有一丁点儿希望，反而可以让更多中国军队来攻，从而围歼更多的中国中央军，为后面进攻桂林和柳州扫清障碍。现在打衡阳虽然辛苦一点，但以后进攻桂林就轻松多了。"

横山勇一言不发，他有苦难言。

横山勇是日军将官中的另类，作为将领，他战意坚决，却也十分固执，颇为自负，经常抗拒命令，甚至对大本营的指示，也按照自己的理解来执行。这次，横山勇想以衡阳为诱饵，在衡阳外围邀战中国军队主力，他把两个精锐野战师团布置在外翼，以大规模攻击态势将薛岳的部队压迫在从东面的莲花、茶陵到东南的耒阳，再到西南的常宁、洪桥、佘田桥的弧形攻击线外。不过，薛岳将他的部队始终盘踞在远离衡阳的湘粤赣边界山区，并未大举向湘江西岸移动。此外，中美空军飞机不断空袭，使日军机动性大受干扰，导致横山勇围歼中国第九战区主力的图谋很难得逞。

畑俊六当然知道横山勇的意图，不过他更知道大本营此时的困难。1944年7月，日军大本营已经处在极度的煎熬中。太平洋战局愈发不利，太平洋岛屿上、缅甸的丛林里，各地日军度日如年，天天盼着早日打通大陆交通线，以利用这一广袤区域的资源来维持风雨飘摇的"大东亚圣战"残局。

战争来到1944年，日本面临国力全面崩溃的危局，不管是在缅甸、太平洋，抑或中国，日军都面临严重的物资危机，日军在英帕尔最终惨败，很大程度也是物资断绝而不得不溃退。日本本土根本无力支撑各地日军的庞大军需，只能下令各地日军自给自足，就地筹粮，他们甚至还指望侵华日军从中国反向向日本本土输出物资。但是，1942年到1943年，中国北方八省遭遇百年一遇的大旱灾，侵华日军也缺粮了。

衡阳附近乡民早就一散而尽。日军没完没了地打掳，再也掳无可掳，每个日本兵每天只能吃两个饭团，饥饿难忍，再不攻克衡阳，日军很可能重蹈 1942 年阿南惟几在长沙兵败的覆辙。当时日军也是久攻不下，即便一再增兵仍无济于事，后勤补给被切断，当地坚壁清野又做得非常出色，整个第 40 师团完全找不到一点粮食，一早上只找到两个红薯充饥，士兵缺弹乏药，只能端着步枪冲锋却无法开枪。在弹尽粮绝的情况下，日军被迫全面撤退，在仓皇败退中被打得溃不成军。

面对横山勇的胆大妄为，畑俊六总司令官已经实在忍无可忍了。他的计划里最大的隐患就是从滇缅战场返回的中国远征军，所以他才一再强调要以快制慢，一举攻克长沙、衡阳，长沙按计划三天攻克了，原打算衡阳也在三天之内攻克，没想到横山勇打了一个多月，还看不到破城的希望，战局越来越有成为"添油战"的态势了。这是大本营和中国派遣军绝对不想看到的局面。德国在欧洲战场由盛转衰，最终走向崩溃，恰恰是因为 1943 年德军把斯大林格勒战役打成了"添油战"，最终被苏军拖垮，成为欧战重要的转折点。

前车之鉴，不可不察。眼看衡阳开战即将届满一个月，畑俊六总司令官再次派人前往长沙，督促横山勇将第 11 军全部主力投入衡阳作战。

横山勇再也别无他路了。

为了帝国的荣誉，为了自己的前途，他不得不将第 11 军主力全部投入衡阳之战。但是，这个小小的城池一反常态地易守难攻。为了拿下衡阳，他除了继续给严重减员的第 68、第 116 师团补充新兵之外，同时命令第 40 师团、第 58 师团、第 13 师团一部加快向衡阳靠拢，加入攻击。他不再将主要精力放在薛岳身上，而是将第 3 师团调到耒阳，与第 34 师团、第 27 师团接手上述部队移师衡阳之后留下的阵地空隙。

横山勇同时命令，全力以赴修复长衡公路，确保粤汉铁路、湘江航道的畅通，以便将更多大炮、战车、弹药物资尽快送到衡阳。他本人则准备亲临一线，亲自指挥衡阳之战。

第三十天，"傻鸟"余奇烈

7 月 22 日，甲申年六月初三，晴，热

凌晨，方先觉接到城外第 62 军黄涛军长电报，称昨天突击队没有带够粮食，不得不半途撤退，未能与守军接上头，甚为抱歉，现在部队已经整顿完毕，一会儿就再来解围。

当天，蒋介石再次亲自下令，命令黄涛以第 62 军主力，先突破虎形巢及汽车西站以西日军的阵地，再向东面西禅寺扩大攻击；王甲本以第 79 军主力，由衡阳西郊柘里渡向汽车西站以西的日军攻击，与第 62 军夹击日军，再共同向城内攻击，与驻守西禅寺的方先觉部打通联系。

从 7 月 22 日开始，衡阳城下炮火又重新响了起来，日军每天不断进行炮击，从黄昏到拂晓，炮弹越来越多，炮声也越来越密。第 10 军自从主动弃守城南的张家山、虎形巢、范家庄以后，主阵地就收缩到了原来的二线阵地，即五桂岭－接龙山－花药山－苏仙井－杏花村 141 高地－天马山一线。

天马山，靠近衡阳大西门，因为几座连绵的山丘构成了马头、马身和马尾而得名，东面天马山和西面西禅寺中间，散布着大大小小的山塘，地形复杂，易守难攻。最西侧的西禅寺是整个城南西北角的突出部，成为日军新的攻击重点。

西禅寺，是坐落在天马山上的一座古寺，历史悠久，规模宏大，寺中香火旺盛，僧众一度多达数百人。寺外有一棵 400 多年的古樟，枝繁叶茂，遮天蔽日，风雨岿然，不过，随着日军对衡阳的攻击，寺内热闹不再，僧众早已一散而空，每天晨钟暮鼓的人，换成了一帮大头兵。

"傻鸟"余奇烈和他的兄弟们，预 10 师第 29 团第 1 营第 2 连 30 多名官兵，一直在这个阵地上坚守着。

7月22日拂晓，日军进攻西禅寺，第122野炮联队集中10多门75毫米山炮和92式步兵炮对着西禅寺炮轰，炮火猛烈，烟尘弥漫，震耳欲聋的爆炸声把"傻鸟"震得晕了过去。等醒来时，才发现炮弹掀起的浮土快埋到他的脖子了。"傻鸟"用尽力气爬出来，看周围空无一人，再往前望，敌人竟在两三百米远的前方冲锋。"傻鸟"马上跳进战壕，把成箱的手榴弹扒出来，一颗接一颗向敌人投去。日本兵没料到身后有人投弹，被炸得四处乱窜。"傻鸟"乘胜追击，手榴弹投得又高又远，又急又快，一口气连投30多颗，大部分在敌人的头顶上爆炸。

正投得兴起，对面突然跑过来一群人，对他大喊："'傻鸟''傻鸟'，莫投哒，敌人死光哒！"他这才停下来，只见一个排长领着20个人从对面跑过来。"傻鸟"气坏了，对着他们破口大骂："你们这些屎包，敌人上来，你们就跑，现在我把敌人杀退了，你们又上来，真是可耻，可耻，可耻！"他气得一口气连说三个可耻。对面的排长倒不生气，上前拍了拍"傻鸟"笑道："'傻鸟'，先莫乱骂，你睁开眼珠看清楚，老子哪个？""傻鸟"说："你不是3连刘排长吗？"刘排长说："那就对了，我是3连，不是2连，你2连都死光哒，就剩你一个了！"

"傻鸟"一下愣住了。往四周一看，可不是吗，全连的弟兄都死光了，都横七竖八地在地上躺着呢。原来，刚才日军这一轮铺天盖地的炮火覆盖，把2连官兵全给炸死了。"傻鸟"浑身一软，瘫在地上大哭起来。营长劳耀民正好经过，看"傻鸟"哭得伤心，于心不忍，劝他回去。"傻鸟"说："我不回去，我们连的兄弟都死在这里了，我也不回去，死也要死在一起。"劳营长左劝右劝，他死活不听，坐在地上，只管大哭，到后来，干脆两眼发直，一言不发，坐在地上。劳营长无奈，只好先不管他，临走时，叮嘱刘排长多给他发一点手榴弹。

黄昏时分，日军第三次突击开始了。敌人还在 60 米开外，"傻鸟"就开始连续投弹了。他接连投出十多捆集束手榴弹，三四个一捆，都投在敌人的队伍上面凌空爆炸，炸得日军人仰马翻，血肉横飞。不过，日军士兵倒也顽强，三五成群，分进合击，慢慢地向"傻鸟"所在阵地合围过来。

日军的行动太慢，"傻鸟"蹲在阵地里等了好久，实在不耐烦，他霍地一下跳出战壕，大喊："干你娘的小日本，要死就快点！"背着满满一袋手榴弹撒腿向敌人奔去。他边跑边骂边投弹，最后竟跑到敌人中间拉响几个手榴弹。敌人想不到这个中国兵竟然自杀式进攻，吓得魂飞魄散，四散而逃。但他们动作哪有"傻鸟"快，只听"轰隆轰隆"爆炸声不断，鬼子跑都跑不赢，当场被炸死一堆，"傻鸟"也被炸得血肉横飞。

子夜。

在西禅寺对面的虎形巢高地上，第 120 联队联队长和尔基隆大佐亲临一线督战。这已经是今天第三次进攻，却都被西禅寺里的守军击垮了。他举起望远镜，观察对面的动静，对面阵地上黑乎乎的，半夜三更什么也看不清。不知不觉，他的身体从山棱线上探出来一点，努力向前张望着。

和尔基隆只是微微起个身，突然"呜"的一声弯下腰来。"联队长！你怎么了？！"身旁士兵惊呼，几乎同时，又听到"啪啪"两声清脆枪响，和尔基隆像是被人从后面狠狠踹了一脚，整个身体骤然前扑，一头栽倒在棱线上，鲜血从前胸到后背喷射出来。军曹赶紧把他拖下来，躺倒，放平，用绑腿和三角布紧急包扎，还是止不住从他胸口不断涌出的鲜血，血中带着气泡，胸部也随着费力的呼吸而剧烈起伏。

当岩永汪师团长匆忙赶到虎形巢时，和尔基隆已经说不出一句话了，血水不断地从他的嘴角淌了出来，目光茫然地凝视着天空，显示出即将死亡的征兆。岩永汪紧紧地抓着他的手，咬着牙问："是不行了吗？"和尔基隆努力张张嘴，还是说不出一句话，脸色变得越来越苍白。

次日凌晨，岩永汪师团长向横山勇司令官报告，第 116 师团第 120 联队联队长和尔基隆大佐被中国军狙击兵狙杀。联队长职务由儿玉忠雄大佐接任。

自此，虎形巢被日军士兵称为"和尔高地"。

第三十一天，"黑高地"

7月23日，甲申年六月初四，大暑，晴

在黑夜里急行军一夜之后，针支队渡边大队二等兵小野一郎终于在拂晓前赶到了张家山，登上了传说中的"黑高地"。

小野一郎是刚从日本征调到中国战场的"初年兵"。因为刚从国内来，这个和歌山乡下的小伙子对战场上的一切都充满好奇，自从他跟着渡边大队临时加入第133联队，每天都有前辈给他讲在"黑高地"上发生的故事。在那里，数千名忠勇之士为天皇献出了生命，而这场战斗的指挥官黑濑平一大佐更是捍卫了武士的荣誉，是皇军中当之无愧的"战神"。

"战神"黑濑平一此时的心情却不大好。自湘桂作战以来，第133联队攻湘潭，克永丰，一路势如破竹，非常顺利，没想到到了衡阳，却损兵折将，损失惨重。6月28日到7月23日近一个月时间，联队的大队长全部阵亡，兵力几乎损失殆尽，目前兵员主要是从针支队补充来的渡边大队的士兵了。

天快亮时，新兵小野一郎跟着渡边登上了大名鼎鼎的"黑高地"。登顶之后，他略微有点失望，"黑高地"不如想象中险峻，只不过是一个五六十米高的红土坡。天上是朦胧的青色，前面是裸露的红土，天色微亮，山棱线就在青红两色之间。山顶有一面第133联队队旗，那是天皇亲自授予的军旗，此刻正耷拉着插在山梁上，偶尔被风吹起一角。

大队长渡边直喜大尉率领第3大队官兵在山坡的反斜面集中，远远地向第133联队军旗行拜旗礼。黑濑平一再三叮嘱渡边，对面方先觉军的狙击兵非常厉害，所有官兵一律不得越过山棱线。拜旗完毕，黑濑平一一猫着腰，快速走向渡边，准备给他部署下达今天的任务。当黑濑平一从小野身边走过，小野不知怎么就突然激动起来，第一次如此近距离看到久闻大名的"战神"黑濑平一，他下意识半站起来鞠了个躬，还想再敬个军礼时，被大惊失色的黑濑平一一个巴掌掀翻在地。

"浑蛋！你不要命了吗？"黑濑平一低声吼道。

话音刚落，"砰砰砰"的枪声连珠炮一般响起，紧接着，"咻—咻—咣！"中国军队的迫击炮弹向"黑高地"密集飞来，黑濑平一立刻趴下大叫："进入战壕，进入横坑！不准起身！"不过，动作再快也没有炮弹快，刹那间，黑黢黢的山梁上火光频闪，炸声此起彼伏响成一片，很快，战壕里哀嚎四起，不久，枪炮声骤然停止，阵地重归寂静。不过，现在"黑高地"上又多了十多具日军士兵尸体，新兵小野一郎到中国后，一枪没放就命丧张家山。渡边大队长只得赶紧安排人趁黑把伤兵挪到山崖下，免得后面的新兵看了心惊肉跳。

这个山崖不过30来米高，却非常陡峭，坡度接近70度，要把伤兵下送并非易事。"伤兵"有的还活着，有的已经断了气，有的还在半死不活地哼着，有的晕过去了，根本就不知道死活，渡边大队长只能让山崖上的士兵把伤兵头朝下、脚朝上摆好，一个接一个顺着山坡往下出溜，渡边则趴在山崖边往下观察。只见山崖上每放下一个人，山崖下就有一大群苍蝇一哄而起，好似突然惊起一阵黑烟。

原来，第133联队曾经有50个士兵在这里驻扎了半个月。山崖边长满了矮茶树，日军士兵在方便的时候，为了不被对方的狙击兵打到，就抓着矮茶树和灌木丛，朝着山崖下方便，这样守军看不见，也打不到。时间一久，山崖下堆满了粪便，臭气熏天。现在这些下送的伤兵可遭了大罪，山崖下的担架兵也倒了大霉，即使奇臭难忍，也只能捏着鼻子，山崖上放下来一个，他们马上用叉子叉走一个，捆在一起，拖到后方。

黑濑平一远远看到这一幕，忍不住摇头。当年北条氏、武田信玄、丰臣秀吉等名将在围城的时候，一再强调严格管制士兵的粪便，看来是有道理的。不过，让他颇奇怪的是，攻占张家山后，他却看不到中国军队留下的粪便，也看不见一具中国士兵遗留的尸体。第133联队在张家山付出了几千人生命，相信守军伤亡也不小。可是，山顶上就是看不见一具中国士兵尸体，一个月来，也没有一个中国兵向他投降。

这让在中国战场作战多年的黑濑平一深感恐惧。

1944年，日军中的新兵越来越多，部队里充斥着缺乏训练的乌合之众，像刚才在"黑高地"上招致对方炮火的新兵，竟然在棱线上不加隐蔽地走动，在火线向长官敬礼。这些毛都没长全的少年兵，缺乏基本的战术训练和起码的战地常识，让皇军的战斗力越来越差。相反，现在中国军队却越来越强，尤其是对面的方先觉军，骁勇善战，让他的联队吃尽了苦头。

不过，渡边大队长自有他的看法。刚刚第133联队冲过一段七八十米的开阔地带时，他就在观察对比两支部队。他自己大队的士兵几百人，一个中队接一个中队冲过去，不过耗时1分钟，但黑濑联队近百名残兵编成的一个小队跑过去，却耗时近2分钟。这个地段的前后左右都有守军的机枪控制着，所以相信这些士兵绝对是想快点跑过去的，可是看上去他们根本就不想跑，两条腿像灌了铅似的，歪歪扭扭，慢慢吞吞，与其说是在跑步，倒不如说像在腾云驾雾，集体梦游。

渡边大队长叹了口气。在这样的战场上，以这样的速度冲锋，不被对方打死才怪呢！他当然知道，黑濑第133联队曾经的确是一支强悍的模范部队，只不过，经历一个月的衡阳作战，这支勇冠三军的王牌联队早已不复存在了！

衡阳城外。

7月初，横山勇判断援军将从衡阳西南发动解围战，因此他命令城南的日军一边向城内攻击，一边加固已得阵地，给每个日军士兵发一把圆锹，一把十字镐，让日军利用之前攻占的工事，继续拆除铁轨，不断加固，让阵地更牢固，更易守难攻。外围的第62军拼死攻击，却怎么也打不进来。

7月23日拂晓，日军又一个旅团到达衡阳城南雨母山，对第62军侧后发动了突袭。黄涛命第157师与日军激战，该师不敌日军，丢了雨母山，拼死再战，又夺回阵地。正在两边反复争夺雨母山时，另一个师第151师的师长林伟俦却找不到军部了。原来，黄涛军长怕被日军包围，临时转移了军部，却没有及时告知林伟俦。结果，日军两路夹击雨母山，第62军不但丢了雨母山，还被日军抄了后路。

国军第46军新19师的一个团一直留在衡阳西北郊高真市，本日也来电向方先觉报告，发现日军第58师团正沿长衡公路火速赶往衡阳，有一并加入攻击衡阳的态势。

第三十二天，壮丁事件

7 月 24 日，甲申年六月初五，晴

7 月 24 日，日军第 11 军司令官横山勇向各师团通报了昨天破获的中国军队对衡阳解围战的八项指挥作战指导。在这份作战指导中，中国军队最高统帅蒋介石对援军的攻击目标做了具体安排，恨不得将指令下达到团、营一级。

蒋介石不知道的是，第九战区通信密码已被日军破译，昨天军委会刚刚发出的八项作战部署，几乎同时被横山勇知晓了。他规定到一举一动的指导，对于衡阳解围战并无益处，反而让中国军队在解围战中越打越被动，越打损失越大。

蒋介石对衡阳解围不可谓不用心，因为他是在召开黄山整军会议的百忙中做出这些具体的战斗部署的。1944 年 7 月下旬，蒋介石在重庆黄山官邸召开整军会议，讨论"国军应保有之数量""兵员之充实""调整机构"等提案。

在军情火急、刻不容缓的衡阳保卫战期间，蒋介石为什么要召开这次明显意在长远的黄山整军会议呢？

会议的直接起因，是当时发生的"程泽润事件"。

程泽润是军委会军政部兵役署的署长。1942 年以来，全国各地频频发生虐待壮丁和新兵致残致死事件，背后牵连多起兵役腐败案。某次，北京大学校长、红十字会会长蒋梦麟在和广州来的壮丁谈话中得知，这一批壮丁从广东曲江动身时有 700 名，但由于沿途条件艰苦，缺衣少食，加上卫生条件太差，大部分人饥病交加，死于路途，到贵州时只剩 17 人。蒋梦麟想起，他在西南各地巡查时，经常在湘西、广西看到野狗啃食被丢弃的壮丁尸体，令人触目惊心。他把这些调查见闻整理成报告交给了蒋介石，让蒋介石大为震动。

1944 年 7 月，戴季陶的儿子戴安国意外地发现，在他家隔壁罗汉寺新兵营里关押着很多壮丁，每天都能听到新兵悲号哭泣之声，他经过时特意往里多看了几眼，只见那些新兵伤病交加，形同饿殍，有的还被倒吊在房梁上，形同奴隶。他叫上蒋纬国一起去看，蒋纬国开始还不相信，看了以后，也深感事态严重，马上回家给蒋介石作了汇报。

蒋介石随即亲往察看。刚进新兵营，就闻到了一股恶臭味扑鼻而来，进院子一看，新兵营里乌烟瘴气，污水横流，一些新兵被捆绑或反吊着，奄奄一息，还有很多新兵跪在地上，哭爹喊娘，一些军官正卖力地挥动皮鞭毒打他们，连蒋介石进来也没注意到。蒋介石见了，气得浑身发抖，马上派人把兵役署署长程泽润叫过来痛骂一顿。程泽润不服，辩解说这不是兵役署的兵，蒋介石正在气头上，看他还敢还嘴，举起手杖就将他痛打了一顿，又把他关进新兵营，后来把他交军事法庭审判，过了不久，判他死刑，干脆枪毙了。

在当时的兵役体系中，办理兵役的有军管区、师管区、团管区三个层级，军管区司令由中央任命，兵役署无权插手，师管区司令由上级任命，兵役署有建议权，团管区司令则完全由兵役署决定，所以这两个层级就有了空间，要想当官，就要找程泽润活动。程泽润的老婆余惠芳亲自上阵当捐客，只要给她献上十根金条，就能当上团管区司令，当然，这献上的黄金，最后还要从当兵的身上再成倍地赚回来。后来，法庭查明程泽润在兵役中的贪腐罪案，在他家里搜出大量金条、烟土。所以，客观来说，程泽润被杀，不算冤枉。

不只是兵役署的官员带头贪污腐败，很多协助办理兵役的地方官也借"拉壮丁"之机巧立名目，敲诈勒索。在国民党兵役制度中，原本执行"三丁抽一、五丁抽二、独子免征"的原则，但城里家境较好或乡村有钱有势的家庭可以通过某些手段逃避兵役，使以抽签确定服役人员的制度流于形式，成为空话。"壮丁"，一般是指成年男子，但由于这些贪腐问题的存在，兵役制度中的"壮丁"，最后往往是指农村男青年。政府搞一年几征，层层加码，乡、保长趁机勒索渔利，公报私仇，鱼肉百姓。为了抓够壮丁，乡、保长想尽办法，抓不到青年就抓壮年，抓不到壮年就抓老年，抓不到本保的就抓过路的，不服从者打死打伤不论，一旦抓到壮丁，马上五花大绑押到乡公所，达到一定数量，就用棕绳捆在一起，武装押运，当壮丁成为部队新兵，动辄打骂，虐待更是家常便饭，又被上司克扣军饷，缺衣少食，导致新兵贫病交加，而一旦生病，任其生死，弃之路途不顾，新兵纷纷选择开小差。当这些消息传到乡下，更让乡下农民视当兵为畏途，纷纷出门"躲壮丁"。这样的军队，能指望它有战斗力吗？

"拉壮丁"的根子虽然是漏洞百出的兵役制度，但国民党的层层腐败，使本就千疮百孔的兵役制度更加腐朽黑暗。曾在日本学过军事的蒋介石颇为赞赏日军拼死作战的精神，松山战役后，他对松山守备队颇为推崇，宣称"我军官兵当以日本松山守备队全体官兵，孤军作战至最后一人，誓死完成任务为榜样"。相对来说，国军士兵战斗意志就普遍不尽如人意了。国军以"拉壮丁"补充兵员，甚至虐待杀害新兵，正是造成部队战斗力低下、战斗意志普遍不强的重要原因。

对于国军兵役制度的沉疴痼疾，其实国民党大佬个个心知肚明。"吃空饷，喝兵血"是人尽皆知的潜规则，杀掉一个程泽润，还会有千千万万个程泽润出来。副委员长冯玉祥曾经给美军顾问谢伟思讲过一个故事，和蒋梦麟说的情况异曲同工。他说，国军某次从四川押送2000名新兵到湖南，一路上死了500人，逃了500人，病了500人，到了湖南，最后还剩 500 人。

蒋介石自己也很清楚。早在 1942 年，他在西安军事会议上就说过拉壮丁的问题："我昨天所讲的征兵冒名顶替之事，大家都知道这是由于社会不良和役政办理不善所致，但部队接兵官之舞弊，也是一个最大的原因。比方我们部队驻老河口要派官长到四川去接兵，接兵官在四川并未领到足额新兵，沿途更放任新兵随便逃跑，或遇途中士兵发生疾病，更是任意丢弃不顾；如此，即可省出伙食费用，归入他接兵官的私囊，等到行抵驻地老河口附近，为要归队复命起见，就拼命在其附近捉拉民众充数，以致发生张冠李戴，冒名顶替之事亦是不少。更有新兵系临时强拉而来，为要防其逃走，乃用绳索串缚，视同罪囚，这种现象，沿途到处可以看到。"

1944 年 7 月 14 日，蒋介石在致电重庆行营主任贺国光时说道："行营派赴各地壮丁验编处上下人员及各队长对于壮丁不人道之待遇，使受验者如入地狱。每日只吃二粥，且关闭阴室，不发被服，潮湿满地。壮者不逃则病，病者必死。死者照相，徒为领报埋葬之费，并将其衣裤脱光，用席包尸，弃遗于沟中，亦不埋葬。所有医药埋葬等费皆被中饱。而每月一兵六元之费，何以只能每日二粥？"

1944 年 7 月 21 日，蒋介石在黄山整军会议预备会上，再次说到兵役中的问题："现在兵役办理的不良，实在是我们军队纪律败坏、作战力量衰退的最大的原因，兵役署主管人员要知道，不仅是你们失职无能，还是我们军委会全部的耻辱，我对于新兵如何征集，如何待遇，如何接收，应该怎么样考核，怎么样改良，一切具体的办法和步骤，五年以来不知说了多少次，到如今还是这样腐败，还是一点没有改进！前几天我看到红十字会负责人送来的一个在贵州实地看到的报告，报告新兵输送的情形，真使我们无面目做人，真觉得我们对不起民众，对不起部下！

据报告人亲眼看到的，沿途新兵都是形同饿殍，瘦弱不堪，而且到处都是病兵，奄奄待毙，有的病兵走不动了，就被官长枪毙在路旁，估计起来，从福建征来的一千新兵，到贵州收不到一百人。这种情形，兵役署长知道不知道？现在军政部在贵州沿途都设有合作站，你们所派的站长干的什么事？这个责任究竟归哪一个机关担负？可知我们现在一般机构真是有名无实，内部一天一天空虚，一天一天腐败，长此下去，我们国家只有灭亡。"

蒋介石枪毙程泽润，首先是想以此表示改进旧制的决心。1944 年 4 月以来，军事空前溃败所带来的政治、外交危机，让蒋介石面临巨大的压力，各方的指责铺天盖地，其中最主要的一条就认为，正是因为国民党军队太过腐败，才导致军事极度无能。在沸腾的民意面前，蒋介石百口莫辩、哑口无言，而频频爆出的新兵被虐杀的丑闻更让他颜面扫地。他不得不承认，美国人包括史迪威的很多指责，并非空穴来风。

7 月 21 日，蒋介石在黄山整军会议上对将领们说："现在外国人对我们的军队和军人有种种极不满的批评。平心而论，他们之中，有许多并非故意诋毁，而是我们确有缺点，确实是这样的腐败！我们现在再也不能苟且拖延下去了！"

对这次黄山整军会议，蒋介石一度抱有很大期许，尽管衡阳战事十分紧张，他仍用了很多精力来开会。他期望通过这次整军会议，紧急布置军队改良事宜，使"国家和军队起死回生"。为此，他四次出席提案审查会，亲自发表训示，对兵役、军需等问题进行检讨。但这次会议最终还是议而不决、无疾而终，换来的不过是一个个根本无法落实的提案。

1944 年 7、8 月间召开的黄山整军会议，有程泽润事件的直接催化，也有军事大溃败带给蒋介石的打击和反思。在陈旧腐朽的国民党军政体系中，绝大部分军队必然贪腐成风、军事懈怠无能，像第 10 军这样恪尽职守的军队，注定只是凤毛麟角，但是到了现在，即便是这样一支精锐部队，也将面临全军覆没的命运。7 月 22 日，蒋介石忧心如焚，在日记中写道："本周倭东条内阁已倒，敌方之命运失败在即，因为可慰；然而敌国败后，如我不能自立自强，则虽胜犹败，究有何益乎？因之焦灼更甚矣！"

然而，国民党军政体系的腐败早已病入膏肓，又怎会因蒋介石一时心血来潮而有所改变呢？说到底，蒋介石也好，军委会也好，都不愿意，也不可能，同时也根本无力改变积重难返的国民党军政旧制。

第三十三天，必有凶年

7 月 25 日，甲申年六月初六

一早，方先觉召集各师长召开会议，讨论当下的危局。

孙鸣玉通报各阵地情况后，众将心情沉重。方先觉说：

"我从 12 日开始，每天向重庆发出二字密码，至今已近半个月，大家也看到了，友军的枪声时远时近，解围的音讯时有时无，到现在还没有一个确切的消息，不过，外围各方面的援军都还在努力。现在战事已经整整一个月了，现在的状况大家都清楚，全军即将面临弹尽粮绝的情况，一线兵员的伤亡与日俱增，各阵地也退到了不能再退的地步了。"

方先觉接着说：

"前途到底会怎样，我想每个人都关心，有什么想法，今天不妨坦诚相告。经此一役，大家同甘苦、共患难，是比亲人还亲的人了，大家尽管开诚布公、剖露心迹地说出来。"

饶少伟说："我看这几天援军攻势猛烈，前锋部队已经打到火车西站，所以我认为上峰对于衡阳和守军的安危是很关心的，解围应该就是这几天的事情了。老话说得好，天之将明，其黑尤烈，当前各部队、各阵地面临的困难的确是巨大的，但我想，只要咬咬牙挺过这几天，就有希望了。"

"我也认为解围是没有问题的！"葛先才还是一如既往地乐观，"大家且听我分析分析。从兵力看，城里有第 10 军，城外有 10 万援军，离得最远的 10 里，离得近的只有 1～2 里。即便这 10 里距离里面都是敌人，那从总数看也比我们的兵力少得多。更何况，我们是一面作战，敌人是两面作战；我们是守在城里，以逸待劳，敌人是内外被夹，疲于奔命。谁易谁难，谁胜谁败，难道还不一目了然吗？！"

这话说得颇有几分道理，大家似乎又有了信心。

周庆祥却说："话虽如此，但大家也不要太乐观了。围城的日军有好几个师团，我仔细查看这几天发来的电报，从部队番号看，我们的援军最多也就是一两个师的兵力，这点兵力管什么用呢？外面的兵力再多，终究是远水解不了近渴，如果不多派兵力，打来打去，最终还是解围无望。当然，如果真到了那一天，我周某人肯定首先以死报国。"

一番话说得大家心情又沉了下去。

孙鸣玉说："我看大家还是理智一点吧！不是我心存幻想，我认为，衡阳之围必解！大家想想，衡阳是什么地方？衡阳是整个大后方的门户，衡阳一丢，大西南就丢了一半，重庆也危险，所以，对统帅部来说，衡阳是绝对不能丢也丢不得的，所以，委员长才会早有明示，必要时他会亲率陆空大军来救。更何况，各位想想，这次委员长和统帅部不救衡阳，下次谁还来守城？救衡阳，就是给下次守城者的信心和承诺！所以我说，衡阳之围必解，援军近日必到！"

督战官蔡汝霖也点头说："我赞成葛师长和参谋长的看法。解衡阳之围，是委员长亲口承诺的。以曹华亭一个百人小队都能进出衡阳，城外十万援军，攻进衡阳，又有何难？"

蔡汝霖接着说："古今中外，凡功成名就，有哪一个不是经历艰难困苦得来的，苦守的时间越长，越能显得出战斗的不易和守军的伟大。想当年，张巡睢阳一战，名垂千古，如果不难，哪里还有他的戏唱呢？如果援军三天就到了，那任何部队都做得到，又怎么显得出我们第10军的本事呢？忍一时之痛，得千古名誉，我个人认为是绝对值得的。"

方先觉也点头称是："衡阳是一定要守的，守到哪怕只剩最后一个人，也必须守到底。军人以服从命令为天职，这是上峰下达的军令，是我们唯一的出路，我们必须咬牙坚持到最后。大家说得都有道理，我知道前线非常苦，尤其是一线部队牺牲很大，但这个时候我们难，敌人更难，打到现在，双方拼最后一口气，就看谁能扛得住了。大家同进退，共生死！如果不能同死，方某决不偷生！希望你们每个人都如此。"

会后，方先觉等人来到雁峰寺，把城外各路援军的动态看得清清楚楚。只见城西南火车西站附近，第62军的先头部队正在不断拼死攻击，士兵们前仆后继，在离城最近的地方，援军和守军阵地相距最近不过1里路，两军隔着薄薄的一层日军的阵地，堡垒里面日军的机枪同时两线作战，一会儿向外扫射城外的援军，一会儿又掉转过来，打城里的守军。

衡阳外围。

这一天，衡阳城外援军的攻势达到了顶点。蒋介石再次亲自部署并督促解围，除严令第62军、第79军进攻之外，还急令第46军、第74军一部速往衡阳解围。

不过，横山勇在破译第九战区的通信密码之后，更加知己知彼，他立即派第27师团、第34师团、第40师团在衡阳外围，对各路援军有的放矢地进行围追堵截。同时，又急令第64师团、松井部队及新一批野战补充队加快南下衡阳，迅速将兵员补充到在衡阳作战中损失惨重的第11军各个师团。

衡阳城外的援军几经苦战，始终步调不一，缺乏协同，最终没有形成战斗合力。当南面的第62军攻到了衡阳近郊，北面的第79军还远离衡阳，等北面的第79军好不容易到了北郊，南郊的第62军又力战不支而撤退了。7月25日，第62军在衡阳南郊与日军激战了一整天，伤亡惨重，第151师副师长余子武阵亡；次日，第62军向铁关铺转移，从此再也没有如此接近过火车西站。

这是援军离衡阳最近的一次，虽然功败垂成，但还是给城里的方先觉和第 10 军以极大的信心，让他们决定在孤城中继续坚守下去。

当晚，蒋介石辗转反侧，夜不能寐。他起身沐浴，仍心神不宁，无法入睡，又静坐了大半宿，将近天明时分，他在日记里写道："愿主赐我衡阳战事胜利，当在南岳顶峰建立大铁十字架一座，以酬主恩也。"

第三十四天，覆巢毁卵

7月26日，甲申年六月初七

横山勇见城外两路中国援军不敌日军，又腾出手来，对衡阳城内守军开始新一轮猛攻，日军飞机竟日轰炸不停。

中国飞机也飞来衡阳，投下蒋委员长的手令。上面说：

"守城官兵艰苦与牺牲情况，余已深知，此时只有督率所部决心死守，以待外援之接应。余对督促增援部队之急进，比弟在城中望援之心更为迫切。弟可体会此意。以后对于求援于艰危情形，非万不得已，不必发电详报，以便被敌军偷译。余必为弟及全体官兵负责，全力增援与接济，勿念。"

在守城战中，蒋介石是非常反感守军将领向外打电报求援的。他认为这是非常愚蠢的做法。因为越是往外打电报，敌军就越是知道守军的惨况，就越会加大对城里的攻击，不但于事无补，反而会让情况变得更加糟糕。

当初，蒋介石将守常德的第57师师长余程万下狱，主要的罪状之一就是余程万天天以无线电向各方乞援。常德会战结束后，他在南岳军事会议上讲评此战，称余程万在守常德期间，"几乎天天叫慌，总是说弹尽粮绝，要求赶快增援。个仅打无线电报给第六战区和第九战区，甚至连番不断地打电报给各方面。须知这种无线电报，一定是要被敌人偷译的，敌人偷译了这种电报，知道我们守城主官这种慌乱的情形，就可以断定你绝不能死守到底，所以他们毫无顾忌地更加积极地进攻，不肯罢手了"。他气愤地说，"日军本来准备撤退，因洞悉城内空虚慌乱情形，遂决定继续攻城"。

　　蒋介石痛斥完余程万，警告在场所有军官说："以后任何部队，如果奉令守城，就要立定决心，一切都只能靠我们自己本身，援军如果能够适时赶到，这只能算是意外之事！须知，天下决没有上官坐视部下危亡而不去救援的道理。事实上，援军能来就一定会来，根本用不着你向上官求救；如果我们没有这种独立固守的决心，一旦被敌人包围，就到处乞援，这样不惟表现我们将领的胆识不够，人格堕落，而且无异于将自己的心理与内容告诉了敌人，鼓励敌人来攻击我们。所以大家以后乞援的电报，千万不可拍发。与其拍发乞援于友军或上官的电报，反不如发电报报告我军死守的决心及士气旺盛的情形来安慰上官和友军，使友军的增援更为迅速积极，且可使敌军看了落胆，这样岂不是一举两得吗？！"

　　现在，衡阳城里的方先觉，也是天天给军委会、战区长官部打电报求援，蒋介石却没有发作。虽然他在给方先觉的回电中也隐约有劝喻之意，但言辞恳切，态度温和，称兄道弟之间表现出难得的耐烦和耐心，给了方先觉和第10军极大的理解与宽容，完全没有他作为最高统帅一贯以来的颐指气使和凌厉肃杀之气。因为他知道，衡阳城里的一切绝不是方先觉在无病呻吟，而是情势确已到了即将覆巢毁卵的境地了。

　　衡阳城外。

　　经过千辛万苦，日军终于将长沙到衡山的公路大部分修通了，汽车辎重部队先是将36吨弹药运到衡山，再改用驮马从衡山日夜兼程地向衡阳转运，补充给攻城部队。

第三十五天，不系之舟

7月27日，甲申年六月初八，晴

城西北，易赖庙前街。

27日，日军志摩支队将大炮推进到离守军阵地500米的地方直射，造成守军伏地堡和民房工事大量被毁。当夜，趁守军工事来不及修复，志摩源吉亲自督战，对城北阵地连续5次冲锋，每次100余人，大多被射杀在障碍物之外，外壕几乎被日军尸体填满了。拂晓时分，日军终于踩着同伴的尸体冲入了守军阵地，到中午时，易赖庙前街东北角被100多名日军占领，守军逐屋展开逆袭争夺，黄昏时又将侵入之敌消灭干净，第1营营长穆宏才、连长王守先在战斗中先后阵亡。

城西南。

杏花村141高地。

杏花村以衡宜公路为界，分隔为南北两座小丘，其中公路南面的143高地已陷落日军之手，但公路北侧的141高地仍掌握在守军手里，被日军士兵称为"乌贼高地"。

"乌贼高地"虽然很小，但易守难攻，它东面是苏仙井，西面是西禅寺，北面是天马山，三个主阵地环抱，日军要进攻这里，别无他途，只有从南面硬攻。守军将"乌贼高地"朝公路的一侧挖成了绝壁，下面有带刺深壕，日军徒手难以攀援。7月下旬，日军多次由衡宜公路向北突击，都被守在这里的刘树声连长所率第3师第9团第5连阻击在深坑绝壁之前。

西禅寺。

在中日两军反复争夺下，曾经庭院深深、香火鼎盛的西禅寺已被日军炮火轰塌，两进庙宇变成了残垣败瓦，寺外森林里 80 多棵大树或被拦腰斩断或被连根拔起，唯有门前 400 多年的明朝古樟如有神助，竟在无尽的战火中得以幸存下来。

西禅寺的守军一茬接一茬地换过很多轮了，现在守在这里的是第 3 师第 9 团第 3 营 130 多人。虽然阵地前的铁丝网基本上被炮火摧毁了，但好在新做的外壕又宽又深，木栅随毁随筑，日军屡攻屡挫，无计可施。下午 3 时，日军故技重施，再次施放毒气助攻，但这次守军有所防备，日军终究无功而返。

自接任第 120 联队联队长以来，儿玉忠雄大佐决定在西禅寺打一个翻身仗，提振一下前任联队长和尔基隆被狙杀所造成的低迷士气。从这几天他实地侦察的情况看，对面方先觉军的兵力已经明显不足，经常数十米阵地上看不到一个中国兵，只不过由于对方工事设置实在巧妙，手榴弹战术非常厉害，所以一两个人也可以坚守数十米阵地。

儿玉忠雄认为，鉴于守军兵力不敷使用，应用"声东击西"之计，使守军疲于奔命，然后合兵一处，出其不意，攻而下之。他向岩永汪师团长建议，当晚先以一部向西禅寺东面花药山和五显庙进行攻击，吸引方先觉军的主力；28 日早上，通过空、地、炮兵协同作战，一鼓作气，拿下西禅寺。

第三十六天，方先觉壕

7月28日，甲申年六月初九，晴

衡阳城内。

花药山。

岳屏山是第 10 军炮兵阵地，实际上是由两座小山组成的，北边是海拔略高的岳屏山，南边是高度略矮但山体更宽大的花药山。要想攻克后面的岳屏山，必先拿下前面的花药山。

花药山，曾经名列"衡阳八景"之一，有山，有水，有古寺，寺名花药寺，相传东晋时黄、葛两位仙人在此地炼药，寺前有春溪古井，泉水清甜，每当日光返照，井内便有龙形之象张牙舞爪，因此自古有"花药春溪龙现爪"之说。不过，自衡阳开战以来，这里成了日军炮击的重点，一个多月的炮击，早就把花繁草盛的花药山变成了一座光秃秃的小土山。

守在这里的是预 10 师第 28 团第 1 营赵国民部，经过一个多月的拉锯战，该部所剩无几，1 个营不得不缩编为 1 个连编制。

27 日夜晚到 28 日凌晨，日军按照儿玉忠雄的计划，先以重兵对花药山连续发动 3 次进攻，守军阵地大多丢失。28 日拂晓，方先觉派军搜索营 80 人逆袭，与日军展开拉锯战，夺回阵地。8 时，日军再次增兵，守军几番拼杀后仅剩 20 余人。曾京团长只得命令赵国民部撤到岳屏山侧面的接龙山，重新构筑阵地，与岳屏山、五桂岭形成掎角之势。

西禅寺。

28 日拂晓，日军飞机果然准时飞来，对着西禅寺守军阵地轰炸扫射，第 116 师团集中所有炮火，抵近守军阵地猛轰。

9时，儿玉忠雄亲自指挥第120联队士兵分南、北两路向西禅寺猛攻。南面主攻的日军从范家庄和"和尔高地"蜂拥而来，发出排山倒海的呐喊，等冲到西禅寺的绝壁下，已无须再搭人梯或叠罗汉了，因为阵地前日军尸体越积越多，几乎快要与守军在山崖上的战壕齐平了。于是，日军一个接一个踩着同伴的尸体向上奋力攀爬，山崖上则继续喷着机枪火舌，下着手榴弹雨，将日军一批接一批地消灭在断崖前。

就在这股日军在正面大举进攻的同时，另一股日军悄悄从西禅寺北侧衡宜公路往南迂回，他们攀上悬崖，准备从后面包抄西禅寺守军。不过，第3营赵寿山营长早有准备，他不动声色，等鬼子摸到地堡前，突然以机枪火力将鬼子全歼。

不过，此时西禅寺阵地的工事已基本被日军炮火所毁，守军伤亡过半，第9团萧圭田团长将团直属部队最后120人编成1连调给赵寿山。赵营长亲自带队清理战壕，巩牢阵地。

苏仙井高地。

天马山后面，在苏仙井和五显庙之间有一个无名高地，居高临下，瞰制左右，日军称为"虾高地"。这是衡阳西南最后一道防线，再过去就是市区大街，一旦打穿这里，日军就叫以长驱直入了。对于"巷战"，方先觉不敢寄予过高希望，因为衡阳完整的房子还剩5栋，已经谈不上什么巷战了。

方先觉把最擅长做工事的第10军工兵营放在了这里，以军工兵营、炮兵营和剩余的步兵编成了一支多兵种混成部队，又把军部工务参谋康楣临时派到这个阵地，专门辅佐陆伯皋营长完善阵地工事。军工兵营是第10军人员组成最独特也最复杂的部队，既有清华、湖大土木工程专业毕业的大学生，也有康楣这样的民间能人异士，常德会战后，陆伯皋又从贵州接了不少新兵，其中有不少苗族兵，尤其擅长爬山打洞做工事。

"虾高地"的正面早已被守军挖成了 10 米高的绝壁，宽度近 230 米，陆伯皋在绝壁下再往下挖掘数米，筑成了一条超级"方先觉壕"。这条外壕宽 15 米，深 15 米，壕沟又深又宽，下面是尖底，在半高处悬空架设了一张巨大的带刺的绳网，好像一张带着尖刺和铁钩的大型罗网悬在空中。

27 日深夜，黑濑联队和针支队 3 个中队 600 多名日军摸黑来攻，在守军机枪火力和迫击炮驱赶下，600 多名日军士兵几乎全部掉进了罗网，上下不能，进退不得，断崖上守军的手榴弹如倾盆暴雨，劈天盖地般整整下了半个小时方止。康楣记着赵国民教他的投弹办法，拉环之后扣在手里两秒再往下扔，手榴弹凌空爆炸，成倍地增加了弹片的杀伤力，一整个晚上，山崖下到处是日本兵哭爹喊娘痛苦呻吟的声音。

直到 28 日天明，深壕才逐渐归于平静，慢慢没有了声音。陆伯皋亲自带着 10 名机枪手，对着战壕居高临下来回扫射，600 多名日军士兵无一漏网，全部命丧黄泉。这几天天气暴热，一两天后深坑里群蝇乱飞，蛆虫滚滚，尸臭熏人，令人闻之欲呕。

陆伯皋望着这些日军尸体，不禁感慨说："当年诸葛亮南征，火烧藤甲兵，他看 3 万多名藤甲兵一个个被烈火烧得蜷曲身子，伸拳舒腿，横七竖八地死在盘蛇谷中，暴尸烈日，臭不可闻，长叹道：'吾虽有功于社稷，必损寿矣！'今天我才深有同感。要不是这些日本鬼子丧尽天良，侵我中国，杀我同胞，奸淫掳掠，无恶不作，我哪里敢用这个毒计！国仇家恨，就算今天真的要折我的阳寿，我也顾不得了！"

衡阳城外。

衡阳城如风中之烛，覆灭已在俄顷之间。

远在重庆的蒋介石心急如焚，亲自指挥督促各路援军加快向衡阳挺进。援军分为三路：北路由第 79 军军长王甲本率本军及第 100 军第 63

师，向望城坳、辖神渡、北门挺进；中路由第 100 军军长李天霞率本军第 19 师、第 74 军第 58 师、第 46 军新 19 师、第二突击纵队，向汽车西站、大小西门挺进；南路由第 62 军军长黄涛率本部两师，向城南的火车西站、两路口、外新街挺进。

接到命令时，大部分援军还在离衡阳 50 到 100 里以外的金兰寺、库宗桥、西渡等地与日军缠斗。蒋介石严令加大攻击力度，各部的行动速度有所加快。第 74 军第 58 师张灵甫部单兵突进，一度攻占了离衡阳不到 20 里的鸡窝山，再进一步就可以和城内取得联系了，但不知何故，7 月 28 日，第 74 军副参谋长丘耀东还是下达了后撤的命令。

第三十七天，腾冲腾冲

7 月 29 日，甲申年六月初十，晴，热

日军将越来越多的大炮和弹药运到了衡阳。城南一连多天遭到了日军步、炮、空军联合攻击，第 10 军大部分阵地被敌人炮火摧毁。面对日军越来越强的炮火攻势，守军根本无法还击，他们的炮弹早就快打光了，只能一枚一枚地数着用。在孤城重围中，炮兵是守城最后的预备队、决战的主力军，炮弹比将士的生命还重要，不到万不得已绝不还击，更不能虚耗。哪怕前线指挥官直接打电话来骂，炮兵指挥官蔡汝霖也绝不松口，他下令各炮兵营连，每次最多十发，超过一发都必须报军炮兵指挥所，否则以违反军纪论处。

在这种情况下，守军只能将敌人放到近前再战。当日军炮击时，官兵们静静地一动不动地躲在工事里，等日军冲到阵地前，两军搅成一团时，日军无法再开炮，第 10 军官兵才冲出阵地，将手榴弹绑在身上，端起刺刀与敌人肉搏，一旦刺杀失利，他们便拉响身上的手榴弹，与日军同归于尽。

这以命相搏的惨烈战况，在 1944 年 7 月底的中国并不鲜见。这一幕不仅发生在湖南衡阳城下，同样发生在千里之外的云南腾冲城中。只不过，在腾冲城里攻守双方易位，守城一方，是在腾冲内城里负隅顽抗的日军，而攻城一方，则是方先觉第一个上司卫立煌所率领的中国远征军。

在方先觉的军旅生涯中，卫立煌是对他提携至大、影响至深的长官之一。1925 年 11 月，方先觉从黄埔军校毕业以后，在第 3 师第 9 团侦察队当见习官，时任团长就是卫立煌。个性刚正耿直的卫立煌对方先觉颇为赏识，一路栽培提携。方先觉见习期满后担任排长不到一年，卫立煌就推荐他到第1军担任宪兵第3连连长。1930年，卫立煌在安徽组建第45师，来电请方先觉担任营长。在卫立煌麾下，方先觉学到了正规的德式练兵方法和行军打仗之道。正是卫立煌一路提携培养，方先觉才得以从同侪中脱颖而出，迅速成长起来。

卫立煌欣赏方先觉，主要是因为两个人的秉性、脾气相似。方先觉为人耿直，勤于思考，勇于作战，善于治军，这和同样以大义为重，又善于行军打仗的卫立煌颇为投缘。卫立煌是蒋介石麾下的"五虎将"之一，在"五虎将"之中，陈诚、顾祝同、刘峙、蒋鼎文战绩平平，唯有卫立煌是公认的常胜将军，算得上真正的虎将，但是，这"五虎将"中唯一的虎将却因为不是黄埔嫡系，始终得不到蒋介石真正的信任。

1942年初，蒋介石以中条山战役失利为由，解除了卫立煌第一战区司令长官的职务。卫立煌知道，这是原因之一，另一个不便明说的原因是他主张国共合作抗日，一向和八路军合作良好。彭德怀回忆说，卫立煌主政期间，八路军虽然名义上归他指挥，但他从未实际指挥过，坚持不干预，不夺权，不搞摩擦。这些情况被军统报告给了蒋介石，蒋介石半信半疑，几番调查也没有结论，最后还是让卫立煌回家休养了两年。1943年秋天，蒋介石重新组建中国远征军，在总指挥人选上怎么也找不到合适的人选，他思来想去，最终还是决定重新起用卫立煌：一方面，卫立煌能征善战，军事能力强；另一方面，他深孚众望，压得住麾下众将。1944年初，卫立煌接手陈诚远征军司令长官之职，先后指挥中国远征军强渡怒江，取得腾冲、畹町、松山等战役胜利，最终和史迪威的中国驻印军双线作战，取得了滇西、缅北反攻的胜利。

很多人认为，史迪威和蒋介石之间的矛盾难以调和，主要还是因为史迪威的个性太强，与同样个性很强的蒋介石很难相处。的确，史迪威是个刚直之人，他对官僚主义和装腔作势嗤之以鼻，对看不上的人的缺点直言不讳，说话尖酸刻薄，常常让蒋介石无法接受而导致反目。但史迪威并非对所有国军将领都刻薄，他对卫立煌的评价就颇高，他甚至在回忆录里称赞卫立煌是国军中"最能干的将军"。而在中国远征军美军顾问组组长多恩准将看来，卫立煌是一个"老牌资历，新派作风"的将军，和其他国军高级将领的作风完全不同。

卫立煌对方先觉从青年时代即有知遇栽培之恩，这两个人之间的关系，和马歇尔与史迪威之间的关系有颇多相似之处。

1926 年，史迪威第二次来华，在天津美国陆军第 15 步兵团担任营长，在这里，他和一生的朋友及事业上的"贵人"马歇尔重逢。马歇尔和史迪威相识于一战时期，当时马歇尔在该步兵团担任团长。马歇尔非常欣赏史迪威，认为他不墨守成规，总在思考问题解决之道，有美国职业军人的烙印。马歇尔和史迪威对彼此直率的性格、思维模式和指挥风格非常认可，这种纯军人之间的相互尊重和彼此欣赏，让他们成为一生的至交。后来，马歇尔成为美国陆军参谋长和罗斯福的头号智囊，他将史迪威推到前台，成为盟军中令人瞩目的一名战将。

1944 年夏天，正在湖南、滇西、缅甸丛林里指挥中国军队与日军拼死作战的几位盟军名将，方先觉、卫立煌、史迪威，以及远在大洋彼岸运筹帷幄的马歇尔，或因为亦师亦友的某种机缘，或因为内在的某种相似性而在同一时空发生了共振，一起成为 1944 年对世界反法西斯战局产生重大影响的关键性人物。就秉性而言，这几个人有颇多相似之处，同样为人刚直，同样不好投机钻营、厌恶内部倾轧之风。他们，不像是投机钻营的政客，而更像是相对纯粹的职业军人。

历史有时如此巧合。1944 年 7 月 29 日，当卫立煌率领中国远征军完成对腾冲外城日军的清剿，即将对内城的日军发起最后的决战时，日军第 11 军司令官横山勇在长沙城里下达了总攻命令，决定在 8 月 4 日对衡阳城发起最后的总攻击。

第三十八天，千里独行

7月30日，甲申年六月十一，晴

横山勇司令官接到前线报告说，衡阳城内迫击炮声变得越来越稀落。方先觉则发现对面阵地上多了很多日军新兵，他们穿着新制服，佩戴红色领章，一看就是新补充来的日本兵。

自7月27日起，方先觉连续给军委会发报，始终未接到回电。这天上午，他终于等来了蒋介石的电报。电报说：

"兄催援之心，比弟望援之心为更急。望领导仅存之官兵，拼最后一条命，流最后一滴血，以增吾祖国历史之光荣，以作我后世子孙之示范，相信上帝必能保佑我们。"

方先觉阅后，默然无语，把它交给孙鸣玉等人传阅。

下午，城外岣嵝洞情报站又来电报告称，日军1万余名敌兵，携重炮20门，经南岳往衡阳增援。

方先觉得到消息，心情如雪上加霜。

中午，方先觉带着孙鸣玉、康楣等人到衡阳各个一线阵地察看。在城南，他对陆伯皋所做的苏仙井工事大加赞赏，通令全军学习仿效，做外壕工事时，要将带尖刺的铁丝网横架在半空，没有铁丝网的，就把外壕加深加宽，没有兵力防守的，则竖起木栅，随毁随修，中间密集放置集群手榴弹。

当晚，日军约2个中队分4批进犯五桂岭北部，彻夜激战，未能得逞。半夜，另有一小部日军顺着湘江漂流而下，在江西会馆附近爬上岸来，端着刺刀从侧面包抄。守在外新街的第190师569团3营营长黄钟亲自督战，在前线抓获了两名日军俘虏。这两名日本俘虏兵全身赤裸，只穿一条脏兮兮的白色兜裆布，浑身污泥，蓬头赤脚，面黄肌瘦，形同乞丐，从模样看，他们的状况也好不到哪里去。

方先觉让黄钟把俘虏送到军部来。其中一个俘虏兵叫盐谷柏仓，是第 68 师团通信队的一名二等兵，会说几句简单的汉语。盐谷柏仓一见方先觉，先是吃了一惊，过了好一会儿，他抬起头，小声地说：

"我见过你。"

"你在哪里见过我？"方先觉很奇怪。

"我在桂林看到的，大街上到处是你的像。"

"你去过桂林吗？"方先觉问道。

"去过的。"

"你不是在衡阳吗，到桂林做什么？"方先觉大奇。

"去侦察情况。"

"桂林情况怎样？"

"桂林坏了。"

"什么坏了？"

"老百姓统统搬家，到处做工事，车站里人最多。"

"几个人去的？"

"三个人，只有我到桂林。"

"其他人呢？"

"死了。"

"怎么死的？"

"我们跟在难民队伍后面，走到祁阳，皇军飞机来轰炸，把我们中的一个人炸死了，后来走到黄沙河，军曹偷偷去测绘地形，被中国哨兵发现，一枪打死了。我就一个人去桂林。"

"来去有千多里，你怎么认识路的？"方先觉问。

"走铁路。"

"你不怕中国人发现吗？"方先觉又问。

"不怕，装哑巴，扮乞丐。"

"那你晚上睡在什么地方？"

"破庙里，有时候睡坟墓边。"

盐谷柏仓还告诉方先觉，日军已经破获了第九战区军事通信密码，对城外援军的动态一清二楚，对何军何师何时到达何地，了如指掌，因此他们在阻击援军时，能够精准用兵，有的放矢，使外面的援军始终不能有效攻击到衡阳附近。

方先觉心里很不好受。

眼前这个日本间谍，年纪不过十六七岁，身高约莫一米五六，身形瘦削，貌不惊人，却一个人独行千里，潜入桂林，为时一月，来去自如，如入无人之境，这岂非咄咄怪事吗？

方先觉早就知道日军擅长情报战。日本陆军大学早在 20 年代就已经在"兵要地学"一课中详细讲授中国的人文地理，时任陆军大学教官、后任中国派遣军参谋长的板垣征四郎在讲到中国的情况时，特别提醒日军注意，"关内各道路，能通野炮的少。京津地区地形低湿，遇降雨增水，则影响作战"。第二次长沙会战时，方先觉就发现，在前线击毙的日军小队长身上经常能找到各种军情小册子和地图，记载着湘北各地的天文、地理、风土、民情，细到当地道路多宽，雨季何时，粮食几熟几季，事无巨细，一清二楚；在他们绘制的地图上，甚至连采药人所走的小路都有标注。这些情报，有的是过去在中国军阀中担任"顾问"的日本军官借机盗取的，有的是日本间谍机构派人到中国各地实地调查采集的，还有的一看就是来自中国历朝历代的古籍。这些旧书在北京、南京、长沙等地的旧书摊上随时随地可以买到，但中国人一般不予重视，日本人却往往如获至宝，就连清宫里流出来的大内档案也被他们统统买走，运回国内，细细研究。

知己知彼，方能百战不殆。日军在侵华战争中尤其是战争初期往往出其不意，与其细致扎实的参谋情报工作是分不开的。反观国军，从军委会、战区到集团军、军、师，虽然幕僚、高参多如牛毛，却往往打了半天仗，连日军最基本的情况和作战目的都搞不清楚。这次中原会战，国军兵败如山倒，首先就是吃了敌情不明的大亏。日军动用如此庞大的兵力，国军事前竟然毫无知觉，对日军的战略方式、作战范围、打击深度、重点指向、战斗手段等始终一无所知。日军一开始进攻，第一战区长官部就匆忙撤退，仓皇中把电报密码本都搞丢了，和一线部队失去联系，让战局陷入了慌乱之中。日军首次使用战车师团，作战半径超过预期的三到四倍，战况演变常常出乎意料，更让国军无法适应战机的随时变化。

从中原会战开始，掌管全国军令情报工作的军委会军令部就连续出现战略误判，刚吃过大亏的军令部部长徐永昌不但不引以为鉴，还一厢情愿地认为日军短期内不可能兴兵再战。日军在进攻湖南之前，为了掩人耳目，在长江上用轮船往返于武汉和南京、上海等地来回调动军队，装出部队正常换防的样子，实际上在兵力来回调动中以"进二退一"的方式向武汉暗中大举增兵。同时，日军还释放大量假消息，在军事电文中频繁使用"重庆""万县"等地地名，摆出一副要逆江攻打重庆的样子，实际上暗指桂林、衡阳等地。"兵者，诡道也。"这些动作在很长时间里让国军高层一团雾水，摸不着头脑，心高气傲的薛岳根本想不到敌人会全力进犯湖南，并有永久占据的决心和准备，还以为可以继续据守长沙。

国军的战略误判导致湘桂作战从一开战就陷入了被动，被日军打得措手不及，乱作一团。从 5 月 27 日到今天，长衡会战历时两个多月，衡阳保卫战也打了近四十天，可是上峰对于日军的作战目的还在不断揣测修正之中。徐永昌似乎钻进了牛角尖，他认为日军拿下衡阳后不会西进广西，而会回师湖北攻击第六战区，直到 7 月中旬，他还在整军会议上说："除非敌最近改变策略，否则第九战区告一段落后，敌必继之向我六战区攻击。"薛岳则认为，日军目的在于打通粤汉铁路，所以他坚持留在粤汉铁路以东不肯过江。战略连续失误，战术一塌糊涂，加上通信密码被敌人破解，造成解围兵力虽然看似不少，却被日军打得左支右绌，手忙脚乱，毫无章法。

衡阳城外。

这一天战斗下来，第 62 军也俘获了两名日本兵，分别是第 40 师团上等兵田中博一和第 58 师团军曹高木正雄。

黄涛军长亲自审讯俘虏，得知衡阳城外的敌人非但没有减少，反而从周边赶来的越来越多，这两个俘虏正是来自新到衡阳的增援部队。如此一来，围困衡阳的日军最少已有 4 个师团，以自己不到两个师的兵力和孱弱的火力，要从围困衡阳的日军中逆行杀进去，是非常危险也毫无胜算的。

黄涛权衡再三，决定取消"钻隙挺进"的计划。

第三十九天，魔鬼机枪

7月31日，甲申年六月十二

衡阳城西南，陆家新屋。

炊烟在夕阳下升起，暑热蒸腾着大地，远处一线部队的枪炮声隐约可闻，岩永汪师团长在闷热的指挥所里焦灼不安。第116师团攻击衡阳已经一个多月，对面方先觉军阵地在日益收缩，越来越集中到天马山和西禅寺一线狭窄区域，自己和衡阳城好像只隔了薄薄一层纸，但就这薄薄的一层纸，却让他的师团阵亡了近万人，不仅王牌部队第133联队消耗殆尽，连新补充给他的针支队也损失大半，几乎无力再战。

横山勇决定，将针支队所有兵力都配属给岩永汪师团，原配属第133联队的渡边大队归建针支队之后，由针支队接手原第133联队负责的阵地；另外再将第109联队饭岛大队配属给黑濑平一第133联队；第109联队将衡阳西郊阵地交给正赶来衡阳的第58师团、第40师团后，一并加入攻击。

如此一来，攻击西南的兵力充裕了不少。岩永汪重新分配了4个联队阵地：泷寺保三郎大佐率第109联队攻击天马山（"螃蟹高地"）、大西门；儿玉忠雄大佐率第120联队攻击西禅寺（"章鱼高地"）；针谷逸郎大佐率第218联队（"针支队"）攻击杏花村141高地（"乌贼高地"）；黑濑平一大佐率第133联队（含第109联队饭岛大队）攻击苏仙井（"虾高地"）、市民医院北侧，并沿线布防。

杏花村141高地。

杏花村141高地整个山崖被削为绝壁，下有深壕。除了山丘上有2个碉堡，周边也修建了坚固的工事和很多暗堡，其中一个暗堡里藏着1

挺重机枪，不断地来回扫射，打死了很多日军士兵，但日军始终不知道它具体在哪，第133联队在这里连攻3天，每次只要一冲锋，都会被那挺看不见的机枪扫射而造成大量伤亡，日军称之为"魔鬼机枪"阵地。

针支队渡边第3大队受领了攻克"乌贼高地"的任务。

大队长渡边直喜对"乌贼高地"进行了反复侦察，决定由山口中尉率第12中队担任突击队，由井崎中尉率第10中队以掷弹筒进行支援，由前田中尉率机枪中队进行火力掩护。

31日傍晚，渡边大队长下达了攻击命令，大队按惯例先以迫击炮炮击，井崎和前田以掷弹筒和机枪进行掩护。突击的道路只有12平方米，前无遮挡，但守军除了141高地正面的机枪，还有来自侧面西禅寺和"魔鬼机枪"阵地的机枪，三方形成了交叉火力网，要想从中通过而不被扫中十分困难。

负责突击的第12中队看炮击差不多了，准备发起冲锋，刚起身冲了四五步，就被那挺看不见的"魔鬼机枪"打得抬不起头来。渡边大队长看了半天，也看不出"魔鬼机枪"的具体位置，只好命令再次炮击，等炮弹几乎打光了，对面阵地再没什么动静，渡边大队长命令第12中队再次发起冲锋。

"魔鬼机枪"毫无悬念地又"嘭嘭嘭嘭"地响起来，很快前面出现人员伤亡，不少日军士兵被重机枪撂倒在地。但是，中队长山口中尉不为所动，他一会儿爬起，一会儿卧倒，好不容易接近了山崖。突然，手榴弹铺天盖地从山崖上甩下来，一阵白烟散尽，日军又是死伤一片。冲在最前面的山口中尉和桃田曹长则逃过一劫，但也躲在绝壁下的深壕里进退两难，动弹不得。从这个角度，终于可以发现"魔鬼机枪"大概的位置了，它似乎就藏在东面一座废弃的民房里。

不过，机枪具体藏在哪里，从这个角度还是看不太清楚。山口把头略微伸出，想看得更清楚一点，突然"啪"的一声，山口头一歪，栽倒在地，鲜血从下颌喷了出来。跟在身边的桃田赶紧把他背下来，没走两步，桃田自己也被打倒。"魔鬼机枪"不断喷出火舌，更多日军士兵被扫倒，动弹不得，"魔鬼机枪"的嘶吼伴着凄惨的呻吟，让后面的士兵听了也毛骨悚然。

这边日军阵地上，渡边大队长面无表情地向身后的井崎中尉挥了挥手，示意他的中队接着开始第二波冲锋。井崎中尉却坚持要先把山口中队的伤员救下来，要不然会给自己中队的士兵造成心理恐惧。但"魔鬼机枪"就在那里，以炽盛的火力把伤员封锁在原地，让后面救援的人根本无法靠近，一旦救援人员敢冲过去，它就把救援人员再次射杀在战场上。

井崎观察良久，决定让救援的士兵带着长长的绳子慢慢爬行，靠近伤员以后，把绳子远远甩给他们，伤员用绳子拴住自己，示意后方拼命拉绳拽回来。伤员有 50 多个，绳子不够用，只好一根绳子绑两个，但是很快拉人的人又被"魔鬼机枪"扫倒，中弹的人只好把自己绑上，一个接一个往回拉。

山口是最后一个被拉回来的人。拉回来的时候，他还没有完全丧失意识，神志却开始不大清楚了。明明是面部中弹，他却不断地摸着肚子说，这里好疼，要治疗，一会儿又说，天气太热，要把短裤脱掉。井崎看着他胡闹却毫无办法。半个小时后，山口断了气，死前还不断说着胡话。

井崎走到受伤的桃田曹长身边，仔细问他"魔鬼机枪"的具体位置。桃田被打中了肋部，虽不至马上丧命，却一张嘴就吐出一口鲜血，只得用手比画着，井崎问了半天，大概心里有数了，示意在另一侧担任助攻的东田伍长先上去察看。东田站起来，猫腰走了两步，又是轰隆一声，一颗手榴弹在他身边爆炸，东田倒在了血泊中，很快一动也不能动了。

正在这时，联队长针谷逸郎亲自打来电话，勒令渡边大队立即开始第二轮进攻。渡边大队长无奈，只好让井崎中队兵分两路，一个小队从侧面攻击，吸引"魔鬼机枪"的注意力，井崎则趁机带领中队主力冲到山崖下，搭人梯向上攀爬。

这招果然奏效。"魔鬼机枪"被攻击小队吸引，机枪对着他们来回扫射，这边井崎中尉带着士兵，端着枪，猫着腰，时而拼命跳跃，时而趴在地上，耐心等待机枪嘶吼的间歇通过，终于摸到了山崖下，他们一个踩一个，搭人梯快速攀登，就在即将够到崖顶边沿的那一刻，"魔鬼机枪"终于发现了这边的日军，迅速掉转枪头扫射，专打人梯的最上面和最下面。

重机枪"咚咚咚咚"地怒吼着，人梯最上面的士兵瞬间被打成一团血雾，半边身子飞到了空中。紧接着，人梯的下面也被重机枪扫中，七八个人高的人梯瞬间垮塌下来。很快，断崖下，深壕里，到处是受伤的日本兵发出的痛苦呻吟声。

"魔鬼机枪"扫完这边，又掉转过头扫射另一队日军。那边日军正想趁机冲过去，没想到"魔鬼机枪"瞬间掉回头，吓得四散逃开，仓促间被木栅和鹿砦拦住去路，往回冲又被"魔鬼机枪"截住扫射，三个日本兵被重机枪轰到了铁丝网上，挂在铁丝网上成了活靶子，直打得血肉模糊，不成人形。

眼看数十名士兵全部被射杀在"魔鬼机枪"阵地前，渡边大队长痛苦得满眼是泪，说不出话来。他终于意识到，不拔掉这个"魔鬼机枪"，是根本不可能占领"乌贼高地"的。

正在这时，联队长针谷逸郎又打来电话，劈头盖脸把渡边臭骂了一顿："你们怎么回事！明明还差一点就爬上去了，全是饭桶！"接电话的渡边一句话没说，狠狠地扯断了电话线。

夜幕降临，这痛苦而漫长的一天终于结束了。

月色清冷，近百名日军士兵尸体就横七竖八地摆在阵地前，还有3具日本兵的尸体在铁丝网上挂了一夜，直到凌晨，这3具血肉模糊的尸体还在朦胧的天光里来回晃荡着。

在这一整天的战斗里，渡边整个大队官兵粒米未进，连喝水和大小便都顾不上。黄昏时大队部做好了饭团，炊事兵背着竹篓往前送，不过，中国狙击兵没有漏过他，将他狙杀在半路。直到半夜，这些饭团才送到渡边大队士兵的口中。

当那晚的饭团送到的时候，上面的鲜血已经凝固，变成了暗红色，咬起来还有点发脆、发甜的味道。井崎中队长后来回忆说，这是他一辈子吃过的味道最好的饭团。

当天，蒋介石在日记中写道："衡阳保卫战已一月有余，第10军官兵死伤已过十分之八，而衡阳城屹立不撼。此次衡阳之得失，实有关国家之存亡、民族之荣辱至大。"

第四十天，修罗场

8 月 1 日，甲申年六月十三，晴

进入 8 月，就是湖南最炎热的三伏天的"中伏"天了。衡阳每天烈日当空，炎热无风，最苦最难熬的日子来临了。

在城南阵地前，日本兵的尸体早已堆积如山，有的甚至快堆到山崖上沿了。一开始日军还努力抢回尸体，隔三岔五收集起来，在江东飞机场焚烧。但随着战斗间隙越来越短，死去的日本兵越来越多，尸体增加的速度越来越快，到后来日军根本来不及抢回尸体，更谈不上清理了。死去的日军士兵就横七竖八地摆在太阳底下暴晒，到处都是血肉模糊的断肢残骸，以及根本分不清是哪个部位的肉块和人体组织，全都胡乱地泡在水田里，挂在树枝头，粘到绝壁上，堆在深壕中。

烈日炙烤着大地，阵地像个蒸笼，那些肿胀发黑的尸体在太阳下迅速腐化，恶臭难当，一阵风吹过，即使捂住口鼻也忍不住呕吐。尸臭实在难忍，守军士兵就把这些尸体简单挖坑掩埋，盖上一层黄土、砂石。尸体实在太多，很快没有土地可掩埋了，经常一个土坑里下三层、上三层地摆着尸体，尸体腐败肿胀，踩在黄土上两脚发软，时不时听到"噗噗，噗噗"的气体挤压声。夏天的暴雨说来就来，有时战壕里积水及腰，水里还泡着头大如斗的尸体，活着的人却不得不每天和这些尸体待在一起。此时的衡阳，几乎变成了人间地狱。

这样的战斗实际上已经没有赢家。第 10 军官兵伤亡也很大，预 10 师第一线 3 个步兵团和直属部队伤亡 90% 以上，第 3 师伤亡 70% 以上，第 190 师尚存官兵 400 人，军直属部队中辎重团尚存 500 人，搜索、特务、通信、炮兵营还剩不到三分之一。步兵团干部伤亡殆尽，经常一次战斗要升几个营长，最高纪录是第 3 师第 8 团，在五桂岭半天连升 5 个营长，又相继全部牺牲。连长更是一天换好几个。即便同一排的士兵，很多彼此也不认识了，每个兵都由军长亲自调派。

这点兵力，已不足以支撑这么长的战线了，实际上，在很多阵地的正面，经常数十米内空无一人。此时的第 10 军，已如风中之烛，到了弹尽粮绝、兵员枯竭的境地了。

现在一切靠空投。最开始空投的时候每天有 2～4 架飞机，每架飞机一天空投 4 次，一周后，空投次数就渐渐少了，再后来，随着"飞虎队"飞机调到滇缅战场，衡阳的空投就变得时有时无了，偶尔一两次，也是匆匆来了，投了就走。

衡阳城里的弹药、医药每天都在急剧减少，子弹、手榴弹已经消耗了 85%，官兵只好捡起日军的三八步枪，日军时常听到对方阵地上传来"扒弓，扒弓"的三八大盖的声音。炮弹打光了，大炮成了空架子，大部分被毁坏，埋到了地下。

现在，就连最基本的吃饭都成了问题。官兵每天只能吃着从余烬里淘出来的黑煳米粒，用盐水泡着下饭，一到饭点，苍蝇嗡嗡云集，赶也赶不走，简直烦不胜烦，疟疾、痢疾快速蔓延，因腹泻而转为痢疾的人与日俱增，不时有人病死。

不过，和伤兵相比，他们已经算幸运的了。官兵们不怕战死，就怕受伤。上战场，起码还有战斗可以短暂麻痹，一时忘却痛楚；战死，至少还可得个痛快；躺在医院里，则无异于活活等死。这一个月来，敌机时时来袭，全城总是在大火焚烧之中，所谓"医院"，几乎就是断壁残垣的代名词。

这天傍晚，方先觉带着参谋长孙鸣玉、军医处处长董如松、工务参谋康楣等前去巡视各野战医院。全城 4 个野战医院，每个都住着一千多名伤兵，野战医院因为要跟着部队行动，向来没有手术、输血、住院等设备，只能临时止血止痛，治疗一些小伤小痛，一旦有重伤员，只在这里简单包扎一下，很快转运到后方医院去了。不过，现在衡阳被日军围得铁桶一样，无论受了多重的伤，也只能待在这里苦挨了。

方先觉去看的是位于城西牛角巷的第 69 兵站医院。

人还没进去，已经听到一声声沉痛低沉的呻吟传来，仿佛从地狱幽深之处而来，伴随着一股腐败发臭的味道。"医院"里伤兵全都有气无力地或靠或躺在墙脚，一个个瘦得皮包骨，凹陷的双眼空洞无力，看上去都是人不人、鬼不鬼的样子。缺胳膊少腿的重伤员，勉强有块门板架着躺会儿，不过，一群群苍蝇不断向他们的伤口扑去，此起彼伏，挥之不去。

"军长！"突然，方先觉听到有人低声叫他，转头看去，只见一个人斜靠在墙脚，胡子拉碴，脸颊瘦削，眼睛凹陷，嘴里念念有词。看不清是谁，问又听不清，方先觉只得凑近去看，赫然见他右背上一个碗大的伤口落了苍蝇，竟似还有一寸来长蛆虫蠕动，散发出一阵阵恶臭，样子甚为恐怖。

那人努力张大着嘴巴，想提高音量，却有气无力，方先觉听了半天才勉强听清，这个人是戴楚威，是第 3 师第 7 团一名连长，曾经跟随方先觉在金华练兵，是一名热情忠勇的军官，想不到一个半月不见竟变成这个样子。原来，半个月前他带着战士挖战壕，敌机突然飞来投下燃烧弹，身边一名士兵着火，他起身去扑，没想到那是扑不灭的白磷弹，结果惹火上身，一烧一个洞，送到医院里，医院却根本没有药，只用盐水稍微清洗。天气渐热，伤口不断流脓流血，逐渐感染生蛆，拿掉了又生出来，最后只能任其爬来爬去，疼痛钻心。其他人看在眼里，却毫无办法，唯有相对唏嘘。

戴连长两眼空洞地看着方先觉，气若游丝地说："军长，请您相信我，我还能动，您派一个人把我背到阵地上，只要有一挺机关枪，在我没咽气之前，绝对不让敌人冲上来。"

方先觉看在眼里，痛在心里："好，军人如果都像你这样，一百个衡阳也守得住。戴连长，你安心养伤，有需要我一定找你！"他轻拍着戴连长的后背，让康楣把他背走。目送他们走出门，方先觉摇摇头，眼泪不知不觉流下来。

方先觉把野战医院院长叫过来问。院长说，实在是没有办法，受伤的官兵太多，在医院想冲洗伤口都不可能，更别说治疗了，医院早就没药了，尤其缺乏消毒水和药棉，只能把棉絮用沸水浸一下就算消毒了。现在就连包扎带都缺了，只有把全城的被单找来，撕成布条，包扎伤口。这几天衡阳天天40℃高温，像戴连长这样创口感染发炎、化脓、溃烂、生蛆的伤员数不胜数。医院条件就是这样了，所以轻伤的官兵无须动员都自动重返火线，伤得不轻但凡能动的，也都留在阵地，那些缺胳膊断腿的就真的只能躺在医院等死了。

方先觉情急之下，把军医处处长董如松和医院院长骂了一顿。但董处长和医院院长除了掉眼泪，又能有什么办法呢？

在中央银行地下室里，第10军军部电台天天都和第62军电台联系，援军离得近的时候，电台声音就大，离得远，声音就极微弱，像蚊子叫一样。孙鸣玉天天在地图上标画着友军的位置，康楣等参谋们则每天跑到防空洞的外面，听着遥远的枪炮声，枪声时远时近，时有时无，心情随着友军位置的远近和枪声的有无而时好时坏。方先觉则大方地表示："哪一部友军先打进来，我一定向委员长叩首，请求颁给他一枚青天白日勋章。"可惜，谁也没有给他这个机会。

是日，方先觉向蒋介石发出一封长文电报，申述第10军的艰辛、痛苦和困境。

"本军固守衡阳，将近月余，幸我官兵忠勇用命，前仆后继，得以保全，但其中可歌可泣之事实与悲惨壮烈之牺牲，令人不敢追忆！自开始构工，迄今两月有余，我官兵披星戴月，寝食俱废，终日于烈日烘炙雨浸中，与敌奋战，均能视死如归，恪尽天职。然其各个本身之痛苦，与目前一般惨重，职不忍详述，但又不能不与钧座略呈之。

"衡阳房舍，被焚被炸，物质尽毁，幸米盐均早埋地下，尚无大损失。但官兵饮食，除米及盐外，别无任何副食；因之官兵营养不足，昼夜不能睡眠，日处于风吹日晒下，以致腹泻腹痛，转而痢疾者，日见增多，既无医药治疗，更无部队接换，只有激其容忍，坚守待援。

"官兵伤亡惨重，东抽西调，捉襟见肘，弹药缺乏，飞补有限。自昨三十日晨起，敌人猛攻不止，其惨烈之战斗，又在重演。危机隐伏，可想而知，非我怕敌，非我叫苦，我决不出衡阳！但事实如此，未敢隐瞒，免误大局。"

方先觉固然已经到了山穷水尽、穷途末路之时，他的对手横山勇实际上也好不到哪里去。

8月1日，第133联队联队长黑濑平一大佐在火线上被晋升为少将。虽然升官，黑濑平一却感到十分难堪。原本他是被作为破城主力承担攻取终极目标岳屏高地的任务的，但现在这个任务交给了其他部队，他被调整为攻击"虾高地"。这不能怪长官，不是横山勇和岩永汪不器重他，而是他的联队在此役中实在伤亡太大，编制近4000人的联队现在只剩大约400人了，实际上已经丧失了作为独立作战单元的意义，再不补充新兵，这个王牌联队恐怕连番号都要取消了。

在第二次总攻中，横山勇动用日军4个师团参战还是没拿下衡阳，反而伤亡了19286人，包括1名联队长和6名大队长。后勤补给也到了极端困难的时候，弹药与粮食难以为继，士兵甚至没有足够的子弹了。每到半夜，日军就让士兵用拍手的方式来消耗守军的枪弹。所有官兵一起看表，一到半夜1时整，几百人就一起啪啪拍手，换来守军猛烈的回击。

湖南的酷暑天气让每个日本兵尝尽了苦头。进入7月下旬，衡阳高温天气不断，在美军飞机低空盘旋的监视和扫射下，日军士兵大白天不敢出来，只能躲在闷热的碉堡、战壕、工事甚至被炮弹震出的墓穴里，忍受着闻之欲呕的尸臭。

想爬出洞穴和工事透一口气并非易事。对面的中国狙击兵非常厉害，为了侦察对方动静，日军士兵经常用很细的金属丝绑着树枝和竹棍竖起来，刚探出战壕，就被对方一枪打断，看来，对面中国的狙击兵已经用上装有瞄准镜的步枪了。

战壕已经被双方士兵尸体填满了，又填上一层层薄土，要越过壕沟就必须在腐烂的尸体上爬行，所经之处，不断听到膨胀的腐尸被挤压而发出的"噗噗"声，一不留神就会溅上尸体的腐液，略微起身，又可能随时被对方的狙击兵打中。

每天太阳落山，就是他们解放之时。天气实在太热，他们浑身赤裸，全身只穿一条兜裆布，端着枪，猫着腰，通宵达旦地轮番冲锋。等太阳出来，美军飞机快要来临，他们又偃旗息鼓，钻回洞穴，过着像老鼠一样不见天日的穴居生活。

和第10军的士兵视野战医院为畏途一样，日军士兵也把他们设在衡阳北郊杨家坳附近的野战医院视为"地狱医院"。但凡还能在自己部队里将就将就的士兵，绝对不想去野战医院，因为在那里根本没有医药，还没有吃的，更有赤痢、霍乱等疾病流行。自开战以来，光是在野战医院里病死的日军伤病员就有四五千人之多，每天不断有战友在医院里死去，有的甚至来不及制作死亡报告书，尸体一直放在那里腐烂。

此时的横山勇，只想尽快结束衡阳之战。

畑俊六和大本营对他的耐心已经到了极限。原本中国派遣军还想一并打通粤汉铁路，但此时此刻，帝国穷途末路，早已四面楚歌，即将走向灭亡。太平洋上，日军的覆灭只是时间问题，日本本土笼罩在随时可能被 B-29 轰炸的惶恐中；滇缅战场，日军遭到了毁灭性的打击，中美英印联军和中国远征军高歌猛进。此时，日军大本营急切盼望第 11 军能尽快打通"大陆交通线"，以贯通东亚各大战场，挽狂澜于既倒。

衡阳一城的胜负，已成为决定帝国命运的生死存亡之战，说什么横山勇也不敢放弃。他决定投入第 11 军全部主力攻击衡阳，调动擅长城市攻坚的第 58 师团接替志摩支队进攻西北，志摩支队回归第 68 师团，承担城南攻击任务；增调在耒阳的第 13 师团一部及重炮部队，配合第 68 师团攻打城南；增调第 3 师团南下，接替第 13 师团撤出的阵地，协同第 27 师团、第 34 师团，阻击东面的中国援军。

与此同时，横山勇强令日军两个联队抓紧修复长衡公路，同时用人力运输将第 11 军直属的野战重炮兵旅团第 12 联队 3 门 150 毫米榴弹炮和 3 门 100 毫米加农炮拖曳到衡阳。日军 150 毫米榴弹炮重达 2 吨，通常要用汽车拖曳运输，如果没有汽车而用骡马，每门炮要动用 12 匹马才能拉得动。由于长衡公路严重损毁，最后日军不得不用人力拖曳，每门重炮动用 1 个中队 100 余人，一个炮车一个炮车地拖过损毁路段，最差的时候，一门炮一天前进的距离只有 1 公里。

日军历尽千辛万苦，终于赶在 8 月之前修通了长衡公路，基本恢复了湘江水运，他们用人力、马匹、汽车、民船，将威力巨大的重炮和816 吨弹药全部运到衡阳，包括 3 门 150 毫米榴弹炮及炮弹 330 发，3 门 100 毫米加农炮及炮弹 450 发。

8月1日黄昏，横山勇乘飞机抵达湘潭，次日清晨，再由湘潭飞衡阳，亲自指挥对衡阳的第三轮总攻击。

第四十一天，援军何在

8月2日，甲申年六月十四，晴，午夜风雨交加

凌晨5时30分，横山勇飞抵衡阳机场。

不待飞机完全停稳，横山勇就一头冲进了衡阳机场的防空壕。没过多久，数发中国军的迫击炮弹呼啸着越江而来，一颗炮弹正好击中横山勇的座机，2人当场死亡，1人重伤。

横山勇惊魂未定，爬上衡阳机场东侧高地，对着皇宫的方向跪下起誓："若再战不克，将与所有军官集体切腹谢罪！"参谋长中山贞武和岩永汪、堤三树男、青木成一、毛利末广4个师团长不敢怠慢，跟着横山勇跪下起誓。盟誓毕，横山勇拿起望远镜，眺望这座让他名誉尽失的衡阳城，面色铁青。

为了配合横山勇的总攻令，自8月2日起，日军飞机昼夜对衡阳进行轰炸。

城西南。

西禅寺。

儿玉忠雄大佐自接任第120联队联队长以来，连攻西禅寺10天却丝毫没有进展。他决定转换进攻方向。经过多方观察，他发现西禅寺北侧中正路口有一个碉堡位置极佳，如果将这个碉堡攻克，就能够从南、北两个方向夹击西禅寺。

8月2日，儿玉忠雄联队长连续3次带队进攻这个碉堡，3次都被打退，800多人的一个大队最后只剩下43人了。守军同样伤亡惨重，第3师第9团第3营营长赵寿山负伤，萧圭田团长命令第1营营长王新组织反攻，伤亡很大。

午夜时分，风雨交加。

驻守西禅寺的第 3 营第 7 连连长张志贞决定主动出击。他趁着风雨，带着 30 余人从西禅寺出发，偷袭汽车西站里面的日军，日军万万没想到守军竟还敢趁雨夜出击，被打得措手不及，死伤惨重。不过，张连长也在混战中不幸中弹身亡。

儿玉忠雄联队长恼羞成怒，连夜组织全联队冒雨反攻，拂晓时，终于突入这个碉堡，守军第 1 营只剩下 100 余人。

杏花村 141 高地（"乌贼高地"）。

"魔鬼机枪"的阵地做得实在巧妙。日军正面冲锋时，完全看不见它，当能看到它时，日军已经冲到绝壁下的深壕前，此时正好在左右暗堡机枪火力交叉点，上有居高临下的中国手榴弹兵，三面受敌，九死一生。如果日军想用自己擅长的掷弹筒来摧毁它，它又藏在山崖另一侧，根本找不到射击的角度。渡边大队长几乎要被这个"魔鬼机枪"逼得崩溃了。就这样，攻击又持续了两天，渡边大队一直被这挺看不见的"魔鬼机枪"钉在阵地前动弹不得，伤亡还在不断增加。

8 月 2 日拂晓，无计可施的渡边给井崎中队调来了 2 个大型毒气发烟筒助攻。这天天气很好，阵地上一点风都没有，浓密的烟雾在低洼地带笼罩了 15 分钟，遮住了魔鬼机枪手的视野，刺鼻的烟雾让守军士兵陷入了短暂的混乱。井崎中队抓住这宝贵的 15 分钟，趁乱攻进了"魔鬼机枪"民房。井崎中尉这才发现，这个杀死了上百个日军士兵的"魔鬼机枪"阵地，守军只有 1 个排，主要火力就是 1 挺勃朗宁重机枪。

"魔鬼机枪"被拔除后，井崎中队趁机夺取了"乌贼高地"，守军第 3 师第 9 团第 5 连连长刘树声和全连官兵阵亡。

"乌贼高地"顶上主阵地不大，东西长 30 米，南北宽 8 米，东西两侧各有一个碉堡，中间是一个小小的平台，面积局促。萧圭田团长派 6

连逆袭，并以机枪火力从两侧的西禅寺和天马山交叉侧射，将井崎和 20 余名日本兵困在高台上，陷入孤立无援的境地。井崎命令中队以 2 挺机枪扼守高台通往后方的战壕，在逆袭下也死战不退。守军反击一停，井崎马上冲出来修葺战壕，刚用军锹挖了一下，就发现这里的红土坚硬如铁，根本就挖不动，只好马上又躲进了堡垒。

刚进入堡垒，井崎中尉就听到中国军队独有的迫击炮声从四面八方呼啸而至，炮弹从岳屏山、花药山、苏仙井、天马山、西禅寺五个方向同时飞来，炮弹虽然总数不多，却灵活多变，变化自如，颇有章法，先从东边逐渐移向西边，再从西边移向东边，每隔 5 米一个区间，像画格子一样，把狭窄的"乌贼高地"阵地连炸三遍，不留一点死角。这精妙的炮术，让自诩精通迫击炮术的井崎也自愧不如。

不过，炮击暂停之后，井崎惊奇地发现，在这么精密的炮火轰炸下，自己的士兵竟无一人伤亡，看来"乌贼高地"的工事的确做得坚固。当炮击完全停歇，井崎探出壕沟观察，不禁倒吸了一口凉气。原来很多迫击炮炮弹并未爆炸，而是直直地密集地插在红土高台上，露出一簇簇黄黄的尾翼。

这种运用迫击炮的高妙手法，正来自东侧的岳屏山炮兵指挥官、预 10 师第 28 团迫击炮连连长白天霖，他指挥周边五个阵地的迫击炮，对准困在"乌贼高地"上的日军进行全覆盖的轰炸。只不过，衡阳保卫战打了一个多月，守军的迫击炮弹早就打光了，现在只能拿日军的迫击炮弹来打了。只是中国军队的迫击炮是 81 毫米口径，日军的迫击炮是 82 毫米口径，炮弹装不进去，只能先用砖石磨掉 1 毫米才能打，于是，军部每天听到磨砖的声音，炮兵和后勤人员一个个磨得手都起了血泡，但即便如此，每天也只能勉强提供十几发炮弹给前线，打出来的迫击炮弹，还有不少是炸不响的哑弹。

天马山。

过了天马山，险处不须看。翻过西禅寺－天马山－苏仙井几个山坡，往后就是一马平川的大街了。为了确保市区安全，方先觉下令，死守天马山一线阵地，谁也不准后退半步。此时，军预备队的兵力已经基本耗尽，只剩下 4 个团部和 11 个营部，大约 200 人，为此，方先觉特派预 10 师张越群副师长代替萧圭田团长坐镇天马山，统筹指挥天马山地区作战。

张越群下令，在天马山后面竖起几道木栅，架设坚固的铁丝网，只留下一个狭窄的小门，没有他的手令，谁也不能通过，只要有人靠近，不管是敌是己，只管开枪开炮。

这道防线，与其说是防止日军进攻，倒不如说是防止自己人后退。打仗打到纯粹拼消耗的程度，也只有用这种手段维持了，无非多消耗一点生命，换来多一点待援的时间罢了。

下午，中美空军飞机专程飞来衡阳，投下蒋介石手令：

"方军长：我守衡阳官兵之牺牲与艰难，以及如何迅速增援，早日解围之策励，无不心力交瘁，虽梦寐之间不敢或忽。惟非常事业之成功，必须经非常之锻炼，而且必有非常之魔力为之阻碍，以试验其人之信心之是否坚定与强固。此次衡阳得失，实为国家存亡之所关，决非普通成败之可比，自必经历不能想象之危险与牺牲。此等存亡大事，自有天命；惟必须吾人以不成功便成仁以一死报国之决心赴之，乃可有不惧一切，战胜魔力，打破危险，完成最后胜利之大业。上帝必能保佑我衡阳守军最后之胜利与光荣。第二次各路增援部队，今晨皆已如期到达二塘、柘里渡、水口山、张家岭与七里山预定之线。余必令空军掩护，严督猛进也。"

城北方向的援军，是王耀武指挥的王甲本第 79 军、施中诚第 74 军、李天霞第 100 军等部，一开始他们在衡阳 100 多里以外的西乡重地金兰寺与日军第 40 师团对峙争夺，后又在离城 20 里西北郊的鸡窝山、呆鹰岭与日军缠斗，虽然各部都在"奋勇向前"，但行踪始终徘徊在衡阳外围五六十里外，对衡阳城的解围有如隔靴搔痒。

援军，主要还是城南由李玉堂指挥的黄涛第 62 军和新到达的黎行恕第 46 军。昨天，黄涛军长刚率第 62 军退回祁阳，又接到了委员长侍从室主任林蔚发来的电报："第 62 军对衡阳之敌作战，尽了力量，着再接再厉，向衡阳西站攻击，如能击破当面之敌，官升级，兵重赏。"

在蒋介石的软硬兼施之下，已成强弩之末的第 62 军明知不可为，也不得不重整旗鼓，再向衡阳奋勇攻击，一度逼近到离市区只有七八里的地方。但日军知己知彼，调动飞机大炮围追堵截。另一路援军第 46 军 8 月初才到，但带来了战车部队，不过因为被地形阻隔，战车发挥的作用有限。

无论如何，衡阳城西南郊终于再次响起了久违的枪声。枪声越打越密，越打越近，最后简直呼之欲出，宛如就在眼前。城内第 10 军官兵极为兴奋，他们凝神倾听，生怕错过一丁点声音，连断壁残垣下的伤兵也都个个勉力支起上身，急切张望枪声传来的方向，好像这样能亲眼看到援军兄弟一样。

枪声从黄昏时的稀稀疏疏，到午夜时变得像爆豆似的响个不停，到了寅时又变得若有若无，到天明，枪声越来越远，直至完全消失。城里将士凝神倾听了一个晚上，心情也随着枪声的疏密远近而起起落落，当枪声最后完全消失，官兵们终于难掩失望之色，有些人忍不住破口大骂起来。

不能说蒋介石对解围不尽心。

对他而言，衡阳一战的胜利，现在比什么都重要。因为这已经不是一城一地的得失，甚至也不只是军事上的胜负了。衡阳城下的一举一动，直接关系着他的政治生命。

1944 年夏天，全世界反法西斯战线捷报频传。在欧洲战场，苏联红军反攻进入波兰，英美盟军在诺曼底海滩登陆，成功开辟了欧洲第二战场，纳粹德国陷入两线作战的危机；在太平洋，美军攻占马里亚纳群岛并建立了基地，B-29 轰炸机随时可以轰炸日本本土；在亚洲战场，中美英印盟军展开全面反攻，日军不得不转为守势。就在全世界各大战场凯歌高奏之际，中国战场却陷入了前所未有的大溃败。4 月份中原会战，30 万中国军队一溃千里；6 月份长沙会战，抗战名城长沙三天即破。短短三个月内，国统区竟失地千里。

蒋介石做梦也想不到，1944 年，竟成为"对中国来说是在长期战争中最坏的一年"。就在半年前的元宵佳节，他还在军事会议上信心满满地表示，今年的首要任务就是反攻，"对敌反攻应先发制人"。望着下面黑压压一片的高级将官，蒋介石满面春风地说："今后的战局，敌我的形势已经完全转换过来了，在我们是处于主动的地位，处处要采取攻势，而敌寇则是处处受敌，被迫退守。"他踌躇满志地表示，"以现在敌军正面之广，空隙之大，兵力之弱与士气之衰落，我们真的要打它那一点，就可以打它那一点"。蒋介石甚至还对敌人万一不来进攻表示了担忧。他说，如果"敌不先来进犯，而我们到了五六月之间，准备完成之后，必须堂堂正正地实行反攻"。所以，他要求，"在今年五六月的时候，我们第一、三、四、五、六、七、九各战区，一定要实行反攻"。

没想到才过了几个月，一切被打回原形。"从事革命以来，从来没有受过现在这样的耻辱。"蒋介石说，"我今年五十八岁了，自省我平生所受的耻辱，以今年为最大。"

军事溃败带来的政治危机接踵而来。延安自不必说，光是国民政府内部各大派系就够蒋介石受了。这些他过去政治和军事上的老对手，在抗战大旗下大多选择了暂时偃旗息鼓，但一有点风吹草动，他们就可能随时站出来，稍有不慎，他自己就可能成为众矢之的。"墙倒众人推。"眼下就有李济深等人组建"西南联防政府"的传言，据说薛岳也有份参与其中。

薛岳，薛伯陵，这个历史上曾经多次反对过自己的人，"好名，喜功，文过，刚愎"，这几年凭着辉煌的战绩和自己的支持东山再起，在第九战区和湖南省主席任上羽翼渐丰，既有了"国之干城"的面子，也有了一方诸侯的里子。不过，现在他似乎老毛病又犯了，好像又在蠢蠢欲动了。有人说，他不肯挥师西进，是因为和两广势力结成了军事同盟，一旦有事，则第九、第七战区互保。不然，何以自己多次命令他渡过湘江，他就是置若罔闻，按兵不动呢？他多次违令，先退往耒阳，又撤往郴县，再撤往桂阳，不是拥兵自重又是什么？

好在还有方先觉。

这个不起眼的黄埔弟子，在衡阳扛住了十万日军，原本指望他坚持十天，没想到一打就是四十多天，给自己挽回了颜面，也留下了最后一点底气。"国乱思良将，板荡识忠臣。"只要衡阳还在，他就有和美国人掰手腕的余地。不过，现在离当初解围之约已过去一个月，虽然方先觉还在勉力支撑，城外援军也在全力救援，却始终捅不破薄如蝉翼的一层阵地，弹已尽，粮将绝，衡阳犹如风中之烛，随时有覆灭可能。一旦衡阳城破，日军就将直窜西南，打通滇缅，窥伺重庆，西南后方就可能为之倾覆。所以，眼下他只有一条路可走，就是不惜一切代价先解衡阳之围。此役，只能成功，不能失败。

8月2日，从美国方面传来消息，罗斯福总统正式晋升史迪威为四星上将。蒋介石知道，这是美国人为帮助史迪威接管他对盟军中国战区的最高指挥权而做的一项特殊安排，因为，和史迪威几乎同时晋升的还有马歇尔、艾森豪威尔、麦克阿瑟等人，这几个在美国陆军中均是独当一面的大人物，这意味着史迪威也即将走上前台，全面执掌盟军中国战区的最高指挥权。

蒋介石内心痛苦，却不得不强颜欢笑，他一面致电缅甸的史迪威表示祝贺，一面又致电给衡阳城里的方先觉说，"此次衡阳得失，实为国家存亡之所关，决非普通成败之可比"。

数日前，蒋介石曾辗转反侧，夜不能寐，起身发下宏愿："愿主赐我衡阳战事胜利，当在南岳顶峰建立大铁十字架一座，以酬主恩也。"纵观整个 14 年抗战期间，能让蒋介石极度焦灼到彻夜难眠以至于大半夜发下如此宏愿的，仅有此次而已。

可是，国军的沉疴痼疾，又怎么会因为衡阳之役的重要性、紧迫性而稍加改变呢？

"各人自扫门前雪，不管他人瓦上霜"，这是困扰国军多年的一大顽疾。中原会战时，日军因为进攻太快后方兵力空虚，常常一个战场上国军六七个军对付少量日军，但没有哪一支部队愿意主动出击或自愿为友军承担打援任务，大都袖手旁观，往往少量敌人一进攻，周边部队就迅速不战而溃。

衡阳保卫战爆发后，各路援军长官看到日军用 2 个师团围城，反用 5 个师团来阻援，明显这是"围城打援"的策略，此时去衡阳，无异于羊入虎口，于是纷纷找借口屯兵不进，只求保存实力，巩固自身地位，都不愿意和日军力战死拼到底。

第 24 集团军总司令王耀武麾下的几支援军中，王甲本率本部第 79 军及配属给他的第 100 军第 63 师，承担衡阳北面解围任务。第 63 师师长赵锡田曾任第 3 师师长，算是第 10 军的老人，救援第 10 军自然卖力，但是，王甲本的第 79 军却是陈诚"土木系"骨干，直到 7 月底，该军还散落在衡阳 50 里外的西渡、杉桥、板桥一带缓慢行动。8 月初，第 79 军向第九战区报告说，本军王甲本军长亲率两位师长在杉桥、板桥与敌作战，竟日激战云云。不料，也在附近的第 74 军第 58 师师长张灵甫向第九战区密报，完全听不到第 79 军的枪声。当晚，第九战区在给军委会军令部的电话里报告说："据王军长电报在继续作战，但 58D（师）未闻该军枪声。"军委会军令部部长徐永昌听了以后，在当天日记里标注道："79A（军）一向作战不力。"

至于王耀武本人的嫡系部队中，王牌师第 74 军第 58 师直到 7 月底才赶到衡阳，该师占领衡阳近郊鸡窝山后，也无力再向衡阳挺进。李天霞的第 100 军则和王甲本的第 79 军一样，去解围的兵力名义上是 1 个军，实际上没有超过 1 个加强营的兵力。8 月初，第 100 军派去的援军是第 19 师搜索连及 1 个步兵营，带队的是师参谋主任陆承裕。临行前王耀武给他交代说，该部主要任务是"搜索敌情，与衡阳守军取得联系，相机以枪声支援衡阳守军，鼓舞士气"。

不好说王耀武是不是要报当初薛岳常德会战中解围不力的一箭之仇。1943 年 11 月，王耀武的第 74 军第 57 师在常德整训，第 51 师、第 58 师在桃源集结，横山勇以第 68、第 116 师团攻常德，以第 3、第 13 师团阻击第 74 军另两个师和第 100 军，以第 40 师团监视长沙，余部则牵制第六战区。军委会急令第 57 师固守常德，并调周边部队去解围。常德在行政上属湖南，军事上却归孙连仲第六战区，此时临时从第六战区调动援军已来不及，离得最近的是薛岳第九战区，但薛岳认定日军是在玩"围魏救赵"的把戏，是虚攻常德、实打长沙，故他坚守长沙，不为所动。

横山勇以优势兵力围城打援，王耀武所部虽然拼死作战，仍然寸步难行，只得向军委会再三求救。军令部部长徐永昌和第六战区司令长官孙连仲急得跳脚，但此时蒋介石和陈诚不在，没有人能调动薛岳。好在徐永昌急中生智，临时调整第六、第九战区的边界，把常德划入第九战区，才逼得薛岳不得不出手。11 月 28 日，薛岳派 3 个军去解围，其中方先觉率第 10 军从衡山启程，星夜赶往常德，但此时已错失了最佳的战机。12 月 4 日，常德城陷落，第 57 师几乎全军覆没。王耀武在痛心疾首之余，心里对薛岳和李玉堂等人颇为不满。

在这次衡阳解围战中，薛岳作为第九战区司令长官，自然力促各部前去解围，不过，他真正用心用力的，还是如何在运动战中消灭日军主力部队，所以他把第 20 军、第 58 军、第 26 军、第 37 军、第 44 军等 5 个军散布在湘江以东从莲花到耒阳的二三百里地区，与日军周旋。至于衡阳解围战，他只想做无本的买卖，一味严令其他战区或非嫡系部队前去解围，他自己的嫡系反而放在远离衡阳的湘东南地区。甚至当从广东赶来的黄涛第 62 军到达衡阳以后，他还打电话给黄涛，要该军调 1 个师到湘江以东交给他指挥，被黄涛婉拒了。薛岳的做法引起了包括杨森在内各部队长官的反感，对他的命令慢慢也就阳奉阴违了。

丁治磐第 26 军是军委会直属的一支机动部队。丁治磐，出身军阀幕僚，加入国军后，靠善于治军和作战出力逐步得到了蒋介石和何应钦的信任。丁治磐曾在陈诚和薛岳手下打过仗，领教过这两人拉帮结派的手腕，因此对薛岳始终抱有戒心。5 月下旬，军委会调第 26 军参加长衡会战，丁治磐走到醴陵和浏阳之间，长沙已经沦陷了，薛岳叫他速往衡阳，他拖拖拉拉不愿意去，到了耒阳以后，就屯兵不进。

这时方先觉已在衡阳被围，向薛岳求救，薛岳命丁治磐率第 26 军速往衡阳解围。丁治磐看薛岳把他的嫡系撤到郴州以南，反叫自己前去解围，就找借口不去。薛岳多番催促，丁部按兵不动。薛岳大怒，严令丁治磐即日动身，否则以军法从事。丁治磐知道薛岳动了杀心，这才不得不去，但又不甘心被他胁迫，就直接向军令部告状说："薛岳只知道以命令威胁他人，自己不负守土之责，郴州至衡阳一带广大地区，其长官部无一兵一卒防守，成了真空地带。方先觉被围许久，薛身为司令长官，不命令其战区部队前去解围，反威胁统帅部战略机动部队挺进救援，本军实不能从命。"过了一个星期，军令部回电："第26军另有任务，调第四战区待命。"丁治磐收到电令，如奉圣旨，马上动身走了。薛岳知道以后，虽然勃然大怒，可是拿丁治磐也毫无办法。

倒不是因为这几个人贪生怕死，或者一味消极避战。王耀武、丁治磐、王甲本在抗战中都是号称能征惯战的将领，所部也都是国军的精锐之师，但在这次衡阳解围战中大多表现平平。王甲本的第79军始终逡巡在衡阳西北郊的蒸水两岸打圈圈，丁治磐的第26军在早前的湘潭之役几乎没有像样的战斗，对薛岳下达的衡阳解围命令也是一再阳奉阴违，而王耀武作为援军总指挥之一的第24集团军总司令，似乎对衡阳城里方先觉的死活也不是十分关心。

从根本上说，这是国民党军政体系根深蒂固的"各人自扫门前雪，不管他人瓦上霜"的顽疾所致的恶果，同时，也是蒋介石、陈诚、何应钦、白崇禧、薛岳等军头政客多年来党同伐异、拉帮结派、以大欺小造成的结果。国军各级将领不愿拼死相救，其根本原因正在于，国军的部队本质上并不属于民众甚至也不属于政府，而是属于将军个人的私产，是他在军政界生存的"地盘"和"本钱"。在"有枪就是草头王"的绿林哲学中，只有掌握军队才拥有权势，没有军队，那就什么都没有了。熟知中国国情的史迪威对此看得非常透彻，他一针见血地指出，对一个国民党高级将领来说，"如果他用军队冒险，他就是拿自己的财产冒险。一个师由于进攻而减员为一个团，不能指望马上会补充到原来的定员，师长实际上就成了团长。这种减员是无论如何也要避免的"。

衡阳之战不能解围的另一个原因是"多头指挥，军令不一"。指挥系统混乱是困扰国军的另一大顽疾，可以说纵贯了整个抗战期间，在这次衡阳解围战中更得以充分暴露出来。

在衡阳解围战中，拥有直接军事指挥权的有这么几位：第一是李玉堂，他是第 27 集团军副总司令，是衡阳解围战的直接指挥官，统一指挥方先觉第 10 军、黄涛第 62 军、黎行恕第 46 军。第二是薛岳，他是第九战区司令长官，在本战区内有调兵遣将的权力。第三是徐永昌，他作为军委会军令部部长，代表军委会下令。第四是白崇禧，他作为副参谋总长，经常奉蒋介石之命，亲临一线指挥协调。最后是蒋介石，他作为最高统帅，拥有至高无上、不受限制的指挥权。

这几个人除了李玉堂，都喜欢越级指挥，但由于想法不一，角度不同，军令难免前后矛盾。于是，衡阳保卫战在他们的指挥下陷入混乱，下面的部队往往无所适从，疲于奔命。

黄涛第 62 军原来属于第七战区，长衡会战期间在衡阳外围作战，听从第 27 集团军副总司令李玉堂指挥。但他在第九战区作战，还要听从第九战区司令长官薛岳的命令。此外，第 62 军是两广部队，第七战区司令长官余汉谋、第四战区司令长官张发奎、原桂林行营主任李济深、副参谋总长白崇禧等也经常对黄涛施加影响。当然，最重要的是蒋介石。黄涛作为军长，经常会收到侍从室主任林蔚发来的电报，对部队进行部署和指导。这样的多头指挥难免命令不一，上下矛盾，左右失调，每到这时，黄涛就听从侍从室主任林蔚的命令，一切以蒋介石的电报为最终行动依据。

6 月 24 日，李玉堂在头塘召开军事会议，方先觉认为第 62 军驻地三塘离城内太近，不利于两军内外夹击，建议黄涛军再往外撤到稍远点的六塘，李玉堂同意方先觉的意见，随即命令黄涛将第 62 军撤到离衡阳 50 里外的六塘。

7 月 3 日，蒋介石侍从室主任林蔚给黄涛发电报，命令黄涛撤到离衡阳 100 公里外的祁阳。黄涛以蒋介石命令为准，遂开往祁阳构筑工事。后来，李玉堂督促黄涛解围，但黄涛以蒋命令为准按兵不动。李玉堂急了，一度亲自坐到黄涛军部逼他解围。7 月中旬，衡阳危急，蒋介石亲自下达解围命令，黄涛才率第 62 军向衡阳攻击前进。

黄涛刚到衡阳时，虽然也说过"我们第 62 军流血流汗，出命出人，为第 10 军夺战功"之类的风凉话，但平心而论，救援衡阳他还是尽心尽力的。在整个衡阳解围战中，第 62 军几乎打满全场，是自始至终最主要的一路援军，该军第 151 师甚至一度攻击到火车西站附近，距衡阳城里的方先觉部"只隔了薄薄一层纸"。但是，由于该军自身实力有限，加上国军指挥系统混乱，最终还是功亏一篑。

7 月中下旬，参加第一次衡阳解围战的援军主要有第 62 军和第 79 军两支部队，一南一北，齐头并进，但由于两军没有协商好，最终变成逐次到达战场，逐次投入作战，没有形成战斗合力，当第 62 军到达城南，第 79 军还没到，等第 79 军到了城北，第 62 军又力穷而退了。

另外一支援军是黎行恕广西部队第 46 军。该部 7 月底才到衡阳，打到千钧一发之际又突然撤走，不但没有发挥出应有的战斗力，还给日军提供了各个击破的机会。

实际上，这种混乱困扰着整个长衡会战。1944 年 6、7 月间，在长沙、衡阳一带活动的中国军队最高峰时曾有 17 个军、47 个师，总兵力近 50 万人，人数远多于日军。7 月下旬，直接参与衡阳解围战的援军也有 6 个军、9 个师，如果这些军队步调一致，力注一窍，衡阳是很有希望解围的。不过，由于指挥混乱，各自为战，各部始终无法形成合力，加上通信密码被日军破解，最终还是被敌人有的放矢，逐一击破。

造成指挥系统紊乱的根源不是别人，正是最高统帅蒋介石。

抗战时国军军事指挥系统分为三级，军委会是最高统帅部，下设军政、军令、后勤等部，统一指挥全国 8 ～ 12 个战区；各战区以下，是集团军及所属军、师。按国军指挥层级，蒋介石只需将指令下达给各战区长官部就可以了。但是，蒋介石素来有越级指挥的习惯，凡大型战役，他都要通过电话、密电、手令等方式亲自指挥，不仅经常越过战区指挥到集团军，有时将作战任务直接下达到军、师一级。抗战时，各集团军总司令接到的蒋介石指令，比各战区长官接到的蒋介石指令多得多。除蒋介石本人外，他的侍从室主任林蔚也经常以蒋介石的名义对下发号施令，下面摸不清到底是林蔚的主意还是蒋介石的指令，都只能当作蒋介石的命令来贯彻执行。

也曾经担任过蒋介石侍从室主任的张治中说，由于蒋介石长期以来高度集权的习惯和做法，下面部队在接到军委会的军令时，习惯于首先看落款。如果是"中正手启"，那是蒋介石亲自下达的，必须高度重视，马上落实；如果是"中正侍参"，那是侍从室下达的，也要高度重视；如果是军委会各部下达的，那就不一定了，要根据事情的紧急及重要程度区别对待。时间一久，军委会属下军政、军令、后勤各部，有时候为了确保下达军令有效，也不得不弃用本部门的政令，而改用"中正手启"下达。张治中评价说："这种个人集权、机构无权的特殊现象，坏处甚多，决难持久。"

这就造成国军指挥系统的紊乱成为一个普遍的现象，自始至终、从南到北地存在于国军各级、各方面的军事组织中。这种普遍性的紊乱，自有其内在逻辑的合理性。国民党军政体系是一个奇特的复合体，集军阀、财阀、门阀等多重特点于一身，这个体系正如史迪威所言，是"以恐惧和恩惠为基础的结构，掌握在一个武断、倔强的人手里"。至于最高统帅蒋介石，史迪威说他"不是一个军人，而是一个军阀"。

军人与军阀，只有一字之差，却有天壤之别。

军人，奉行的是正常的军事规则；军阀，奉行的则是"以权驭军"之术。无论蒋介石也好，何应钦、白崇禧、陈诚、薛岳也罢，他们在军政界施以权谋之术，奉行"有枪就是草头王"的绿林哲学，以及"弱肉强食"的丛林法则，通过恩威并施，党同伐异，拉帮结派，用个人效忠模式控制地方上的实力派，与各级政客将领形成人身依附关系，让他们在平时"只知有官、不知有令"，到了战时，长官动辄以个人权威越级指挥，随意调动部队，让本就混乱的指挥系统更加混乱不堪。这种过于随意而频繁地调动部队的行为，不但让下面的部队无所适从，更让一线指挥官难以建立固定的责任感。打仗，只要听最高统帅的指令就行了，哪怕明知道他错了也没有关系。听话，打输了也没有责任，不听话，哪怕打胜了也可能被问责，万一打输了，就要冒被枪毙杀头的风险。所以，造成这一切混乱的根源，正是最高统帅蒋介石本人。

对此，跟随蒋介石多年的军委会军令部部长徐永昌感受最深。1944年6月长衡会战期间，他在日记里写道："委员长每好亲拟电、亲笔信或亲自电话细碎指示，往往一团一营如何位置等，均为详及。各司令长官或部队长既不敢违背，亦乐于奉行，致责任有所诿谢，结果委员长之要求所至，战事愈不堪问矣。因委员长之要求，即本部指导者，实亦有过于干涉之嫌。"后来，李宗仁更一针见血地指出："抗战时我方指挥系统的毛病亦多。最重大的一个缺点，便是蒋先生越级亲自指挥。"

国军中存在的上述沉疴痼疾，是造成衡阳迟迟不能解围的重要原因。但客观而论，也并非全部原因。衡阳之战不能取胜，某种程度上也是当时两国、两军的实力差距使然。

1944 年 7 月 11 日，美国《时代》周刊的记者白修德和英国路透社的记者格雷汉姆从桂林赶去衡阳，在距离衡阳 100 公里外的祁阳碰到了正和日军当面对峙的黄涛部第 151 师师长林伟俦。在白修德笔下的第 62 军是这样的：

"三个人只有一杆枪，其余的背着军需品、电话线、米袋、机关枪部件。神情严肃的士兵一前一后，中间走着穿蓝褂的农民，征来背军需品的。一辆机动车也没有，一辆卡车、一门炮也没有，行列里偶尔会出现一头牲畜，分担着行囊。一天里头，有那么几次会看到一匹中国小马的脑袋高出行军的行列，那是给营级以上指挥官用的。士兵们身体结实，深棕色的皮肤，很消瘦。他们的枪很旧了，黄褐色的制服已经磨损。每个人腰上别着两颗手榴弹，脖子上挂着一条鼓鼓囊囊的蓝色长筒，像条大红肠，里头装着米，是士兵们唯一的野战粮食配给。他们打着草鞋的脚开裂、浮肿，脑袋上披着用树枝编织的鸟巢，用来遮阴或隐蔽……进攻部队有两门法式七五炮和两三门迫击炮。两门七五炮是第一次大战的遗品，有 200 颗炮弹，射起来像是守财奴在数金币。"

白修德又问林师长有多少炮，林伟俦老实回答说各师没有炮，全军只有 1 个山炮营，军部为了支持第 151 师作战，特别将 1 个炮兵连 4 门施耐德山炮配给该师。白修德说炮兵太少了，火力不够。他回桂林不久，从桂林派过来 1 个炮兵营，携美式山炮 6 门。可惜，由于道路被损毁，所携弹药很少。

以这样简陋的武器装备、火力配给和后勤水平，自然无法和炮火强大的日军对抗，因此，第 62 军虽拼死攻击，大部分时间仍被阻在衡阳城 20 里外，起不到外围的策应作用。

在抗战时期，日军经常狂妄地对外宣称，1 个日军大队就可以击败 1 个中国师。所谓"大队"，规模大于中国军队的"营"而略小于"团"，编制约 1200 人。在武器配置上，日军 1 个大队的步兵武器包括步枪 556 支、轻机枪 36 挺、掷弹筒 36 具、重机枪 12 挺、92 式步兵炮 2 门。中国军队的 1 个 "营" 有步枪 279 支、轻机枪 27 挺、重机枪 6 挺、82 毫米迫击炮 2 门。如果以 "团" 比较，国军 1 个团的步机枪数量和日军 1 个大队相当，但火炮方面差距很大。国军 1 个团装备 82 毫米迫击炮 6 门，日军 1 个大队就有 60 毫米迫击炮 24 门，步兵还配置了大量掷弹筒。如果再上升到更高一级战斗单位，则能给步兵提供的炮火支持差距就更大了。如果以炮火来评估双方战力，1 个中国师的炮火能力大概才相当于四分之一个日军师团，因此，蒋介石曾经告诫史迪威说，防御 1 个日本师团至少要中国 3 个师，若要进攻，则需 5 个师。

1939 年 11 月 26 日，徐永昌在日记中写道："徐州会战以来，我对敌用兵常以五师对敌一师，而每感力量不足，近数月中，已有两三次获敌小册子记载用兵，亦谓其两大队可抵我一师（我师步兵九营，敌则十二营），是每营抵我四营半。一师可抵我六师，此诚可作敌我用兵之标准预计矣。"

在两军武器装备差距的背后，是当时两国国力的差距。

抗战爆发前，日本是亚洲唯一完成工业化的国家，走上强国之路，中国总体上还是一个落后的农业国家。日本每年工业总产值 60 亿美元，中国只有 13.6 亿美元，日本是中国的 4 倍多；日本每年生产钢铁 580 万吨，中国每年生产钢铁 4 万吨，日本是中国的 145 倍；日本每年产石油 169 万吨，中国只有 1.31 万吨，日本是中国的 129 倍。中日两国国力差距如此巨大，体现在军事工业上的差距就更不是一星半点儿了。日本从甲午战争开始前到第一次世界大战，就建立了完整配套的军事工业，到 1937 年，日本已经可以每年生产飞机 1580 架，大口径火炮 744 门，战车 330 辆，汽车 9500 辆；而此时的中国，还生产不出一架飞机、一辆战车、一辆汽车，甚至一门大口径火炮。1938 年是抗战全面爆发的第二年，当年日军有飞机 2700 架，中国有飞机 600 架（能作战的 305 架）；日军有舰艇 285 艘，总吨位 116 万吨，在全世界海军排名前三；中国军队虽然有舰艇 100 余艘，总吨位却只有 6 万吨，只是对手的零头。

更要命的是，中国军队像无本之木、无源之水，武器装备每打一仗，就少一批。1937 年 8 月，兵工署署长俞大维说，如果欧美不给我们卖军火，中国军队的武器弹药最多够用半年；1938 年春，俞大维又说，当年中国军队预估的武器数量需求为步枪 44 万支、轻机枪 36000 挺、重机枪 6500 挺、迫击炮 1550 门，而当年中国国内兵工厂能供应的数量仅为步枪 7 万支、轻机枪 3400 挺、重机枪 1300 挺、迫击炮 500 门。

这种情况直到抗战中后期也没有得到改善。据统计，1941 年日军配发给在中国关内的各个师团的山炮、野炮、榴弹炮炮弹合计为 250 万发，而在整个 8 年全面抗战期间，中国所生产的山炮、野炮、战车防御炮的炮弹数量共 172 万发，还不到日军一年之内给中国关内各战场配发的炮弹数量。

枪炮、子弹配给严重不足，导致国军士兵在战场上甚至不敢放开打枪，炮弹只能一发一发抠着用。日军在炮火口径、射程和数量上的压倒优势，不但造成国军伤亡惨重，也对中国士兵造成了精神上的强大压制。丁治磐的老上司、第八战区副司令长官徐源泉说："敌每以数十门炮向我发射，弹如雨下，而我无一炮还击，于士卒精神上颇受打击，因之敌更猖狂无忌……统计我军伤亡，被炮击者占十分之七。"

当然，"战斗"和"战争"是两个概念，两军作战，绝不只是比兵力和装备列表这么简单。战争，是由装备、指挥、训练、参谋、情报、后勤等军事系统集合而成，日军则正是这样一个用不同功能模块组装起来的现代化的战争机器。

军事指挥系统方面，国军很多将领看法竟和史迪威差不多，认为国军"兵好官不好"，越往上，军事能力越差。丁治磐甚至说，国军打不过日军，主要还不是武器装备劣势，而是将才劣等，"盖我军装备劣势未始不可胜倭兵，而我国将才劣等，则真不堪以当倭将矣"。还说，"大官指挥能力之不逮及战术思想之幼稚，殊不配与倭方指挥官为敌也"。

至于军事情报等辅助系统方面，国军情报系统的主要精力一直放在反共防共上，而且从诞生开始，就和青洪帮等江湖帮派搅在一起，成员中颇多乌合之众。日军的情报系统则历史悠久也经验丰富得多，其组织也相对更规整。日本是全民情报国家，日本人下至普罗大众，上至军方要员，都对收集情报有着深入骨髓的热情，其情报机构，既有民间组织，也有军方机构，即便是以秘密社团面目出现，其成员也多以肩负着为国家开疆拓土的"国家使命"自命，拥有较为完善的组织机构、极为严密的人员系统、准职业化的工作方法。

明治时代，是日本情报间谍活动非常活跃的时期，军方、民间各种情报机构纷纷成立，各种秘密社团也相继成立。1895年，日本在甲午战争中大胜中国，1905年，又在日俄战争中击败俄国，让日本人信心爆棚，更滋生了到东亚大陆去开疆拓土的野心。大批日本职业军人和失业的武士、浪人变身间谍，纷纷涌入中国，以实地踏访的名义在中国大肆盗取情报。当时日本在华最大的间谍机构是汉口乐善堂，其成员打着商贸活动的幌子，以卖书卖药为掩护开展"中国四百州探险"活动，每到一地，就详细记录当地的地形、交通、关卡、要塞、气候、经济、民俗等情况，事无巨细，不辞劳苦，搜集一切和中国有关的资料情报，为今后发动侵华战争做准备。

到了"二战"爆发前夕，日本的间谍情报网更加发达，日本间谍在中国到处活动，大肆进行地形测绘、资源勘探、社会调查等活动，几乎每个在华的日本人都成为日军的间谍。蒋介石感慨说："我们所见到的日本人，就没有一个不是侦探，没有一个不是便衣队。"即便后来担任中国派遣军总司令官的畑俊六，年轻时也曾率军事人员沿长江搜集情报，前后历时一个多月，为后来他指挥武汉作战提供了诸多便利。

地图在现代通信技术出现之前，是军事指挥官最重要的助手，林彪、粟裕、薛岳等名将都以喜欢看地图，甚至能背地图而闻名。日军从甲午战争开始就有计划地盗测中国地理，抗战中缴获的日军地图精确到五万分之一、两万分之一，甚至五千分之一，而国军的地图多为十万分之一，甚至不乏前清时留下的地图。衡阳作战期间，日军所用衡阳市街地图是日军参谋本部在昭和十三年（1938）绘制的，这幅地图大到当地驻军司令部，小到庙宇、教堂都标注得一清二楚，渡口等地标甚至标注得比国民政府发布的县志和地图还要详尽准确。

关于地图问题，第 26 军军长丁治磐回忆说：

"抗战时来不及准备地图，大多是十万分之一的地图，这种地图叫编图，不够详细，且错误百出，作战时不管用。最好的顶多是两万五千分之一的地图。他（薛岳）看地图作战，有时就会说目标距离很近，地方又小，为何攻不下。实际上却距离远，地方大，有时左右方向都不对。他们都不研究问题症结在地图太差……日本人军事地图编得详细，一般的比例尺是两万分之一，有些则是精细到五千分之一。"

汤恩伯部第 13 军军长石觉说，国军虽有地利，却不熟悉地形，日军对中国地形比国军还熟。国军多使用比例为十万分之一的地图，日军则使用比例为五万分之一的地图。被称为抗战常胜将军的陈长捷回忆说，1937 年他率 72 师增援南口，从汤恩伯军部领取的地图是光绪时所制十万分之一地图，并且团以上军官才有一份。该部经过长城，照图前进竟失联两天，后来才发现实际地形与所绘地图完全不符。后来他们在战斗中缴获了日军地图，发现日军地图比例为五万分之一，山川、河流、村庄一清二楚，重要地段的一棵树、一间房，甚至长城上的石雕，在地图上都有准确的标注。

军事后勤方面，国军的后勤系统冗繁复杂，陈旧落后，又缺乏机械化的装备设施保障，效率低下，聊胜于无；日军则比照现代化军队的要求，建立了海陆空一体化的后勤系统，尤其是其机械化水平较高，在很大程度上弥补了日军兵力不足而战场过于宽大的短板，尽管总兵力处于弱势，却总能利用铁道、舰艇、战车、汽车调动运输而形成局部兵力优势。

至于军事训练体系方面，两军之间的差距就更有如云泥。石觉等国军将领认为，国军和日军在实战中反映出来的战斗力的差距，实际上早在两军平时训练时就已体现出来。中国军队的新兵训练体系极不完整，训练经费、时间、兵员素质都难以保障。军委会规定，新兵基础训练时间3个月，士官培训时间8个月到1年，但各部队因为急需补充，往往匆忙训练1个月就将新兵推上战场，有些士兵在上阵之前连步枪都没摸过。另外，国军士兵大多数没有上过学，军官受教育程度也普遍偏低，反观当时的日军，绝大部分士兵上过学，军官一半以上接受过高等教育或专门的军事教育；日军新兵平时训练的标准也很高，每个士兵只有用步枪射满1000发子弹，并在400米外打出一发子弹8环的成绩，方算达标。

对于当时日军的军事训练水平，李宗仁的评价颇高：

"日本陆军训练之精和战斗力之强，可以说举世罕有其匹。用兵行阵时，上至将官，下至士卒，俱按战术战斗原则作战，一丝不乱，令敌人不易有隙可乘。日本高级将领之中，虽乏出色战略家，但是，在基本原则上，绝少发生重大错误。日本将官，一般身材矮小，其貌不扬，但其做事皆能脚踏实地，一丝不苟，令人生敬生畏。这些都是日本军人的长处。"

正因为此，曾经率领中国远征军参加过滇西大反攻的宋希濂将军说，当时一个日军士兵的作战能力约相当于七八个国军士兵。如果说国军哪个方面稍微更强一点，石觉则心酸地说，可能中国士兵"不怕死的精神"稍为占优。

1937年卢沟桥事变以后，有一次史迪威来中国观察军队，他看到远处山顶上有个长长的东西像一只百足虫一样在缓缓移动，仔细一看，原来是一列货车，一个连的中国士兵正从两侧推着它，像一只蜗牛一样缓慢前进。史迪威默默看了很久，对身边的人说，"就是这种精神，最终将征服日本"。

正是史迪威所称道的这种精神，支撑着积贫积弱的中国和落后的中国军队熬过了抗战最艰苦的时日，也是这种精神，使同一支中国军队哪怕有一丁点细微改变，也足以成为另一支截然不同的军队。同样是第62军，几天后在得到桂林来的美军大炮之后，其精神面貌和战斗力马上大不一样了。

1944年8月2日，日军第40师团与第二次前来衡阳救援的第62军再次短兵相接。这·次，在第62军美式炮火猛攻下，第40师团第234联队官兵死伤惨重。打到8月5日，该联队近200人编制的中队，最少的只剩2人，最多的只剩24人。在弹药耗尽后，日军只能捡起地上的石头和国军扔过来的手榴弹回掷还击，最危急的时候，联队长甚至要将象征本军最高荣誉的军旗转交到后方。

在湘江对岸的日军第13师团看他们打得如此惨烈，心急如焚，一度打算强渡湘江过来支援。正当他们准备下水时，江面上漂过来大量的油状物，师团长赤鹿理推测守军将在他们半渡时点火焚烧，这才临时取消了强渡的计划。

第四十二天，人间何世

8月3日，甲申年六月十五，晴，午夜雷雨

孤注一掷的横山勇亲自坐镇指挥对衡阳的第三次攻击。

8月3日清晨，横山勇向第11军全军发布了《特别训示》：

"兹以岩（第116师团）、堤（第68师团）、广（第58师团）、鹿（第13师团）之精锐攻略衡阳之准备业已就绪，切勿错过此良机而再寻攻略之机。军将以必胜决心，一举攻占衡阳。各兵团部队应设法竭力完成使命，为我军之传统增添不朽光辉。旭集团长横山中将。"

从昨天开始，日军第5航空军的轰炸机就一批接一批地对衡阳城再次进行轰炸，第16飞行队轰炸了中央银行，第6飞行队轰炸了岳屏山炮兵阵地，第44飞行队则轰炸了城西北和城南其他阵地。轰炸从午夜开始，持续到次日拂晓。

飞机轰炸刚停，衡阳四周日军的重炮群开始万炮齐鸣。日军在炮火处于压倒性优势的情况下，甚至不作任何遮蔽，将重炮直接架在北门来雁塔、西门望城坳等高地上夜以继日地对衡阳城内轰击，更有一部分山野炮直接推到离守军100米处抵近射击，弹道延伸到了城区中心中央银行军部附近。

衡阳城全天笼罩在滚滚的漫天烟尘中，守军阵地被震天动地的重炮打得几乎翻转个身，瓦砾废墟被炮弹打得到处飞溅，深埋入地的有线通信线路也全部被炸断，通信班班长冒着弹雨前去修复，不到几分钟又被炸断，前后失去联络，士兵们躲在避弹坑里不敢抬头，各阵地只能孤立无援地各自战斗。

城南。

五桂岭阵地在飞机和大炮的轮番攻击下，像被犁过多次一样，阵地上几乎看不到一个人了。第 68 师团师团长堤三树男命令士兵突击。刚冲上来，立即被不知道从哪儿冒出来的守军火力所压制，日本兵一个个趴在地上，上不去也下不来。

堤三树男只得命令炮火再次轰击，阵地又被重新翻炒了一次，两个大队再次发动冲锋。守军似乎永远消灭不干净，瞬间，他们又以狂风暴雨的扫射将这两个大队的中、小队长全都击毙。一天下来，日军发起三次冲锋，三次均告失败。

城西南。

西禅寺。

杏花村 141 高地（"乌贼高地"）经过 5 天的拉锯战，最后的半边阵地也终于丢失。此后，西北面的西禅寺成为一个完全孤立的阵地，四周和后方交通被日军包围而完全阻绝。

凌晨，第 120 联队从四面八方对西禅寺发动攻击，3 名中队长带着士兵冲向守军，就在即将接近寺门口时，侧面山坡上又响起了机枪的嘶吼声，士兵又像割稻子一样倒下来。在后督战的儿玉忠雄气得大叫一声，跃出战壕，亲自拿起轻机枪顶在腰上扫射，然而守军反击非常有力，3个中队的士兵最终大部分被歼灭，到天明时，第 120 联队再次败下阵来。

眼看三次猛攻铩羽而归，儿玉忠雄几乎要绝望了，正当他整理残部准备撤退，后面突然传来了惊天动地的爆炸声。

原来，负责炮火支援的日军野炮第 122 联队联队长大岛卓大佐杀红了眼，把大炮直接推出工事进行抵近射击，试图将西禅寺的堡垒、工事和士兵全部夷为平地。这种大炮抵近射击非常危险，不但把自己置于对方火力的打击范围，爆炸产生的弹片和碎石也容易伤及自身。最疯狂的是野炮联队第 1 大队大队长仓成国雄，他将大炮推到离守军不到 100 米处射击，很快双腿受到重创，但他仍然坐在地上，大声叫嚣："继续突击！宁愿做步炮协同之鬼，也要看到我军胜利！"

在日军炮兵疯狂地抵近射击下，西禅寺砖石横飞，瓦砾四溅，几乎被炸成断壁残垣；寺门外池塘里浸泡着无数浮尸，大多腐烂浮肿，面目不清，从服装上看，大半是守军士兵。

不过，令人诧异的是，在这一片瓦砾堆的废墟中间，仍有一尊药师佛安然端坐在残破的佛殿一角。他仪态庄严，面相慈善，似乎并不为眼前排山倒海、惊天动地的炮火所动，而是以悲悯的眼光，默默俯视着这些沉沦在苦海里的人。

天马山。

天马山山顶已被日军炮弹削去了整整10厘米，曾经陡峭的天马山，此时变成了一个圆弧形的小山坡，尽管如此，上面还有第3师第9团一个营200名官兵在坚守着。

天亮不久，几十架日军飞机又飞来轰炸，把守军昨晚好不容易做好的木栅转眼间炸得灰飞烟灭，飞机刚走，日军又开始炮击，炮声一停，步兵又开始一轮轮冲锋。不过，绝壁依然无法攻克，日军很快又被中国军队用手榴弹炸了下来。

晚上，日军第120联队再次组织夜袭，突击队好不容易摸进了阵地，才发现战壕里早就蓄满了齐腰深的积水，原来中国士兵这几天一直站在深水里战斗。刚以为大功告成，又被隐蔽在两侧阵地的守军机枪火力封锁了退路，一顿扫射之后，整个突击队再次被全部消灭。

五显庙。

葛先才已经好几个晚上没有睡过囫囵觉了。这几天日军不断轰炸天马山和苏仙井，炮弹像暴雨倾盆，大地仿佛在颤抖，震得离天马山不到200米的五显庙摇摇欲坠。大白天的，预10师师部指挥所里灯光昏沉，时明时灭。

突然，庙门口传来一阵吵闹声，一个大高个被一帮士兵闹哄哄地簇拥着，边走边嚷，一阵风似的闯进了五显庙。

葛先才定睛一看，中间咋咋呼呼的那个大高个，原来是跟他多年的卫士，在停兵山阵地上的 7 连连长张德山。

他惊奇得下巴都要掉了："张德山，原来你没有死啊？"

张德山咧嘴大笑，"师长你说的什么话！我酒都没喝饱，鬼子没打够，怎么肯死呢？是兄弟们庆祝我打胜仗升了营长，要我请客，可我这个月花红用完了，来找师长借点钱买酒！"

葛先才正要骂他，突然听到"砰"的一声巨响，外边乱作一团，接着又传来几个人悲泣的声音。

葛先才这才突然清醒过来，原来刚才打了一个盹，做了南柯一梦。这已经是近几天连续第三次梦见张德山来找他讨酒喝了。葛先才叫卫士过去隔壁查看情况，原来是野战医院里有个伤兵，难忍伤口痛楚而举枪自尽了。

听着远处传来的隐约的悲泣声，望着庙门口石碑上残破的"五显庙"几个大字，葛先才心里怅然若失，好像被一块人石头重重地压在胸口，沉甸甸地堵得难受。他记得，当年驻军洛阳时，团部门口也有一座规模颇大的"五显庙"。庙祝告诉他，宋太祖赵匡胤起兵时，曾在洛阳受过重伤，一个民间医生把他救活，后来，赵匡胤黄袍加身，想封赏这个医生，没想到医生不想做官，只想悬壶济世。赵匡胤感于此事，就在洛阳建了一座宏大的"理药寺"，当时跟着这个医生行医的还有一大批高僧，这些人秉持"医身显德，医德显廉，医技显精，医理显高，医风显善"的理念，救治了不少乡邻，当地人视之为菩萨，"理药寺"因此得名为"五显庙"。

五显庙东边是仙姬巷，传说何仙姑曾住在这里，她每天到花药山采集草药给乡邻治病，后人把这里称为"仙姬巷"。

五显庙西边是苏仙井。据《清泉县志》载，"苏仙井在城南二里，泉清洁，汲者不绝"。苏仙，就是西汉时白日飞升的仙人苏耽，相传他自知将要成仙，就把此事告知母亲，说来年天下大疫，只要用井水一升，调和橘子叶一枚，便可救活一人，说完他就羽化成仙了。第二年，果然天下发生瘟疫，苏仙母亲照此办理，活人无数，功德无量。

五显庙、花药山、苏仙井、仙姬巷一带，过去是衡阳江湖郎中荟萃之地、走脚医生集中之所，衡阳本地人凡有大痛小病，头疼脑热，都来此间求医问药。可是，此时此刻的五显庙、苏仙井，几乎已成人间炼狱，伤兵满地爬行，日夜痛哭悲吟。军部的口号早就变成了不讲理的"负伤不到三，枉吃钱粮是汉奸"，凡是爬得动的都上了前线，实在动不了就只能躺着等死了。野战医院也已不成为医院，医生、护士、护兵也都统统被拉到火线，莫说高僧大德、名医良药，眼下就连一点消毒药水和纱布都找不到，伤患只能以破布和废纸包扎，天气酷暑难耐，蛆虫爬进爬出，痛苦呻吟不止，有的实在忍受不了痛苦，干脆饮弹自尽或直接跳进了湘江。

葛先才在报考黄埔军校前，是长沙湘雅医学院三年级医科生，纵然他见惯了生离死别，也曾在战场上经历尸山血海，听到这些伤兵哀号悲泣，也不免时时痛心落泪："这哪里还是文明人类生活的地方？啊，人间何世！人间何世！"

第四十三天，泰山将崩

8月4日，甲申年六月十六，上午晴，下午4时狂风暴雨

衡阳城北，杨家坳。

衡阳的三伏天实在酷热难耐，虽然第11军指挥所靠近湘江河谷，却感觉不到一丝凉风。横山勇走出令人焦躁的战壕，靠着山梁，拿出望远镜，仔细打量这座小小的衡阳城。

湘江对面，轻便铁路已经修到了粤汉铁路火车东站里面，这是从关东军调来的铁道部队日夜奋斗的结果。衡阳机场也被抓来的民夫赶工修复，之前一直被城内的炮火控制，现在守军炮弹告罄，日军的轻型飞机也开始在这里起降。长衡公路修到了离衡阳只有50里的店门，野战重炮旅团的100毫米加农炮和150毫米榴弹重炮通过驮马和人力拖曳运到了衡阳，甚至湘江上还搭起了临时的便桥，已有人员在两岸往来。

衡阳城下，日军第11军除第3师团、第27师团、第34师团负责在外围阻援外，其余5个师团均已全部到位，齐聚城下，带来100多门火炮、40000发炮弹，包括5门大口径重炮。攻城各部列于四门，等待最后的雷霆一击：第11军指挥所及军直属野战重炮旅团、第58师团部署在城北杨家坳和蒸水河的北岸；第40师团部署在衡阳西北郊；第116师团及炮兵第2联队、步兵炮队、速射炮队部署在衡阳西南郊；第68师团及独立山炮第5联队部署在衡阳城南；第13师团一部及山炮第19联队部署在湘江东岸。以5个师团及直属部队10万之众的兵力对付不到1个军的中国部队，这在中日战史上还是前所未有的事情。横山勇决定，一天之内，攻克衡阳。

8月4日拂晓，横山勇下达了对衡阳的第三次总攻击令。

自 8 月 2 日以来，日军的空军和炮兵已经连续两天不间断地轰炸，炮阵地留下堆积如山的炮弹，密集的炮弹像撒豆一样铺向衡阳。重炮一直轰到夜幕降临方停。直到阵地上再也找不到任何目标，守在四门的日军各路大军才发起步兵冲锋，像狂潮一样朝着衡阳城席卷而来，日军敢死队对中国军队据点一个接一个展开攻击，守军只能寸土寸血地力拼。

第 10 军阵地完全被硝烟弹雨覆盖，工事基本都被炮弹毁得灰飞烟灭了，但守军的意志依然坚强。正如衡阳老乡们说的："一甲麻雀打三枪，胆都吓壮哒！"官兵不饮不食，不眠不休，每个人都杀红了眼，不要命地和日军展开拉锯战，战斗像狂风暴雨终日不停，后面的人踩着前面人的尸体，和同样踏着同伴尸体而来的日军展开肉搏，每个阵地有两次以上争夺，每个阵地最后失守，都不是因为官兵擅离职守，而是由于官兵伤亡殆尽，才不得不放弃阵地，让敌人进入。

城北。

衡阳西北郊的池塘、水田，早就被方先觉挖开灌水，成了半泛滥区，只有几条道路可以通过，其中易赖庙前街是进入市区的主要通道，第 3 师在这里部署了重机枪火力，一个多月来，日军只敢在半夜里摸黑偷偷进攻，但现在日军仗着火力充足，人多势众，一反常态在大白天就开始发起进攻。

日军第 40 师团兵分四路，向杨林庙、杜仙庙、青山街和易赖庙前街进攻，在日军炮火打击下，守军伏地堡大部分被摧毁。午后，40 余日军突入杨林庙和杜仙庙，第 3 师第 7 团第 2 营营长侯树德乘其立足未稳，将其逆袭歼灭。易赖庙前街由于房屋较多，防守难度很大，黄昏，100 余名日军终于突入易赖庙前街，和第 7 团第 1 营展开逐屋争夺，守军只能拆东补西，东边刚堵好，西边又崩溃了。看形势不妙，第 7 团团长鞠震寰马上命令第 3 营营长王金鼎率 100 余人增援，又派师战防炮连 40

余人杀到，直到午夜，才全歼了突入之敌。

城南。

五桂岭北半部－接龙山－岳屏山。

第3师第8团团长张金祥防守的五桂岭被日军连日猛攻，伤亡很大，下午4时，阵地陷落。黄昏，张团长命第2营营长苏琢率剩下60人反击，午夜2时，恢复阵地，苏营长阵亡。

岳屏山是第10军的炮兵阵地，山高，坡陡，森林茂密，阵地前面设置了多重障碍物，工事做得非常坚固，火力设置巧妙，日军屡攻屡败。葛先才跟方先觉打包票说，岳屏山固若金汤，绝对没问题，因为第28团团长曾京的指挥所就在这里。曾京亲自指挥3个营对突入之敌逆袭，"十荡十决"。方先觉知道，所谓"十荡十决"，听起来荡气回肠，实际上惨烈异常，最后都靠手榴弹和刺刀，说明兵已穷而弹已绝了。

接龙山，在岳屏山和五桂岭两个阵地中间，也是预10师第28团曾京部防守的阵地。连日来，接龙山遭到日军飞机空袭及排炮轰炸，到8月4日黄昏，阵地全部被毁，附近的第3师师长周庆祥感到指挥所将受威胁，立即派第3师工兵连前往支援，与曾京第28团一起，歼灭了侵入阵地的日军。

城西南。

苏仙井高地。

这个由军工兵营营长陆伯皋精心建成的模范工事，在日军炮空协同袭击下，地面工事和外壕大部分被炸毁了，但外壕边的木栅还是发挥了重要作用，日军第133联队的士兵一拨接一拨地冲过来，又一次次被密集的手榴弹炸倒。

天马山、西禅寺。

在这一轮总攻中，天马山和周边的西禅寺、苏仙井受到日军飞机轰炸的次数最多，被日军大炮轰炸的时间最长。西禅寺，这座花繁草盛的丛林古刹，在日军日复一日的炮击之下，早已变得残破不堪。防守这里的步兵打光了，现在接手阵地的是第48师战防炮营的炮兵，他们把炮弹打光以后也变成了步兵，被临时补充到这里。不过，虽然号称是一个营，却是只有4个连干部的架子营，实际上只有一个连的兵力。在日军一轮轮疯狂攻击下，这一个连也很快打光了，到晚上10时，他们丢失阵地，全部退了下来。

西禅寺失守，西门就完全敞开了，营长刘卓心急如焚。军长方先觉接报，马上派参谋康楣带5个工兵飞奔过来支援。刘卓收容好退下来的1连官兵，集合了营部剩下的卫生员、司号员、军械员、司书、杂役等18人，再加上康楣的工兵，分为3个组，由战防炮4连连长杨光荣、中尉参谋康楣、副排长欧阳赞各带1个组，在午夜时分对西禅寺发起逆袭。

杨光荣和康楣各带一组作为突击队，趁夜摸到西禅寺外，副排长欧阳赞带一个组为预备队守在外面。日军刚打下西禅寺，一堆人正在抓紧修复工事，只留了两个士兵在门口站岗。杨光荣叫人过去摸掉哨兵，两个日本兵一看两团黑影直奔过来，吓得举枪就放，这一枪响不要紧，整个西禅寺顿时枪声像爆豆一样响成一片。混乱中，杨光荣把一个日军小队长扑倒在地，旁边一个日本兵半晌才反应过来，怪叫一声，恶狠狠地挺枪刺来，千钧一发之际，紧随杨光荣身后的营部军械兵抡起枪托，哐当一声把鬼子的步枪砸掉了，鬼子枪虽然没了，却抱住军械兵张口就咬，直接从他胳膊上啃下一块肉来。军械兵感到一阵钻心地疼，却丝毫不敢撒手，只能两手紧紧箍住鬼子一起在地上翻滚。这边康楣瞅准机会，一刺刀刺死了和杨光荣扭在一起的日军小队长，又一个撩刺，结果了地上那个穷凶极恶的鬼子兵。

留在寺外的欧阳赞那一组也立刻翻墙进了寺庙，一时间喊杀声、惨叫声震天，日军搞不清冲上来的中国兵到底有多少，只见月光下黑影一波波涌过来好像源源不绝，当下心生惧意，急忙冲出西禅寺逃散，西禅寺终于被守军再次恢复。

这一天正是六月十六，雾气渐渐散去，皎洁的圆月挂在天边，清晖照耀着残破的西禅寺，精疲力尽的杨光荣坐在西禅寺外的大樟树下喘口气。不到25岁的他已经是第5军的一名老兵了，参加过中国远征军第一次入缅作战，这次又作为第48师炮兵连长参加衡阳保卫战。虽然打过无数场仗，可是他觉得，哪一仗都没有今天衡阳这一仗苦。

西禅寺外，日军第120联队指挥所里。

夏夜蒸笼一样的酷热和无处不在的尸臭，让儿玉忠雄大佐一阵阵头昏脑涨，烦躁不安。眼看接任联队长已近半个月，自己却毫无战绩，无论如何，这次一定要拼死拿下西禅寺，西禅寺，绝对不能变成记载第120联队队史耻辱的"和尔高地"！儿玉忠雄决定，将天皇授予联队的军旗请到一线阵地，在凌晨发起最后的"拂晓攻击"之前，让官兵参拜军旗，再行攻击。

整理残兵时儿玉忠雄才发现，这个将近4000人的联队已经剩不下几个人了，一个编制近200人的中队，多的还剩四五十个，少的只剩二三十人了，队伍稀稀拉拉，不成样子。他只好以大队为单位编成突击队，东拼西凑下突击队也只有一个中队，担任白刃战的冲锋队只有一个小队。整个联队的损伤率，已经高达惊人的百分之八九十了。

然而守军的情况更加紧张。

城西南最后的核心阵地天马山和西禅寺兵力极度匮乏，再不补充，很多阵地就要空无一人了。方先觉命令葛先才和周庆祥分别将预备队全部补充到天马山和西禅寺。黄昏，葛先才将军辎重团1营补充到天马山，周庆祥刚刚把师工兵连补充到接龙山，师部只剩下搜索连了，他咬咬牙，又将这 30 余名残兵秘密地补充到西禅寺，准备迎接日军新一轮猛攻。

战到第 44 天，第 10 军终因寡不敌众，不得不将城南阵地再次收缩到苏仙井—岳屏山狭小地带，守军防守面不断缩小，敌人包围圈则渐渐缩小，越来越靠近后面的市区大街了。

第四十四天，死生契阔

8 月 5 日，甲申年六月十七，时阴时晴，下午微雨

恼怒已极的横山勇亲自督战，下令将所有炮弹投向衡阳，直到全部打光为止。日军重炮群一齐开火，想用地动山摇般的大炮来威慑守军，被飞机大炮轰击过若干遍的阵地又被重新翻炒了一遍。重炮确实厉害，视线所及的所有目标都被夷为平地，巨大的爆炸声让守军很多士兵双眼流血，双耳失聪。由于两军犬牙交错嵌在一起，有三颗重炮炮弹落到了正在等待冲锋的日军队伍里，把日军自己的士兵也炸得尸骨无存。

第 10 军最后连伤员、马夫、伙夫都统统上了前线，方先觉只能把军辎重团 1 个营拆散，分别向最紧急的阵地临时补充，勉强将已经丢失的阵地一而再、再而三地从敌人手里夺回来。

日军包围圈越来越小，守军的阵地却越来越稀疏。很多阵地已经谈不上争夺，只是堵截，活着的都上阵厮杀，用尸山血海堵住敌人。城里城外，尸横遍野，烈日暴晒下，臭气冲天。

下午 3 时，方先觉在中央银行防空洞里举行紧急会议，召集 4 位师长和高级幕僚们一起商讨如何应对最后的危局。

葛先才赶到军部时，周庆祥、饶少伟两位师长和军参谋长孙鸣玉、第九战区少将督战官蔡汝霖、军令部少将高参彭克负等人都已经坐在方先觉的身边，一个个眉头紧蹙，愁容满面。容有略此刻还在城北指挥反击，尚未赶到军部来。

孙鸣玉首先向师长及幕僚们通报了各阵地情况：全军各级预备队和直属部队已用光，勤杂兵、炊事兵也都填补到火线，再也没有可以抽调的兵力，手榴弹和步、机枪弹即将告罄。如援军再不能冲进来，守军即使再撑也撑不过两三天。

方先觉直接开门见山地说："现在形势到了最危急时候，弹尽粮绝，解围无望，大家都很清楚，衡阳大概率已难确保。今天，我允许大家说出自己的心里话，不必有任何顾虑。"

葛先才道："城南我师阵地兵员枯竭，弹尽粮绝，炸坏的工事已经无法修复，形势确实危殆。坚守阵地，无非苟延残喘，等最后兵力用完，本师就将覆亡。不过，我认为，军人的天职是保家卫国，最后无非是尽人事听天命而已！只要我还有一口气，就要和日本鬼子拼到最后一颗子弹为止。"

态度倒是鲜明，然而对大局无济于事。

大家都沉默不语。方先觉又说："有什么解决方案也都说说，现在不说，还要等到什么时候呢？饶师长，你先说。"

饶少伟道："我有两个意见。第一个意见是放弃城北，固守城南。沿湘桂铁路打过来的第62军，炮弹已经落到城里了，看距离，离我们最多只有七八里地，所以，固守待援并非没有希望。再固守两三天，援军就可能打进来！"

周庆祥打断他："饶师长你不在火线，恐怕不知道情况的严重！现在城北和城西都是摇摇欲坠，敌人四面围城，一旦被敌人突破一角，我们就成瓮中之鳖了。至于城南，我可以肯定的是，我们第3师的阵地已经到了最后的关头，葛师长那边可能战斗力强一点，不知道还能坚守几天。"

葛先才摇摇头道："我师战斗兵已经全部打光，预备队也早就没有了，阵地只剩五显庙师部最后一道防线，再往后退，就到市区大街上了。不要说三天，我们恐怕今晚都危在旦夕。再往后，恐怕我们这些人都要上去打街市战了。"

周庆祥道："街市战？衡阳还有街市可言吗？5万多栋房屋早就烧得就剩5栋了。当年我们在长沙至少还有街市战打，衡阳现在一片废墟，各位，究竟要拿什么来打街市战？内无兵员，外无援军，我们到底还要拿什么和敌人拼下去？"

周庆祥越说越激动："原以为和上次长沙会战一样，第10军在城里拼，城外援军马不停蹄争先解围，里应外合，歼灭敌军。可是我们在这里苦挨死守了40多天，全军弹尽粮绝，油尽灯枯，衡阳城里臭气熏天，每天形同炼狱。我在第10军20年，从来没有打过这么惨烈、这么悲苦的仗。援军究竟在哪里呢？解个围到底有多难？当年第10军救常德，我一天一夜跑了一百几十里，鞋都跑丢了，现在我们城外援军十几万人，天天发电报说援军明天必到，明天到不了，又说三天必到，可是，三天复三天，各位，请问援军到底在哪里？！"

周庆祥问得好，问到了每个人的心坎里。

这段时间以来，方先觉天天发电报，委员长、薛长官、李副总司令只是回电说，援军三日必到，可是，三日复三日，就是见不到一个援军的影子。明明在衡阳城外200里半径之内有第46军、第62军、第73军、第74军、第79军、第100军等6个军，更大一点范围还有10个军兵力，如果沿着一路集中猛攻，解围又有何难？何况还有中美空军飞机助战，怎么会没有一点动静呢？他每天察看军委会、第九战区长官部和李玉堂集团军军部发来的电文，除了第62军，衡阳周围并没有其他援军实质性攻击的动态。

方先觉和在座将官都参加了半年前的常德解围战。当时，第10军奉命去救常德，连夜出发，日夜兼程，常常是刚到某地，电台天线才架起来，战区长官部的电令就到了，限第二天某时赶至某地；常德城里，余程万师部的电台也像催命一样，昼夜不停地呼叫。从衡山到常德600多里路，山长水远，哪有一条像样的路，全都是只容一个人通过的田埂，更何况12月的湖南，寒冬腊月，天寒地冻，滴水成冰，就这样，第10军硬是一天一夜跑了100多里，那真是不要命地跑啊。可是，现在轮到别人来救我们了，他们去哪里了呢？

即便如此，方先觉还是没有死心。

他从进衡阳的第一天，就没有指望过薛岳，赵子立说得对，关键时候薛长官是靠不住的。所以方先觉都是直接和重庆统帅部联络，支撑他挨下去的，是蒋委员长亲口许下的"甚稳"二字和"必定督促陆空军，助弟完成空前大业"的承诺。他相信委员长是真心实意的。但是，如此的日日夜夜他挨了40多天，第10军官兵坚持了40多天，直到今天，山穷水尽，弹尽粮绝，还是看不到任何援军的影子。不独是自己，整个第10军的官兵也都从盼望到失望，由失望到绝望，由绝望而发展到对统帅部的怨恨。

此刻，中央银行外面万炮轰鸣，排山倒海，惊天动地，地下室里犹如五雷轰顶，空气几乎停滞了，在昏暗的灯光下，墙壁就像行进在十级风暴里的破旧轮船的甲板一样，一直在咯咯咯咯抖个不停，好像随时要分崩离析，四分五裂。突然，一发重炮打到了指挥所外，地下室里的灯光瞬间被炮火震熄，所有人像被突然扔进了无边的黑暗之中，在空气紧张得几乎要炸裂的军部里，弥漫着一股即将覆灭的死亡气息。

灯突然"嗞嗞"几声，又暂时恢复了。

周庆祥继续说道：

"城外几十万大军，远远超过围城日军的兵力，为什么不能像台儿庄那样反包围呢？哪怕他们只是在外围机动出击，切断敌人补给，也可以大大减轻我们在城里的压力。可是援军在哪里呢？打了40多天，外线友军越打越远，内线的日军倒是越打越近了。第62军开始每天还有电台联系，现在连信号都听不到了。电报里总说好几个军在行动，可是看来看去，都只有一两个团、三五个营在打仗！曹华亭能进来，他们为什么进不来？到底是进不来，还是根本不想进来？！"

周庆祥越说越气愤，猛然坐下，掩面大哭：

"这40多天，我们耗尽了心血，早就生不如死。我天天夜里听枪炮声，总以为援军到了，眼睛望穿，最终还是失望。现在外无援军，内无兵员，究竟我们还要靠什么拼下去？军长！说句不该说的话，不是我们对不起国家，而是国家对不起我们！不是我们不要国家，而是国家不要我们！"

这话简直大逆不道了！可是谁又能反驳他呢，葛先才等几位师长沉默不语，年轻的参谋卫士也蹲在角落抽泣起来。

方先觉面无表情地看着周庆祥。

这还是威名赫赫的第3师的师长吗？黄埔军人的样子哪里去了。看他又哭又喊又闹的样子，还真是可怜！可是，周庆祥的话再不好听，却句句说到每个人包括方先觉自己心里去了。

抗战多年，第10军转战大江南北，三湘四水，打过的哪一仗不苦？从徐州会战、武汉会战，到三次长沙会战、常德解围战，哪一仗不是用尸山血海填出来的，可是哪一仗有今天的衡阳之战苦呢？过去再苦，最多也不过是三面围城而已，哪像这次，敌人把小小的衡阳城围得水泄不通，弹药粮食全部靠飞机空投，伤兵无从救治，兵力无从补给，士兵打一天少一批，到今天兵员枯竭，弹尽粮绝，再也没有任何人员和弹药补给了，衡阳城里，白天尸横遍野，臭气熏天，晚上漆黑一片，阴风习习，这还是个战场吗？简直是人间地狱。

这一段时间，上峰不断来电，勉励第10军官兵学习苏联斯大林格勒保卫战，可是，斯大林格勒自始至终有一头连接着后方，不管兵员和弹药，都有后方补给，哪像这次衡阳，铁桶围城，第 10 军每天守着残破的阵地，缝缝补补，补补缝缝，就这样苦苦坚持了 40 多天，日夜苦盼了 40 多天。可是，外面几十万援军就是死活冲不进来！此非天命也？莫奈之何！

周庆祥终于略微清醒过来，好像意识到自己的失态，他突然止住哭泣道："好了！不要哭了，哭有什么用呢！还是委员长说得好，靠人家不行，要自立自强，要自己拼命才行！"

正在此时，容有略满面惊慌地冲了进来。

他刚从火线下来，看到地下室里一副剑拔弩张的样子，不知道发生了什么，一时错愕得讲不出话来。方先觉没有理会他，让康楣给他倒了杯水。容有略坐下来，连喝了几口水，过了好一阵才回过神来。

方先觉接着问饶少伟："饶师长，你另一个意见呢？"

饶少伟道："如果大家都认为固守不可能，那么我的第二个意见就是突围！集中力量，向第 62 军来的方向突围。"

"我也赞成这个意见！"

周庆祥霍地站起来，对方先觉说：

"现在我军阵地犹如一张薄纸，绝对撑不过三天！日军攻势猛烈，敌人随时可以突进来，军长，可否考虑突围？"

"突围？还来得及吗？"孙鸣玉迟疑一下问道。

"过两天就更来不及了！"周庆祥说，"现在情况如此严重，口军在易赖庙前街、青山街投入了一个新的师团，野炮直接推到了大街上，阵地随时可能被突破。衡阳城目前内无弹药，外无援军，除了突围，再没有第二条路可走了！军长，不要再犹豫了！"

容有略看了看方先觉，迟疑了半天说："军长，城北方面，除了周师长阵地上新增加一个师团，在我们阵地上也发现另一个师团的番号，城北日军的兵力比之前多了五倍以上，敌人随时可能突破进来。我也同意突围的办法。"

"可是，没有上峰同意突围的命令。"孙鸣玉迟疑道。

周庆祥一掌拍在桌上，大吼："那难道就只能坐以待毙吗？不要幻想了，诸位！你们还看不出来吗，援军是不可能来的了！"接着，他转过头看向葛先才："葛师长，你的意见如何？"

葛先才沉默片刻，道："要是大家都决定突围，我个人也不反对。城里能够作战的人员，加上卫队、通信兵、医疗兵，大概有 2000 多人。日军的战斗力也不行了，这几天我们抓到的俘虏体力虚弱到极点，弹药极度匮乏，并不比我们好到哪里去，战斗力连平时的一半都没有。只要好好筹划，选择离援军最近一点攻击，我认为，大概有八成的把握可以成功。"

"可是，伤兵怎么办？"孙鸣玉迟疑了一下说，"昨天统计，城里伤兵有 6000 多人，这些人是完全走不动路的。我们好办，但我们突围了，这些伤兵怎么办？上次在常德，日本人破城以后，闯进伤兵医院，用机关枪扫射屠杀，以横山勇一贯残暴的性格，这次只会更加恼羞成怒，只怕会屠城。"

这话戳到了大家的痛处，每个人都不说话了。

"各位，请不要忘了余程万！"

从地下室一角又传过来一句话。说话的，是沉默了许久的第九战区督战官兼炮兵指挥官蔡汝霖少将。

第 10 军眼下的危局，和半年前余程万率第 57 师在常德城里的境遇何其相似。1943 年 11 月，余程万率第 57 师守卫常德。12 月 2 日，余程万打到弹尽粮绝，向第六战区司令长官孙连仲发出最后一电："弹尽、援绝、人无、城已破。卑职率副师长、指挥官、师附、政治部主任、参谋部主任以下官兵死守中央银行，各团长划分区域，扼守一屋，与倭贼做最后拼杀，誓死为止，以报国恩，并祝胜利。"3日深夜，余程万召集4名团长讨论决定突围，第169团团长柴意新执意留下照顾伤兵。4日，常德陷落，伤兵被屠戮殆尽。

战后不久，蒋介石在南岳召开军事会议，对常德会战进行讲评，他先是褒奖了为国捐躯的彭士量、孙明瑾两位师长，接着，严厉批评了第57师余程万师长，指责他"天天以无线电向各方乞援，泄露机密，日军本来准备撤退，因洞悉城内空虚慌乱情形，遂决定继续攻城。而余程万在最后5分钟抛弃伤员，单独潜逃，须受军法审判"。

时年41岁的余程万是一位口碑颇好的将领。他是广东台山人，毕业于黄埔一期，曾就读于中央大学、陆军大学，是知识分子型的将领。他身为师长，平易近人，治军有方，所部纪律严明，从不在民众中强买强卖，秋收时还派士兵帮助农民收割，拒绝老百姓招待和报酬，在民众中口碑不错。有这样的师长，也就有优秀的部队。第57师守城将士不到1万，攻城日军3万多人，最终该师以伤亡8000人的代价让日军伤亡4000人以上，应该说常德会战中第57师尽到了责任。但是，蒋介石还是认为，余程万在常德会战最后一天将伤病官兵留给柴意新而选择自己突围，是"抛弃伤员，单独潜逃"的行为，"须受军法审判"，最终判处其死刑。

"诸位，还记得常德会战吧，还记得南岳军事会议上蒋委员长对余程万师长的训词吧？蒋委员长责问他，你如何当人家的长官，能忍心将你负伤的官兵舍弃，私自逃出……"蔡汝霖一边翻着手里的《常德会战检讨会议录》，一边念道，"到了最后，我们作师长的，竟不能实践其与阵地共存亡的教训，卒致决心动摇，单独潜逃，这已经不对了，何况后来新11师进城的时候，在城内还发现我们伤兵300余人。这是被敌人入城以后残杀所余的数目，可知当时遗留在城内的伤兵之数必多过几倍是可断言。你看师长为了他个人的生命，不顾他所遗留的几百几千的呻吟待救的部下，我认为这是最不道德的一个军官！须知我们作将领的人，固然要对上官负责，而尤其要对部下负责。现在我们城内还有这许多伤兵，而我们高级将领单独地悄悄地溜了，试问你以后尚有何面目再见你们的部下？人格堕落到这种地步，怎样能再获得部下的信仰？所以我认为余程万这次最大的罪过，就是他遗弃伤兵，单独潜逃。他这个罪恶，是与不奉命令、擅自撤退的罪恶一样重大，至于当时其他同时退却的官长，一律都要按革命军连坐法来处置，决不宽贷。总之，这次余程万不奉命令擅自退却，和遗弃伤兵单独潜逃，是我们革命军人精神上最大的污点，丧失了我们革命军人的人格，是我们这次常德会战最痛心的事！希望大家记取此次教训，不再蹈此覆辙。"

方先觉越听越沉重。

这一字一句，像一记记重锤一样，重重砸在他的心头。因为，当年蒋介石说这一席话的时候，第10军军长方先觉就站在讲台下面，直面着委员长那瘦削的脸。瘦高的蒋介石，当时还不到六十公斤，他那因为愤怒而扭曲的面孔，此刻似乎还在眼前晃动；那高亢、尖利的宁波腔，此刻似乎还在耳边回响；那高高举起又猛然砸下的右臂，让方先觉感到，此刻似乎正有一把利刃从后颈凉飕飕地一划而过。

突围！是啊，谁不想突围呢？自从进入衡阳这座孤城，方先觉每天盼的就是援军，每天琢磨的也是突围。对于突围，他已有无数个腹案，每个腹案都经过了无数次推演，他都有必胜的把握。按道理说，这个时候突围，蒋介石应该是能够理解他的，毕竟大家有言在先。不过，方先觉知道，以蒋介石一贯的风格和做法，这个责任恐怕最后还是要他来负。

周庆祥也不吭声了。你蔡汝霖口口声声说余程万，难道我周庆祥就不记得吗？要知道，1943 年 12 月 4 日，那个无比寒冷的冬日清晨，在德山接应余程万和第 57 师残部的，正是在下第 3 师师长周庆祥。周庆祥甚至还清楚记得，当时余程万拉着他的手边哭边说："你们第 10 军虽然没能进城，但为了救我们，实在是已经尽了最大的努力。我们在城里苦，第 10 军在南岸更苦！本师全体官兵对贵部感激涕零！"

不知是什么原因，这段时间以来，余程万那天号啕大哭的一幕总是不断出现在周庆祥的脑子里。那时余程万还有自己舍命来救，此刻自己苦盼的援军又在哪里呢？孤城孤军，不靠自己，又能靠谁？要么拼死一搏，要么束手就擒，难道你方先觉和蔡汝霖还有第三条道路可走吗？

周庆祥冷冷看着方先觉，作为一军之长，总得有个主意吧？！

方先觉定了定神，眼神掠过周庆祥，缓缓说道：

"诸位，请问你们谁有本事把这 6000 多名伤兵带走？如果大家都带不走，要我说，咱们谁都不能就这么离开衡阳城！余程万可以不管伤兵死活，我方先觉绝对不能不管。扔下他们就这样一走了之，即使将来委座不责怪我们，即便全国同胞原谅我们，我们又有什么脸面再在军界、政界混呢？今后大家还要带兵，还有哪个兵会再来跟你呢？"

诸将默然。

方先觉站起身，转向周庆祥等人，一字一句地喊道：

"不成功，便成仁！我们作为军人，天职就是保国卫民，我当军长的，只有尽己所能，战斗到最后一刻，以死殉职，誓死坚守，绝不突围！好，就这么定了吧！从今天开始，哪怕只剩下一兵一弹，谁也不准再说'突围'两个字。每个师长只准留 4 名卫士，其余一概到前方作战，如果多留一个人，于公来说，算违令，于私来说，对不起朋友。我方先觉绝不私自逃走！必要时，大家都到军部来，我们死在一起！"

会议无果而散。各师长分回各自阵地。

城西北，易赖庙前街、青山街。

易赖庙前街、青山街，是这次新到衡阳的日军第 58 师团、第 40 师团的接合部。2 个师团的日军合兵一处，冒死钻缝前进，终于在子夜时分，200 余名日军成功突入了青山街。

眼看守军不支，左腿负重伤的鞠震寰团长坐在担架上，亲临一线督战。过了不久，第 3 师师长周庆祥也亲自前来支援。周庆祥按照在军部和方先觉的约定，除留下 2 名卫士外，将卫士排其余卫士和师部 70 余人全部交给鞠团长补充到火线。终于，在天明之前，鞠团长把冲进来的这股日军全部歼灭。

城西南。

天马山－西禅寺－苏仙井。

西禅寺。

日军推到离西禅寺 100 米内抵近射击的大炮多达 30 门，西禅寺内外到处是炮弹弹坑，弹壳堆积如山，寺庙外的森林则是木屑燃烧引发的熊熊大火。炮声到午夜方停，儿玉忠雄联队长身先士卒，率领士兵向西禅寺发起最后的总攻。

刚冲到寺门口，前面的士兵又啪嗒啪嗒栽倒在地，对面又传来了轰隆轰隆的手榴弹爆炸声。儿玉忠雄惊奇地发现，在被大炮如此密集地犁过之后，竟还有人生存在这里。这是第 3 师搜索连仅存的 10 余名官兵，仍然坚守在西禅寺北端战斗。

此时守军早就没有炮弹还击了，这 10 余名官兵只能静静躲在地堡里作无声的抵抗，凭借坚固的工事和几道障碍物，以手榴弹发动逆袭。当日军炮兵以地毯式的弹幕将阵地前的外壕、木栅、铁丝网全部摧毁，日军的步兵随着最后一群炮弹弹幕停下而跃起冲锋，藏在工事里的守军就瞅准时机，一拥而出，扔出集束手榴弹，炸得日军鬼哭狼嚎。

黎明之前，这仅剩的 10 余名官兵也以身殉国，西禅寺陷落。

天马山。

天马山周边大约 400 米，日军排炮在这里发射了 600 颗炮弹，山上泥土翻了三次，寸草不生，只剩下黄土了。日军"针支队"经过三次冲杀，终于占领了天马山阵地的前半部。

形势如此危急，第 3 师第 9 团萧圭田团长、预 10 师第 29 团朱光基团长、第 30 团陈德陛团长 3 个步兵团长都亲自到天马山一线督战。此时，第 29 团、第 30 团各自仅有官兵不到 20 人，却要承担 100 米宽防御面，因此两部只能和第 9 团紧紧靠在一起，以手榴弹攻势来击退敌人的进攻。

打到夜深，双方筋疲力尽，隔着战壕对峙。守军官兵躲在日军炮弹炸出来的深坑里，既不喊杀也不放枪，双方相距 50 米，咳嗽都听得到，谁也不敢大声，也不敢轻易发动进攻。

眼看天色将明，日军不得不发起最后一次"拂晓攻击"。当他们轻手轻脚摸到山脚，守军士兵一声哨响，跳出战壕，甩出手榴弹，扔完手榴弹，又马上退回战壕。就这样，守军以退为进，以攻为守，把天马山的后半部仍然控制在手中。

苏仙井高地。

过了苏仙井，衡阳城就完全敞开在日军炮火之下了。第 10 军工兵营营长陆伯皋果然是阵地战的高手，虽然日军彻夜猛攻，由他指挥的步、炮、工混合编成的守备部队殊死反击，还是将占尽优势的日军牢牢挡在山脚下。

打到今天，黑濑平一第 133 联队的兵力已基本打光了，现在主要的战斗兵，已经是从第 109 联队饭岛大队抽调来的士兵了，即便如此，该大队所剩士兵也只够编成两个冲锋队的了，以炮兵掩护着，一次次冲锋。

不久，中队长铃木齐少尉、泽田耕介少尉和第一大队大队长东条大尉又先后阵亡。

当天夜里，黑濑平一大佐决定集中最后兵力发动夜袭。晚 10 时，正当两个大队准备出发，从苏仙井高地打来一阵迫击炮，炮弹就在夜袭的队伍中间爆炸，第一大队代理大队长藤田中尉当场被炸死，第二大队代理大队长界中尉重伤，其他夜袭队员也死伤一片，这次夜袭又不得不放弃了。

黑濑平一听到两名大队长阵亡的消息，心里就像手脚被斩断一样痛苦。从"黑高地"到"虾高地"，只有不到 1000 米距离，第 133 联队却苦战了 40 多天，近 4000 人的一个联队，只剩下不到 400 人；联队在一个多月时间里阵亡了 6 个大队长，其中 8 月 5 日这一天竟连续阵亡 2 名大队长，重伤 1 名大队长，这也是联队成军以来没有发生过的事。

但是，黑濑平一知道，自己难，对面的守军更难。中国军队没有任何兵员和弹药可以补充，每打一仗就少一批人，现在双方就像相扑一样紧紧地扭在了一起，谁也不敢有任何缓和，此时不管是谁，只要稍微松劲，都会让对方士气大振而一败涂地。再难，此刻也只能咬牙坚持。

夜晚来临了，热风终于变得稍微凉爽了一点。当损兵折将、筋疲力尽的第 133 联队士兵们回到两路口的联队部时，他们惊奇地发现，原来一直插在"黑高地"顶峰上的第 133 联队军旗，不知什么时候被移到了这里，此刻就插在大门口。听说，联队长黑濑平一大佐已经下定了决心，如果今天这次进攻再不成功，他将亲自举着联队的军旗冲锋。

军旗推进的消息迅速传开，各中队长纷纷带着本队士兵前来拜旗，发誓要为天皇陛下拼死一搏，挽回联队的荣誉。正当他们跪倒在军旗前集体盟誓的时候，突然听到外面传来排山倒海、地动山摇的轰鸣声。这声音像是从远古传来，几乎把整个阵地震得嗡嗡嗡嗡作响，似乎大地都要被掀翻。

原来，远在衡阳城北杨家坳的日军野战重炮兵第 12 联队，将 150 毫米重型榴弹炮对准城南苏仙井开始试射。巨大的炮弹飞越衡阳全城，将苏仙井高地上的堡垒、掩体和建筑物全部夷为平地，山顶的形状都几乎为之改变。其中一发炮弹正好击中苏仙井高地下的一个池塘，一炮下去，巨浪滔天，白花花的死鱼和膨胀的浮尸顿时飞到空中，又轰然星散落下，在水里搅在一起，全都在暗绿的水面上来回荡漾着。

是日午夜，第 133 联队在重炮的掩护下，集中全部兵力再次进攻，终于在黎明前攻占了苏仙井高地三分之一阵地。

黑濑平一带着残部在晨曦中小心翼翼地爬上"虾高地"，这还是他第一次这么接近这个高地。"虾高地"位于五显庙和苏仙井之间，山下有四五个池沼和山塘散布其间。它比张家山更难攻打，日军在这里倾泻了几千发炮弹，却始终无法拔除守军的重机枪火力点。天亮后，黑濑平一仔细察看，这才发现，守军在日军炮火压制下，早就将重机枪阵地从山上堡垒移到了山脚的水池边，机枪洞口就在水池边缘上几厘米处，枪眼洞口尺寸非常小，上面覆盖了青石板，又用木栅巧妙地遮蔽。日军虽然多次用排炮对着这里轰击，但居高临下的炮弹却无法准确地打进枪眼。不过，这个阵地固然做得巧妙，守军的机枪手却不得不每天浸泡在半人高的水里作战。

岳屏山－接龙山－五桂岭。

8 月 5 日夜，第 10 军设在五桂岭、岳屏山的粮弹仓库相继被日军攻占，这下守军粮弹和补给更无从补充了。

半夜，五桂岭守军在逆袭中抓获了一名日军俘虏。这个叫宫崎胜次郎的士兵供称，日军在衡阳乡村里抓了很多当地老百姓，逼着他们半夜三更打着赤膊爬过来，以人肉炸弹的方式破坏守军的鹿砦和障碍物，很多人都死在我军阵地的地雷和炸弹下。

第四十五天，天主堂

8月6日，甲申年六月十八，晴，黄昏后大雨

衡阳城内。

拂晓时分，日军第11军重炮群和各师团炮兵部队再次集中轰击守军阵地。威力巨大的150毫米榴弹炮每门280发，100毫米加农炮每门350发，一旦变换发射速度，马上形成了恐怖的杀伤力，巨炮一旦落地，周边40米内尸骨无存。

日军的炮击整整持续了两个小时，衡阳全城被浓密的弹幕笼罩，城里城外火光冲天，爆炸声震耳欲聋。第10军散布在断壁残垣的伤兵躲无可躲，被炸得骨肉横飞，四处滚爬。

城北，演武坪。

演武坪自古就是练兵之地，到明时已颇具规模。明嘉靖年《衡州府志》载："嘉靖十五年，兵备副使陈卿委、千户胡宁等督筑垣堑，外开沟壕，周一千三百余丈，树柳三千余株，南立石坊三座，砖砌屏墙一座，门楼一座，临街建阅武台。规制由是大备，以时操练。"140年后，吴三桂在衡州称帝，屯兵于此。再过近200年后，曾国藩又来衡阳练兵，水师在筷子洲，步兵在演武坪，此地一度成为湘军临时总部。

又过了100年，日军进攻衡阳，演武坪再次成为军事要塞。此时的演武坪已大部分被废弃，北面的蒸水河时常泛滥，把这里变成了半沼泽地形，南边是衡阳旧城墙外一段护城河，河宽约10米，深约2米，河底淤泥厚达数尺，无法徒步行走。方先觉将演武坪里的池沼全部挖开灌水，变成半泛滥区，又利用此地湖沼地形层层设防，成为日军难以逾越的天险。驻守在这里的守军是第190师第568团2营，他们以南边的护城河为外壕，构筑了多重阵地，多次打退日军的进攻。

不过，在演武坪后面有个野战医院，里面有数百名伤兵。进入 8 月，各野战医院早已名存实亡，伤兵缺衣少食，乏人照顾，只能自己到处爬去找点吃的。在护城河对岸的半泛滥区，尚有衡阳乡民遗留的蔬菜田垄数亩，有伤兵半夜三更在壕沟上铺设门板搭成便桥，偷偷跑到对岸找菜，回来时没有及时抽掉门板，给城北的日军侦察到了，造成了可乘之机。

凌晨 3 时，日军第 58 师团第 95 独步大队第 3 中队 100 余人在丰田香少尉的带领下，轻手轻脚地爬过了门板，偷偷潜入守军阵地，对第 190 师第 568 团第 2 营第 5 连发动突袭。守军仓促应战，罗夫连长及所部 20 余人全部阵亡。日军攻占外壕后，马上建立阵地，并迅速分兵，向左右两翼扩散开来。

日军真正的目标是左翼的天主堂。天主堂，又叫孤儿院，坐落在城北一个 30 多米小高地上，紧邻县政府，是一所用石头和钢筋混凝土筑成的房子，居高临下，易守难攻，但一旦拿下，则可瞰制城北，并将市区一分为二。天主堂里的守军是第 190 师第 568 团第 3 营，营部 30 余人，鹿精忠营长组织机枪火力交叉封锁入口，日军丰田香中队长中弹，指定伊藤少尉率第 1 小队继续进攻，以掷弹筒将天主堂前面鹿砦全部破坏，但爆破口仅容一个人通过，日军只得一个接一个往前爬，伊藤少尉挥舞军刀在后督战，最终 50 多名日军成功突入，将鹿精忠部堵在天主堂里，逐屋进行白刃战。

就在守军力战不支的关头，第 568 团副团长李适率领援军杀到，他一边带队猛冲一边大声疾呼："里面的弟兄不要怕！援军来了，我们前后夹击，杀啊！"不过，第 568 团早就兵员枯竭，李副团长带来的 20 多人都是团部勤杂兵，有的连枪都没怎么摸过。白刃战中，双方拼死肉搏，各有伤亡。

天明时分，日军 30 多人完全占据了天主堂，李副团长被射中腹部，血流如注，军械官墨德修劝他暂时后撤，他死战不退，终因流血过多而阵亡。鹿精忠第 3 营营部所剩无几，被迫撤到天主堂边上的县政府里，与日军形成对峙。

这是 45 天以来，日军第一次真正攻入了衡阳城。

守军非常清楚，此地一旦被突破，则如千里长堤，溃于蚁穴，城北将完全洞开，全城就将面临被全面攻破的危机。第 190 师师长容有略亲来察看，发现形势危急，一边组织现有兵力多路围攻天主堂，试图将里面的日军驱逐出去，一边马上派人去报告方先觉，请他调预备队来天主堂支援。

日军好不容易在衡阳市中心打下了一个楔子，岂肯轻易放弃。他们巩固工事，扩大阵地，同时不断向天主堂增兵，力图以此为据点，继续扩大占有面。9 时，后方日军开始炮击，将城北守军阵地大部摧毁，进一步巩固其天主堂阵地。

方先觉立即派军特务营营长曹华亭率全营剩下兵力从军部赶来增援。一行数十人刚走到县政府转角处，突然从天主堂里"嗖嗖嗖"飞出数颗榴弹，掉在人群之中爆炸，井启第连长率领的第 2 连中，有七八个战士当场被炸身亡。

天主堂坐落在山坡上，守军只能仰攻。一开始，井启第想用手榴弹炸开大门或围墙，一鼓作气冲进去将他们击毙，但围墙用大块条石砌成，一般的集束手榴弹根本炸不开。于是，曹华亭和井启第各率一个加强排，分两路向天主堂围攻，鬼子们则躲在天主堂的石墙后，用机枪火力交叉封锁门前的空地，让守军根本无法接近。守军以血肉之躯仰攻凭险固守之敌，伤亡很大。不过，在守军的阻击之下，日军增援的道路也被封锁，后援被阻挡在外壕对岸，只能隔着河对峙。

藏匿在天主堂里的日军非常顽强，打到中午，军特务营伤亡近半，还是没有进展。曹华亭说，不能再这么打了，赶紧请军炮兵营支援。张作祥营长回复说，军炮兵营也没有炮弹了，很快就连手榴弹也没有了。靠机、步枪是不可能摧毁石头房子的，曹华亭一时无计可施，不知道该怎么办才好了。

井启第突然想起来，天主堂紧邻着县政府，年初县长王伟能曾经主持过一次大修，当时请军工务参谋康楣参与其事，他或许了解这座建筑物的内部结构，不如请他过来帮忙。

康楣接到军令，一路策马飞奔，火速赶往天主堂。

天主堂里的日军依靠石头房子形成的障碍拼死抵抗，连续打退了国军四次进攻。但鬼子毕竟人数不多，渐渐地天主堂里的反击越来越弱。一开始还不断有掷弹筒从天主堂扔出炸弹轰炸国军，到后来，半个多小时也没有一颗榴弹抛射出来。

曹华亭判断，日军经过从昨天半夜到今天上午的大半天攻击，弹药大概已经耗尽，他决定乘胜追击，对天主堂里负隅顽抗的日军发起总攻。他和井启第亲率几十个士兵，慢慢摸到天主堂门口，天主堂里一点动静也没有，看来敌人确已弹尽粮绝，曹华亭抱起机关枪，准备站起来发起最后的冲锋。

突然，从高墙内铺天盖地甩出来几十颗国军用的长柄手榴弹，爆炸声中，火光四起，硝烟弥漫，正待机攻击的特务营冲锋队形顿时被打乱了。原来，早就打光了掷弹筒的日军在天主堂里到处搜索，终于在地下室找到了守军存放在那里的几箱手榴弹。狡猾的伊藤小队长决定暂不使用这批手榴弹，而是伪装成弹尽粮绝的状况引诱国军来攻，等他们靠近，再以手榴弹近距离射杀。冲在最前面的曹华亭营长正要冲锋，猛然间手榴弹密集飞来，紧随在他身后的井启第一个侧身飞扑，把曹华亭压倒在身下，他自己却当场被炸倒了。

正午时分，康楣终于策马赶到了天主堂。他飞身下马，却赫然发现，井启第正浑身是血平躺在地上。曹华亭单腿跪地，紧紧地握住井启第的双手，痛苦得一句话也说不出来。

康楣赶紧冲过来，只见井启第脸色苍白，呼吸急促，双手冰凉，手指着坡上天主堂的方向，双眼茫然无神地看着，还没等抬上担架，井启第就闭上了双眼，再也没有了呼吸。

康楣悲痛万分，强忍着泪水，带着一个士兵潜伏到天主堂前观察。天主堂是个传统的教堂，高墙大院，围墙高2米，厚约1尺，院子中间铺着四方石，连台阶也是用凿有条纹的长条石做的，是一所几乎完全用石头筑成的房子。难怪鬼子到了这里，就像抓到了救命稻草，龟缩在石头屋里不出来。

硬挤是挤不进去的。

康楣小心翼翼地绕着天主堂转了两三圈，终于被他发现了漏洞。原来天主堂虽然是在高坡上的独立房子，但它东临县政府，西临难民营，难民营里都是木板房，夏天经常失火，县长王伟能为了救火方便，特意在天主堂外面设了一个消防栓，一头连着消防水枪，一头伸到附近护城河里取水，此时，长长的水枪就在天主堂外一个木头箱子里卷曲着。

康楣马上命令士兵取出水枪，又从军部找来数升煤油，全部灌进了水枪，他高高举起水枪，一拧龙头，一股煤油液柱立即喷涌而出，以抛物线的姿势越过高墙，注入院内，顿时，天主堂像下了一场煤油雨，院子里，屋瓦上，到处是煤油，一股浓浓的刺鼻的煤油味弥漫在空中。躲在院子里的鬼子大概知道守军要火攻了，急得叽里呱啦乱喊，但又忌惮守军摆在门口的几挺机枪，一时着急忙慌地在院子里到处乱窜。

喷完煤油，康楣大喊："皇军恰根烟，老子送甲火！"

康楣右手一挥，隔着高墙往院里扔了个火把。整个院子顿时轰的一声升起了熊熊大火，藏匿在天主堂各个角落的鬼子们瞬间被卷入了烈焰。受不了热火炙烤的日本兵，一个个拼死往外冲，被早就布置在大门口的 2 挺机枪挨个儿扫倒在地。

这惨烈的一天下来，特务营最终全歼侵入的 50 名日军，守军也损失了副团长李适、第 2 连连长井启第等 70 多人。

薄暮时分，方先觉率孙鸣玉等人亲临天主堂察看。

他发现，衡阳城北现在只剩下一片废墟和瓦砾，从北门到湘江边，早就夷为平地，到处有路可通。在没有火炮掩护的情况下，城北高地上的天主堂已基本失去了坚守的意义，但此地对城北的防守又至关重要，不能落入敌手。他命令炮兵对被突破的天主堂实施彻底破坏，但全军炮兵此时仅剩下准备拿来破坏的 1 门野炮和几发炮弹，弹道低深，第 74 军炮兵营长陈步新将炮拉来拉去，情急之下，就是发不出去。当他将炮弹上膛调整炮口准备发射时，突被日军发现，日军马上将所有火力对着这门野炮集中发射，摧毁了这门野炮。

方先觉无奈之下，只得派曹华亭带领特务营余部继续守在天主堂，同时将县政府以北区域全部放弃，重新在天主堂前部署木栅阵地。他命令曹华亭、康楣、军务处李文祺科长三人，限于一夜之间筑成木栅，否则，天明之后不要来见。

但是，这时候衡阳城哪还有人呢？就连康楣掌握的衡阳民夫都早就上了火线，见此状况，方先觉只得把军部机关人员和勤杂兵分配到各个工事，准备巷战；同时，抽出全军最后一支预备队，在铁炉门担任江防任务的暂编第 54 师步兵营，以 3 个连控制司前街、苏仙井要地，随时应对战况突变。

刚回到军部，方先觉又接到五桂岭周庆祥师长的电话。周庆祥在电话里说:"军长,能不能给我一点预备队?"

这是 45 天以来周庆祥第一次向方先觉要兵力。

方先觉咬咬牙道:"好,周师长,一会儿就到!"

20 分钟后,五桂岭北第 3 师指挥所防空洞大门猛然被推开,方先觉和孙鸣玉两个人大步流星走进来。方先觉对周庆祥敬了个礼:"周师长,我们两个来做你的预备队。"周庆祥愕然,师部参谋们也愣住了,只有咬紧牙关,接着死拼到底。

城西南,天马山—苏仙井。

这是城西南最后一道屏障。黑濑平一少将带领第 133 联队和配属给他的第 109 联队饭岛大队,继续猛攻苏仙井剩下的半边阵地;儿玉忠雄大佐率第 120 联队在攻克西禅寺后,又与针谷逸郎大佐第 218 联队(针支队)合兵一处,进攻天马山。

以 3～4 个联队的优势兵力,围攻防御面宽仅 400 米的天马山—苏仙井的狭小阵地,打了一天,不但毫无进展,反倒又留下数百具日军士兵的尸体,这也是他们在中国作战多年没有遇到的情况。日军更想不到的是,天马山上的守军其实早就只剩第 3 师第 9 团第 2 营营长周祥符和最后 9 名士兵,这 10 个人死守天马山阵地达 8 天之久。

城南,岳屏山—接龙山—五桂岭。

下午 3 时,五桂岭外新街被日军攻占,五桂岭北半段、岳屏山等阵地先后被日军突破。眼看日军即将包围在岳屏山的第 28 团指挥所,团长曾京亲自冲到一线督战,附近五显庙的葛先才也亲自带领卫士、勤杂兵 30 余人前往岳屏山逆袭。

曾京看葛先才亲自带队增援,马上带着第 2 营、第 3 营营长冲出碉堡,到一线阵地连续投弹,将 200 余个日军炸死,再次恢复了阵地。等逆袭完毕,曾京清点手里兵力,偌大的岳屏山和接龙山阵地上仅剩下 70

个士兵，拿来防守接龙山一个阵地都不够了。实在没有办法，也只能暂且拆东墙补西墙了。

看到在五桂岭北半段的第 3 师第 8 团张金祥团长力战不支，方先觉虽然左支右绌，仍将负责湘江警戒的第 190 师第 570 团 90 余人紧急拨归五桂岭。张团长亲自指挥逆袭，两小时内歼敌 300 人，终于堵住了缺口。

接龙山。

接龙山，是当年吴三桂登基称帝的地方，又叫馒头岭、曼陀岭，现在由预 10 师第 28 团第 1 营营长赵国民部防守。全营官兵已经所剩无几，赵国民营长虽亲自冲到一线投弹，但还是寡不敌众，日军步步紧逼，很快靠近了阵地。情急之下，曾京把方先觉调配给他的臧肖侠搜索 1 连临时调给赵国民。臧肖侠连经过一个多月拉锯战，从 100 多人打到只剩 18 人了。臧肖侠就带着这十八罗汉，跟着赵国民死守接龙山。

全军投弹冠军赵国民站在阵地前面，依靠壕沟遮蔽，连续向山下的日军投掷手榴弹。他叫一个勤务兵跟着他，专门负责打开木柄手榴弹的盖子，取出拉火环，递给他，勤务兵专门开，他专门投，一口气投出了 60 多枚手榴弹，一阵狂风暴雨般的投掷，日军被炸倒一大片，攻势很快就被打垮了。

正当赵国民准备再次甩出手榴弹时，好像突然被人用铁棒狠狠敲击了一下，身体瞬间向后弹出了三四米远，整个人闷痛闷痛的，低头看右腿，鲜血不是在流，而是在汩汩地往外冒。很快，钻心的疼痛感直冲心脏和大脑，鲜血也随着心脏的节奏，一阵一阵、一股一股地往外喷，他知道，大腿被敌人机枪子弹打断了。很快，赵国民身子发软，全身无力，只得坐在地上，想再投弹时，已经完全无法发力了。他这边稍微一停顿，刚才还急如暴雨的手榴弹攻势突然停下来。

日本兵发现端倪，立即一窝蜂地向赵国民这边猛扑过来，冲在最前面的一个日本兵一边嚎叫着，一边端着步枪跃进战壕，赵国民闪避不及，被他一枪刺在腹部，还在里面搅了一下才拔出来，把肠子都带出来了。赵国民忍着剧痛，拖着肠子，用尽全力，怒吼一声，一个侧扑加单手突刺，用类似"岳家枪法"中"撒手枪"的姿势，一枪刺进了对面鬼子的胸膛。

赵国民营长一倒下，接龙山阵地上的火力顿时就哑了下来，更多日军咿哇乱叫着向山上扑来。眼看就要冲进阵地，不料伏地堡里机枪突然又"嘭嘭嘭嘭"地嘶吼起来，前面的日本兵猝不及防，当场被扫倒一片。这是昨天刚补充过来的军搜索1连的勇士，连长臧肖侠临时接过了接龙山的指挥权。

臧肖侠一边指挥，一边请求后方增援，得到的命令却是全军无兵可补，让他死守到最后一个人。臧肖侠无奈，只得自己冲进堡垒，和机关枪手姜九水一人守住一个射孔，同时朝外面开枪。臧肖侠到了堡垒里的射孔前才发现，堡垒前面敌人尸体早已堆积如山，几乎挡住了射孔，只有先用机枪把前面的敌尸打碎，才能扫清射界，勉强看到冲过来的敌人。

五桂岭。

黄昏，第3师第8团迫击炮连连长刘和生发现，在前面300米处的市民医院附近，有一个日军军官提着指挥刀来回走动，还不断大声呵斥，又似乎在低头捡拾什么。张金祥团长拿望远镜看了一下，命令刘和生马上将剩下的8发炮弹齐射出去。这已经是五桂岭阵地最后8发迫击炮弹了。

对面之敌是第68师团第57旅团旅团长志摩源吉少将。他率领志摩支队先在衡阳城北负责攻击衡阳西北郊，毫无建树，被挪到城南以后，接着攻打岳屏山和接龙山，又是寸步难行，一筹莫展。眼看对接龙山的攻击一再受挫，志摩源吉少将脸面挂不住了，黄昏时刻，焦灼不安的他亲自赶到市民医院一线阵地，一边激励阵地上的日军士兵拼死冲锋，一边指导他们捡拾守军甩过来的手榴弹扔回去反炸守军。

突然，只听得"嗖——咣"一声巨响，中国军队独有的迫击炮弹啸音倏然而至，薄暮中火光一闪，志摩源吉矮壮的身影倒了下来，硝烟散去，只见他仰面躺在地上一动不动，鲜血汩汩地从腹部往外冒，热气腾腾的肠子流淌了一地，原来，迫击炮炮弹片正好自左而右划开他的腹部，犹如切腹般整齐，志摩源吉甚至没来得及喊一声便当场死去。

当晚，日军在衡阳北郊湘江、耒水交汇的五里牌点起篝火，燃烧当天战死的日军尸体，被焚烧的尸体有 1000 余具，转运的伤兵多达 2000 多人，可见当日战况之烈。焚烧尸体的尸臭飘到了近在咫尺的杨家坳第 11 军指挥所，让正在指挥所里翻阅兵书的横山勇司令官心神不宁，难以镇定下来。

焦躁不安的横山勇走出指挥所，站在山岗上，望着五里牌冲天的火光和长长的黑烟看了良久，突然，他转过头来，微笑着对身边的中山贞武参谋长说："明天早晨去观测所。"

第四十六天，最后一电

8 月 7 日，甲申年六月十九，阴晴不定

城北。

城北演武坪，日军第 58 师团在炮火的掩护下，继续从外壕突破口猛攻左翼的天主堂和县政府，天主堂守军损失殆尽，日军第 95 独步大队 100 余人终于突入天主堂、县政府，并以此为基地，扩大衡阳城北占有面；同时，第 93 独步大队向右翼分兵，与第 40 师团合力猛攻小西门外的青山街阵地。

城西北青山街，自凌晨 5 时遭到日军第 40 师团 500 余人猛攻，在日军的左右夹击下，第 3 师第 7 团第 3 营王金鼎营长所部全部牺牲。司前街上，受伤的鞠震寰团长率暂编第 54 师 1 个步兵连与日军展开巷战，9 时，鞠团长阵亡。

9 时准，日军再次向衡阳城内发起全面攻势。到 11 时 30 分，日军占领了小西门，以坦克在前面开路，后面步兵趁机一拥而进，沿着主要马路狼奔豕突，迅速扩大其占有面。第 58 师团一路向东挺进，第 40 师团则向南渗透。到中午时，日军大部队多路突入衡阳城内。傍晚，东面的日军先打到最东边的湘江边，几乎横切了整个衡阳城北部，又自北而南向市区突击；另一路日军从小西门不断渗透，自北而南贯穿整个衡阳，几乎冲到离中央银行军部不到 200 米远处，孙鸣玉见势不妙，急忙带领特务营和军部人员同敌人厮杀，将其歼灭。

此时的衡阳已处在风雨飘摇之中。

第 10 军所有阵地都遭到了毁灭性打击，很多阵地已不复存在，阵地上官兵早已被重炮打得不知去向。城南的阵地此时只剩下五桂岭北半段、岳屏山、天马山。在 7 日的炮击中，日军重炮群攻击长达两个小时，密集的弹雨如狂风暴雨倾泻至这 3 个阵地，炮声震天动地，浓密的弹幕笼罩全城，将阵地连同里面的士兵夷为平地。下午，"针支队"渡边大队再次向天马山冲锋，终于攻占了天马山，突进了城内。

两军在城内展开了大规模的巷战，喊杀声排山倒海，震天动地。此时第 10 军两线作战，腹背受敌。城内十余道防线全部被突破，凡能被称为障碍物的建筑物都已被毁，多数连队甚至团、营都已名存实亡，成了只有骨骼、没有血肉的空架子。城内通信线路中断，各部队失去联络，方先觉发下去的命令已不起作用，发展到兵不由官、官不知兵的混乱中。

第 28 团团长曾京曾是方先觉的参谋处长，下午 3 时左右，他看到敌人快冲到军部，急忙去救军长，请方先觉冲出重围。方先觉道："不要管我，只管守住自己阵地，赶快回去。"

军部还有一部电台可与重庆相通。

师长们遵循之前"死在一起"的诺言，此时都跑到军部来了。葛先才赶到中央银行时，大家正七嘴八舌乱作一团。饶少伟提议打出去，不过他手里的兵不多，也不敢坚持。

眼见比自己生命还重要的第 10 军即将全军覆没，方先觉悲从中来，伏在桌子上，放声痛哭。过了一会儿，他冷静下来，抹干眼泪，开始口述给重庆军委会的电文：

"重庆，军事委员会蒋委员长：敌人今晨已由北门冲进来，城内已无可用之弹及可增之兵，危急万分。生等只有一死为国，以报作育之至意。来生再见。方先觉、周庆祥、容有略、葛先才、饶少伟、孙鸣玉同叩，鱼。"

眼看大势已去，方先觉对卫士们说："你们对我已经尽到了最大责任，各自想办法逃生，我哪都不去，就死在这里！"

卫士们怎么可能弃他而去呢？他们此时唯一能做的，就是和方先觉死守在一起，任谁也不肯离去一步。

方先觉定下神来，束好腰带，扎好绑腿，走出军部，带着他的 24 名参谋卫士聚在一起，准备最后一战，壮烈一死。

残阳如血。

放眼望去，繁华的衡阳城早已化为一片焦土，曾经鳞次栉比的 5 万多栋房屋现在成了一片瓦砾堆，唯有那鸟瞰全市的钟楼，还留着半边残楼，孤独而倔强地屹立在落日之下。

莫非今天真的死期已至吗？

第一次面临生死考验还是在北伐时期。那时他刚从黄埔毕业，在第 3 师当排长。有一次，连长命令他带队引开敌人，他把对手吸引到对面山头上，受伤昏了过去，等天黑醒过来，他发现全排早死光了，连长也撤退了，敌人正在打扫战场，对着躺在地上的士兵一人补一刺刀。眼看要刺到他了，方先觉急中生智，把棉裤脱下来包住脑袋，一骨碌滚到了山下。等他回到营地，连长正在吃夜饭，看他竟回来了，露出了尴尬的表情。他又气又痛，当时两眼一黑晕了过去，等再醒过来时，睁开眼看到的第一个人，就是团长卫立煌。

从军 20 年，两次重伤，都是在和日军的战斗中。1933 年，他北上热河抗战，重伤后被送往北平救治；1938 年，他在鸦雀山负重伤 3 处，从死人堆里爬出来，被送往野战医院急救。

最惊心动魄的一次，还是 1942 年第三次长沙会战。就在两个月前刚结束的第二次长沙会战中，预 10 师遭到损失最大，兵员最缺，原本薛岳将该师作为第 10 军预备队，放在岳麓山，但方先觉坚决不当预备队，要求授予固定防守任务，不完成任务则甘受军法处置。几经争取，李玉堂决定让预 10 师守南门。12 月 31 日入夜，预 10 师从岳麓山连夜渡江进入南门阵地。上阵之前,方先觉给妻子写下遗书:"蕴华吾妻:此次我军奉命固守长沙,任务重大。长沙的存亡,关系抗战全局的成败,我决心以身殉国。设若战死,你和五子的生活,政府自有照顾。务令五子皆能大学毕业,好好做人,继我遗志,报效党国,则我含笑九泉矣。希吾妻勿悲!夫子珊。民国三十一年元旦。"

元旦那天,日寇重炮轰城,10万日军排山倒海杀过来,整个长沙地动山摇,南门口更是成为暴风中心。长沙这一仗打得真是惨烈,虽然只有短短几天,双方伤亡都达到了5万余人,预10师由10000人打得只剩2000余人,但这一仗打得也真是好啊!当时正是珍珠港事件后的第三周,香港刚刚沦陷,国内外一片风声鹤唳,这一仗,不只打出了第10军的军威,打出了"泰山军"的名号,也让中国人和中国军队在全世界面前扬眉吐气。战后,军长李玉堂不但官复原职,还升任了集团军副总司令,他自己也被破格提拔为军长。这一幕幕,点点滴滴,仿佛就在昨天,他又怎么能忘记呢?

"升官发财请往他处,贪生畏死勿入斯门。"1925年,当20岁的方先觉登上黄埔岛码头,第一眼就望见了挂在码头牌楼上的这副对联。据说这还是当年中山先生亲自贴上去的。孙中山先生在黄埔军校第一期开学典礼上曾说:"我敢说革命党的精神,没有别的秘诀,秘诀就在不怕死。"不知道还有多少黄埔生记得这句话,他是记了一辈子。这次中原会战,为什么50万国军被数万日军打得一败涂地?日军进攻郑州时,汤恩伯没有到过一次前线,战争刚打响,他就去了500里外的鲁山下汤,在温泉里听戏沐浴。主帅都这样,其他人还能好到哪里去呢。如果不是指挥官贪生怕死不亲自上火线,装备精良的中央军部队怎么会一触即溃,一溃千里,酿成了自抗战以来从来没有过的惨剧呢。

所以,这次从奉命守衡阳开始,方先觉就抱定了为国赴难的决心。

他把湘桂铁路以南做好的工事全部放弃，退守到张家山等城边，这种不留后路的做法，可以说一开始就没打算活着走出衡阳。开战后，他又把前线指挥所设在五桂岭防空洞，离火线最近还不到300米的距离，最紧急的时候，经常有日本兵冲到军部指挥所附近，他照样坐在防空洞里打电话指挥。葛先才告诉他的团长们，军长就在身后，我们一步也不能退！团长告诉营长，营长又告诉连长，连长再告诉士兵，果然，3天过去了，敌人没有前进一步。直到今天，在军部周围500米内，还摆着1000多具鬼子尸体无人收拾。

没有人是天生不怕死的。

可是，怕死有什么用呢？对第10军战士来说，死，不是再正常不过的事了吗？在战场上，越是怕死死得越快，越不怕死，反而越不容易死，战场就是这么奇怪的地方。第三次长沙会战，第九战区报告说，"第10军保卫长沙与敌激战四昼夜，并无一官一兵逃脱。伤者亦不肯退出火线，争以战死为荣，其他各军、各师亦均怀牺牲决心，争立战功"。为什么第10军人人打仗卖命，为什么"泰山军"能打硬仗、恶仗、苦仗，说到底，不就是他们当军长、师长的首先不怕死吗！堂堂"泰山军"军长，在战火硝烟里摸爬滚打这么多年，有什么艰难险恶没见过呢？他方先觉又岂是贪生怕死之徒？

落日余晖，残楼画角。方先觉挺立在十字街头，血红的夕阳光亮透过满城青色的硝烟，一层一层，浸润开来，或明或暗地涂抹在废墟般的衡阳城，大街上瓦砾堆积如山，到处是被炸得乌七八糟的士兵尸体，刺鼻的硫黄味留在空气中久久不能散去，暂时掩盖了闻之令人作呕的尸臭，排山倒海的重炮轰鸣声接踵而来，惊天动地，摄人心魄，不停地向方先觉席卷过来，似乎要将他撕成碎片，抛入空中，隐入尘烟……

拿起刀枪，

杀向战场。

忘记我们吧，妻子，

忘记我们吧，爹娘，

敌人占领了中国土地，

敌人占领了祖先的庙堂。

丧失河山，流亡何方？

亲爱的同胞们，

流着我们眼泪，

搂着我们刀枪，

杀向战场，

杀杀杀！

不知道是哪里的战士唱起了军歌，还是巨炮轰鸣让心神迷离的他产生了幻听，方先觉竟似听到了很久没有听到，而在这大炮的轰鸣中根本就不可能听到的第 10 军军歌。

这军歌曾是预 10 师的军歌，还是青年方先觉在浙江金华的时候，和参谋长孙明瑾一同在油灯下写就的。此时此刻，这时断时续的歌声，伴随着震天动地的巨炮轰鸣，像汪洋中的怒涛，将他来回摇晃着，推搡着，撕扯着，整个人头重脚轻，目眩神迷，仿佛飘在云端，看不清来路，见不到归途。

方先觉摇摇晃晃站起身来，拔出勃朗宁，对准了脑门儿。身后的康楣朦胧中瞥见，惊得大喊一声，急速挥手击去。砰的一声，尖利的枪声刺破长空，瞬间又淹没在排山倒海的重炮轰鸣和惊天动地的喊杀声中，终归于死一般的沉寂。

衡阳城外。

城南的第 62 军打到精疲力尽，再也打不动了，只得由攻转守，在原地勉强支撑。但是，蒋介石还是再次严令，"继续攻击，解救方军！"黄涛只得将全军兵力再次投入战斗，拼死猛攻，部队伤亡更为严重，再也无法前进一步。

另外两路援军，也在蒋介石严令下拼死攻击前进。城北，王甲本率第79军，一度攻到西北郊的呆鹰岭、鸡窝山；城南，黎行恕率第46军，沿湘桂铁路自西向东攻击。

冲在援军最前面的是6辆T26苏式坦克。这6辆坦克属于第48师第142团战车营，是蒋介石压箱底的宝贝，过去只是作为"阅兵部队"使用，这次也被用到衡阳战场上。但是，负责阻击援军的日军第40师团有40多门反坦克炮，日军称之为速射炮。等坦克开到离三塘200多米远，日军突然将炮推出，抵近射击，当场击毁最前面的2辆坦克。射距如此之近，射速如此之快，最前面的两辆坦克厚达15毫米的装甲当即被洞穿，只留下两个圆溜溜的窟窿，洞口连一点钢铁裂纹都没有，车内战士瞬间被高温熔化。另外4辆坦克毫不畏惧，继续开炮向前，步兵如潮冲锋，终于打垮了当面之敌。但是，当这4辆坦克攻到二塘附近，第40师团再次推出速射炮射击，又有3辆坦克中弹起火，剩下1辆只得掉头后撤。第40师团趁机反攻，援军力战不支，被迫向后突围。

重庆，黄山官邸。

窗外，夜色深沉，蒋介石夜不能寐，前后起床祷告三次。他双眼紧闭，嘴唇不停颤抖，跪倒在耶稣受难的十字架前："主啊，拯救我忠诚勇敢的第10军将士吧！"

第四十七天，孤城落日

8月8日，甲申年六月二十，立秋，晴，午夜暴雨

让蒋委员长没有想到的是，8月7日，就在方先觉发出"最后一电"不久，正在进攻城南天马山的日军第120联队士兵，突然发现对面守军的阵地上似乎有白旗在摇动。

日军士兵探出头去观察，果然有一面三角形的白旗在左右挥舞，似乎在打信号。"升白旗了，"不知谁大声喊了起来，"敌人投降了吗？"日军士兵纷纷从毁坏的堡垒、坍塌的民房和交通壕里三三两两探出脑袋来，想亲眼看一下白旗。

果然，过了一会儿，更多白旗在对面陆续出现，有远有近。

日军士兵这才敢相信，很多人百感交集，纷纷流下眼泪，"啊，总算胜利了！"有的人甚至当场蹲下去，大声号哭起来。

傍晚，第11军司令官横山勇接到第68师团长堤三树男电话报告，在对面中国军队的阵地上发现有人摇动白旗。

横山勇将信将疑，命令其他各阵地核查情况。城北方向的第58师团师团长毛利末广中将报告说，双方枪炮仍在你来我往，守军还在顽强抵抗，不像是要投降的样子。

横山勇于是继续下令："方先觉军诡计多端，这是他的缓兵之计，实际是想拖延时间，等待外援。命令所有部队一齐加强进攻，各野战重炮兵部队尤其要不惜消耗，利用全部备用炮弹进行猛烈炮击，即便天黑也不可停止攻击。"

当晚，前线第116师团士兵报告，敌军第3师师长周庆祥带军部副官处长和1名日文翻译来与日军联系。

岩永汪师团长答复，对守军投降表示欢迎，同意他们提出的"不杀战俘""保留建制"等要求，但必须要方先觉军长亲自出面，请方先觉本人拂晓后到五桂岭面谈。

凌晨 1 时，第 10 军幸存的士兵已被完全压缩在市中心中央银行附近的几处断壁残垣里，枪炮声变得稀稀疏疏。

凌晨 4 时，方先觉再度召集师长会议，商讨最后行动。

拂晓，方先觉率周庆祥、葛先才、容有略、饶少伟等 4 个师长及军参谋长孙鸣玉在江西会馆会见日军前线指挥官，双方谈话半小时，日军又将方先觉等人送往欧家町天主堂。

10 时，第 68 师团师团长堤三树男在欧家町天主堂会见方先觉一行。直到此时，衡阳城西南仍有部分阵地掌握在第 10 军手里，不愿投降的官兵仍在抵抗，五桂岭阵地屹立不倒，2 名军官和 20 多个勤杂兵仍在继续和敌人搏斗。

11 时，守军停止战斗，微向后撤。

方先觉通告全军，接受日军提出的条件。全城将士纷纷集中靠拢，接受改编。至日落时分，枪声沉寂。

下午，一架中美空军飞机飞临衡阳城上空，扫射一圈之后，投下蒋介石手令："援军明日必到衡阳，绝不延误。"

今日立秋。

都说"立秋有雨是顺秋"。天黑以后，衡阳下了一场酣畅淋漓的大雨，连续两个月的酷暑终于结束了。

当晚，蒋介石在日记里写下："悲痛之切，实为从来所未有也。"

1944 年，最后两个月，衡阳断断续续地下了 40 天大雨。

1945 年，衡阳发生百年未遇的大旱灾，全境颗粒无收。

1946 年，衡阳大规模暴发瘟疫，3 万多人死于霍乱。

以怀念温暖着怀念

"History became legend，legend became myth。"这是《指环王》里的一句话，意思是，任何一段历史都会随着时间的推移而逐渐演变为传奇，进而幻化成神话。衡阳保卫战，大概就是这样一段历史。

在中国十四年抗战中，国军在对抗日军时通常需要四比一或五比一的兵力，但衡阳一役，装备低劣的守军面对六倍于己的日军，坚守孤城四十七天，造成日军重大伤亡，最终打出了惊人的一比三的战损比。因此，衡阳保卫战不仅在中国，在世界军事史上都是极为经典的一次战役，就连对手日军，也自认这是其在"二战"中牺牲最惨重的一次城市攻坚战，其惨烈程度，仅日俄战争中的"旅顺战役"可堪一比。

然而，由于过去正史对此战着墨不多，野史又众说纷纭，这段历史今天正有逐渐演变为传奇甚至神话的趋势，如"上级叫他死守七天，他却错听成四十七天，结果打出军事史上的奇迹"之类以讹传讹的话在网络上很多。这些近似传奇甚至几近于神话的演绎，随着时间的流逝和老兵们的逐渐凋零，今后还可能越来越多。

我最早接触到衡阳保卫战，是通过琼瑶的《我的故事》。琼瑶用她独特的笔触叙述了六岁时从衡阳到四川一路颠沛流离的逃难过程，让同为衡阳人的我备感亲切，也颇为震撼。琼瑶的故乡和我幼年所居的乡村同枕一湾蒸水，相隔不过数十里，幼时我曾经不止一次爬到湘中的丘陵上，对着远处起伏的山峦遐想，今天才知道，山那边就有真正的琼瑶，有真正的衡阳。后来，又陆续读到葛先才、蒋鸿熙、蔡汝霖、白天霖等人的战争回忆录，每每看到那些熟悉的地名，常有血脉偾张、荡气回肠的感觉。这片沉默而质朴的大地啊，曾经是世界反法西斯战争的焦点，曾经是四十七天血与火的炼狱，曾经是十万人生与死的修罗场。然而，战争结束不过数十年，却已经不再在这片土地上留下任何一丝痕迹，很多人不知道，这个籍籍无名的小城，曾因一场战役而震惊中外。

这场战争如果不被世人了解，岂不可惜！而让人了解战争的最好方式，我认为就是像写日记一样，把这场战争的来龙去脉一一还原，让读者陪伴守军重返历史现场，共同经历那血与火的四十七天。

但这无疑是一件极为庞杂且困难的事。此役发生在 1944 年，按照第 10 军战士当时平均年龄 22 岁计，那些年轻的战士今天都已成为百岁老人，随着他们的慢慢逝去，这场战争终将淹没在历史的烟云之中。很多事件或缺乏史料记载，或记载不详，而战争幸存者的回忆录又存在大量谬误和互相冲突之处，具体的时间、地点、人物、过程，往往因时间久远而变得众说纷纭，即便是同一天发生的同一场战斗，可能五个人就有三种不同的说法。就连这场战争的一线指挥官葛先才将军也说，在战况瞬息万变的情况下，即便"我这战场指挥官，当时也不大清楚营、连是如何打的"。所以，我花了几年时间来研究这段历史，阅读了数百万字的相关史料，这中间主要参考了《湖南四大会战：原国民党将领抗日战争亲历记》《衡阳抗战铸名城》《长沙·常德·衡阳血战亲历记：国民党将领葛先才将军抗战回忆录》《1944 衡阳会战亲历记》《攻城血路：衡阳会战中的日军 133 联队》等战史及回忆录；此外，《战时中国》《史迪威日记》《中国抗日战争史》《抗战中的南岳》及《衡州府志》《衡阳县志》《清泉县志》等地方史志也对我了解当时历史及核对资料起到了重要作用。当然，还有诸多研究文章也使我受益匪浅，在此一并感谢，恕不一一列明。

在这些作品中，内容最丰富、资料最全面的，当属衡阳市政协编撰的《衡阳抗战铸名城》，这本书堪称衡阳保卫战历史资料之集大成者，把关系此役的中日两军战史及战争亲历者回忆录几乎尽收其中，尤值一提的是，日方战史及回忆录相对更细腻，对于印证诸多史实和细节起到了意想不到的作用。但要说这些作品中感人至深者，或者令我受益最大者，当属诸位战争亲历者所写的回忆录，其中尤以预10师师长葛先才所著《长沙·常德·衡阳血战亲历记：国民党将领葛先才将军抗战回忆录》一书为最佳。自称"大老粗"的葛先才师长，实际上是一位为文的高手，他把一部战争回忆录写得比小说还精彩，我想这一方面得益于他擅用夹叙夹议的手法，在简单的战史铺陈中常带有充沛的情感，又不乏深切的感悟；另一方面，应归功于他实事求是的写作态度，深刻地诠释了"史以信为美"这个朴素的真理。的确，任何小说，无论其构思如何巧妙，如何一波三折，峰回路转，总不如真实的历史来得又突兀，又自然。

历史是很多人书写的，而署名者只有一个，作为这个有幸署名的人，我诚惶诚恐，如履薄冰。为了尽量贴近真相，我用了大量时间在中日两军战史和战争亲历者的回忆录中反复比较，抽丝剥茧、条分缕析，努力还原那些早已淹没在历史烟尘里的细节，甚至坚持同一历史事件唯有得到三人以上印证方能列入，不厌其烦乃至近于偏执地追求所谓历史"真相"。但我要声明，这本书并不是严格的历史纪实作品，也不是一般的文学小说。如果一定要归类的话，大概可勉强称之为历史小说。只不过，和大部分历史小说不同的是，这本书更偏重于史实，在历史的"实"和创作的"虚"中，我义无反顾地选择了前者。读者在书中不难发现诸多战争亲历者的痕迹，甚至会看到一些更似历史而不太"文学"的手法。比如，除了方先觉、孙鸣玉等主要人物之外，书里还出现了很多只露过一两次面，可以说稍纵即逝、难觅始终甚至无足轻重的人，他们只是宏大叙事中的小人物，但他们真实存在过、奋斗过、牺牲过。他们书写了历史，他们应当被我们看见，这正是我不厌其烦地将他们一一列明的原因所在，相信也是刘和平老师当初动心起念要来讲述衡阳保卫战的初心所在——就算是为在衡阳城里牺牲的将士做一次道场。这样的诚意，我想读者大概是能够感受到的。

在新历史主义看来，一切历史都是当代史，史学也是文学。而人的记忆常常像迷途的蝴蝶，会在光阴扑朔中飞到不可思议的历史框架之外。关于这场战役，有太多令人着迷的明丽和幽暗之处，发人深省，但我们穷尽所能，可能仍然无法真正做到发现——哪怕只是看见历史，最多不过是尝试解码历史而已。我所能做的，无非是把自己沉浸到时代之中，投射到人物身上，让自己跟着人物走，在那一年衡阳的炎夏中，和他们一起呼吸、行走、作战、悲号，以感同身受他们的喜怒哀乐，冷眼旁观他们的生离死别，以窥视群体命运的无常和个体选择的无奈，从而更好地讲述这场战争。我承认，这样的写作对我而言其实是一次心灵之旅，重新梳理历史的过程，正是我走近战争、走近时代、走近祖辈的过程。

书稿将成时，获悉我喜爱的剧作家、同为衡阳人的刘和平老师正在筹拍一部同类题材的电影。我一度犹豫要不要将书名去掉副标题，改为《四十七天》，以避瓜田李下之嫌。但读过完整书稿的朋友们都认为，这两部作品在形式、体例、内容、风格上是完全不同的，更重要的是，"援军明天到达"这句话本就源自衡阳保卫战期间蒋介石发给城中守军的多封电文，与本书主体部分"四十七天"有着隐喻式关联，两者是浑然一体、不可分割的，因为有承诺"援军明天到达"的希望，守军才苦守了四十七天，而援军最终未能到达，才造成了城破军灭的结局。个中苦楚，似乎四百多年前明朝李开先所写的《夜奔》早已一语成谶："登高欲穷千里目，愁云低锁衡阳路。鱼书不至雁无凭，几番空作悲愁赋。回首西山月又斜，天涯孤客真难渡。丈夫有泪不轻弹，只因未到伤心处。"如果没有"援军明天到达"作为注解，"四十七天"就少了一份悲情的意义，而不熟悉这段历史的读者，可能更加会不知所云。我思忖再三，发现确实没有比它更能妥帖诠释"四十七天"的文字了，于是，这个书名还是完整地保留下来了。

这部作品创作于疫情期间。疫情的反复封控让我有了专门的时间来阅读和写作，不过，大疫三年，变故很多。我的姐姐，她的才华十倍于我，一辈子总是在为他人着想，我从来没有见过第二个像她那样的人。可是造化弄人，去年冬天她竟逝于疫情之末。这让我几乎中断了这次创作，直到后来，看到刘和平老师在一次采访里说，自己的人生经历就像是小时候砍柴，柴已经砍下来了，再苦再难，柴总是要背回来的。所以，这本书最终还是面世了。

谨以此书纪念我的姐姐刘萍，也感谢一直给予我支持的家人与朋友，以及深圳出版社优秀的编辑们，没有她们的帮助，这本书很难如期面世。

是为记。

刘晓

2023 年 10 月